K.

Leena Lehtolainen

WER OHNE SCHANDE IST

MARIA KALLIO ERMITTELT

Roman

Aus dem Finnischen
von Gabriele Schrey-Vasara

Kindler

Die Originalausgabe erschien 2013 unter dem Titel
«Rautakolmio» bei Tammi Publishers, Helsinki.

1. Auflage September 2014

Satz Arno Pro PostScript (InDesign)
bei Pinkuin Satz und Datentechnik, Berlin
Druck und Bindung CPI books GmbH, Leck
Printed in Germany
ISBN 978 3 463 40652 7

MIX
Papier aus verantwortungsvollen Quellen
FSC® C083411

Das für dieses Buch verwendete FSC®-zertifizierte Papier
Munkenprint Cream liefert Arctic Paper Munkedals, Schweden.

WER OHNE SCHANDE IST

Ein Gewitter kündigte sich an. Es war völlig windstill, kein Luftzug milderte die drückende Schwüle, und in der Ferne, auf dem Festland, waren bereits die ersten Blitze zu sehen. Kalle Laine ließ sein Ruderboot in der schwachen Strömung über das Wasser gleiten. Bald würde er das Ufer seiner Sommerinsel erreichen und das Boot an Land ziehen, bevor der Sturm losbrach. Laine schloss die Augen. Schweiß lief ihm über den nackten Rücken, die Hitze brannte auf seinen Kopf. Er hatte die Sonnencreme vergessen, denn der Frühsommer war bisher kühl und bewölkt gewesen. Eine Weile würde er die außergewöhnliche Hitze noch genießen können, bevor das Getöse losbrach.

Er riss die Augen auf, als sein Boot gegen etwas stieß. Am Ufer konnte er doch noch nicht sein. Ein Fels war es nicht, dafür war der Aufprall zu sanft gewesen, und Laine kannte die Ufer in dieser Gegend. Felsen gab es nur östlich von der Insel.

Halluzinierte er? Nein, in der von Seetang bedeckten Untiefe bei der Südpricke schwamm etwas Seltsames. Das Sonnenlicht gleißte so hell auf dem glänzenden Plastik, dass Laine anfangs nicht einmal Umrisse erkennen konnte. Ein gekentertes Boot? Nein. Es war schlimmer.

Laine hob das Ruder aus der Dolle und stieß damit gegen das Bündel, das zu schaukeln begann. Als sich ein Fuß aus dem Wasser hob, schrie er auf. Er sah lackierte Zehennägel und ein Fußkettchen und geriet mitsamt seinem Boot ins Wanken, obwohl er saß. Langsam trieb das Bündel ganz an die Oberfläche. Es waren zwei Körper. Laine wandte das Gesicht ab, denn er wusste, dass er diesen Menschen nicht mehr helfen konnte.

1

Ich hörte das Handy bis unter die Dusche. Es klimperte Bon Jovi, der Anruf kam also von Koivu. Ich wusch den letzten Rest Spülung aus den Haaren und trocknete mich ab, bevor ich nachsah, ob er eine Nachricht hinterlassen hatte. Ich war gerade erst von der Arbeit gekommen, und selbst von dem knappen Kilometer Fußweg war ich so verschwitzt gewesen, dass ich unbedingt eine Dusche gebraucht hatte. Zum Glück hatte ich mir noch nichts von dem kalten Weißwein eingegossen, nach dem ich gierte, denn Koivus Anruf konnte nur bedeuten, dass ich wieder zur Arbeit musste. Auf meinem Handy blinkten gleich zwei Nachrichten, den ersten Anruf hatte ich nicht gehört. Er war von Jyrki Taskinen gekommen, dem Leiter der Abteilung Gewaltkriminalität bei der zum Polizeibezirk Uusimaa gehörenden Espooer Polizei.

«Maria, ruf mich so schnell wie möglich an.» Mehr hatte Taskinen nicht auf Band gesprochen, während Koivus Nachricht, wie üblich, wortreicher war.

«Im nördlichen Teil von Upinniemenselkä, am Südufer der Insel Haraholm, wurden zwei Leichen gefunden. Du hast richtig gehört: zwei. Und das ist noch nicht alles. Sie waren in Plastikfolie gewickelt. Also niemand, der aus einem Boot gefallen wäre. Taskinen meint, das ist ein Fall für unsere Einheit. Sag mir, wo du bist, dann hole ich dich ab.»

Da Jyrki Taskinen mein Chef und Pekka Koivu mein Mitarbeiter war, rief ich Jyrki am besten zuerst an. Obwohl ich nichts als ein Handtuch trug, wurde mir unter dem dicken Frotté heiß. Ich schaltete die Klimaanlage ein, bevor ich wieder zum Handy griff.

«Hallo, Jyrki, was gibt's? Koivu hat auch schon angerufen. Angeblich sind im Meer zwei in Plastikfolie gewickelte Leichen gefunden worden.»

«Genau. Der Finder hat seinen Nachbarn alarmiert, der bei der Polizei in Kirkkonummi arbeitet. Er heißt Jon Berg. Kennst du ihn?»

«Der Name sagt mir nichts. Unsere Einheit hatte noch keinen Fall, bei dem Kirkkonummi beteiligt war. Dort ist in puncto Gewaltverbrechen bisher nichts passiert, was den Club der Seltsamen interessiert hätte.»

Taskinen lachte dröhnend, obwohl der Name, den Puupponen unserer Einheit verpasst hatte, schon ein alter Witz war. Taskinen hatte kämpfen müssen, damit die von mir geleitete Einheit für untypische Gewaltverbrechen bei der neuesten Umstrukturierung der Polizei erhalten blieb.

«Wer hat die Leichen gefunden?»

«Ein Mann namens Kalle Laine, der in der Gegend eine Sommerhütte besitzt. Berg hat sich die Lage in Haraholm angesehen und sich bei der Notrufzentrale gemeldet, die ihrerseits Polizei und Seegrenzwacht informiert hat. Eine Patrouille des Küstenschutzes in Porkkala ist sofort losgefahren, um das Gebiet abzusperren, und ich habe unsere Techniker hingeschickt. Aber ich möchte, dass du und Koivu auch hinfahrt, damit wir gleich die Ermittlungen einleiten können. Der Küstenschutz in Porkkala hat uns Amtshilfe zugesagt, weil neuerdings Mangel an Polizeibooten herrscht. Koivu ist wohl schon losgefahren, um dich abzuholen.»

Die Türklingel bestätigte seine Vermutung. Ich versprach Jyrki zurückzurufen und überprüfte im Spiegel, ob das Handtuch alle wichtigen Körperteile vollständig bedeckte, bevor ich die Tür öffnete. Ich war schon einige Male mit Koivu in der gemischten Sauna gewesen, aber wenn irgendein Nachbar vor dem Haus herumstand, würde er sich Gedanken machen, wieso die derzeit als Strohwitwe lebende Kommissarin Kallio halbnackt fremde Männer empfing.

Koivu grinste bei meinem Anblick, und Jahnukainen, eine unserer beiden Katzen, schlüpfte zwischen seinen Beinen hindurch ins Haus.

«Hier geht es ja heiß zu. Zieh dich an, dann stechen wir in See. Ich habe schon Tabletten gegen Seekrankheit geschluckt.» Das Wasser war nicht Koivus Lieblingselement, normalerweise war er nicht einmal bereit, ein Ruderboot zu besteigen.

«Die Boote der Küstenwacht fahren sehr ruhig», lachte ich und verzog mich ins Schlafzimmer. Obwohl es an Land warm war, nahm ich vorsorglich einen Pullover und eine lange Hose mit, die sich per Reißverschluss in Shorts verwandeln ließ. Ich band die Haare zum Pferdeschwanz und schnitt meinem Spiegelbild eine Grimasse. Der Sommer hatte helle Strähnen in meine rot gefärbten Haare gebleicht und Sommersprossen auf Wangen und Nase sprießen lassen. Ich redete mir ein, die Hauptursache für meine Stirnfalten sei häufiges Lachen und nicht etwa die Tatsache, dass ich die vierzig überschritten hatte. Bei der schwachen Beleuchtung entdeckte ich gelbe Pünktchen in meinen grünen Augen. Ich verzichtete darauf, mich zu schminken, denn bei dieser Hitze würde jede wasserfeste Wimperntusche verlaufen. Im Osten grollte bereits Donner, zum Glück würden wir in Richtung Westen fahren.

«Und Puupponen?», fragte ich, als Koivu den Motor anließ. Im Wagen war es heiß. Die Etatmittel reichten nicht, um alle Polizeifahrzeuge mit Klimaanlagen auszustatten.

«Den sammeln wir an der Auffahrt in Espoonlahti ein. Vielleicht war er bei einer Frau, er sprach so undeutlich, und zu Hause war er jedenfalls nicht. Er sagte, er würde ein Taxi zur Auffahrt nehmen, um Zeit zu sparen.» Koivu winkte, als wir das Polizeigebäude in Kilo passierten. «Setz mal das Blaulicht aufs Dach, es wird kühler hier drin, wenn wir ein bisschen Tempo

machen. Ist schon eine Weile her, seit ich zuletzt rasen durfte.»
Koivu wischte sich den Schweiß ab und fuhr bei Gelb über die Kreuzung. Ich tat wie geheißen. Zwar war ich Koivus Chefin, aber wir arbeiteten schon so lange zusammen, dass es albern gewesen wäre, in Routinesituationen auf die Befehlshierarchie zu pochen. Wenn es ernst wurde, würde ich die Führung übernehmen und auch die Verantwortung tragen.

«Hast du etwas von deiner Familie und ihrem Segeltörn gehört?», fragte Koivu, als wir auf der Überholspur rasten. Das Blaulicht verschaffte uns Platz, die Sirene brauchten wir nicht heulen zu lassen.

«Sie sind irgendwo auf der Höhe von Amsterdam. Iida wird kurz vor dem Kieler Kanal zu ihnen stoßen. Allerdings hat sie in ihrem letzten Facebook-Eintrag geschimpft, es wäre total verblödet, aus der Provence abzureisen, um auf irgendeinem langweiligen Segelboot mitzufahren, denn in Südfrankreich gehe es erst Anfang August so richtig los. In Avignon gibt es ein interdisziplinäres Kunstfestival, an dem sie teilnehmen möchte. Es würde mich überhaupt nicht wundern, wenn sie demnächst fragt, ob sie nicht auch den Rest der Ferien bei Annis Familie verbringen darf, statt sich der Crew der *Long Wang* anzuschließen. Es ist ja nicht mal eine Luxusjacht, sondern ein Weltumseglungsboot. Jetzt gehört es einer chinesischen Firma, die Nano-Elektronik produziert. Früher hieß es *Marlboro of Finland*, erinnerst du dich? Es hat bei unserem ersten Mordfall eine Rolle gespielt.»

Koivu lachte. «Das ist lange her, aber ich erinnere mich. Der Bruder des Opfers ist auf der Jacht gesegelt, und der Mann einer Tatverdächtigen.»

«Der Mann der Verdächtigen, Peter Wahlroos, ist inzwischen der Kapitän. Antti konnte der Versuchung nicht widerstehen, als Peter ihm anbot, von Brest nach Helsinki zu segeln.»

Das Klingeln des Handys unterbrach mich. Puupponen teilte mit, er stehe bereits an der Bushaltestelle an der Zufahrt; ich sagte ihm, wir würden noch fünf Minuten brauchen. Dann holte ich den Laptop aus dem Ermittlungskoffer, den Koivu mitgebracht hatte, und bereitete die ersten Ermittlungsformulare vor. Zwei bisher nicht identifizierte Leichen, offenbar ein Mann und eine Frau. Todesursache unbekannt. Verdacht auf Mord, da die Leichen in Plastik gewickelt waren.

Puupponen, der uns an der Bushaltestelle erwartete, war für die Besichtigung eines Tatorts ausgesprochen seltsam gekleidet: Er trug einen Frack mit allem Zubehör außer der Fliege, dazu Gummistiefel mit Lederschaft. Er ließ sich auf die Rückbank fallen und fragte, ob wir einen Reserve-Overall für ihn hätten. Schupoklamotten gehörten nicht zur Standardausrüstung unserer Einheit, aber Koivu war in der Regel auf beinahe alles vorbereitet. In einem Wagen, den er ausgestattet hatte, fanden sich mindestens zwei Overalls und weiße Schutzanzüge für das ganze Team.

«Warum trägst du denn einen Frack? Ist das dein eigener?» Koivu konnte seine Neugier nicht zügeln.

«Gemietet. Deshalb muss ich aufpassen. Wo sind die Overalls?» Statt sich anzuschnallen, schälte Puupponen sich mühsam aus seiner Kluft.

«Im Kofferraum. Mach dich also nicht gleich nackig.»

«Maria ist nicht so leicht zu schockieren. Nicht in ihrem Alter und ihrem Beruf.»

Ich wedelte mit dem Laptop nach Puupponen, und Koivu schimpfte, wenn wir so weitermachten, würden wir noch im Graben landen. Die Baustelle zwischen der Brücke in Espoonlahti und Kirkkonummi war immer noch ein Abenteuerparcours, auf dem man gut aufpassen musste, weil die Umleitungen sich ständig änderten. Die Ausfahrt in Porkkala war gerade erst fertig geworden, die Kieshaufen waren noch nicht begrünt. Die Baustelle mit ihren wechselnden Geschwindigkeitsbegrenzungen war eine verlockende Bußgeldfalle, aber die operative Polizeiführung hatte angeordnet, den Fortschritt der Bauarbeiten nicht allzu sehr zu behindern.

Auf der Porkkalantie musste Koivu das Tempo verringern, die Landstraße war schmal und kurvenreich, und die Fahrt zur Station der Küstenwache schien ewig zu dauern. Aber hatten wir es denn eilig? Die Toten liefen nicht davon, und angesichts des Todes konnten die Lebenden ruhig warten. Dennoch stöhnte Puupponen auf der Rückbank ungeduldig, als Koivu auf der letzten Etappe nicht einmal mehr vierzig fuhr. Ich drückte die Daumen, dass uns nichts entgegenkäme, was größer war als ein Fahrrad, denn auf der schmalen Straße wäre es schwierig gewesen, auch nur an einem normal großen Pkw vorbeizukommen.

«Es wäre schneller gegangen, wenn sie uns zum Beispiel in Matinkylä abgeholt hätten», meckerte Puupponen, als das Tor der Station endlich in Sicht kam und vor uns das Meer schimmerte. Das Tor schob sich langsam auf, und ein junger Mann in der grünen Uniform des Grenzschutzes winkte uns auf den Parkplatz.

Das fünfzehn Meter lange Patrouillenboot PV 178 und seine dreiköpfige Besatzung erwarteten uns am Steg. Puupponen stieg in den Overall, ich streifte den Pullover über, bevor ich die Rettungsweste anlegte, die der Steuermann mir reichte. Koivu musterte das Patrouillenboot misstrauisch, als zweifle er an seiner Seetüchtigkeit, und zurrte seine Schwimmweste fest. Ein Windstoß wehte mir die Haare in die Augen. Das Gewitter tobte bereits über dem Zentrum von Kirkkonummi, aber die Blitze waren noch blass. Koivu lief noch einmal zum Wagen und holte zwei Regenmäntel. Dann gingen wir an Bord.

«Unsere Höchstgeschwindigkeit beträgt mehr als vierzig Knoten. Wir sind in einer knappen Viertelstunde am Ziel», erklärte der Steuermann. Koivu nahm erleichtert zur Kenntnis, dass die Qual nicht länger dauern würde. Sobald wir den schützenden Hafen verließen und nordwestlichen Kurs einschlugen, nahm uns der böige Nordwind aufs Korn, und Koivu verzog sich wortlos in die Kajüte. Puupponen und ich blieben an Deck; ich wusste aus Erfahrung, dass man in der Kajüte wesentlich leichter seekrank wurde als an der frischen Luft mit Blick auf den Horizont.

«Der Sommer war ruhig», begann der Steuermann ein Gespräch. «Wenig Blaualgen und wenig Rettungsfahrten. Schlechtes Wetter hält sowohl die Algenblüte als auch trottelige Freizeitkapitäne im Zaum.»

«Aha, das schlechte Wetter, der beste Freund der Polizei, sagt also auch der Küstenwache zu», gab Puupponen zurück. «Aber bestimmt hat es keine Auswirkungen auf eure Arbeit, wenn Finnland in der Formel 1 oder bei der Eishockey-WM verliert. Für uns bedeutet das eine Rekordzahl an häuslichen Einsätzen.»

Ich überließ die beiden ihrem Wortwechsel und konzentrierte mich auf das Meer. Die Böen schoben Wellen mit spitzen, schäumenden Kämmen auf, die auf der Steuerbordseite in einem Winkel von dreißig Grad gegen den Bug schlugen. Ein Segelboot wäre von den Windstößen gepackt worden, doch das Patrouillenboot zog beharrlich seine Bahn und hüpfte nur wenig. Im Osten tauchte die Landspitze Upinniemi auf, die wir im Nu hinter uns ließen. Die Gewitterfront war noch nicht bis an die Küste vorgedrungen, als wir das Gewässer vor Haraholm erreichten. Dort befanden sich bereits ein offenes Boot der Seewacht, ein Polizeiboot sowie ein großes ziviles Motorboot, und die technischen Untersuchungen waren im Gange. Unser Fahrzeug hatte nur achtzig Zentimeter Tiefgang, und nach kurzem Manövrieren glitt es geschmeidig neben den Uferfelsen. Ich rief den Leuten von der Technik einen Gruß zu, hielt mich aber vorläufig von dem etwa zwei Meter langen Bündel fern, das auf dem Geröll lag. Gefolgt von meinen Kollegen sprang ich an Land und wäre beinahe mit einem Mann zusammengeprallt, der auf dem Felsen saß.

«Aha, die Spezialtruppen sind da!» Der Mann stand auf und sah uns an. Ich registrierte seinen überraschten Blick, als ich vortrat und uns vorstellte.

«Kommissarin Maria Kallio von der Einheit für untypische Gewaltdelikte bei der Polizei von West-Uusimaa, Standort Espoo. Das hier sind die Kriminalhauptmeister Ville Puupponen und Pekka Koivu.»

Der Mann lächelte. «Kommissarin Kallio also. Beinahe die finnische Variante meines Namens, Berg. Jon Berg. Ihr seid ja fix.» Der Mann war etwa vierzig und kaum größer als das Mindestmaß von eins siebenundsiebzig, das noch vor einigen Jahren von männlichen Polizisten verlangt wurde. Sein enges ärmelloses T-Shirt brachte die flächendeckend tätowierten, durchtrainierten Arme zur Geltung. Die rückenlangen rotbraunen Haare waren zum Pferdeschwanz gebunden, an beiden Ohren hingen dicke Ringe. Die Tarnhose und die schweren Stiefel schienen eher zu jemandem aus einer Motorradgang zu passen als zu einem Polizisten. Bergs Händedruck war gewollt fest, doch seine braunen Augen lächelten.

«Die Marschordnung ist ein bisschen durcheinandergeraten, weil Kalle zuerst mich angerufen hat. Wir sind Nachbarn in Friggeby, und er war so verwirrt, dass er sich nicht allein zu helfen wusste.» Als Berg weiterredete, hörte ich einen leichten finnlandschwedischen Akzent heraus. «Der Anblick hat allerdings auch mich aus der Fassung gebracht. Kommt mit.»

Koivu reichte uns weiße Schutzanzüge und Atemschutzmasken. Ich zog die Sachen an, und Puupponen tat es mir gleich.

«Ich habe frei, deshalb hatte ich meine Ausrüstung nicht dabei», entschuldigte sich Berg. «Falls ich an dem Leichenbündel Spuren hinterlassen habe, kann man sie bei der technischen Untersuchung sicher eliminieren.» Dennoch blieb er etwa zwei Meter vor dem Bündel stehen, dem Koivu und ich uns näherten.

Die Leichen waren halb an Land gezogen worden, damit die Wellen sie nicht forttrugen. Das eingedrungene Wasser hatte die durchsichtige Plastikfolie trübe gefärbt. Der linke Fuß der Frau lag frei, die Zehennägel waren rot lackiert und mit goldenen Schmetterlingen verziert. Fuß und Knöchel waren gebräunt, den Knöchel schmückte eine dünne goldene Kette. Die Leiche der Frau wirkte schlank und überdurchschnittlich groß, so groß wie der Mann, der beleibt zu sein schien. Von ihm ragten nur eine Hand und ein schwarz behaarter Unterarm aus der Plastikhülle. Obwohl das Gewebe im Wasser bereits aufgedunsen war, fiel mir auf, dass seine Fingerspitzen seltsam aussahen, wie verbrannt. Ich bückte mich, um sie genauer in Augenschein zu nehmen. In dem Moment krachte es links hinter mir. Dann setzte Sturzregen ein.

2

Es blieb uns nichts anderes übrig, als in die Kajüte des Patrouillenboots zu stürzen und das Ende des Gewitters abzuwarten. Dessen Zentrum war östlich an uns vorbeigezogen, die Blitze zuckten nun im Südosten der Insel, doch die Gewitterfront schien sich rasch in Richtung Upinniemi voranzuschieben. Die Sturmböen stießen die festgezurrten Boote gegeneinander, und der Steuermann ging hinaus, um weitere Fender zwischen sie zu hängen. Koivu war so weiß wie sein Schutzanzug, das Schaukeln eines vertäuten Bootes macht auch geübte Seefahrer schnell seekrank. Einige der Kriminaltechniker holten Regenkleidung aus ihrem Boot und setzten ihre Arbeit fort.

«Dein Nachbar hat dich also angerufen, nachdem er die Leichen gefunden hatte», wandte ich mich an Jon Berg. Der nickte. «Und du bist selbst hergekommen, um sie dir anzusehen, bevor du die Notrufzentrale alarmiert hast. Warum?»

«Na ja, Kalle ... Der hat die dumme Angewohnheit, manchmal seine Netze auszuwerfen, nachdem er ein paar Bierchen gezischt hat. Ich habe ihm nicht so recht geglaubt, dass es wirklich Leichen waren, die er im Wasser gesehen hat. Es ist ja auch niemand vermisst gemeldet. Ich dachte, ich vergewissere mich, bevor ich unsere gemeinsamen Steuergelder vergeude. Außerdem war ich mit meinem Boot sowieso in der Nähe unterwegs, ich habe heute frei. Ich selbst habe mal eine Babypuppe in meinem Netz gefunden, die irgendwer ins Wasser geworfen hatte. Ich dachte, Kalle ist vielleicht dasselbe passiert.»

«Wo ist dieser Kalle jetzt?»

«Ich habe ihn in seine Sommerhütte geschickt. Er war tatsächlich ein bisschen angesäuselt, und ich hielt es für besser, ihn an Land zu bringen, bevor das Gewitter losbricht. Dort hinten ist er, auf der Insel Vårdö. Wir können ihn befragen, wenn wir hier fertig sind.»

«Waren die Leichen noch an der Fundstelle, als du ankamst? Wer hat sie ans Ufer gezogen?»

«Das habe ich natürlich der Technik überlassen.» Bergs Stimme klang leicht verärgert, doch plötzlich lächelte er breit und sah mir direkt in die Augen. «Die Frau Kommissarin aus Espoo hält uns Landgendarmen wohl für beschränkt? Wir haben dieselbe Schule besucht wie ihr Städter.»

«Es geht hier nicht um Stadt oder Land, sondern darum, wie die Ermittlungen eingeleitet wurden. Und mein Zivilstand spielt im Beruf keine Rolle, Herr Schutzmann aus Kirkkonummi.»

Meine Augen wanderten unwillkürlich zu Jon Bergs linkem Ringfinger. Dort trug er keinen Ring, dafür aber am kleinen und am Mittelfinger. Das Tribal-Tattoo begann auf dem Handrücken und wand sich bis zur Schulter hoch. Auf den rechten Arm waren neben den Windungen rote Rosen eintätowiert. An seinen Nasenflügeln sah man noch schwache Spuren eines ehemaligen Piercings.

«Es stimmt, seit einer Woche ist keine einzige Vermisstenmeldung eingegangen», sagte Puupponen, der den Computer konsultiert hatte. «Ich kann auch die älteren durchsehen, Zeit haben wir ja genug. Aber die Finger der Männerleiche deuten darauf hin, dass seine Abdrücke registriert sein könnten ... Und auf einiges mehr.»

Koivu erhob sich von der Bank und ging hinaus. Es tröpfelte noch, aber schon bald hörte der Regen ganz auf, und die Blitze waren nur noch am Horizont zu sehen. Auch der Wind legte sich allmählich.

«Auf ein Neues», sagte ich und ging zu Koivu an Deck. Berg folgte mir. Wir mussten ihn nach Hause schicken, er hatte uns alles gezeigt, was zu zeigen war. Hakkarainen, der Einsatzleiter der Kriminaltechniker, stieg aus dem anderen Boot und achtete darauf, mich nicht zu berühren. Er wütete gegen jeden, der an einem mutmaßlichen Tatort ein Streichholz oder Kaugummi fallen ließ. Das Problem war in diesem Fall natürlich, dass wir den Tatort nicht kannten. Er konnte sich hier am Ufer befinden, genauso gut aber auch ganz woanders. Bei der Obduktion musste geklärt werden, wie lange das Paar im Wasser gelegen hatte und ob die Todesursache Ertrinken war. Ich wollte sehen, was sich in der Plastikhülle befand, und Hakkarainens Team würde die Leichen sorgfältig freilegen, ohne Spuren oder Indizien zu zerstören.

«Noch ein paar Aufnahmen, dann können wir uns das Ganze genauer ansehen.» Hakkarainen winkte dem Fotografen zu, der bereits instruiert war und seine Arbeit wieder aufnahm.

«Danke für deine Hilfe, Berg. Ich rufe dich an, falls ich Fragen habe», sagte ich zu Jon Berg, der uns ans Ufer gefolgt war.

«Das heißt wohl, du kannst dich jetzt verziehen?»

«Genau.»

«Moment mal, Kallio. Ich kenne die Schären und ihre Bewohner. Du siehst doch schon an den Zehen der Frau, dass die beiden hier noch nicht lange herumgeschwommen sind. Die Gesichter sind vielleicht noch zu erkennen. Womöglich kann ich die Tote identifizieren. Und schon ist wieder Steuergeld gespart.»

Links hinter mir atmete Koivu geräuschvoll, Puupponen seufzte. Kallio und ihre Leibwächter, pflegten manche unserer Kollegen zu witzeln. Meine Mitarbeiter wussten, dass es meine Aufgabe war, Berg wegzuschicken, aber sie standen hinter mir, moralisch und ganz konkret.

«Gib ruhig zu, dass du neugierig bist.» Ich lächelte Berg an. Es lag nicht in meiner Absicht, unnötigen Konfliktstoff zu schaffen. Außerdem hatte er womöglich recht. Berg lächelte zurück, und ich merkte, dass mir sein Lächeln gefiel.

«Klar bin ich das! Man trifft nicht jeden Tag auf zwei Kadaver in Frischhaltefolie.»

Ich spürte, wie Koivu sich entspannte. Puupponen machte «ts, ts» wie ein verärgertes Eichhörnchen.

«Okay, bleiben wir also alle noch hier. Vielleicht sehen vier Augenpaare mehr als drei.»

«Die Klippe da drüben heißt übrigens Asgrundet, Aasklippe», erklärte Berg. «Das hätte noch gefehlt, dass die Leichen dort gestrandet wären.»

Puupponen schnaubte, als ob es ihn fuchste, dass ihm jemand die Rolle des Witzboldes streitig machte. Wir warteten auf Hakkarainens Zeichen, Puupponen summte ein Lied, in dem der Wassergott einem Fischer reiche Beute beschert. Koivus Gesicht hatte schon wieder Farbe bekommen, als die Techniker langsam und sorgfältig die Plastikfolie entfernten.

Die Frauenleiche kam als Erstes zum Vorschein. Bis auf das Kettchen am Knöchel und einen Ring am linken Mittelfinger war sie völlig nackt. Der Körper war bereits ein wenig aufgedunsen, aber nicht so sehr, dass er unkenntlich geworden wäre. Obwohl die Frau offensichtlich nicht lange im Wasser gelegen hatte, bewegten die Techniker sie mit äußerster Vorsicht. Wasserleichen gingen manchmal überraschend in Stücke.

Der Mann war bekleidet. Sein blaues T-Shirt war mit dem Bild eines Motorbootes geschmückt, unter dem SUMMER stand, die Hose mit dem grauen Tarnmuster reichte bis knapp unter die Knie. Er trug keine Socken und nur am linken Fuß eine Sandale. Keine Uhr und keine Ringe an den Händen, aber dunkle Flecken an den Fingerspitzen, als wäre die Haut dort verbrannt. Das Schlimmste war sein Gesicht: Es war so böse zugerichtet, dass man keine Gesichtszüge erkennen konnte. Das Blut war größtenteils weggespült, zwischen den Hautfetzen waren Nasenknorpel und ein gebrochener Wangenknochen zu sehen. Ein Teil des Kinns fehlte. Der Mann hatte dunkelbraune

Haare und eine beginnende Glatze. Er war stark behaart, Tätowierungen waren auf den Bereichen seines Körpers, die das Hemd frei ließ, nicht zu sehen.

«Heiliger Strohsack», murmelte Puupponen neben mir, als Hakkarainen den Kopf des Mannes vorsichtig anhob. Am Hinterkopf befand sich eine deutlich zu erkennende Schusswunde, die Verletzung am Kinn war also vermutlich durch die austretende Kugel verursacht worden.

«So. Definitiv keine Ertrunkenen. Zur Obduktion, Dringlichkeitsstufe eins. Von der Frau Fingerabdrücke, von beiden Zahnschema und DNA.» Mechanisch gab ich meine Anweisungen. «Koivu, du kannst gleich mal beim Meteorologischen Institut nachfragen, wo man die Leichen ins Wasser werfen müsste, damit sie bei den derzeitigen Windverhältnissen ans Ufer von Haraholm getrieben werden. Fotos von der Frau umgehend an alle Polizeidienststellen. Abgleich mit den Vermisstenmeldungen.»

Die Frau war schätzungsweise knapp fünfzig. Ihre blonden Haare waren offenbar getönt, denn die zu einem schmalen Streifen getrimmten Schamhaare waren bereits ergraut. Achselhöhlen und Beine waren erst vor kurzem enthaart worden. Im Gesicht waren Reste von verlaufener Wimperntusche zu sehen, an den Zähnen haftete ein wenig Lippenstift. Die Frau war schlank und relativ groß. Anzeichen für äußerliche Gewalt waren nicht zu entdecken.

«Kommt sie dir bekannt vor?», fragte ich Berg, der die Leichen anstarrte, als wisse er nicht, was er sagen sollte. Er beugte sich über die Frauenleiche, was Hakkarainen zu einem warnenden Räuspern veranlasste.

Da Berg nicht darauf reagierte, befahl er: «Nicht so nah ran! Deine Haare kann ich auf der Leiche nicht gebrauchen.»

«Irgendwas kommt mir bekannt vor ... Warte mal. Gleich fällt es mir ein.» Trotz Hakkarainens Warnung machte Berg einen weiteren Schritt auf sie zu, sodass Puupponen ihn am Arm zurückriss. Berg drehte sich wütend um, in letzter Sekunde stoppte sein Verstand die bereits zum Schlag ausholende Faust.

«Reißt euch zusammen, wir sind hier nicht im Kindergarten! Berg, noch einmal: Danke für deine Hilfe. Ich erwarte deinen Bericht so bald wie möglich.»

Berg lächelte mich an.

«Okay, Kommissarin. Du bekommst ihn gleich morgen. Und melde dich, wenn du Hilfe brauchst. Ich war schon als Kind in diesen Gewässern unterwegs und kenne die Schären.» Er hielt mir die Hand hin, und mir blieb nichts anderes übrig, als sie zu ergreifen. Ich wich seinem Blick, der sich in meine Augen bohrte, nicht aus. Den anderen gab Berg nicht die Hand, Puupponen bedachte er allerdings mit einem wütenden Blick. Als Berg den Motor seines fast fünfzig Fuß langen, zweistöckigen Bootes anließ, zog Koivu eine Grimasse.

«Bekommen die Kollegen in Kirkkonummi eine Sonderzulage, oder warum kann er sich so einen Kahn leisten?», fragte er.

«Als Finnlandschwede ist er natürlich ein reicher Erbe. Die bessere Gesellschaft», murmelte Puupponen und schien es ausnahmsweise ernst zu meinen.

«Versucht doch mal, den Mann zu verstehen. Er ist über den Fall seines Lebens gestolpert. Sicher hat er nicht oft Gelegenheit, Morde aufzuklären, noch dazu an zwei nicht identifizierten Leichen. Dann kommt die übergeordnete Kripo eingeflogen und klaut der Katze die Maus. Und er darf sich wieder mit Kneipenschlägereien befassen.»

Ich erinnerte mich, wie ich vor vielen Jahren als Vertreterin des Ortspolizeidirektors in meine Heimatstadt Arpikylä gegangen war, in der Erwartung, mich hauptsächlich mit Fällen von Trunkenheit am Steuer befassen zu müssen. Wie sehr hatte ich mich doch damals geirrt. Die Welt hatte sich seitdem verändert: Die Position eines Ortspolizeidirektors war gestrichen worden, und nächstes Jahr sollte Arpikylä in den Großraum Joensuu eingemeindet werden.

«Seht ihr bei der Frau irgendwelche Hinweise auf die Todesursache oder -umstände?», fragte ich die Techniker.

«Gut möglich, dass sie ertrunken ist», antwortete Kettunen. «Die Spuren im Nacken und seitlich am Hals deuten möglicherweise darauf hin, dass man sie unter Wasser festgehalten hat. Wenn man genug Kraft einsetzt, kann man einen Menschen sogar in einer Waschschüssel ertränken.»

«Warum ist der Mann voll bekleidet und die Frau nackt? Warum wurde nur der Mann unkenntlich gemacht?», fragte Puupponen. Im Allgemeinen war ich diejenige, die die auf der Hand liegenden Fragen stellte, die Startfragen. Puupponen erfand darauf dann die irrwitzigsten Antworten, die sich gelegentlich sogar als zutreffend erwiesen hatten.

«Wie genau sollen wir diese Klippe untersuchen?», erkundigte sich Hakkarainen. «Sie ist ja nicht einmal der Fundort, und vom Tatort haben wir erst recht keine Ahnung. Womöglich wurden die Leichen aus irgendeinem Boot ins Meer geworfen, verdammt noch mal, und nicht unbedingt aus einem finnischen. Wir können ja nicht mal sagen, welcher Nationalität die Toten angehören. Das Einzige, was ich aufgrund der äußerlichen Untersuchung zu behaupten wage, ist, dass sie nicht länger als vierundzwanzig Stunden im Wasser gelegen haben.»

In Gedanken setzte ich die Liste der zu klärenden Dinge fort. Die Berichte der Küstenwacht für die beiden letzten Tage. Bei der Obduktion musste geprüft werden, welche Art von Wasser das weibliche Opfer eingeatmet hatte. Bei dem männlichen Opfer würde sich anhand der Schusswunde das Kaliber der Waffe feststellen lassen.

«Die beiden passen also auf keine der vermisst gemeldeten

Personen?», vergewisserte sich Koivu noch einmal bei Puupponen.

«Nein, aber es ist Urlaubszeit. Und nicht jeder hat einen Job, in dem er vermisst wird. Ich würde nicht unbedingt darauf tippen, dass der Mann Geschäftsführer eines internationalen Exportunternehmens war, der auch im Urlaub Mails beantwortet. Er ist bestimmt polizeilich registriert, wenn nicht bei uns, dann in einem anderen Land oder bei Europol.» Koivu blickte zum Festland hinüber, von wo sich eine neue Gewitterfront zu nähern schien. «Sollten wir nicht noch mit dem Mann sprechen, der die Leichen gefunden hat? Jetzt ist seine Erinnerung noch frisch.»

Ich wollte einen letzten Moment in der Nähe der Leichen verbringen. Was konnten sie mir erzählen? Vom Gewitter aufgescheuchte Rinder- und Goldaugenbremsen kämpften mit den Fliegen um einen Platz auf den blutigen Partien der Männerleiche. Ich wedelte sie instinktiv fort, obwohl sie die Toten nicht mehr störten. Auf der frei liegenden Haut des Mannes waren keinerlei Tätowierungen zu sehen. Vorsichtig schob ich einen Ärmel hoch – auch am Oberarm nichts. Allerdings verrieten Tätowierungen ja nicht mehr so viel über den Hintergrund eines Menschen wie noch vor einem Vierteljahrhundert. Andererseits war ein Ex-Häftling ohne Tattoos wohl immer noch die Ausnahme.

Der nackte Körper der Frau hatte nichts Erotisches mehr. Die Fingernägel waren im gleichen leuchtenden Pink lackiert wie die Zehennägel, die Brüste hatten eine seltsame Form. Ich berührte sie vorsichtig mit dem Finger: Silikon. Die Frau hatte großen Wert auf ihr Äußeres gelegt oder einen Job gehabt, in dem das Aussehen wichtig war. Wenn die Leiche nicht anders identifiziert werden konnte, würden die Seriennummern der Silikonbrüste eine Spur liefern. Für eine Sexarbeiterin war die Frau schon recht alt, doch die Geschmäcker waren verschieden.

Donnergrollen ließ mich auffahren, ein Windstoß riss mir die Schutzhaube vom Kopf und blies mir die Haare ins Gesicht.

«Da ist wieder eine Gewitterfront im Anmarsch», sagte der Steuermann. «Diesmal wird es länger dauern als vorhin, vielleicht eine gute Stunde.»

«Wie schnell ist das Gewitter hier?»

«In einer Viertelstunde, maximal in einer halben.»

«Wie weit ist es von hier nach Vårdö, der Insel von Kalle Laine?»

«Die ist gleich da drüben.» Der Mann zeigte auf eine schroff aufragende Insel im Norden. «Willst du hin?»

«Die Leichen sollten vor Regen geschützt und möglichst bald zur Obduktion aufs Festland gebracht werden», erklärte ich, und Hakkarainen und Kettunen nickten zustimmend.

«Sie dürfen also abtransportiert werden?», vergewisserte sich Letzterer. «In unserem Boot ist Platz, die Küstenwache braucht nicht zu helfen.»

«In Ordnung. Wir treffen uns morgen früh um neun im Präsidium und fassen zusammen, was wir bis dahin wissen. Vielleicht sollten wir noch die Stelle überprüfen, wo Laine die Leichen gefunden hat. Morgen früh sehen wir uns dann auch an, ob Bergs Bericht mit Laines Aussage und mit den Spuren an den Leichen und der Plastikfolie übereinstimmt.»

Ich warf einen letzten Blick auf die Toten. Zwar würde ich ihre erloschenen Augen von nun an nur noch auf den Fotos der Kriminaltechnik sehen, doch sie würden mich noch lange beschäftigen. Die Gesichtszüge des Mannes würden rekonstruiert, die Farbe seiner Augen und die Form seiner Nase festgestellt werden, vielleicht fanden sich auch Fotos, auf denen er lächelte. Wer immer die Toten sein mochten, ich war es ihnen schuldig herauszufinden, warum sie in Folie gewickelt im Meer gelandet waren.

Koivu betrachtete abwechselnd die näher rückenden Regenwolken und das Patrouillenboot, als müsse er zwischen zwei Übeln wählen. Schließlich sprang er doch ins Boot. Diesmal fuhren wir vor dem Wind, und auch Koivu blieb an Deck. Puupponen setzte sich und suchte mit dem Bilderkennungsprogramm auf dem Laptop nach dem Gesicht der Frau. Ich musste die Beinmuskeln ein wenig anspannen, um stehen zu bleiben, ohne mich an der Reling festzuhalten.

Das Anlegen war leichter als bei der Klippe, denn es gab einen sieben Meter langen Steg, an dem ein Buster und ein kleines Glasfiber-Ruderboot vertäut lagen. In Ufernähe stand eine etwa zwanzig Quadratmeter große Sauna, dahinter befanden sich ein Holzstoß und ein Gestell zum Netzetrocknen. Die Insel war mit Kiefern bewaldet, auf dem Boden wuchsen hauptsächlich Wachtelweizen und Blaubeeren. Ins Innere der Insel führte ein fast ein Meter breiter, sauber geharkter und mit kleinen Steinen abgegrenzter Pfad. Nachdem wir einige Meter gegangen waren, kam das Sommerhaus in Sicht, das rundherum von Bäumen geschützt war. Die Stürme im letzten Winter hatten allerdings Schaden angerichtet: An der Südwestseite des Hauses standen mehrere frisch aussehende Baumstümpfe.

Die Küstenwächter waren auf dem Boot geblieben, es gab keinen Grund anzunehmen, dass Laine gefährlich sein könnte. Koivu und Puupponen begleiteten mich zum Haus. Die rote Bretterverschalung und die weißen Fensterrahmen hatten kürzlich einen frischen Anstrich bekommen, zwischen den weißen Lobelien, die in Ampeln an der Veranda hingen, waren keine vertrockneten Blüten zu entdecken. Ich klopfte an die Tür, einmal, ein zweites Mal. Keine Antwort.

«Laine? Kalle Laine? Polizei», rief ich, und da sich nichts rührte, drückte ich die Klinke herunter. Hinter der Tür befand sich eine kleine, saubere Diele. Die Tür zur Stube war angelehnt. Ich trat ein.

Der Mann lag mit dem Gesicht zur Wand auf dem Sofa. Der

Flickenteppich davor war faltig verrutscht, was in dem ansonsten ordentlichen und sauberen Zimmer ins Auge stach. Der Mann trug einen Pullover und eine baumwollene Cargohose, er war barfuß. Am Hinterkopf hatte er eine kleine Glatze, von der sich Haut schuppte. Er schnaufte, und seine Alkoholfahne war zwei Meter weit zu riechen.

«Kalle Laine? Aufwachen!» Ich ging zum Sofa und rüttelte den Mann an der Schulter. Er schreckte auf.

«Wer zum Teu…?»

«Kommissarin Maria Kallio von der Polizei von West-Uusimaa in Espoo. Ich hätte ein paar Fragen.»

«Was für eine Kommissarin, verdammt noch mal? Wo ist Berg?» Der Mann setzte sich langsam und schwankend auf. Er musste schnell gehandelt haben, wenn er erst nach dem Leichenfund damit begonnen hatte, sich einen derartigen Rausch anzusaufen.

«Wir untersuchen den Fall der nicht identifizierten Leichen und möchten deshalb mit Ihnen sprechen – vorausgesetzt, Sie sind Kalle Laine.»

«Wer soll ich denn sonst sein?» Der Mann stand auf und ging zum Kühlschrank. Er holte eine Flasche Bier heraus, öffnete sie an der Tischkante und kippte sich ein Drittel des Inhalts in die Kehle, bevor er weitersprach. «Ich habe Jon Berg schon alles erzählt. Das muss ich doch wohl nicht wiederholen! Ich habe zwei Leichen gefunden und die Polizei angerufen. Mehr weiß ich nicht. Berg hat mir gesagt, ich solle nichts anrühren, bevor er kommt, und das hab ich auch nicht getan.»

Mit dem nächsten Schluck leerte Laine die Flasche. Er rülpste ein paarmal und wischte sich über den Mund. Der Mann war um die fünfzig, mittelgroß und einigermaßen schlank, nur Gesicht und Bauchmitte sahen ein wenig aufgedunsen aus. Seine braunen Bartstoppeln waren grau durchsetzt.

«Sie müssen auf jeden Fall ins Polizeipräsidium von Espoo

kommen und eine offizielle Aussage machen, hier und jetzt können wir das nicht erledigen, weil Sie betrunken sind. Sehen Sie zu, dass Sie morgen Nachmittag einen klaren Kopf haben – passt es Ihnen um drei Uhr? Haben Sie gerade Urlaub?»

Laine lachte auf. «Urlaub, klar doch, und der endet auch nicht so bald. Die Baufirma, für die ich zweiunddreißig Jahre malocht habe, hat kurz vor Weihnachten Konkurs gemacht. Hier wird die ganze Zeit gebaut, das ganze beschissene Espoo ist eine einzige verdammte Baustelle, aber wer arbeitet da? Letten, Polen und irgendwelche Provinzinder mit Turban.» Laine holte sich die nächste Flasche. «Warum zum Teufel soll ich bis nach Kilo fahren, ist Kirkkonummi nicht gut genug?»

«Das ist nur noch eine Zweigstelle», seufzte Koivu und sah mich an, als flehe er darum, den Rückweg antreten zu dürfen. Der Donner rumorte ganz in der Nähe.

«Demnächst werdet ihr auch nach Indien outgesourct. Dann bleiben nur noch die Radarkameras an der Landstraße. Hört mal, das ist ein verdammt großer Aufwand für mich, bis nach Espoo zu fahren. Kriege ich als Arbeitsloser wenigstens die Fahrtkosten erstattet?»

«Ja», antwortete ich und gab ihm meine Visitenkarte. «Fragen Sie am Empfang nach mir. Morgen um drei. Nüchtern.»

Laine murmelte etwas, das wie ein Fluch klang, doch ich hielt mich nicht länger mit ihm auf. Die Männer der Küstenwache trieben uns zur Eile an: schnell an Bord, bevor uns das Gewitter erwischt. Während der Fahrt suchte Puupponen nach Informationen über Laine. Er hatte seinen eigentlichen Wohnsitz in der Nähe des Dorfes Friggesby an der Straße nach Porkkala, seine Ehe war vor einigen Jahren geschieden worden, drei erwachsene Kinder, drei Bußgelder wegen überhöhter Geschwindigkeit, zwei wegen Trunkenheit am Steuer. Hoffentlich kam er in seinem Suff nicht auf die Idee, heute noch mit dem Boot in See zu stechen.

Die letzten fünf Minuten verbrachten wir eng zusammengepfercht in der Kajüte, denn es goss in Strömen. Obwohl wir zum Wagen nur einige hundert Meter laufen mussten, wurden wir klatschnass. Koivu fuhr noch langsamer als auf dem Hinweg, denn in dem Schauer betrug die Sicht kaum fünf Meter. Mehrere Wagen hatten am Straßenrand angehalten.

«Zum Präsidium?», fragte Koivu, als wir endlich die Landstraße 51 erreichten und das Gewitter nach Westen abzog.

«Yep. Wir richten den Case Room ein. Irgendwo müssen wir ja anfangen.»

«Fahr bei der Pizzeria in Suvela vorbei. Ich habe noch nicht mal gefrühstückt. Möchtet ihr auch was?», fragte Puupponen. Ich wartete im Auto, während die Männer die Pizza holten. Da klingelte mein Handy. Obwohl mir die Nummer unbekannt war, meldete ich mich.

«Jon hier, Jon Berg. Wie geht es der schönsten Kommissarin von Espoo?»

Vor Verblüffung verschlug es mir die Sprache. «Hör mal, ich hatte recht, das Gesicht der Frau kam mir bekannt vor. Eben ist mir endlich ihr Name eingefallen. Saila Lind. Sie wohnte wohl in Helsinki, war im Sommer aber oft bei ihrem Schwager in der Nähe von Vormö. Ich habe dir ja gesagt, ich kann dir nützlich sein, Maria. Und was Frauen betrifft, liege ich meistens richtig ...»

«Saila Lind also. Danke.» Ich legte einfach auf, weil ich Bergs aufdringliches Flirten unerträglich fand. Puupponen öffnete die Tür, ein Stück Pizza in der Hand, Koivu trug eine große Pizzaschachtel.

«Ich musste schon mal ein Stück nehmen», grinste Puupponen.

«Dein Hunger muss warten. Unsere Frauenleiche hat jetzt einen Namen. Guck mal nach, was unsere Datenbanken über eine gewisse Saila Lind ausspucken und wem wir die Trauerbotschaft überbringen müssen.»

3

Ein interessanter Fall, diese Saila Lind. Finnischsprachig, setzt sich aber für den obligatorischen Schwedischunterricht ein. Sie hat massenhaft Feinde in den Chats», berichtete Puupponen mit vollem Mund. Wir waren durch den Regen zum Präsidium gefahren und verspeisten nun im Konferenzraum unserer Einheit die Pizza. «Sie war mal mit einem Schweden verheiratet, mit einem Bo-Anders Lind, die Ehe wurde aber schon sechsundneunzig geschieden. Wohnhaft in Helsinki, Loviisankatu 3 B.»

«Unmittelbare Angehörige?», fragte ich und stand auf, um mir Kaffee nachzugießen. Es stand in den Sternen, wie lang die Nacht werden würde. Es war ein seltsames Gefühl, dass mich zu Hause niemand vermisste, ich würde nicht erklären müssen, warum ich so spät kam, ich brauchte die Sorgenfalten um Anttis Augen nicht zu sehen, wenn er hörte, dass ich es mit einem zweifachen Mord zu tun hatte.

«Nada. Keine Kinder, keine Enkel. Die hätte sie theoretisch auch schon haben können, sie wäre nämlich im November einundfünfzig geworden. Die Fotos, die ich bei Google gefunden habe, sind entweder alt oder retuschiert. Oder die Dame hat sich ungewöhnlich gut gehalten.» Puupponen rieb sich die Augen und gähnte. Der Reserve-Overall schlotterte immer noch an ihm herunter, in seinen Mundwinkeln hing Tomatensoße. «Ihre Eltern sind tot, und dieser Bo-Anders Lind befindet sich wohnhaft in Göteborg. Es sei denn, er ist mit seiner Ex vor Upinniemi schwimmen gegangen.»

«Du hast gesagt, Lind war Finnisch-Muttersprachlerin und trotzdem eine Verfechterin des Schwedischen. Wie meinst du das?» Ich schaltete meinen Computer an und loggte mich ein.

«Gib als Suchbegriffe Zwangsschwedisch und Lind ein, dann kriegst du jede Menge Treffer. Die Dame hat vor ein paar Jahren an einer Fernsehdebatte zum obligatorischen Schwedischunterricht an finnischen Schulen teilgenommen und danach sogar Morddrohungen bekommen. Ich werde wahrscheinlich die ganze Nacht brauchen, um zu checken, von welchen Servern die kamen.»

«Hat sie damals Anzeige erstattet?», fragte Koivu und tippte auf seinem Laptop herum. Sein Handy vibrierte auf dem Tisch, er nahm das Gespräch an.

«Hallo, Juuso. Noch bei der Arbeit. Weiß ich nicht. Mama kann das auch kochen.» Koivu lachte verlegen. «Wahrscheinlich sogar besser als ich. Ja, ich komme bald. Wenn Maria mich gehen lässt.» Er grinste mich an. «Ja, ich richte ihr Grüße aus. Puupponen auch?»

Koivus ältester Sohn Juuso war mein Patenkind. Koivus Frau Anu Wang-Koivu hatte früher im selben Gewaltdezernat der Espooer Polizei gearbeitet wie wir anderen, aber als die Familie wuchs, hatte sie sich auf eine Fünfunddreißig-Stunden-Stelle bei der Jugendpolizei versetzen lassen. Anders wäre der Alltag mit drei Kindern nicht zu bewältigen gewesen.

«Geh ruhig nach Hause», sagte ich. «Puupponen und ich suchen die wichtigsten Infos über Lind zusammen und klären, wie wir morgen in ihre Wohnung kommen. Treffen wir uns um halb neun, die Technik kommt um neun. Guck dir deine Kids besser jetzt an, wo es noch geht. Wer weiß, wie viele Nächte Arbeit uns dieser Fall noch beschert.»

Koivu nickte. Er wusste, dass es von Vorteil war, wenn wenigstens einer von uns morgen ausgeschlafen zur Arbeit kam. Auch Puupponen gähnte immer häufiger. Tapfer widerstand ich der Versuchung, ihn zu fragen, warum er einen Frack und

Gummistiefel angehabt hatte. Wir arbeiteten seit mehr als zehn Jahren zusammen, aber über sein Privatleben wusste ich fast nichts. Er gefiel sich in der Rolle des Sprücheklopfers, doch der wahre Ville Puupponen blieb hinter dieser Rolle verborgen.

«Guck dir den Chat vom Hufvudstadsbladet aus dem Juni an. Da haben sich sogar die Finnlandschweden aufgeregt, weil sie fanden, Linds Sprachhysterie würde ihrer Sache nur schaden. Die Lady war echt furchtlos.» Aus Puupponens Stimme klang beinahe so etwas wie Bewunderung. «Glaubst du, das Gericht erlaubt uns, die Identität der Chatter offenlegen zu lassen?»

«Du meinst, es handelt sich um einen sprachpolitischen Mord?» Ich bemühte mich um einen ironischen Tonfall. Die Bedeutung der schwedischen Sprache im offiziell zweisprachigen Finnland hatte in den letzten Jahren erstaunlich heftige Debatten ausgelöst, und bei dem hasserfüllten politischen Klima heutzutage konnte man nicht ausschließen, dass eine Stellungnahme Gewalttaten provozierte.

«Wenn man diese Wortmeldungen liest, kann man nur hoffen, dass diese Typen ihre Aggressionen in den Chats abladen. Meine Fresse, wenn diese Wut in Straßenkrawallen eskaliert, wird es eng für uns.»

Ich hinterließ bei der Verwaltung des Hauses, in dem Saila Lind gewohnt hatte, eine Rückrufbitte, denn ich wollte die Wohnung gleich am nächsten Tag durchsuchen. Es war fast Mitternacht, als ich Puupponen in den Feierabend schickte.

«Wie wäre es mit einem Bier in Grankulla? Pizza macht durstig», meinte er.

«Ich gehe lieber nach Hause.»

«Als Strohwitwe hast du es doch nicht eilig. Wenigstens eins auf die Schnelle im Gran», bettelte Puupponen.

«Willst du im Polizeioverall in die Kneipe oder in deinem Frack?», fragte ich.

«Ach Scheiße, das hatte ich ganz vergessen. Na, in Tapiola

gibt's auch Bier.» Puupponen war kürzlich umgezogen und wohnte nun im Stadtteil Tapiola. «Dann also bis morgen um halb neun. Ich guck noch ein paar Sachen nach.» Es klang, als wolle er allein am Computer sitzen bleiben. Auch ich mochte die späten Stunden auf dem Revier: Die Flure waren leer, nur gelegentlich lieferte ein Streifenwagen einen Betrunkenen ab. Die Sommerwochenenden waren in Espoo ruhig, die Leute tobten sich auf ihren Sommerhütten oder im Zentrum von Helsinki aus. Vor ein paar Wochen hatten Gerüchte vor dem Festival in Silkiniitty gewarnt, das gewaltbereite Jugendliche anlocken würde, doch die Veranstaltung war wegen schlechten Wetters abgesagt worden. Meine Tochter Iida, die einige der Veranstalter kannte, hatte mich wütend gefragt, ob Punker und Indie-Rocker neuerdings zu meinen Feinden zählten. Es fiel ihr mitunter schwer, meinen Beruf zu akzeptieren. Bisher beschränkte sich ihre Rebellion jedoch darauf, dass sie ohne Helm Fahrrad fuhr, und deswegen wurde sie von Antti deutlich häufiger angemotzt als von mir.

Erst am Wochenende vor Schulbeginn würde es wieder hoch hergehen. Die Schupo mobilisierte an diesen Tagen alle verfügbaren Kräfte. Das Ferienende schlug sich auch in der Statistik der häuslichen Gewalt nieder; manchen fiel es schwer, aus dem feuchtfröhlichen Urlaub friedlich in den grauen Alltag zurückzukehren.

Es zog schon wieder ein neues Gewitter auf, ich musste mich beeilen, um nach Hause zu kommen, bevor es losbrach. Kaum war ich eingeschlafen, weckte mich gleißendes Licht: Hundert Blitze pro Minute zuckten über den Himmel, es war so hell, dass man hätte lesen können. Unsere Katzen Jahnukainen und Venjamin rasten durch das Wohnzimmer, das Wetter machte sie unruhig. Erst als es nur noch alle fünf Minuten blitzte, fand ich wieder in den Schlaf.

«Dürfte ich Ihre Dienstausweise sehen?», fragte die Geschäftsführerin Lisa Heino ungeduldig. Sie besaß mehrere Wohnungen in dem Haus Loviisankatu 3 und hatte darauf bestanden, anwesend zu sein, wenn die Polizei in die Wohnung ihrer verstorbenen Mieterin eindrang. Heinos Alter war schwer zu schätzen, es lag irgendwo zwischen Mitte dreißig und Mitte fünfzig. Das Seidenkostüm und die Zehn-Zentimeter-Absätze unterstrichen ihre Autorität, und ihr Make-up war trotz der drückenden Hitze kein bisschen verlaufen.

«Einer dürfte genügen.» Ich hielt der Frau meinen Ausweis hin.

Sie betrachtete ihn eingehend, bevor sie sagte: «In Ordnung. Werfen Sie den Schlüssel anschließend beim Immobilien-Service in den Briefkasten, ich hole ihn dann. Das Schloss muss ohnehin ausgewechselt werden, der Schlüssel von Frau Lind ist ja offenbar … verschwunden.»

«Wir melden uns, falls er gefunden wird», versicherte ich. Frau Heino trippelte davon. Es schien sie nicht im Geringsten zu interessieren, wie es bei Saila Lind aussah. Vielleicht hatte sie die Angewohnheit, auf eigene Faust Stippvisiten in den Wohnungen ihrer Mieter zu machen. Jetzt hatte sie es jedenfalls eilig, zu ihrem nächsten Termin zu kommen.

Es gab keinen Aufzug im Haus, wir stiegen also zu Fuß in den fünften Stock. Koivu kam bereits im dritten ins Schnaufen, während Puupponen mühelos mithielt. Das breite Treppenhaus war spiralförmig geschwungen, an vielen Türen war die Farbe abgeblättert, und die Schlösser wiesen Spuren von Einbruchsversuchen auf. An Saila Linds Tür befanden sich noch mehr Kratzer als an den anderen, und der untere Teil sah aus, als hätte jemand dagegengetreten. Ich schloss auf. Unter dem Briefschlitz häuften sich Gratiszeitungen und Wurfsendungen. Briefe oder reguläre Tageszeitungen waren auf den ersten Blick nicht zu erkennen.

Die Diele war eng, höchstens einen Meter breit und ebenso

lang, und das daran angrenzende Zimmer hatte nicht einmal zwanzig Quadratmeter. Es bot gerade einmal Raum für einen kleinen Schreibtisch, ein schmales Bett und einen Esstisch mit zwei Stühlen. Einen Herd gab es nicht, nur eine Kochplatte und eine Espressomaschine. Der Kühlschrank war nur halb so groß wie die Standardmodelle.

«Verdammt noch mal, müssen wir wirklich heute zu deiner Mutter?!» Ich zuckte zusammen, als ich die Männerstimme hörte, so laut, als stünde der Sprecher direkt neben mir. Allerdings kam sie aus der Nachbarwohnung. Die Antwort hörte ich nicht, und nach einer kurzen Pause setzte die nasale Männerstimme ihre Tirade fort.

«Mit der Schallisolierung gewinnt man hier keinen Blumentopf», stellte Koivu fest und zog die Wohnungstür zu. «Und mit dem Platz auch nicht. Selbst eine Gefängniszelle ist größer als diese Bude.»

An der Aussicht war dagegen nichts auszusetzen. Das einzige Fenster ging auf einen felsigen Park hinaus, in dem ein paar optimistische Urlauber auf Decken lagen, obwohl sich die Sonne hinter den Wolken verbarg. Der Blick reichte bis zum Stadtteil Pasila hinüber. Als ich das Fenster öffnete, drangen fröhliches Kreischen und das Geratter der Fahrgeräte vom Vergnügungspark Linnanmäki herein. Es war nicht leicht gewesen, einen Parkplatz zu finden, obwohl man ein Polizeifahrzeug, selbst wenn es unmarkiert war, überall abstellen durfte.

Laut Auskunft der Vermieterin hatte Saila Lind seit Anfang März in der Loviisankatu gewohnt, also weniger als ein halbes Jahr lang. Das Zimmer wirkte wie eine provisorische Bleibe. Die Wände waren leer, hellere Quadrate zeigten an, wo die Vormieter Bilder aufgehängt hatten. Auf der gefütterten blauen Tagesdecke lagen zwei Zierkissen, in den Schränken stand nur das notwendigste Geschirr: vier Kaffeetassen, zwei Teller, ein Topf und eine Bratpfanne, einige Gläser und zwei Plastikschüsseln.

Der Kühlschrank enthielt eine ungeöffnete Halbliterpackung H-Milch und zwei Eier, im Tiefkühlfach lag außerdem eine Packung Espresso. Im Speiseschrank entdeckte ich drei verschiedene Tüten Fertigsuppe und eine Dose Tomatenmark.

Von der Diele gingen zwei weitere Türen ab, die in schrankgroße Verschläge führten. Der erste, unmittelbar neben der Wohnungstür, bot gerade genug Platz für die Toilette. Koivu setzte sich zu Demonstrationszwecken darauf und behauptete, die Tür gehe nicht mehr zu.

Der zweite Verschlag beherbergte eine Duschzelle mit Waschbecken. Auf der Glasplatte vor dem Spiegel lagen eine Zahnbürste, ein Epilator und einige Tuben mit Hautpflegeprodukten. Es handelte sich um eine teure Marke, die nur in Spezialgeschäften verkauft wurde, ein seltsamer Kontrast zu der ansonsten ärmlichen Ausstattung.

Neben dem Fenster stand ein Schrank, der ursprünglich offenbar als eine Art Speisekammer gedacht gewesen war. Er enthielt Kleidungsstücke: zwei Sommerkleider, eine Baumwolljacke, Unterwäsche, hochhackige Sandalen und Tennisschuhe. Kaufhausware, wie ich sie auch kaufte, wenn ich es mir nicht leisten konnte, Zeit oder Geld auf Klamotten zu verschwenden. Ganz hinten im Schrank lag ein dickes rotes Fotoalbum. Ich schlug es auf.

Die Frau auf den Fotos war diejenige, deren Leiche ich am Tag zuvor gesehen hatte. Der Kontrast zu der aufgedunsenen, blassen Toten war immens. Von den Kleidern, der Frisur und dem Make-up zu schließen stammten die ersten Aufnahmen vom Ende der siebziger Jahre. Auf die letzten Fotos war ein Datum aus dem vorigen Sommer gedruckt. Saila Lind war nicht mehr jung gewesen, doch die Jahre waren gnädig mit ihr umgegangen. Ihre Haare leuchteten immer noch goldblond, sicher künstlich aufgehellt, der Körper war schlank und durchtrainiert. Um den Mund und am gebräunten Dekolleté hatten sich allerdings Fältchen gebildet. Auf allen Aufnahmen hatte sich Saila Lind in Pose geworfen, auf einigen stand auch der Name des Fotografen. Auf dem allerletzten Bild trug sie ein eng tailliertes, hellblaues Kleid mit weißen Punkten, darunter einen steifen Petticoat. Auch die Haare waren im Stil der fünfziger Jahre frisiert, der rote Lippenstift und der dicke schwarze Lidstrich erinnerten an Marilyn Monroe.

Schmuck, Make-up und anderer weiblicher Krimskrams fehlten im Zimmer. Berg hatte erwähnt, dass Saila Lind den Sommer oft bei ihren Verwandten in Vormö verbracht hatte. Soweit ich mich erinnerte, lag Vormö im Schärengebiet von Inkoo, nicht weit von dem Ort entfernt, wo Anttis Eltern früher ein Sommerhaus gehabt hatten.

Bei der Besprechung am Morgen hatten die Techniker gemutmaßt, die Morde seien wahrscheinlich an Land geschehen und die Leichen anschließend aufs Meer gebracht und dort ins Wasser geworfen worden. Es war merkwürdig, dass sie nicht mit Gewichten beschwert worden waren, die sie in die Tiefe gezogen und unauffindbar gemacht hätten. Vielleicht waren die Gewichte nicht ordentlich befestigt gewesen und hatten sich gelöst. Die technischen Ermittlungen nahmen Zeit in Anspruch, und die Obduktionen konnten frühestens am Dienstag stattfinden, weil sich in der Pathologie wegen der Urlaubszeit die Fälle stauten. Es gab nicht mehr Sommerhausunfälle und im Suff Ertrunkene als sonst, aber auch diese an sich eindeutigen Fälle konnte man nicht allzu lange in den Kühlfächern der Leichenkammer liegen lassen. Sie mussten obduziert und zur Beerdigung freigegeben werden, damit die Angehörigen beginnen konnten, ihre Trauer zu verarbeiten.

Ein Experte für Meeresströmung des Meteorologischen Instituts klärte die mutmaßliche Treibrichtung ab, und ein auf Meeresorganismen spezialisierter Biologe würde das an den Leichen gefundene Plankton untersuchen. Auch das würde darüber Aufschluss geben, wo die Toten im Meer getrieben waren. Die Wissenschaftler wetteiferten dem Vernehmen nach um Polizeiaufträge, die eine willkommene Abwechslung von der Schreibtischarbeit boten, denn kaum ein Meeresforscher unternahm heute noch abenteuerliche Forschungsreisen in ferne Gewässer. Der technische Modellierer der Zentralkripo rekonstruierte anhand der Gesichtsknochen der männlichen Leiche ein Antlitz als Grundlage für unsere Suche. Die Ergebnisse der DNA-Analyse würden gegen Ende der Woche vorliegen. Ich hatte den Medien nur eine kurze Mitteilung zukommen lassen, die besagte, in den Gewässern von Upinniemenselkä seien zwei Leichen gefunden worden. Dennoch hatten wir bereits einige Hinweise erhalten, welche die Assistentin unserer Abteilung, Jenna Ström, gerade abklärte. Saila Linds Name konnte veröffentlicht werden, sobald wir ihre nächsten Angehörigen benachrichtigt hatten. Vielleicht würde diese Freigabe auch zur Identifizierung der männlichen Leiche beitragen.

Saila Linds Schreibtisch hatte zwei Schubladen. Koivu öffnete die obere. Sie enthielt Briefumschläge, einen Handy-Vertrag und einen Kalender vom Vorjahr. Koivu blätterte darin. Plötzlich straffte er sich, und seine Lippen verzogen sich zu einem leisen Lächeln.

«Eine sorgsame Frau. Hat alle Namen und Adressen notiert. Als nächster Angehöriger ist ein Harri Tanner vermerkt», sagte er.

«Harri *Killer* Tanner? Der legendäre Rechtsaußen des eisernen Dreiecks? Der Halter des Allzeitrekords an Torvorlagen in der finnischen Eishockeyliga, erzielt in der Saison 76/77? Der beste Bankstrafenüberwinder in der Nationalmannschaft, der sogar der Fünf-zu-drei-Übermacht der Russen standgehalten hat? Der bei KalPa angefangen und später bei Tappara und beim HIFK gespielt hat?» Puupponens Stimme hatte sich um mindestens eine Quarte höhergeschraubt. Eishockey war seine Leidenschaft. «Aber was verbindet Tanner mit Saila Lind?»

«Moment mal ... Berg hat irgendwas erwähnt. Sie war wohl Tanners Schwägerin.»

«Na klar! Sie muss die Schwester von Tanners verstorbener Frau gewesen sein! Tanners Sohn Patrik hat auch Eishockey gespielt, aber seine Karriere endete vor ungefähr fünf Jahren durch eine Kopfverletzung. Damals wurde viel über das tragische Schicksal der Familie gesprochen, Tanners Frau war nämlich ein paar Jahre zuvor an Krebs gestorben!» Puupponen glänzte nun mit seinem Wissen, von seiner gestrigen Erschöpfung war nichts mehr zu spüren.

«Wie kannst du dich an all das erinnern?», wunderte sich Koivu.

«Tanner hat unsere Nachwuchsmannschaft in Kuopio besucht, als ich neun war. Ich habe von ihm ein Autogramm auf mein Schlägerblatt bekommen, den Schläger habe ich immer noch. Zum Spielen habe ich ihn natürlich nie mehr benutzt, dafür war er mir zu schade. Aber ich habe Tanners Laufbahn ziemlich genau verfolgt. Irgendwann ist er in die Politik gegangen, er war auch mal eine Legislaturperiode lang im Parlament. Vermutlich habe ich ihm damals sogar meine Stimme gegeben.»

«Hervorragend, Ville. Und wo finden wir den Mann?»

Puupponen hatte die Adressen bereits auf seinem Laptop herausgesucht. «Er ist in Espoo gemeldet, im Westend. Aber er hat auch eine Villa in Vormö, in der Nähe des Upinniemenselkä. Gar nicht so weit von der Stelle, wo Kalle Laine die Leichen entdeckt hat.»

«Tatsächlich. Steht da für Tanner auch eine Handynummer?»

«Sogar zwei.»

«Okay, dann gib mir die erste. Pekka, stell dich schon mal auf die nächste Seefahrt ein. Gut möglich, dass Saila Lind ihre letzte Nacht in Vormö verbracht hat.»

Koivu seufzte übertrieben dramatisch. «Zum Glück ist für die nächsten Tage weniger stürmisches Wetter angesagt. Ich muss wohl mitkommen, denn Puupponen kann Killer-Tanner sicher nicht objektiv vernehmen. Bewundert habe ich den Mann allerdings auch, er hat sogar Erich Kühnhackl gestoppt.»

Ich gab Puupponen mein Handy. Er tippte Harri Tanners Nummer ein und reichte es mir mit großer Geste wieder. Ich hatte mich von Kind an mehr für Fußball begeistert als für Eishockey, aber da mein Vater alle Sportsendungen fanatisch verfolgte, hatte ich mit ihm zusammen auch zahllose Eishockeyspiele gesehen. Vage erinnerte ich mich an das kantige Gesicht von Killer-Tanner. Seine Stimme hätte ich allerdings nicht erkannt.

«Tanner», sagte er.

«Harri Tanner?», vergewisserte ich mich.

«Ja.» Die tiefe Stimme klang reserviert, aber gelassen.

«Kriminalkommissarin Maria Kallio von der Espooer Polizei. Es geht um Saila Lind. Sie sind in ihren Papieren als nächster Angehöriger vermerkt.»

«In welchen Papieren? Ist Saila etwas zugestoßen? Sie brauchen nicht um den heißen Brei herumzureden. Ich bin an schlechte Nachrichten gewöhnt.»

In der Regel zog ich es vor, Todesnachrichten persönlich zu überbringen, doch diesmal musste ich anders vorgehen.

«Wir haben eine Leiche gefunden, von der wir annehmen, dass es sich um Ihre Schwägerin Saila Lind handelt. Wann haben Sie sie zuletzt gesehen?»

«Am Freitag. Was heißt ‹gefunden› und ‹annehmen›? Wo ist Saila?»

«Wo sind Sie?», fragte ich zurück. Wir brauchten jemanden, der sie eindeutig identifizierte, Jon Bergs Vermutung genügte nicht.

«Ich bin gerade zu Hause im Westend, hatte aber vor, am Abend nach Enholm zurückzufahren. Jetzt sieht die Sache natürlich anders aus.» Tanner blieb unverändert ruhig, obschon in seinen sorgfältig abgewogenen Worten Besorgnis mitschwang.

«Sie können also ins rechtsmedizinische Institut in der Kytösuontie kommen, um die Tote zu identifizieren? Wann könnten Sie dort sein?»

«Wann immer es Ihnen passt.»

Wir vereinbarten ein Treffen um halb zwei. Das ließ uns Zeit, vorher zu Mittag zu essen. Als junge Polizistin hätte ich es noch für geschmacklos gehalten, vor einem Besuch im Leichenschauhaus zu essen. Im Lauf der Jahre hatte ich jedoch gelernt, dass Hunger bei mir zu Unaufmerksamkeit und Übelkeit führte. Nachdem wir Saila Linds wenige Unterlagen eingesammelt hatten, fuhren wir zum Nepalesen in der Nordenskiöldinkatu. Ich stärkte mich mit Palak Paneer, während Koivu und Puupponen scharfes Lammcurry wählten.

Harri Tanner wartete bereits im Foyer des rechtsmedizinischen Instituts, als wir fünf Minuten vor der vereinbarten Zeit dort eintrafen. Puupponen nahm bei seinem Anblick augenblicklich Haltung an. Obwohl wir Zivilkleidung trugen, erkannte Tanner uns als Polizisten und kam auf uns zu. Die Zeit war gnädig mit ihm gewesen: Er war Mitte fünfzig, hätte aber für vierzig durchgehen können. Er war so groß wie Koivu, eins neunzig, und hatte immer noch die robuste Gestalt eines Verteidigers. Zum dunklen Jackett und der hellgrauen Hose trug er ein hellblaues Hemd, dessen oberste Knöpfe geöffnet waren. Seine kurz geschnittenen Haare waren immer noch schwarz, an den Wangen und am Kinn schimmerte bereits der nachwachsende Bart.

Ich stellte mich und mein Team vor, Puupponen hielt ausnahmsweise den Mund. Ein Sanitäter führte uns in einen kühlen, kleinen Raum, in den die Leiche zur Identifizierung gebracht worden war. Tanner hatte seit der Begrüßung kein Wort gesprochen. Er trat zu der Leiche, von der nur das Gesicht und die Zehen zu sehen waren, und schluckte hörbar, bevor er sagte: «Ja, das ist meine Schwägerin Saila. Um Himmels willen, was hat man ihr angetan?»

4

Bei der Identifizierung einer Leiche muss man mit allem rechnen, aber Harri Tanners tränenüberströmtes Gesicht überraschte uns dennoch. Ich war gezwungen einzugreifen, als er Anstalten machte, die Tote zu berühren.

«Bitte nicht. Die Obduktion hat noch nicht stattgefunden. Sie sind also sicher, dass es sich um Ihre Schwägerin handelt?»

Tanner schwieg einen Moment. «Ja. Ihr Gesicht ist ein wenig geschwollen, aber es ist Saila. Was ist passiert?»

«Das versuchen wir gerade zu klären. Können wir für den Anfang kurz mit Ihnen sprechen, vielleicht draußen auf dem Gang? Schaffen Sie das?»

Tanner nickte. Ich gab dem Sanitäter ein Zeichen, damit er die Leiche in die Kühlkammer zurückbrachte. Koivu hatte das Formular für die Identifizierung parat und bat Tanner um seine Unterschrift, als wir neben dem Wasserspender im Flur saßen. Ich fragte Tanner, ob er etwas trinken wolle, und er nickte erneut. Erst, als er das zweite Glas geleert hatte, begann ich mit meinen Fragen.

«Sie sagten am Telefon, Sie hätten Ihre Schwägerin zuletzt am Freitag gesehen. Um welche Zeit und bei welcher Gelegenheit?»

«Am Morgen. Ich habe auf der Terrasse unserer Villa auf der Insel Enholmen bei Vormö Kaffee getrunken. Saila kam vom Schwimmen und setzte sich auf ein Tässchen zu mir. Sie hat auf unserem Grundstück ihr eigenes Häuschen und sorgt normalerweise selbst für ihre Mahlzeiten, aber diesmal hat sie mir Gesellschaft geleistet, weil noch Kaffee übrig war. Danach habe ich sie nicht mehr gesehen, ich weiß nicht einmal, wann sie die Insel verlassen hat – und wie. Alle Boote sind nämlich noch da.»

«Sie haben also eine Villa in der Nähe von Vormö. Das ist in den Schären vor Inkoo, nicht wahr?»

«Ja. Auf der Insel gibt es die Villa, zwei Speicher, von denen Saila einen benutzte, dazu eine Ufersauna und einen überdachten Grillplatz», zählte Tanner mechanisch auf. «Wie ist Saila gestorben? Offenbar besteht der Verdacht auf ein Verbrechen?»

«Ja», erwiderte ich, gab aber keine weiteren Auskünfte. Tanner setzte nach, und es war ihm anzusehen, dass er gewohnt war, Antworten auf seine Fragen zu bekommen, doch als er merkte, dass er nichts erreichte, fügte er sich.

«Waren am Freitag außer Ihnen und Ihrer Schwägerin noch andere Personen auf der Insel?»

«Unsere ganze Familie, also mein Sohn Patrik und seine Frau Mia, meine Tochter Lotta und mein Sohn Julian. Meine Frau Eija, Sailas Schwester, ist schon vor Jahren gestorben, ich bin Witwer.» Bei dem letzten Wort verzog Tanner das Gesicht.

«Hat Saila Lind sich viel auf Ihrer Ferieninsel aufgehalten?»

«Sie gehörte sozusagen zum Mobiliar. Sie kam und ging, wie sie wollte.»

«Wie lange war sie vor dem Freitag dort gewesen? Hatte sie Urlaub?»

«Ich weiß es nicht genau. Vielleicht können Lotta oder Mia es Ihnen sagen. Ich selbst bin erst am Donnerstag gekommen, und da war Saila schon da. Und sie war nicht im Urlaub, sondern arbeitslos.»

Tanners Handy klingelte. Er sah nach, von wem der Anruf kam, und stand auf.

«Entschuldigung. Das muss ich annehmen.» Ich hörte ihn in schnellem Englisch etwas besprechen, das Aktien betraf, dann verschwand er um die Ecke.

Puupponen blickte ihm nach, während Koivu verdrossen

stöhnte. «Also wieder aufs Meer. Ob wir wohl einen Hubschrauber kriegen, wenn wir uns einen stichhaltigen Grund einfallen lassen?»

«Keine Chance. Wir brechen auf, sobald wir Kalle Laine befragt haben. Sieh mal nach, von welchem Hafen die Strecke am kürzesten ist, vielleicht von Upinniemi. Und stell fest, wo sich unsere eigenen Boote gerade befinden, vielleicht kann Raitio uns hinbringen. Er ist der beste unserer Kapitäne.»

Tanner kam zurück, setzte sich aber nicht wieder hin.

«Brauchen Sie mich noch?», fragte er.

«Wir haben nur noch ein paar Fragen. Sie sagten, Sie fahren nachher auf die Insel. Wir kommen später nach. Sind die Familienmitglieder, die Sie vorhin erwähnten, noch auf Enholmen?»

«Bei meiner Schwiegertochter weiß ich es nicht genau, sie könnte auch in ihrem Geschäft im Big-Apple-Einkaufszentrum sein. Meine Kinder sind auf der Insel.»

«Hatte Saila Lind einen Freund?»

Tanner sagte, er wisse es nicht genau. In den letzten Jahren habe Saila niemanden erwähnt, mit dem sie sich regelmäßig traf. «Aber sie hat mir auch nicht alles erzählt.»

«Sie sagten, sie war arbeitslos. Seit wann? Und was hat sie vorher gemacht?»

Harri Tanner dachte nach. «Also ... in den letzten Jahren hatte Saila verschiedene Jobs. Sie hat an Messeständen gearbeitet, als PR-Frau, als Moderatorin ... von Beruf war sie ja Fotomodell, aber mit zunehmendem Alter ... Es war nicht leicht für sie, Arbeit zu finden, denn um die Aufträge, die sie früher bekam, bewerben sich heutzutage reihenweise Frauen, die halb so alt sind. Zeitweise war sie darüber ziemlich verbittert und hat versucht, in verschiedenen Projekten einen Lebensinhalt zu finden.»

«Unseres Wissens hat sie aktiv für das Recht der Finnlandschweden auf ihre Muttersprache gekämpft», sagte ich.

Harri Tanner nickte seufzend. «Ja, das war eines ihrer Lieblingsthemen, auf das sie sich immer stürzte, wenn sie nichts anderes zu tun hatte. Ich habe nie ganz verstanden, warum ihr die Sache so am Herzen lag, sie war ja selbst finnischsprachig aufgewachsen, aber sie sagte, es gehe dabei um Menschenrechte. Ihrer Ansicht nach haben auch sprachliche Minderheiten ein Recht auf ihre kulturelle Identität. Es ärgerte sie, dass Finnlandschweden als besonders gut situiert gelten, woraus manche Leute das Recht ableiten, sie zu unterdrücken. Ist sie etwa deshalb ... in Schwierigkeiten geraten?»

Diese Frage konnte ich nicht beantworten. Ich sagte, wir würden unser Gespräch am Abend fortsetzen. Tanner gab Puupponen die Koordinaten seiner Villa und ging. Auf der Fahrt zum Präsidium übernahm ich das Steuer, während Puupponen versuchte, ein Boot für uns zu organisieren, und Koivu erneut die Vermisstenmeldungen überprüfte. Es fand sich immer noch keine, die uns Aufschluss über die Identität des Mannes ohne Gesicht und ohne Fingerspitzen geben konnte. Das Zahnschema lag immerhin vor und verriet, dass unser Toter in puncto Mundhygiene nicht besonders gewissenhaft gewesen war. Ein Zahn fehlte, vier hatten Füllungen und drei weitere hätten eine Behandlung nötig gehabt. Die Füllungen bestanden aus einem Material, das in Finnland weit verbreitet war; es war also anzunehmen, dass die Zähne des Mannes hier behandelt worden waren.

«Alle Polizeiboote sind heute Abend im Einsatz», erklärte Puupponen, als wir in der Tiefgarage des Polizeipräsidiums angekommen waren. «Wir müssen uns wieder an die Küstenwache wenden.»

«Bringt die Fahrt nach Enholmen uns überhaupt etwas?», seufzte Koivu.

Ich überlegte, ob ich ihm erlauben sollte, an Land zu bleiben, entschied mich aber dagegen und bat ihn stattdessen, dafür zu sorgen, dass auch unsere Assistentin Jenna Ström uns begleitete. Dann konnten wir uns für die Befragungen in Zweiergruppen aufteilen. So würden wir schneller vorankommen und müssten nicht die halbe Nacht auf der Insel zubringen.

«Ville, such Informationen über alle zusammen, die Harri Tanner erwähnt hat, dazu eine Karte von Vormö und was wir sonst noch brauchen; Koivu und ich übernehmen Laines Befragung.» Auf meinem Handy ging eine SMS von meinem Sohn ein, der mitteilte, die *Long Wang* habe das deutsche Hoheitsgewässer erreicht. Ich schickte nur ein Smiley als Antwort.

Es war bereits kurz nach drei, als ich zum Empfangsschalter ging. Dort stand der verkatert wirkende Kalle Laine und hinter ihm kein anderer als Jon Berg.

«Tag, Maria», sagte er und lächelte breit. «Ich bringe euch ein großes Paket aus Kirkkonummi.»

«Was suchst du hier, Berg? Und wieso habe ich deinen Bericht noch nicht auf dem Tisch?»

«Wie gesagt, ich bringe Kalle zur Vernehmung. Bei seinem Mandolinenkater habe ich nicht gewagt, ihn ans Steuer zu lassen. Bei uns auf dem Land lässt man einen Kumpel nicht im Stich.»

«Wir haben die Polizei von Kirkkonummi nicht um Amtshilfe gebeten. Mal abgesehen von deinem Bericht.»

«Ich habe noch Urlaub. Das hier ist nichts weiter als eine private Unterstützung für einen Freund.» Berg lächelte wieder. «Du bist natürlich einiges gewöhnt, aber versetz dich mal in die Lage eines Zivilisten. Ist doch ein ganz schöner Schock, gleich zwei Leichen auf einmal zu finden, oder? Den Bericht schreibe ich, sobald ich Kalle wieder bei seiner Hütte abgesetzt habe.»

Ich seufzte. Irgendwie hatte Jon Berg ja recht. «Vielleicht können wir den Bericht durch eine Zeugenaussage ersetzen», sagte ich resigniert, aber mein Zugeständnis zauberte das Grinsen auf Bergs Gesicht zurück, und meine Verärgerung wuchs. «Setz dich so lange in die Cafeteria, ich lasse dich holen, wenn ich jemanden finde, der dich befragen kann.»

«Willst du das nicht selber übernehmen?» Berg spielte den Enttäuschten derart übertrieben, dass selbst Laine ihn verwundert anstarrte. Dann rülpste Laine, und der Biergeruch, der ihn umwaberte, ließ mich vermuten, dass er noch auf der Fahrt getrunken hatte.

«Bring ihn in den Case Room, ich komme gleich nach.» Als Koivu sich mit Laine auf den Weg machte, fragte ich Berg: «Ist Laine überhaupt vernehmungsfähig? Hast du ihn ins Röhrchen pusten lassen?»

«Ja, am Ufer. Über der Grenze fürs Autofahren, aber unter der fürs Boot. Null Komma acht Promille. Und auf der Fahrt hat er noch eine Dose Bier getrunken, obwohl ich versucht habe, ihn davon abzuhalten. Wie gesagt, für normale Leute ist es harter Tobak, eine Leiche zu finden. Er hatte die ganze Nacht Albträume, sagt er. Ich habe ihn gegen Mittag angerufen, um zu fragen, wie es ihm geht, und da hat er mich gebeten, ihn zu chauffieren.»

Berg trug Tarnhose und Stiefel wie am Vortag. Seine Haare fielen offen auf das schwarze T-Shirt, das hinten mit dem Tourneeplan einer mir unbekannten Metal-Band bedruckt war. Vorn auf seiner Brust spielten Skelette Gitarre. Berg merkte, dass ich sein T-Shirt betrachtete.

«Bloodbath, kennst du die? Oder hörst du nur klassische Musik und alten Jazz?»

«Das geht dich gar nichts an. Ab in die Cafeteria mit dir», schnaubte ich und öffnete mit meiner Keycard die Tür zum Treppenhaus.

Koivu hatte die Kaffeemaschine eingeschaltet. Laine hatte offenbar den abgestandenen Rest aus der Kanne bekommen, die Tasse zitterte in seiner Hand. Wir hatten keinen Grund, den

Mann hart anzupacken, also schlug ich einen mütterlichen Ton an.

«Es dauert nicht lange. Erzähl uns einfach in deinen eigenen Worten, wie du die Leichen gefunden hast.» Ich schaltete das Aufnahmegerät ein, eine Videoaufzeichnung war wohl nicht nötig. Dann setzte ich mich Laine gegenüber auf das Sofa. Koivu hatte einen Wandschirm vor die Fotos der Leichen geschoben; diese Bilder gingen Außenstehende nichts an.

«Ich war angeln. Mittags beißt ja nichts an, aber ich wollte raus aus der Hütte. Weg von den Flaschen. Um den ersten Schluck gegen den Kater rauszuzögern. Da seh ich die im Wasser. Ein seltsames Bündel, aus dem ein Frauenfuß rausguckte.» Laine wischte sich über die Stirn, auf der Schweißtropfen standen, und verzog das Gesicht, als er von seinem Kaffee trank. «Ich war total in Panik, ich konnte sie nur mit dem Ruder berühren. Dann habe ich Berg angerufen. Der ist Profi und weiß, was zu tun ist. Er hat gesagt, ich soll gar nichts machen, er käme sofort. Also habe ich gewartet und mit dem Ruder dagegengehalten, damit sie nicht wegschwimmen. Die waren so tot, wie man nur sein kann.»

Koivu und ich fragten bei einigen Punkten nach. Als Berg eingetroffen war, hatte er Laine weggeschickt. In seiner Sommerhütte hatte Laine dann gleich angefangen, sich zu betrinken. Die Gesichter der Toten hatte er nicht gesehen, nur den Umriss der Körper und den Fuß der Frau. Der Name Saila Lind sagte ihm nichts, doch wer Harri Killer Tanner war, wusste er natürlich.

«Man sieht ihn manchmal in Kirkkonummi im Supermarkt», sagte er. «Einmal wollte ich ihn um ein Autogramm für meinen Sohn bitten, aber dann habe ich es doch nicht getan. Er war ja zum Einkaufen da, wie alle anderen.»

Laine war geschieden, seine Frau und sein Sohn wohnten in Leppävaara, die Töchter studierten in Turku und Helsinki. Ich sah keinen Grund, ihn länger festzuhalten.

«Ich will das Ganze bloß vergessen, das darf ich doch? Oder muss ich noch vor Gericht aussagen?»

«Das wissen wir noch nicht. Wenn es zu schwer wird, solltest du dir Hilfe holen.» Ich suchte auf dem Tisch nach der Broschüre des Krisenzentrums, doch Laine winkte verächtlich ab.

«Einen Seelenklempner brauch ich nicht! Ich bin auch bisher ohne ausgekommen.» Er rülpste wieder, und seine Fahne verriet, womit er seine Psyche zu behandeln gedachte.

Puupponen war an seinem Computer beschäftigt. Ich rief Jenna Ström an, die sagte, wenn sie am Abend gebraucht werde, stehe sie bereit. Jenna war eine Art Springerin zwischen dem Gewaltdezernat und unserer Abteilung, was bedeutete, dass das Dezernat sie uns bei Bedarf zur Verfügung stellte. Sie war vor einigen Jahren als Praktikantin bei uns gewesen und hatte nach dem Abschluss ihrer Ausbildung das große Glück gehabt, eine feste Stelle zu bekommen. Ich hatte zur gleichen Zeit die Polizeischule besucht wie Jennas Vater Pertti Ström und war später seine Kollegin gewesen. Als Ström Selbstmord beging, war ich seine Chefin gewesen – eine Chefin, die sein Alkoholproblem nicht entschieden genug angegangen war. In schlaflosen Nächten gab ich mir immer noch die Schuld an Ströms Tod, auch wenn mein Verstand mir sagte, dass ein Selbstmörder nicht zu erkennen war.

Koivu kam mit Jon Berg zurück, der schnurstracks auf die Fotos der Leichen zuging. Für die nächsten Vernehmungen mussten wir unbedingt einen anderen Raum finden.

«So sieht es also bei euch aus. Wie habt ihr es eigentlich geschafft, euren Club der Seltsamen über alle Umstrukturierungen hinweg zu retten?»

Das hatte ich mich auch schon gefragt. Jyrki Taskinen, mein unmittelbarer Vorgesetzter, war offenbar ein wahrer Meister am Verhandlungstisch. Doch ich antwortete selbstsicher: «Wir sind verdammt gut. Unsere Aufklärungsquote liegt bei hundert

Prozent. Also los. Da du Urlaub hast, erledigen wir den offiziellen Teil mündlich. Nimm Platz.»

Berg setzte sich mir gegenüber und zog seinen Stuhl näher heran. Er lächelte wissend, als ich die Eingangslitanei herunterbetete. Sein Lächeln gefror auch nicht, als ich fragte: «Warum hast du Laine nicht angewiesen, sich bei der Notrufzentrale zu melden? Warum bist du selbst zur Fundstelle gefahren, obwohl du Urlaub hattest?»

Berg lehnte sich zurück und verschränkte die Hände im Nacken.

«Was würdest du denn machen, wenn ein Kumpel dich anruft und um Hilfe bittet? Außerdem war ich ganz in der Nähe, ich hatte einen Bekannten nach Jacob Ramsjö gebracht und war gerade auf dem Rückweg nach Pikkala, wo mein Boot liegt.»

«Du bist seit mehr als zehn Jahren Polizist. Du weißt genau, was das Procedere vorsieht», beharrte ich, obwohl es nicht meine Aufgabe war, Jon Berg zurechtzuweisen. Andererseits wollte ich auch nicht zugeben, dass ich wahrscheinlich ganz genauso gehandelt hätte, ganz gleich, wie die Vorschriften lauteten.

«Ist das so entscheidend? Ihr habt zwei Leichen, von denen eine immer noch keinen Namen hat, nehme ich an. Da ist die wichtigere Frage doch wohl, wie sie im Meer gelandet sind, und nicht, ob jemand ein bisschen von der üblichen Praxis abgewichen ist.» Berg lächelte immer noch, aber nun wirkte sein Lächeln gezwungen. «Ich habe den Notruf gewählt, sobald ich mich darum gekümmert hatte, dass die Leichen nicht davontreiben. Dann habe ich Kalle weggeschickt und gewartet, bis eure Techniker kamen. War das alles so falsch?»

«Nein. Aber du weißt sicher, dass auch gute Ermittlungen an Formfehlern scheitern können.» Ich lächelte ihn an. «Wenn du uns jetzt noch beschreibst, was du gesehen hast, brauchst du deinen Urlaub nicht auf einen schriftlichen Bericht verschwenden.»

Berg behauptete, er habe kaum etwas zu erzählen, aber ich stellte bald fest, dass er ein genauer Beobachter war, und schloss daraus, dass er kein schlechter Polizist sein konnte. Er war in seinem Bericht gerade bei der Ankunft der Techniker angelangt, als Puupponen, der am anderen Ende des Raums an seinem Computer arbeitete, einen Anruf bekam. Ich hörte ihn sagen: «Ach. Schade. Ja, ich melde mich morgen wieder.» Dann drehte er sich auf seinem Bürostuhl zu uns um und sagte zu Koivu: «Du hast Glück, Landratte. Heute ist nirgends ein Boot aufzutreiben, das uns nach Enholmen bringen kann. Morgen könnte es eventuell klappen. Dann haben wir übrigens ordentlichen Südwestwind, das freut dich sicher.»

Koivu funkelte Puupponen böse an, ließ sich aber immerhin nicht dazu hinreißen, ihm seine leere Kaffeetasse an den Kopf zu werfen. Berg ergriff die Gelegenheit sofort beim Schopf.

«Braucht ihr ein Boot? Kein Problem, mein Kahn liegt in Pikkala. Damit seid ihr schneller auf Enholmen als mit irgendeinem Polizeikreuzer.»

«Du meinst dein eigenes Boot?»

«Ja, die *Justina*. Können wir das nicht als Amtshilfe betrachten?» Berg sah mir direkt in die Augen. Als ich seinem Blick standhielt, überlegte ich, dass wir die Sache nicht unnötig zu komplizieren brauchten. Jon Berg kannte Kirkkonummi und die Gewässer vor Inkoo. Das Gesetz erlaubte uns, auch Privatpersonen um Amtshilfe zu bitten, und Berg arbeitete obendrein für die Polizei.

«Das schnieke Motorboot? Wir Segler betrachten solche Vehikel als wahre Plage», sagte ich.

Berg warf den Ball zurück: «Du segelst? Na, dann schalten wir das GPS nicht ein, du kannst ja die Karte lesen.»

«Ach, ich dachte, du findest den Weg auch ohne Karte», entgegnete ich, und nun war Bergs Lächeln wieder ungezwungen. Fröhlich verabschiedete er sich, nachdem wir verabredet hatten, uns in Pikkala zu treffen. Koivu starrte mich ungläubig an und seufzte tief, als ich ihn bat, Harri Tanner anzurufen und ihm mitzuteilen, dass wir in einer guten Stunde auf der Insel eintreffen würden.

«Und was soll ich Anu sagen?», fragte er noch, bevor er aufstand, um sich Kaffee nachzugießen.

«Dass es spät wird. Ich gehe davon aus, dass Berg uns nach Pikkala zurückbringt. Zieht euch warm an», sagte ich und machte mich auf die Suche nach Jenna Ström. Ich mochte das Gefühl, wenn die Räder sich zu drehen begannen und die Ermittlungen Fahrt aufnahmen. Im Lauf der Jahre hatte ich mir eingestanden, dass die Aufklärung von Gewaltverbrechen einfach mein Talent war. Ich hatte Dutzende von Fällen gelöst, aber mit zwei so rätselhaften Leichen hatte ich es noch nie zu tun gehabt. Es bereitete mir nicht einmal mehr Schuldgefühle, dass ich mich wie ein Jagdhund fühlte, der zum ersten Mal zur Hatz durfte.

«Wir konzentrieren uns darauf, Saila Linds Sachen zu untersuchen und uns mit Hilfe ihrer Verwandten ein Bild von ihr zu machen», sagte ich, als ich in den Case Room zurückkehrte. «Zu viert schaffen wir es, alle Anwesenden zu befragen.»

«Zu viert – oder zu fünft?», erkundigte sich Puupponen. «Berg scheint mehr als willig mitzumachen. Und dir ist seine Hilfe doch offenbar ganz willkommen.»

Diese Bemerkung würdigte ich nicht mit einer Antwort. Das rechtsmedizinische Institut teilte mit, die Obduktionen seien für den nächsten Morgen geplant. Wir würden später entscheiden, ob jemand von uns daran teilnahm. Für die Ermittlungen war es nicht unbedingt nötig, und keiner von uns riss sich darum, aber unsere Anwesenheit hatte sich schon oft als nützlich erwiesen.

Berg erwartete uns bereits in Pikkala. Er berichtete, Kalle Laine in dessen Hauptwohnsitz in Friggesby abgesetzt zu haben. «Ich habe ihm eingetrichtert, nichts mehr zu trinken, aber wer kann einen Säufer schon davon abhalten», sagte er kopfschüttelnd.

Bergs *Justina* war eine zweistöckige, etwa dreizehn Meter lange schwimmende Villa, deren Höchstgeschwindigkeit bei vierzig Knoten lag. Koivu war froh, dass wir nicht mit einem der kleinen Polizeiboote fahren mussten, denn er nahm an, ein größeres Fahrzeug würde weniger schaukeln. Es ging ein schwacher Wind, nur fünf Meter pro Sekunde und fast direkt aus Osten, eine leichte und für uns günstige Brise. Das Boot ließ sich sowohl von Deck als auch in der Kajüte steuern. Als Berg an Deck stieg, folgte ich ihm. Die anderen blieben drinnen, die Landratten.

Auf dem großen Motorboot fühlten sich die Wellen ganz anders an als auf einem Segelboot. Die *Marjatta*, das Boot von Anttis Eltern, war ziemlich klein, nur neun Meter lang, und hatte nicht einmal ein Steuerrad, sondern nur eine Ruderpinne. Ich hatte erst mit dem Segeln begonnen, nachdem ich Antti kennengelernt hatte, aber inzwischen saß ich gern an der Pinne, wo ich den Wellen Widerstand leisten und mit den Bewegungen des Bootes eins werden konnte. Es gab kaum etwas Entspannenderes als das Steuern eines aufgetakelten Segelbootes. Bei rauem Wetter konnte man an gar nichts anderes mehr denken als daran, das Gleichgewicht zu halten.

Als wir das offene Meer erreicht hatten, fuhr Berg in einer engen Kurve nach Süden, ab von dem Kurs, den ich erwartet hatte. Er bemerkte meinen verwunderten Blick und fragte: «Wollen wir uns die Insel ansehen, die von Kormoranen in Beschlag genommen wurde? Wenn wir östlich daran vorbeifahren, haben wir einen guten Westkurs nach Vormö.»

Ich nahm an, dass Berg wusste, welche Route für sein Boot die beste war. Als wir uns der schon von weitem weiß leuchtenden Insel näherten, verringerte er das Tempo auf ein paar

Knoten. Es war ein unwirklicher Anblick: Alle Vegetation war abgestorben, die Bäume ragten schwarz in den Himmel und trugen seltsame Früchte: Vögel. Berg reichte mir ein Fernglas. Hunderte von Kormoranen hockten reglos und doch wachsam auf den Ästen.

«Das war früher eine schöne Ausflugsinsel», sagte Berg leise und beschleunigte wieder. «Jetzt gibt es dort nur noch diese Raubvögel, alles andere ist tot. So tot wie Saila Lind und der Unbekannte.»

«Allerdings ist das da nur eine Insel.»

«In unserer Familie hat es immer viele Fischer gegeben. Jetzt lohnt sich der Fischfang nicht mehr. Die da sind einer der Gründe», schnaubte Berg und fuhr so nah an die Insel heran, dass einige der Vögel aufflogen. Anttis Meinung zufolge waren die Kormorane im Vergleich zu der von Menschen angerichteten Umweltzerstörung harmlos. Doch das sagte ich Berg lieber nicht.

«Kalle wird sich wohl nicht so schnell von dem Leichenfund erholen. Ich glaube nicht, dass er in diesem Sommer noch mal zum Fischen rausfährt. Es fällt ihm ohnehin schwer, nicht zu oft zur Flasche zu greifen. Nach einem Mord macht sich die Trauer breit wie der Tod, den diese Vögel mit sich bringen.»

Berg drehte sich kurz zu mir um. Auf seinem Gesicht lag nicht der kleinste Anflug eines Grinsens. Er hatte sich nicht aus purer Neugier erboten, uns nach Vormö zu bringen. Auch er wollte die Person zur Verantwortung ziehen, die zwei Menschen auf dem Gewissen hatte.

5

Das Grundstück der Tanners lag im Südwesten von Vormö auf der Insel Enholmen, auf der, wie ihr schwedischer Name besagte, zahlreiche, mehrere Meter hohe Wacholder wuchsen. Berg steuerte den Anleger so routiniert an, als sei er nicht zum ersten Mal hier. Dem Echolot nach war das Wasser am Bootssteg drei Meter tief, das reichte für Jachten, die noch wesentlich größer waren als Bergs Schnellboot. Im Moment lagen dort jedoch nur ein etwa dreißig Fuß langes Motorboot und ein einfacher Buster, mit dem man in den Schären gemeinhin zum Einkaufen fuhr.

«Mein Onkel hat ein paar Kilometer von hier eine Sommerhütte. Als Kind war ich oft in der Gegend», erklärte Berg. Dann reichte er mir den Arm, damit ich leichter über den Bootsrand auf den Beton springen konnte. Jenna Ström hingegen ließ er allein auf den Anleger springen, was sie ungelenk tat. Koivu und Puupponen hatten die Ermittlungskoffer bei sich, und Koivu atmete erleichtert aus, als er wieder auf festem Boden stand.

Harri Tanner hatte offenbar in dem zehn Meter vom Ufer entfernten Saunagebäude auf uns gewartet, denn er kam sofort zur Tür heraus und über den gepflasterten Pfad auf den Anleger zu. Ihm folgte eine hochgewachsene, etwas über dreißigjährige Frau, in der ich aufgrund der Ähnlichkeit Tanners Tochter Lotta vermutete.

«Habt ihr gut hergefunden?», fragte Tanner und stellte uns seine Tochter vor. «Lotta kann euch Sailas Speicher zeigen und alles andere, was ihr sehen wollt. Meine Schwiegertochter ist auf dem Festland und kommt heute nicht mehr auf die Insel, aber ihr könnt sie in Espoo befragen. Sie ist sogar im Sommer fast immer in ihrem Laden im Big Apple anzutreffen. Patrik ist im Hauptgebäude, Julian ist anscheinend mit dem Paddelboot unterwegs und meldet sich nicht, er nimmt sein Handy nicht immer mit. Ich habe gleich eine Besprechung per Skype, aber danach kann ich euch in jeder Hinsicht behilflich sein. Lotta, übernimmst du?»

Harri Tanner eilte an der Sauna vorbei auf den inneren Teil der Insel zu. Lotta blickte ihm nach. Sie hatte breite Schultern und kleine Brüste, ihre Bein- und Pomuskeln waren durchtrainiert, ihr ganzer Körper strotzte vor Kraft. Spielte sie ebenfalls Eishockey oder vielleicht Ringette, das angeblich für Frauen passender war? Ihre Haare waren so dunkel wie die ihres Vaters und reichten bis knapp über die Ohren. Die selbsttönende Brille verdeckte ihre Augen, sodass ich deren Farbe nicht erkennen konnte. Sie trug ein hellblaues T-Shirt und eine Caprihose in etwas dunklerem Blau, an den Füßen Crocs in leuchtendem Pink.

«Wollt ihr euch zuerst in Sailas Speicher umsehen?», fragte sie und ging uns auf dem Uferpfad voran, ohne auf Antwort zu warten. Der Pfad führte hinter der Sauna vorbei und stieg dann ein wenig an, bis ein zweistöckiges Blockhaus sichtbar wurde, das bestimmt um die zweihundert Quadratmeter Wohnfläche hatte. Lotta lotste uns daran vorbei in eine Niederung, in der zwei kleinere Holzhäuser standen.

«Saila wohnt im linken. Die Tür ist offen, ich habe schon nachgesehen. Was hat sie denn verbrochen, dass gleich fünf Polizisten anrücken, um ihre Sachen zu durchsuchen? Ist sie verhaftet worden?» Lotta Tanner hatte die Brille abgenommen. Ihre Augen waren schokoladenbraun, die Wimpern lang und dicht wie in einer Mascara-Reklame. Ihr fragender Blick traf Koivu, der seinerseits mich ansah, bevor er zurückfragte: «Hat dein Vater dir nicht erzählt, was passiert ist?»

«Er ist gerade erst völlig gehetzt angekommen und meinte bloß, die Polizei wolle Sailas Sachen durchsuchen. Er hat mir aber nicht erzählt, weshalb. Ich habe versucht, Saila anzurufen, erreiche aber nur ihren Anrufbeantworter.»

Ich sah, dass Koivu zu einer Antwort ansetzte, und kam ihm zuvor. «Warum glaubst du, wir hätten Saila Lind verhaftet?»

Lotta blieb an der Speichertür stehen. «Ich dachte, sie ist vielleicht betrunken am Steuer erwischt worden. In der Zeitung stand, dass gestern eine Frau in ihrem Alter in Helsinki einen Radfahrer angefahren hat, im Suff. Das wäre typisch für Saila. Ein Wunder, dass sie noch keinen umgebracht hat. Sie fährt einfach grauenvoll. Ich würde nie zu ihr ins Auto steigen.»

«Wir kommen nicht aus Helsinki, sondern vom Polizeibezirk West-Uusimaa. Und Saila Lind ist nicht in Haft. Gestern Abend wurde ihre Leiche bei der Insel Haraholm gefunden, dein Vater hat sie heute identifiziert. Hat er dir wirklich nichts davon gesagt?»

Lotta suchte an der Wand des Speichers Halt, doch ihre Beine gaben nach, und sie sank auf die Holztreppe.

«Was redest du da? Saila ist tot?» Lottas Worte waren kaum zu verstehen, denn sie hatte die Hände vor das Gesicht geschlagen. Ich ging vor ihr in die Hocke, kramte ein Päckchen Papiertaschentücher hervor und hielt ihr zwei davon hin.

«Mein Beileid.»

Lotta kroch auf allen vieren zur Seite, hielt sich am Stützpfeiler des Vordachs fest und zog sich wie eine Anfängerin auf Schlittschuhen wieder daran hoch. Sie ignorierte die Taschentücher, zog den Rotz hoch und ließ die Tränen laufen.

«Wie ist sie gestorben?»

«Das wird gerade untersucht. Vielleicht kannst du uns bei der Aufklärung helfen.»

Lotta hatte sich wieder zu voller Größe aufgerichtet und blickte sich um, als suche sie etwas.

«Ja, vielleicht … Vielleicht kann ich das. Aber zuerst muss ich Julle finden!» Mit diesen Worten eilte sie los. Jenna Ström wollte ihr instinktiv nachsetzen, doch ich hielt sie zurück. Wahrscheinlich wollte Lotta ihrem kleinen Bruder die Trauerbotschaft selbst überbringen.

«Sehen wir uns inzwischen an, was sich im Speicher findet.»

Die Bezeichnung Speicher war eine Untertreibung. Es handelte sich um ein etwa dreißig Quadratmeter großes Sommerhaus, dem nur die Sauna fehlte. Das Wohn-Schlafzimmer hatte eine offene Kochnische, der einzige abgetrennte Raum war das Bad. Das Zimmer war sparsam möbliert: ein Doppelbett, ein Esstisch und zwei Stühle, ein Kleiderschrank, Speiseschränke und eine Kühl-Gefrier-Kombi. Die Farbtöne waren maritim gehalten: Weiß, leuchtendes Türkis, dunkles Blau. Als ich an die Wohnung in der Loviisankatu dachte, kamen mir die Vorher-nachher-Bilder von Schöner-Wohnen-Sendungen in den Sinn. Die Einrichtung des Speichers war offenbar von einem Profi übernommen worden, die Bewohnerin dagegen hatte hier kaum persönliche Spuren hinterlassen. Das Bild des Sonnenuntergangs über dem Bett und die sternförmige Vase aus Milchglas hätten sich in jedem beliebigen Hotel befinden können. Nirgendwo lagen Bücher, neben dem Fernseher befanden sich weder DVDs noch CDs. Zerstreut klickte ich das Verzeichnis der Digibox an. Nichts. Saila Lind war offenbar eine Frau gewesen, die keine Spuren hinterließ.

Im Kleiderschrank hingen Jeans einer Billigmarke, eine knielange Tunika sowie ein zweiteiliger Goretex-Anzug in Größe L. In den Schrankschubladen lagen handgestrickte, türkis und violett gemusterte Wollsocken. Koivu öffnete Küchenschränke und -schubladen, Berg hatte sich aufs Bett gesetzt. Puupponen war nicht mit hereingekommen, ich hörte ihn am Fundament des Speichers schaben. Jenna Ström verfolgte jede meiner Bewegungen, als nehme sie an einer Lehrveranstaltung für Hausdurchsuchungen an der Polizeifachschule teil.

«Was denkst du?», fragte ich sie. Sie gab keine Antwort, sondern wies Jon Berg an, vom Bett aufzustehen. Als er nicht sofort reagierte, wiederholte sie ihre Aufforderung.

«Du bist im Weg, geh raus», sagte sie in einem Ton, der mich fatal an ihren verstorbenen Vater erinnerte. Berg stand langsam auf und grinste nicht Jenna, sondern mich an. «Es wird Zeit für eine Zigarette. Raucht jemand von euch eine mit?»

Ich wusste nicht, ob Jenna rauchte, denn ich hielt mich nie in der Raucherecke des Präsidiums auf. Sie roch allerdings nicht nach Zigaretten. Jenna schenkte Bergs Worten keine Beachtung, sondern zog den Bettüberwurf beiseite. Auf dem eins vierzig breiten Bett lagen zwei Kissen, aber nur eine Decke in Standardgröße. Die Laken und Kissenbezüge wiederholten das Türkis der restlichen Einrichtung. Unter dem Kissen lag kein Nachthemd, nicht einmal ein zerknülltes Taschentuch. Die einzige Schublade des Nachttischs war leer.

Gefolgt von Jenna ging ich ins Bad. Auch dort dieselbe saubere, stylische Anonymität. Auf dem Rand des Waschbeckens stand nichts, im Spiegelschrank fanden sich immerhin eine Zahnbürste, Zahnpasta und Wattebäusche sowie Reinigungsmilch und Gesichtscreme, beides von derselben superteuren Marke wie in der Loviisankatu. Der Bademantel aus dickem weißem Frotté war von der Art, wie sie Wellness-Hotels ihren Gästen zur Verfügung stellen. Einweg-Badelatschen fehlten allerdings.

«Und dafür sind wir hergekommen?» Auch Koivu warf einen Blick ins Bad, er zog eine säuerliche Miene. Jenna hob den Deckel des Wasserkastens an und seufzte.

«Hier ist auch nichts. Die Tatsache, dass die Leichen ins Meer geworfen wurden, und die Verletzungen des Mannes deuten auf organisierte Kriminalität hin, vielleicht auf Drogenhandel. Aber in ihrem Sommerhaus hat Lind jedenfalls nichts Illegales versteckt. Natürlich gibt es auf der Insel jede Menge potenzielle Verstecke.»

«Soweit wir wissen, hatte Lind keinen Wagen. Jedenfalls keinen, der auf ihren Namen zugelassen wäre. Wieso hatte Lotta Tanner den Verdacht, sie sei betrunken gefahren?», überlegte Koivu laut. «Saila Lind musste ihr Auto doch verkaufen.»

«Das soll Lotta uns nachher erklären.» Jenna bückte sich, um unter die Duschwanne zu sehen, fuhr mit dem Finger über den Fußboden. Ich ging ins Wohnzimmer, um ihr nicht im Weg zu sein. Vom Fenster aus sah ich, wie Jon Berg, eine Zigarette in der rechten Hand, zum Nachbarspeicher ging, die kleine Vortreppe hinaufstieg und an der Tür rüttelte. Sie war abgeschlossen. Mich interessierte, ob der zweite Speicher ebenso hotelartig eingerichtet war wie der von Saila Lind. Also ging ich hinaus und legte die zwanzig Schritte zurück, die beide Gebäude trennten. Offenbar machte ich dabei keine Geräusche, denn als ich Berg fast erreicht hatte, zuckte er zusammen und fuhr herum. Einen Moment lang stand ihm die Angst ins Gesicht geschrieben, dann entspannte er sich und grinste.

«Sehnsucht nach mir?», fragte er, hob einen Fuß und drückte die Zigarette an der Stiefelsohle aus. Er achtete darauf, dass kein Funke nachglühte, und legte die Kippe in eine kleine Metalldose, die er aus der Hosentasche holte.

«Hast du in den Speicher geguckt?»

«So gut ich konnte. Du bist ziemlich klein. Soll ich dich hochheben?» Berg streckte die Arme aus, als wolle er mich um die Taille fassen, doch meine Miene stoppte ihn.

«Sorry, wollte keine Grenze überschreiten», sagte er. Ich ging nicht darauf ein, sondern winkte Puupponen herbei und bat ihn, in den Speicher zu spähen.

«Sieht ganz genauso aus wie der andere», stellte er fest. Wir hätten Harri Tanner natürlich um den Schlüssel zu dem zweiten

Gebäude bitten können, doch das hielt ich vorläufig nicht für nötig. Koivu und Jenna Ström kamen nun ebenfalls aus Linds Speicher. Jenna trug einen Plastikbeutel, in dem rosa Spitze schimmerte.

«Der lag im Mülleimer im Bad», sagte sie. «Ein zerrissener Damenslip.»

Puupponen öffnete den Mund, schluckte den blöden Witz, der ihm vermutlich auf der Zunge lag, jedoch im letzten Moment herunter. Koivu nahm Jenna den Beutel ab und legte ihn in den Ermittlungskoffer. Die Techniker würden den Slip analysieren. Die zerfetzte Spitze war eine dünne Spur, die möglicherweise nirgendwohin führen würde.

Wir machten uns auf den Weg zum Hauptgebäude. Durch die offene Tür schallte eine dröhnende Männerstimme.

«Du kannst uns so was doch nicht verschweigen, verdammt noch mal! Wir haben das Recht zu wissen, warum die Polizei hier ist! Saila war unsere Tante!»

Da die Tür offen stand, trat ich ein, ohne anzuklopfen. In der Diele war niemand zu sehen, das Gebrüll kam aus dem Inneren des Hauses.

«Man hat mir nur gesagt, dass Saila tot im Meer aufgefunden wurde. Die Polizei vermutet ein Verbrechen.» Harri Tanner sprach deutlich leiser als der erste Mann, aber seine Stimme bebte vor Wut.

«Ein Verbrechen! Scheiße, bald wimmelt es auf der Insel von Reportern und anderen Aasgeiern! Unsere Familie war ja auch eine Weile nicht in den Schlagzeilen. Was zum Teufel hat Saila jetzt wieder angestellt?»

Ich ging auf die Stimme zu. Die Diele führte in einen hohen, hellen Raum, der von einer Sitzgruppe und einem Heimkino beherrscht wurde. Harri Tanner, der einen Laptop auf dem Schoß hielt, saß mit dem Gesicht zum Eingang. Der brüllende Mann stand mit dem Rücken zu uns. Er war groß und breitschultrig.

In der linken Hand hielt er einen Spazierstock, auf den er sich stützte. Lotta Tanner, die am Fenster stand, bemerkte uns als Erste.

«Du kannst die Polizisten selbst fragen, Patrik. Sie wollen uns alle vernehmen.»

Patrik Tanner wandte sich zu uns um. Sein Gesicht war kantig und von alten Verletzungen gezeichnet. Ein Zweitagebart bedeckte sein Kinn. Patrik sah abwechselnd Koivu und Puupponen an, als wolle er feststellen, wer der Boss war. Dann entdeckte er Berg und brummte eine Art Gruß.

«Hallo, Patrik. Kommissarin Kallio hat hier das Sagen», klärte Berg ihn auf. Bislang hatte er mit keinem Wort erwähnt, dass er Patrik Tanner kannte. Ich beschloss, ihm auf dem Rückweg die Leviten zu lesen und ihn dann abzuservieren. Sein dreistes Flirten war eine Bagatelle; die bewusste Behinderung der Ermittlungen war dagegen unverzeihlich.

«Kommissarin Kallio, Polizei von West-Uusimaa in Espoo.» Ich hielt Patrik Tanner die Hand hin, doch er ignorierte sie. «Die Hauptmeister Koivu, Puupponen und Ström gehören zum Ermittlungsteam. Die Leiche von Saila Lind wurde gestern im Meer vor Haraholm gefunden. Die Begleitumstände deuten darauf hin, dass es sich um ein Verbrechen handelt. Mehr können wir aus ermittlungstechnischen Gründen derzeit nicht preisgeben.»

«Den Rest müssen wir in der Zeitung lesen, wie?», fragte Patrik Tanner.

«Das hängt davon ab, ob ihr uns bei den Ermittlungen weiterhelfen könnt oder nicht. Sind Mia und Julian Tanner ebenfalls auf der Insel?»

«Julian meldet sich nicht, und ich kann ihn nirgendwo finden. Mia ist in der Stadt, nicht wahr, Patrik?», sagte Lotta hastig.

«In ihrem Laden, um den Sommerschlussverkauf vorzubereiten. Na, dann schießt los mit euren Fragen. Ich kann euch von vornherein sagen, dass Saila ein garstiges Weibstück war und es mich überhaupt nicht wundert, dass jemand sie abgemurkst hat. Ich war es allerdings nicht.» Patrik Tanner humpelte zum Sofa und nahm mühsam Platz. Ich erinnerte mich, dass er seine Eishockey-Karriere nach einer Verletzung hatte beenden müssen, aber meines Wissens hatte sein Gehirn und nicht seine Hüfte gelitten.

Das Zimmer war im Grunde so kühl und unpersönlich eingerichtet wie Saila Linds Speicher, doch gerahmte Fotos ließen es auf den ersten Blick anheimelnd wirken. Bei näherem Hinsehen fiel mir auf, dass sie allesamt dieselbe Frau in verschiedenen Lebensstadien zeigten. Sie ähnelte Lotta und Patrik, aber ihr Gesicht war feiner gezeichnet und ihr Lächeln sanft. Auf einigen Fotos war sie mit ihren Kindern zu sehen. Der kleine Junge mit den roten Locken, der seine Mutter anzubeten schien, musste Julian sein.

«Reg dich jetzt nicht auf, Paps, ich sage bloß, was ich über Saila denke. Die Polizei darf man nicht anlügen, stimmt's, Berg?»

«Wenn man dich eines Verbrechens verdächtigt, darfst du lügen. Wenn du als Zeuge vernommen wirst, musst du die Wahrheit sagen», antwortete Jon Berg bereitwillig.

«Danke, Berg. Vorläufig steht noch niemand unter Verdacht. Gib Hauptmeister Koivu bitte die Telefonnummer deiner Frau, dann versuchen wir, sie in Espoo zu erreichen», sagte ich zu Patrik. Dann wandte ich mich an Harri Tanner. «Ich würde gern mit jedem einzeln sprechen. Gibt es ein Zimmer, in dem wir ungestört reden können?»

Die letzte Frage richtete ich an Lotta: «Sollten ein paar von uns dir bei der Suche nach deinem Bruder helfen?»

«Der taucht früher oder später wieder auf», antwortete Harri Tanner für seine Tochter. «Ihr könnt mein Arbeitszimmer benutzen.»

Ich bat ihn, uns hinzuführen, und nahm Koivu mit. Jenna und Puupponen konnten inzwischen den anderen Gesellschaft leisten. Puupponen würde auch ohne besondere Aufforderung genau darauf achten, was Patrik und Berg untereinander redeten.

Hinter dem großen Wohnzimmer befand sich ein Kaminzimmer, von dem, wie Tanner erklärte, eine Tür zur Wintersauna führte, die andere in sein Arbeitszimmer. Dort füllten Ordner eine Regalwand, bei den wenigen Büchern handelte es sich um Nachschlagewerke und Investmentratgeber. Der Schreibtisch war ein Direktorenmodell, dazu gemacht, das Prestige seines Besitzers zu betonen. Harri Tanner setzte sich in den Ledersessel zwischen Tisch und Fenster.

«Dies war früher unser Schlafzimmer. Manchmal übernachte ich auch jetzt noch hier auf dem Sofa, wenn ich Eija ganz besonders vermisse.»

Auch das Arbeitszimmer war voller Fotos der verstorbenen Eija Tanner, aber bis auf eins zeigten alle sie allein. Dieses eine war ein goldgerahmtes Hochzeitsbild, nach Frisuren und Mode zu urteilen aus der Mitte der siebziger Jahre. Harri Tanner hatte eine Minidauerwelle und einen buschigen Schnurrbart, das Revers seines rostbraunen Jacketts war breit und lief nach unten spitz zu. Sein Hemd war orange, und der bis zu der breiten Gürtelschnalle reichende Schlips griff beide Farbtöne auf. Eijas Brautkleid war im Hippie-Stil gehalten, naturweiß und gekreppt, auf den langen, dauergewellten Haaren lag ein Kranz aus orangen Rosen und Gerbera. Die beiden wirkten überglücklich.

«Bitte Platz zu nehmen», bat Tanner. «Oder liegt das Kommando jetzt bei euch?»

«Es ist doch Ihr Haus.» Ich setzte mich auf das Sofa, in dem ich fast versank. Meine Füße reichten nicht auf den Boden. Koivu begnügte sich mit einem Bibliothekshocker und nahm den Ermittlungskoffer als Unterlage für seinen Laptop.

«Wenn ich richtig verstanden habe, zählte Saila Lind für Sie auch nach dem Tod Ihrer Frau weiterhin zur Familie. Wie nah haben Sie sich gestanden?»

«Man darf mich ruhig duzen. Das Siezen gibt mir das Gefühl, ihr würdet mir etwas vorwerfen. Ich weiß nicht, ob Saila und ich uns nahestanden. Aber Eija und Saila waren sehr eng, und Eija hat mich gebeten, für Saila zu sorgen, wenn sie … nach ihrem Tod. Ich konnte ihr Vertrauen doch nicht enttäuschen. Saila hat sich hier auf der Insel wohl gefühlt, zumal ihre sonstigen Wohnverhältnisse in den letzten Jahren ziemlich … unbeständig waren. Ich habe ihr gesagt, hier hätte sie immer ein Zuhause. Außer in der Matschzeit, da ist die Insel weder mit dem Boot noch übers Eis zu erreichen.»

«Du hast gesagt, Saila Lind war arbeitslos. Hatte sie finanzielle Probleme?»

«Allem Anschein nach. Im Frühsommer hat sie praktisch ihre gesamte Habe auf dem Flohmarkt verscherbelt und ihr Auto an den meistbietenden Händler verkauft. Sie behauptete, sie könne den ganzen Krempel und die alten Klamotten nicht mehr sehen, aber davon ließ sich niemand täuschen. Sie brauchte Geld.»

«Hat sie versucht, sich Geld zu leihen?»

«Von mir nicht. Ob sie es bei den Kindern versucht hat, weiß ich nicht, ich meine, bei Patrik und Lotta. Bei Julian ist nicht viel zu holen. Ich hätte ihr das Geld auch geschenkt, wenn sie mich gefragt hätte. Eija hätte es so gewollt, sie hätte nicht zugelassen, dass ihre Schwester in Not gerät. Vor zwei Jahren habe ich Saila Geld geliehen, weil sie die Quellensteuer für ihre Firma nicht entrichten konnte, aber das hat sie zurückgezahlt. Damals hatte ich Eijas Stimme im Ohr, sie sagte mir, wir müssen Saila helfen, das sind wir ihr schuldig.»

Harri Tanner nahm das Bild seiner Frau vom Tisch und hielt es sich so nah vors Gesicht, dass ich schon glaubte, er werde es küssen. «Vielleicht sollte ich euch von Eija erzählen, damit ihr versteht. Eija war die Liebe meines Lebens. Es ist undenkbar, dass ich je wieder mit einer anderen Frau zusammen bin. Aber zuerst war ich mit Saila liiert. Sie hatte irgendeinen Strandschönheitswettbewerb gewonnen und wollte Miss Finnland werden. Eishockeyspieler und Schönheitsköniginnen haben sich schon damals gegenseitig umschwärmt, und Saila war mit siebzehn unglaublich schön. Verliebt war ich eigentlich nicht, eher berauscht davon, zum ersten Mal so viel Sex zu bekommen, wie ich nur wollte.» Tanner räusperte sich und warf mir einen kurzen Blick zu. Ich nickte. «Nach ein paar Wochen lud sie mich in ihr Elternhaus ein, und dort bin ich Eija begegnet. Sie war noch viel schöner als ihre Schwester, aber für Schönheitswettbewerbe hat sie sich nie interessiert. Sie hatte gerade ihr Studium in Staatswissenschaften abgeschlossen und arbeitete im Finanzministerium. Saila hatte ich bewundert, aber in Eija verliebte ich mich. Mit Haut und Haaren und ohne Sinn und Verstand. Sie war zwei Jahre älter als ich, zwischen ihr und Saila lagen neun Jahre. Dass ich ein Eishockeystar war, beeindruckte Eija überhaupt nicht, aber ich hatte beschlossen, sie zu bekommen, und schließlich bekam ich sie.»

Tanner lächelte und betrachtete sein Hochzeitsbild. Koivu wäre beinahe der Laptop entglitten, er bekam ihn gerade noch zu fassen, bevor er ihm von den Knien rutschte. Auch Tanner hatte schon eine Hand ausgestreckt – der ehemalige Verteidiger besaß immer noch eine beeindruckende Reaktionsgeschwindigkeit.

«Hattet ihr Saila gegenüber kein schlechtes Gewissen?»

«Doch, das hatten wir beide. Wir haben ihr unsere Beziehung lange verschwiegen, aber irgendwann mussten wir es ihr erzählen. Saila hat es wirklich nicht leicht weggesteckt, im Gegenteil, sie hat eine Überdosis Schlaftabletten geschluckt. Allerdings zu wenig, um daran zu sterben. Danach ist sie von einem Mann zum nächsten gezogen, sie war Schlagersängerin, Speerwerferin und Schauspielerin. Zu unserer Hochzeit erschien sie mit einem Filmstar. Sie waren beide so blau, dass sie sich kaum auf den Beinen halten konnten. Die Männer kamen und gingen, jahrelang, bis sie Bosse Lind kennenlernte, einen schwedischen Fußballer. Da wurde sie allmählich ruhiger. Saila zog zu Bosse nach Schweden, es sah alles gut aus. Aber dann haben sie sich scheiden lassen, und Eija fühlte sich irgendwie verpflichtet, Saila zu unterstützen. Wir haben sie bei uns aufgenommen. Und Saila hat sich nützlich gemacht, vor allem, als Eija krank wurde. Patrik hat damals in der Schweiz gespielt, und Lotta war Trainerin in Kanada. Julian war erst vierzehn und als Krankenpfleger wenig geeignet. Ich war mit einem Projekt des Eishockeyverbandes beschäftigt, mit der Vorbereitung der anstehenden WM. Da war es nur natürlich, dass Saila unseren Haushalt führte. Eija hatte sie gern um sich, obwohl die beiden so unterschiedlich waren.»

«Hat Saila nach dem Tod ihrer Schwester versucht, die alte Beziehung zu dir wieder aufleben zu lassen?»

Harri Tanner wurde rot. «Ein paarmal. Aber ich kann das nicht mehr … Für mich gibt es niemanden außer Eija. Könnt ihr eine solche Liebe verstehen? Ist sie euch schon mal begegnet?»

Koivu und ich schwiegen. Tanner drehte seinen Stuhl in Richtung Fenster und stand hastig auf, als ein roter Haarschopf vorbeihuschte.

«Julian! Ich muss es ihm sagen, bevor er Patrik begegnet. Patrik kann nicht gut mit Worten umgehen.» Tanner lief durch das Kaminzimmer in die Wintersauna, Koivu und ich folgten ihm, so schnell wir konnten. Seinen anderen Kindern hatte Harri Tanner den Tod seiner Schwägerin verschwiegen. Wieso hatte er es so eilig, Julian davon zu erzählen?

6

Julian, warte mal!», rief Harri Tanner dem jungen Mann nach, der gerade um die Hausecke verschwinden wollte. Sein Sohn gehorchte. Harri Tanner lief auf ihn zu, als wolle er ihn umarmen, ließ es dann aber bleiben. Er wirkte wie ein Hund, der beinahe etwas Verbotenes getan hätte.

«Hab mich auf dem Meer rumgetrieben. Ist das verboten?» Julian drehte sich zu uns um. «Ach, wir haben Besuch. Guten Tag.»

Wenn ich nicht gewusst hätte, dass Julian Tanner männlich war, hätte ich sein Geschlecht nicht eindeutig bestimmen können. Er war fast zwanzig Zentimeter kleiner als sein Vater und sehr zart gebaut. Die kupferroten Locken reichten ihm bis auf die Schultern, die Augen leuchteten veilchenblau, und die langen dichten Wimpern warfen Schatten auf seine Wangen. Seine Haut war glatt und porzellanweiß, die Lippen erdbeerrot. Er trug normale Kleidung: ein lockeres weißes T-Shirt, hellblau gemusterte Badeshorts und weiße Tennisschuhe. Dennoch schien Julian in ein anderes Jahrhundert zu gehören, in eine Zeit, als die Renaissancemaler darum wetteiferten, wessen Gemälde von der Verkündigung Mariä mit dem schönsten Erzengel Gabriel aufwartete.

«Das sind Polizisten! Saila ist … Saila ist tot. Die Polizei untersucht, was passiert ist.»

Alle Farbe verschwand aus Julians Gesicht. Er ging in die Hocke, schlug mit der Faust auf die Erde, ließ sich dann sitzend ins Unterholz fallen. Ich hörte ihn tief Luft holen. Dann blickte er auf, machte aber keine Anstalten, sich die Tränen aus dem Gesicht zu wischen.

«Die haben ihre Drohungen also wahr gemacht! Und ich dachte, es wäre bloß das übliche Internetgeschwätz! Aber Saila ist ja auch einmal in der Straßenbahn fast verprügelt worden, und ich gleich mit. Ist der Täter schon gefasst?»

«Noch nicht.» Ich stellte uns kurz vor und bat Julian, in der Nähe zu bleiben, damit wir ihn bald befragen konnten. Er nickte wie eine Aufziehpuppe.

«Lotta und Patrik sind drinnen», sagte Harri Tanner.

«Mein lieber Bruder ist bestimmt untröstlich.»

«Julian ...», begann Harri Tanner, doch der Junge war bereits aufgestanden und ging auf die Haustür zu. Tanner wirkte ratlos. Er wollte noch etwas sagen, verstummte aber nach dem ersten Ton. Die Tür fiel hinter Julian ins Schloss.

«Gehen wir wieder rein?», schlug Koivu vor. Tanner trat schweigend den Rückweg an und sprach erst wieder, als wir in seinem Arbeitszimmer saßen.

«Das ist ein riesiger Schock für Julle ... Für uns alle natürlich, aber ganz besonders für Julian. Er ist ja nicht unser leiblicher Sohn. Das sieht man ihm wohl auch an.» Tanner blickte nach draußen.

«Eija hätte nach Lotta gern noch weitere Kinder gehabt, aber es klappte nicht mehr. Sie empfand ihr Leben wohl irgendwie als unausgefüllt und schlug vor, ein Pflegekind aufzunehmen. Julians Mutter Karoliina war eine entfernte Bekannte, eine Jugendfreundin von Eija und Saila. Sie war Model wie Saila, konnte sich aber nicht lange halten, weil sie zu viele Drogen nahm. Sie war unfähig, sich um ihr Kind zu kümmern. Julian wurde ihr schon in der Geburtsklinik weggenommen und war acht Monate alt, als er zu uns kam. Sein Vater ist Karoliina zufolge ein italienischer Musiker, aber das ist nicht gesichert. Eija hat Julian bald in ihr Herz geschlossen, oder sie verliebte sich in ihn, wie Frauen sich eben in ihre Kinder verlieben. Als Julian fünf war, starb seine Mutter an einer Überdosis, und wir beantragten die Adoption.» Wieder betrachtete Tanner das Bild seiner verstorbenen Frau. Er sprach eher zu ihr als zu uns.

«Ich hätte den Antrag vielleicht gar nicht gestellt, wenn ich geahnt hätte, was auf uns zukommt. Es war relativ einfach gewesen, Pflegeeltern zu werden, aber die Adoption war eine ganz andere Sache. Wir wurden auf Herz und Nieren geprüft und getestet. Das Ganze wäre beinahe an Patrik gescheitert, der kein Geheimnis daraus machte, dass er kein weiteres Familienmitglied wollte. Patrik war fünfzehn, als die Sache anlief. Ich habe damals nicht begriffen, dass er wahnsinnig eifersüchtig auf Julian war – wegen Eija. Er ging dann schon mit siebzehn als Spieler in die Schweiz, er ist seinem Trainer gefolgt. Ich versuche erst gar nicht zu verheimlichen, dass meine Söhne sich nicht ausstehen können. Eijas Tod hat sie einander nicht nähergebracht, und Patriks Hirnverletzung auch nicht. Saila hat zwischen ihnen intrigiert, sie hat es wohl genossen, Öl ins Feuer zu gießen. Über Tote soll man ja nicht schlecht sprechen … Aber wenn die Wahrheit hilft, na ja, Saila war ein Mensch, der gern irritierte und provozierte und Leute manipulierte.» Tanner seufzte und wischte sich den Schweiß von der Stirn. «Von meinen Kindern und meiner Schwiegertochter werdet ihr sicher noch viel Schlimmeres über Saila hören. Seit Eijas Tod geht es in unserer Familie eigentlich keinem mehr gut. Ich habe mein Bestes getan, aber so ganz allein …»

Tanners Stimme brach, er schlug die Hände vors Gesicht, ihm kamen die Tränen. Koivu und ich sahen uns an. Wir kannten uns so gut, dass wir keine Worte brauchten. Lassen wir den Mann in Ruhe trauern, stürzen wir uns inzwischen auf die anderen.

Als wir das Kaminzimmer betraten, fanden wir dort Julian vor. Er lag auf dem Boden, hatte die Augen geschlossen, Arme und Beine in einer Art Entspannungsposition leicht gespreizt.

Auf seinen Wangen glänzten Tränen, er atmete tief. Ich ging neben ihm in die Hocke.

«Julian, können wir reden? Würdest du uns etwas über Saila erzählen?» Ich setzte mich im Lotussitz neben den Jungen. Er öffnete die Augen und wischte sich die Tränen ab.

«Hier? Muss ich nicht aufs Revier?»

«Vorläufig nicht. Was später wird, weiß ich nicht.»

Koivu hatte sich in einen Korbstuhl fallen lassen, der unter seinem Gewicht knarrte. Julian setzte sich geschmeidig wie eine Katze auf und rückte möglichst weit von mir ab.

«Was wollt ihr über Saila wissen?»

«Egal, was. Du hast vorhin gesagt, du hättest ihretwegen beinahe Prügel bezogen. Wann und wo war das?»

«Im Mai, in der Straßenbahn. Saila hatte diese Mission. Sie hat sich für das Schwedische starkgemacht, obwohl sie selbst Finnisch sprach. Schwedisch hat sie wohl erst von diesem Bosse gelernt. Aber irgendwie ist ihr die Debatte über das Zwangsschwedisch wohl auf den Geist gegangen, deshalb hat sie in der Öffentlichkeit, zum Beispiel in der Straßenbahn, immer Schwedisch gesprochen, wenn sie einen Dummen dafür fand. Damals war ich der Dumme. Da kam dann auf einmal so ein Typ an und meinte, in Finnland wird Finnisch gesprochen, und natürlich hat er mich wegen meiner langen Haare bepöbelt. Was ist das da für ein beschissener schwedischer Mädchenjunge, hat er gesagt. Ich hätte mich einfach taub gestellt, das habe ich im Lauf der Jahre ganz gut gelernt, aber Saila hat natürlich zurückgeschimpft, auch noch auf Schwedisch. Der Kerl hat bestimmt nicht mal die Hälfte verstanden, aber Sailas Tonfall war deutlich genug, und ihr verächtlicher Blick … Ich wollte sie zum Aussteigen überreden, aber sie sagte, sie hätte den Streit ja nicht angefangen. Zum Glück stiegen in Hakaniemi Kontrolleure zu, und der Kerl verzog sich. Danach hat Saila mich zur Schnecke gemacht. Ein Mann muss sich doch verteidigen und so weiter.

Das war alles. Offenbar ist meine Tante diesmal irgendwem zu fest auf die Zehen getreten, oder diese Fennomanen, diese nationalistischen Irren aus den Chats, haben ihre Drohungen wahr gemacht.» Julian zog die Beine an. «Wie ist Saila eigentlich gestorben?»

Ich erwiderte, das könne ich noch nicht sagen. Dann erkundigte ich mich nach Julians Personalien. Er war vor einer Woche dreiundzwanzig geworden und bezeichnete sich als Student, doch als ich fragte, was er studiere, antwortete er nur, er überlege noch, ob er an der Uni weitermachen solle oder nicht.

«Ich warte auf einen Zivi-Platz, aber bei dem Einführungskurs in Lapinjärvi herrscht ziemlicher Andrang. Und ich kann mir natürlich keine Stelle suchen, solange ich nicht weiß, wann ich den Dienst antreten soll. Aber was hat das mit der Sache zu tun? Was für eine Rolle spielt es, wie ich mein Leben vermurkse?»

Es klopfte an der Tür, und Jon Berg trat ein. Er reagierte auf Julian wie ein Hund auf einen fremden Artgenossen: Sein Körper spannte sich, er blies die Nüstern auf, sein Blick wurde scharf. Wenn er ein Fell gehabt hätte, hätte es sich aufgestellt. Doch bald entspannte er sich wieder und grinste triumphierend.

«Das hier habe ich unter alten Birkenquasten hinter der Sauna gefunden, weil es klingelte. Ich habe mich gewundert, woher das Geräusch kommt. Zum Glück war der Anrufer hartnäckig und hat es mehrmals versucht. Wem mag das Handy wohl gehören, erkennst du es?» Berg hielt Julian einen Plastikbeutel mit einem rosa Klapphandy hin, an dem ein kleiner Pumps aus Swarowski-Kristallen hing.

Julian antwortete nicht sofort. «Ist es in eurer Familie üblich, Handys im Müll zu verstecken?», unternahm Berg einen weiteren Versuch, doch ich fiel ihm ins Wort.

«Danke, Jon. Bring das Handy bitte zu Hauptmeister Puupponen, dann kann er fragen, ob es jemand erkennt.»

«Nicht nötig. Es ist Sailas.» Julian sprach beinahe flüsternd.

«Hast du es im Plastikbeutel gefunden?», fragte Koivu.

«Nein, den habe ich aus dem Boot geholt. Auf dem Display steht übrigens Mia, vier verpasste Anrufe. Jemand wollte Saila Lind unbedingt erreichen.»

«Mir ist schlecht», sagte Julian und versuchte aufzustehen, schwankte aber, als werde er gleich ohnmächtig. Keiner von uns reagierte schnell genug, und der junge Mann übergab sich vor dem Kamin. Erbrochenes spritzte auf seine Kleider und Haare. Berg wandte das Gesicht ab und murmelte auf Schwedisch ein paar Verwünschungen. Ich zog Julian von dem Erbrochenen weg, half ihm aber nicht auf die Beine. Die Tür zum Arbeitszimmer öffnete sich – Harri Tanner hatte gehört, was los war.

Das Putzen schien im Hause Tanner Frauensache zu sein: Lotta wurde herbeizitiert, doch Koivu half ihr mit dem Gleichmut eines sturmerprobten Vaters von drei Kindern. Harri bestand darauf, dass Julian sich aufs Sofa legte, und fragte ihn, wann er zuletzt etwas gegessen habe. Ich bat Puupponen, das rosa Handy zu überprüfen. Wenn Mia Tanner gerade noch versucht hatte, Saila zu erreichen, hatte Patrik seine Frau noch nicht über ihren Tod informiert.

Patrik und Jenna Ström saßen weiterhin im Wohnzimmer. Patrik hatte sich eine ordentliche Portion Malt-Whisky eingeschenkt, Jenna las irgendetwas auf ihrem Laptop. Wenn ihr Gesicht schräg nach unten geneigt war, sah sie ihrem Vater verblüffend ähnlich.

«Mein Brüderchen hat sich also gefunden», sagte Patrik Tanner. «Habt ihr ihn schon in Handschellen gelegt? Ich hätte nicht gedacht, dass der Waschlappen den Mumm hat, gegen Saila aufzubegehren. Man muss beinahe den Hut vor ihm ziehen, er hat uns ja einen Dienst erwiesen. Jetzt sind wir die Alte los.»

«Wie meinst du das?» Ich setzte mich in den Sessel neben Patrik. Die Sonne stand noch hoch am Horizont, doch im

Süden ging bereits der fast volle Mond auf. Ich schmeckte das Palak Paneer vom Mittag im Mund, als wolle es denselben Weg nehmen wie Julian Tanners letzte Mahlzeit.

Patrik nahm ein paar Schlucke aus seinem Glas, bevor er antwortete. «Ein Zeuge darf nicht lügen», sagte er langsam und zwinkerte Lotta zu, die gerade hereinkam und den Geruch des Putzmittels mitbrachte. «In Kanada habe ich genug amerikanische Polizeiserien gesehen, um zu wissen, dass ihr mich irgendwann fragt, wann ich Saila zuletzt gesehen habe. Die Antwort lautet: am Freitag. Saila stand mit dem lieben Julian am Bootssteg und jaulte wie eine Feuersirene. Julian schubste sie ein paarmal, und meine gute Tante fiel ins Wasser. Ich hätte mir das Schauspiel gern aus der Nähe angeschaut, aber Mia rief mich mit etwas Wichtigem. Danach habe ich Saila nicht mehr gesehen, und auch sonst keiner, außer meinem Bruderherz vielleicht. Man hat euch wohl erzählt, dass er nicht unser richtiger Bruder ist, sondern bloß adoptiert? Ihr braucht also nicht zu überlegen, ob unsere Mutter den großen Killer-Tanner mit einem rothaarigen Italiener betrogen hat. Julles Mutter war eine Fixerin, und sein Vater ist unbekannt.»

Patrik hob sein Glas, hielt es gegen das Licht und betrachtete die Farbe des Whiskys. Er schien sich tatsächlich vorzustellen, dass er in einer amerikanischen Polizeiserie auftrat. «Als Nächstes fragt ihr, wer einen Grund haben konnte, Saila nach dem Leben zu trachten. Ich könnte antworten, alle Mitglieder der Familie Tanner. Außerdem hatte Saila massenhaft Feinde im Internet. Aber ich würde auf meinen kleinen Bruder tippen.»

«Lass das, Patrik», seufzte Lotta. «Hast du Mia schon angerufen?»

«Die meldet sich nicht. Wann hast du Tante Saila zuletzt gesehen, Schwesterchen? Die Bullen können eine Liste mit Zeiten und Alibis aufstellen und James Bond und Jerry Cotton zu Hilfe rufen.»

«Mia hat bestimmt keine Lust, herzukommen und dir beim Saufen zuzugucken. Mein Bruder, dieser ehemalige Held, leidet zeitweise unter starken Kopfschmerzen. Die lassen sich bekanntlich durch Schnaps mildern. Übrigens, Kommissarin Kallio – so war der Name doch? –, ich habe deinem Kollegen schon gesagt, dass ich Sailas Telefon identifizieren kann. Es war einer der wenigen Luxusartikel, die sie noch besaß.»

«Wofür ist ihr Geld draufgegangen?» Jenna Ström kam mir mit ihrer Frage zuvor und warf mir einen entschuldigenden Blick zu.

«Für Gigolos», kicherte Patrik, doch Lotta brachte ihn zum Schweigen. «Das weiß keiner. Sie hat im Frühjahr alles verkauft und ist aus ihrer Zweizimmerwohnung in Töölö in die allerkleinste Mietwohnung von ganz Helsinki gezogen. Vater hat ihr ein Zimmer in unserem Haus im Westend angeboten, aber sie wollte nirgendwo wohnen, wo keine Straßenbahn fährt. Wir haben keine Ahnung. Saila gab sich gern geheimnisvoll. Auch eine Art, Macht auszuüben. Ihr Polizisten bekommt bestimmt Informationen über ihre Kreditfähigkeit und dergleichen. Dann könnt ihr uns ja ins Bild setzen.»

«Das haben die nicht nötig! Sie dürfen fragen, aber nicht antworten. Habt ihr noch Fragen an mich, oder darf ich mich zur Ruhe legen? Vielleicht kommt mein Frauchen mich ja doch noch pflegen.» Patrik stand auf und stützte sich auf seinen Stock. Er war noch betrunkener, als ich vermutet hatte.

«Du hast eben gesagt, dein Bruder und deine Tante hätten sich gestritten und er habe Saila ins Meer geschubst. Worum ging es bei dem Streit?»

«Ich konnte nicht hören, worum es ging. Vielleicht hatte es etwas mit Mutter zu tun. Saila brauchte bloß anzudeuten, Mutter sei keine hundertprozentige Heilige gewesen, schon ging Julle auf die Palme. In der Kirche spricht man nicht schlecht von Gott.» Patrik zeigte auf das größte der Bilder von Eija Tanner. «An die Regel hat Saila sich nicht immer gehalten. Wahrscheinlich ist sie danach irgendwie wieder an Land gekommen. Schwimmen konnte sie ja. Jetzt muss ich aber dringend pinkeln gehen», sagte Patrik und rülpste so herzhaft, dass der Whiskygeruch bis zu uns herüberwehte.

Er humpelte in die obere Etage. Ich ließ ihn gehen. Ihn in diesem Zustand zu vernehmen, war ohnehin nicht ganz legal, und seine Aussage hätte vor Gericht nicht gegolten.

«So ist Patrik», erklärte Lotta, als ihr Bruder das Zimmer verlassen hatte. «Je schwieriger die Situation, desto wütender wird er. Als Mutter krank wurde, hat Patrik in jedem Spiel seine Gegner platt gewalzt. Und als er sich ein wenig von seiner eigenen Verletzung erholt hatte, wütete er hier zu Hause gegen alle. Mia behauptet, Patriks Aggressivität sei eine Folge seiner Hirnverletzung, aber er war immer schon so. Er hat solche Angst vor Trauer, dass er sich lieber in die Wut flüchtet.»

Lotta lehnte sich an den Kamin. «Warum sagt ihr uns nicht, wie Saila gestorben ist? Das macht uns doch nur misstrauisch. Wurde sie ermordet? Warum wollt ihr es uns nicht verraten? Haben wir als ihre nächsten Angehörigen nicht das Recht, es zu erfahren?»

Ich erblickte Koivu vor dem Fenster, der mich nach draußen winkte, und ließ Lotta einfach stehen. Koivu ging voraus in Richtung Bootssteg, er wollte außer Hörweite der Tanners mit mir sprechen. Als wir fast beim Ufer waren, machte er halt. Auch Jenna Ström war uns gefolgt und wischte sich den Schweiß von der Stirn, obwohl Koivu nicht besonders schnell gegangen war. Die Sonne versank langsam im Meer, der Wind war kühl. Ich sah Berg rauchend hinter dem Hauptgebäude stehen, er winkte mir zu.

«Sehen wir uns mal die Anrufliste an. Berg hatte wirklich Schwein, das Telefon zu finden. Diese Mia, vermutlich Mia Tanner, hat sowohl heute als auch gestern und am Wochenende mehrmals angerufen. Der letzte Anruf von diesem Handy wurde dagegen der Liste nach am Freitagmorgen getätigt. Aber wir wissen ja alle, dass die Angaben auf dem Gerät nicht viel zu bedeuten haben, die kann man nach Belieben löschen. Um sicher zu sein, müssen wir uns alle Daten beim Netzbetreiber besorgen. Vielleicht verrät uns auch das Telefonbuch hier etwas. Hör mal, Maria, lohnt es sich, noch länger hierzubleiben? Alle sind erschüttert über Sailas Tod. Aus denen kriegen wir jetzt nicht viel raus.»

«Erschütterung schwächt die Schutzmechanismen der Menschen, und sie sagen Dinge, die sie nach reiflichem Nachdenken nicht aussprechen würden», wandte Jenna Ström ein. «Dieser Patrik hat jedenfalls gar nicht erst versucht zu verbergen, dass er Saila Lind hasste. Wenn er Zeit hat, überlegt er sich bestimmt, dass ein derartiges Geständnis in einem Mordfall nicht besonders schlau ist.»

Jenna war erst elf gewesen, als Pertti Ström sich erschossen hatte, aber sie wiederholte oft Weisheiten über die Polizeiarbeit, die sie von ihm gehört hatte. *Die einfachste Erklärung ist oft die richtige. Man darf die Dummheit und Bosheit der Menschen nie unterschätzen.* Perttis düsteres Weltbild hatte dazu beigetragen, ihn ins Grab zu bringen.

«Sollten wir das Gelände absuchen? Vielleicht hat Saila Lind noch andere Besitztümer in Büschen und Felsspalten versenkt», seufzte Puupponen. «Berg hat ganz schön Glück gehabt. Jeder verdammte Finnlandschwede ist ein Gustav Gans, würden die Typen in den Chats der Nationalisten sagen. Sehen wir uns den Birkenquasthaufen doch mal an.»

«Das kannst du mit Jenna übernehmen. Ich will noch mal mit Harri Tanner reden, wir wurden unterbrochen. Und wir müssen Julian nach dem Streit mit Saila fragen. Komm, Pekka.»

Koivu trottete mir fügsam nach. Auf halbem Weg kam uns Berg entgegen und fragte: «Wie sieht unser Zeitplan aus?»

«Hast du es eilig, zu deiner Frau zu kommen?», fragte Koivu zurück.

«Ich habe weder Frau noch Kinder, nur die reine Freiheit. Bei Mondschein ist es auch um Mitternacht noch hell genug, das Boot zu steuern. Ich überlege nur, ob ich Kaffee kochen und Brote schmieren soll, wenn wir noch viel zu tun haben. Möchte die Kommissarin dunkles oder helles, mit Käse oder Wurst? Oder vielleicht mit beidem?»

Ich versuchte, Berg mit meinem Blick zu erstechen, doch er grinste unbeirrt und verkündete, er brauche jedenfalls was in den Magen. Mit wehendem Pferdeschwanz lief er weiter zu seinem Boot. Einem geschenkten Gaul schaute man nicht ins Maul, aber wenn man sich einen wie Berg vor den Wagen spannte, musste man auf eine wilde Fahrt gefasst sein.

Harri Tanner erschien auf der Veranda seiner Villa.

«Ihr seid also noch da», stellte er fest. «Wir sprachen ja vorhin über Sailas Finanzen ... Ich habe eine ungefähre Vorstellung davon, wie das alles angefangen hat. Kommt mit.» Tanner schnipste sich eine Mücke vom Gesicht. «In diesem Sommer sind die Insekten sogar hier auf den Inseln eine ziemliche Plage. Saila war allergisch gegen Mückenstiche, sie wurden bei ihr viel röter und schwollen stärker an als bei uns anderen. Seltsam, in der Vergangenheitsform von ihr zu sprechen ...»

Das Kaminzimmer war vom Erbrochenen gesäubert, der Geruch des Putzmittels ließ Koivu husten. In Tanners Arbeitszimmer nahmen wir dieselben Plätze ein wie zuvor. Tanner hatte einen grünen Ordner, der Rechnungen und Kontoauszüge zu enthalten schien, auf seinen Schreibtisch gelegt. Er blätterte darin und nahm dann eine Klarsichthülle heraus.

«Also, Sailas Finanzen. Hier ist der Schuldschein von vor zwei Jahren. Mit der Quittung über die Rückzahlung. Saila wollte eine offizielle Schuldverschreibung mit Zeugen und allem, die Zeuginnen waren in diesem Fall Mia und Susanna Lumme, die in Mias Geschäft arbeitet. Saila hat sich nicht zügellos Geld geliehen, jedenfalls nicht bei mir. Aber vielleicht ist sie in eine Schuldenspirale geraten. Sie hatte ja eine Firma, musste also jeweils im Voraus Quellensteuer bezahlen. Und deren Höhe bemisst sich bekanntlich nach den Einnahmen des letzten abgeschlossenen Steuerjahres. Saila hatte in diesem und im vorigen Jahr praktisch keine Einnahmen. Ich weiß aus Erfahrung, dass es praktisch unmöglich ist, eine Herabsetzung der Quellensteuer zu erreichen. Schon viele anständige Menschen mussten sich wegen der Unnachgiebigkeit des Finanzamts bis über beide Ohren verschulden.»

Ich starrte auf den Schuldbrief, der mir lediglich zeigte, dass Saila Linds Unterschrift gut leserlich war; die Buchstaben kindlich rund, die Anfangsbuchstaben S und L mit Schnörkeln verziert, die in der heutigen Musterschrift nicht mehr üblich waren. Saila hatte die alte Volksschule besucht, sie gehörte der Generation an, die noch von Hand schreiben konnte.

«Ich habe versucht, sie nach ihrem Umzug und dem Verkauf des Wagens und der Kleider zu fragen, aber sie sagte nur, sie wolle sich verkleinern und unnützes Zeug loswerden. Anfangs habe ich ihr geglaubt, denn sie hat in ihrem Leben verschiedene, oft ziemlich extreme Phasen gehabt. Mia spricht neuerdings auch von einem einfacheren Leben, das scheint irgendwie in Mode zu sein. Aber in Sailas Fall war es wohl eine Zwangslösung. Als ich sie vor ein paar Wochen fragte, was los ist, hat sie gesagt, es sei besser, wenn ich nicht alles wüsste. Es gebe Typen, die sich nicht einmal von Killer-Tanners Tackling abschrecken ließen.»

7

Mehr konnte oder wollte Harri Tanner uns nicht erzählen. Er sagte, er schäme sich, weil er sich nicht intensiver mit den Angelegenheiten seiner Schwägerin beschäftigt hatte.

«Ich hatte andere Sorgen», meinte er. «Obwohl Geld im Vergleich zu einem Menschenleben natürlich keine Rolle spielt. Ich habe mir eingeredet, sobald ich mein Investitionsrisiko eliminiert habe, kann ich Saila helfen. Und gestern hat sich tatsächlich die Lösung ergeben, auf die ich gehofft hatte. Für Saila war es allerdings zu spät.»

«Du bist also ein professioneller Investor?» Koivus Worte waren eher eine Feststellung als eine Frage.

«Ein Börsenhai, Bankenspekulant und was es sonst noch für nette Worte gibt. Ich bringe Geld in Umlauf und bekomme natürlich meinen Anteil, wenn ich richtig gespielt habe. Mit Spielen habe ich das Geld, das ich heute anlege, ja ursprünglich verdient, wobei beim Eishockey immerhin gewisse Regeln galten, wenigstens zu meiner Zeit. Inzwischen ist es zur reinen Klopperei verkommen. Man braucht ja bloß an Patrik zu denken – der Typ aus Kasachstan hat ihn so hart getackelt, dass ihm der Helm vom Kopf flog, und ihn anschließend weiter traktiert. Patrik meint dazu nur, Spiel ist Spiel, und wenn man zu schwach ist, zurückzuschlagen, ergeht es einem eben so wie ihm. Ich hätte ihn nie Eishockey spielen lassen, wenn ich geahnt hätte, dass er mit dreißig für den Rest seines Lebens Invalide sein wird. Zum Glück hat Eija das nicht mehr erlebt.»

Es klopfte, und Lotta steckte den Kopf durch die Tür. «Ich habe Mia angerufen», erklärte sie. «Wir halten es beide für besser, dass sie erst morgen herkommt, und das auch nur, wenn

Patrik sich bis dahin beruhigt hat. Sie ist in ihrem Geschäft im Big Apple anzutreffen und will euch helfen, so gut sie kann.»

«Hast du am Freitag gesehen, wie Julian Saila ins Wasser gestoßen hat?», fragte ich Lotta.

«Was?» Harri Tanner sprang auf. «Warum weiß ich davon nichts?»

«Ich habe es auch gerade erst erfahren», verteidigte sich Lotta.

«Aber Saila ist doch wohl nicht daran …» Tanner wagte nicht, seinen Satz zu vollenden.

«Wir müssen noch einmal mit Julian sprechen. Wo ist er?»

«Oben in seinem Zimmer. Soll ich euch hinbringen?» Lotta machte bereits kehrt. Tanner setzte sich ebenfalls in Bewegung. «Ich komme am besten mit.»

«Julian ist volljährig. Wir fragen ihn nach der Auseinandersetzung, dann fahren wir.» Harri Tanner und ich starrten uns in die Augen, doch ich gewann den wortlosen Machtkampf. Lotta stand am Fuß der Treppe.

«Die zweite Tür links, die hellblaue.»

Ich hörte Koivus Schritte hinter mir, die plötzlich vom Knurren meines Magens übertönt wurden. Berg hatte recht gehabt, ich brauchte ein Butterbrot. Ich klopfte an die geschlossene, in zwei Schattierungen von Hellblau gestrichene Tür. Keine Antwort. Ich klopfte erneut und trat ein.

Julian lag auf dem Bett, große Kopfhörer auf den Ohren. Seine Augen waren geschlossen. Ich stand schon fast neben ihm, als er endlich merkte, dass jemand hereingekommen war. Er zuckte zusammen, setzte sich aber nicht auf und stellte auch die Musik auf seinem Computer nicht ab.

Julians Zimmer war der erste Raum in der Villa und ihren Nebengebäuden, der bewohnt aussah. An der Decke hingen Legomodelle von Flugzeugen und Raumschiffen. Von einem Plakat mit rissigen Kanten lächelte der Eurovision-Sieger Lordi.

Im Bücherregal standen hauptsächlich englischsprachige Fantasy-Taschenbücher und Figuren aus *Der Herr der Ringe.* Julian war längst über das Teenageralter hinaus, aber in seinem Zimmer auf Enholm war er ein Teenager geblieben. Waren diese Sachen Erinnerungsstücke an die Zeit, als Eija Tanner noch lebte?

«Julian! Wir waren noch nicht fertig!», rief ich. Der junge Mann hatte die Augen wieder geschlossen. Am liebsten hätte ich ihn gerüttelt, doch das durfte ich nicht tun. Wegen solcher Gesten waren schon manche meiner Kollegen in Schwierigkeiten geraten.

Koivu setzte sich kurzerhand auf Julians Bett, nahm ihm die Kopfhörer ab und fragte mit Nachdruck: «Sprichst du lieber hier mit uns oder im Polizeigebäude in Espoo? Du kannst es dir aussuchen. Saila Lind wurde am Freitag zuletzt gesehen. An dem Tag hast du nachweislich mit ihr gestritten. Du hast deine Tante ins Meer gestoßen. Willst du uns jetzt davon erzählen oder erst morgen früh? Im letzteren Fall verbringst du die Nacht in einer Zelle.»

Koivu schlüpfte fast nie in die Rolle des bösen Polizisten. Meist war ich die böse Hexe und er die Freundlichkeit in Person. Seine Taktik wirkte, denn Julian setzte sich auf und sagte matt: «Wir können hier reden. Hat Patrik euch das mit dem Streit gesteckt?»

«Das tut nichts zur Sache. Erzähl uns davon.»

Julian fuhr sich mit der Hand durch die Haare. «Es war wieder mal typisch Saila ... Ich wollte paddeln, die Kanus lagen am Bootssteg. Saila war zum Schwimmen am Saunasteg und rief mich zu sich. Sie sagte, es ginge um etwas Wichtiges. Ich hätte an ihrem Blick erkennen müssen, dass Ärger im Verzug war.» Er stand auf, nahm ein Zopfband aus dem Regal und band sich die Haare zusammen. Seine Augen waren gerötet, der rechte Daumen war neben dem Nagel bereits blutig gekratzt, aber Julian zupfte weiter an der Wunde herum. «Man hat euch wohl erzählt, dass Saila in Geldnöten war. Sie hat alles, was sie loswerden konnte, auf Flohmärkten und im Internet verkauft. Manchmal hat sie sich von mir Geld geliehen, um Lotto zu spielen, aber nie gewonnen.»

Blut lief von Julians Daumen auf die honigfarbene Jeans, die er anstelle der schmutzig gewordenen Badeshorts trug. «Pass ein bisschen auf», sagte ich und gab ihm ein Papiertaschentuch. «Wisch dir das Blut ab.»

Der junge Mann gehorchte mechanisch, seine Gedanken waren woanders. «Ihr wisst ja, dass Saila ein ehemaliges Model war. Das heißt, sie selbst hat nicht von ‹ehemalig› gesprochen. Fünfzigjährigen werden diese Jobs allerdings eher selten angeboten. Sie hat alle Aufträge angenommen, die sie kriegen konnte. Ein Freund und ich sind mal auf einer Pornoseite auf Fotos von ihr gestoßen.» Julian wurde rot, und die Farbe, die sich über die ansonsten weiße Haut ergoss, sah aus wie eine Clownsmaske. «Sie hat kein Geheimnis daraus gemacht, sie sagte nur, Job ist Job, und Geld ist immer willkommen. Fein, dass mein Körper noch jemanden erregt, hat sie gesagt. Sie hat ihn mir nur zu gern gezeigt.» Julian gab seinem Raumschiffmodell einen Schubs.

«Am Freitagmorgen rief sie mir schon von weitem zu, sie hätte etwas Wichtiges zu besprechen. Sie wollte, dass ich für irgendwelche Fotos posiere. Es sei nur Softporno, hat sie behauptet. Nichts Extremes, nur stilvolle Aktfotos. Ein junger Mann und eine ältere Frau, die Kombination ziehe heutzutage in dem Marktsektor, der sich an Frauen wendet.»

«Sie wollte also, dass ihr gemeinsam für Nacktaufnahmen posiert?»

Die Röte, die vorübergehend verblasst war, stieg Julian wieder ins Gesicht.

«Ja. Sie sagte, wir wären ja eigentlich gar nicht verwandt. Es wäre also kein Inzest, und auf den Fotos würde auch gar nichts passieren, bloß ein paar Berührungen. Ich würde gutes Geld dafür kriegen. Sie wurde wütend, als ich sagte, ich hätte kein Interesse, und fing an, mich runterzumachen. Ich war es satt, immer wieder dasselbe zu hören, und habe sie ins Wasser geschubst. Das war natürlich kindisch, aber …» Julian verschränkte die Hände im Nacken und schloss die Augen.

«Was war immer wieder dasselbe?», fragten Koivu und ich gleichzeitig.

«Na, diese ewigen Frotzeleien, weil ich keine Freundin und keinen Freund habe. Sie fragte dauernd, ob ich etwa noch Jungfrau wäre, warum ich immer rot würde, wenn von diesen Dingen die Rede ist …» Julians Gesicht hatte jetzt die Farbe eines Feuerwehrautos angenommen.

«Hast du gesehen, dass Saila wieder aus dem Wasser stieg?» Ich bemühte mich, ruhig zu sprechen.

«Ich bin nicht dageblieben! Sie ist bloß vom Steg gefallen. Da gibt es nichts, woran sie sich den Kopf aufschlagen könnte, sie war eine gute Schwimmerin, sie wäre nicht ertrunken …» Julians Stimme klang weinerlich, und als er sich das Gesicht abwischte, hinterließ das Taschentuch blutige Flusen.

«Du hast sie also ins Wasser geworfen und einfach sich selbst überlassen?» In solch drohendem Ton hatte ich Koivu selten sprechen gehört. «Hast du sie danach noch gesehen?»

«Nein! Ich bin ans andere Ende der Insel gegangen und habe da eine Weile gesessen. Als ich ungefähr eine Stunde später das Paddelboot geholt habe, war niemand am Ufer. Ich war total erleichtert, weil alle sagten, Saila wäre für das Wochenende nach Helsinki gefahren. Ich dachte, hoffentlich kommt sie nie mehr zurück! Aber ich habe doch … sie hat doch nicht daran sterben können? Wie ist sie gestorben, und wo hat man sie gefunden? Habe ich sie etwa umgebracht?»

«Das untersuchen wir gerade.»

«Wisst ihr das noch nicht? Wieso denn nicht?» Julian hielt

das schaukelnde Raumschiff so abrupt an, dass ein paar Legosteine herunterfielen.

«Was hatte sie an, als ihr euch gestritten habt?»

«Einen Bikini. In Pink, mit orangen Blumen. Saila liebte Pink. Ihr Auto war ein pinkfarbener Käfer, aber den hat sie schon im Januar verkauft.»

Wenn tatsächlich niemand Saila gesehen hatte, nachdem Julian sie ins Wasser gestoßen hatte, würden wir die Wellenforscher konsultieren müssen. War es möglich, dass die Leiche bei den am Freitag und Samstag herrschenden Windverhältnissen von Vormö bis nach Haraholm getrieben worden war? Aber wer hätte sie dann in Plastik eingewickelt? Selbst, wenn Julians Tat den Tod von Saila Lind herbeigeführt hatte, wäre der Zustand, in dem ihre Leiche gefunden worden war, damit noch nicht erklärt. Ich fragte Julian genauer nach Sailas Bikini, aber er erinnerte sich nicht, was für einen Verschluss das Oberteil gehabt hatte. Wenn es ein Modell war, das im Nacken und am Rücken zugebunden wurde, war es durchaus möglich, dass es sich gelöst hatte, während die Leiche im Wasser trieb.

Julian zitterte. Ich sagte ihm, er solle sich in den nächsten Tagen zur Verfügung halten, und wir ließen ihn am Daumen knibbelnd in seinem Zimmer zurück. Im Erdgeschoss wies ich auch Harri und Lotta Tanner an, erreichbar zu bleiben. Lotta hatte Saila am Samstag nicht gesehen, und Harri Tanners letzte Begegnung mit ihr lag zeitlich vor der Auseinandersetzung mit Julian. Koivu versuchte noch, Patrik nach dem Streit zu fragen, doch der schlief seinen Whiskyrausch aus.

«Wir melden uns morgen wieder. Eine Frage noch: Wohnt ihr alle zusammen im Westend?»

«Mia und Patrik haben ein Haus in Tapiola. Im Sommer hält sich Patrik aber am liebsten hier auf. Von Lärm bekommt er leicht Kopfschmerzen, und ihr Haus liegt ziemlich nah am Umgehungsring», gab Lotta Auskunft.

Berg, Jenna und Puupponen standen auf der Terrasse, als wir endlich zum Aufbruch bereit waren. Gerade, als ich die Tür schließen wollte, hörte ich Julian nach seinem Vater rufen. Seine Stimme klang wie die eines verängstigten kleinen Kindes. Auf Bergs Gesicht lag ein Ausdruck, den ich nicht zu deuten wusste. Er war nicht spöttisch, aber abwehrend. Als Berg meinen Blick bemerkte, setzte er wieder das Grinsen auf, das mir mehr und mehr wie eine Maske erschien.

«Auf dem Boot gibt es Brote, Kaffee und Kakao. Gehen wir?»

«Ich kann es kaum erwarten», murmelte Koivu. Als wir an Saila Linds Speicher vorbeikamen, gehorchte ich dem Impuls, noch einen Blick hineinzuwerfen. Die Wände waren so leer wie zuvor, in der Luft schwebte die schwache Spur eines moschusartigen Geruchs, wie von einem Parfüm. Ich schloss die Augen und versuchte, mir die lebende Saila in diesem Raum vorzustellen, doch es gelang mir nicht. Vielleicht war der Duft nur eine Sinnestäuschung. Hatte ich ihn auch in der Loviisankatu wahrgenommen? Ich hatte immer ein gutes Geruchsgedächtnis gehabt, doch jetzt ließ mich meine Erinnerung im Stich.

Berg stand am Ufer und löste die Leinen. «Mir scheint, du hast von euch allen am meisten seemännische Erfahrung. Der Wind hat gedreht, deshalb wäre es leichter, wenn jemand das Heck am Anleger festhält, während ich den Motor anlasse. Danach kannst du an Bord springen. In Ordnung?»

Auf See durfte es nur einen Kapitän geben, und auf der *Justina* hatte Berg das Sagen. «Gib mir Anweisung», antwortete ich und griff nach der Heckleine. Ich zog sie straff, damit die *Justina* nicht in das Geröll am Ufer trieb. Berg sprang ins Boot, ich hörte den Motor anlaufen, dann gab er mir das Signal zum Sprung. Ich schwang mich über die Reling, aber beim Aufkommen rutschte mein Fuß ab, und ich krachte rücklings aufs Deck. Mir entfuhren ein paar saftige Flüche. Puupponen stürmte aus der Kajüte auf mich zu.

«Bist du verletzt?»

«Ich nicht, nur mein Stolz.» Ich konnte mir Bergs Grinsen lebhaft vorstellen.

Vorsichtig stand ich auf und stellte fest, dass der Aufprall mir wohl nur ein paar blaue Flecken beschert hatte. Ich wickelte die Leinen auf. Dann ging ich in die Kajüte und holte mir ein Roggenbrot mit Käse und eine Tasse Kaffee. Der Kakao duftete verlockend, aber ich musste noch eine Weile wach bleiben. Als ich das Brot zur Hälfte aufgegessen hatte, klingelte mein Handy. Auf dem Display stand «Antti». Ich meldete mich.

«Hallo! Schläfst du schon?» Anttis Stimme wurde vom Motorengeräusch fast übertönt, Berg hatte das Tempo erhöht, sobald wir die Meerenge hinter uns gelassen hatten.

«Nein. Ich bin bei der Arbeit. Das heißt auf einem Boot, aber dienstlich.»

«Was Großes?»

«Zwei Leichen. Wir stehen noch ganz am Anfang. Wie geht's euch? Wo seid ihr jetzt?»

«Vor Anker in Cuxhaven. Wir kommen gerade vom Essen, Taneli ist noch im Hafen geblieben, um mit ein paar Mädchen Deutsch zu üben.»

«Aber er kann doch gar kein Deutsch!»

«Kinder lernen schnell. Übermorgen hole ich Iida in Hamburg ab. Hast du uns vermisst?»

«Natürlich, aber vor lauter Arbeit habe ich kaum Zeit, daran zu denken. Die Katzen wundern sich, wo ihr steckt.»

«Habt ihr auch so einen schönen Vollmond wie wir? Bei euch ist es sicher noch hell.»

Ich antwortete, der Mond stehe auch hier am Himmel. Antti war in romantischer Stimmung, aber ich hätte seine zärtlichen Worte lieber ungestört gehört. Außerdem wurde die Verbindung schlechter. Ich sagte, ich müsse Schluss machen, holte mir noch eine Tasse Kaffee und ging auf das Oberdeck, wo Jon Berg stand und steuerte. Koivu und Puupponen arbeiteten in der Kajüte an ihren Laptops, Jenna hatte es sich mit geschlossenen Augen im Kapitänssessel bequem gemacht.

Der Kaffee war dunkel geröstet und stark wie Teer, gerade so, wie ich ihn mochte. Seemannskaffee. Ich lehnte mich backbord an die Reling, sodass ich die Mondstraße sehen konnte, die im Südosten auf dem Meer schimmerte. Berg bemerkte auf der Steuerbordseite einen Zug Eiderenten mit Jungen und drosselte das Tempo. Die Vögel schwammen davon, so schnell sie konnten, die Jungen waren noch längst nicht flugfähig.

«Bald kann ich auf den äußeren Schären wieder Daunen sammeln», sagte Berg. «Die Vögel brauchen sie ja nicht mehr. Ich habe zwei Schlafsäcke an Bord, in die ich ständig neue Daunen stopfe. Die halten sogar bei minus dreißig Grad warm.»

«Schläfst du bei solcher Kälte im Boot?»

«Nein, aber in Lappland übernachte ich manchmal unter freiem Himmel, auf Jagd- oder Fischzügen. Ab und zu helfe ich einem Bekannten, der in der Nähe von Inari Rentiere züchtet. Oula hat früher in Kirkkonummi als Sanitäter gearbeitet, sich im Süden aber gar nicht wohl gefühlt. Im Frühjahr war es ihm zu dunkel, im Winter zu hell. Die sind wirklich *gulliga* … Wie sagt man das auf Finnisch?» Berg hob die rechte Hand vom Ruder und zeigte auf die jungen Eiderenten.

«Niedlich.» Ich trank meinen Kaffee, und Berg beschleunigte wieder, als wir die Enten hinter uns gelassen hatten.

«Hat euch der Ausflug nach Enholmen weitergebracht?», fragte er dann.

«Linds Handy hilft uns garantiert weiter. Endlich mal Schwein bei der Polizeiarbeit, oder war es deine persönliche Glückssträhne? Was der Rest uns bringt, kann ich noch nicht beurteilen. Bist du schon lange in Kirkkonummi?»

«Sieben Jahre. Vorher war ich ein paar Jahre in Parainen. Da gibt es inzwischen auch keine Wache mehr. Vor der Polizeischule war ich Jugendleiter in Karjaa. Im sozialen Sektor wurden die Mittel dann aber so wahnsinnig gekürzt, dass ich den Beruf gewechselt habe. Ich dachte mir, wenn in unserem Land alle Jugendzentren geschlossen werden, wird es umso mehr Ganoven geben.»

Bergs Lächeln sah nicht mehr provozierend aus, sondern melancholisch. Ich lächelte zurück.

«Wirklich klug taktiert. Als würden die Mittelkürzungen die Polizei nicht betreffen. Du hast ja gefragt, wie unsere Einheit überhaupt zustande kam. Lange kann sie sich bestimmt nicht mehr halten. Vor einigen Jahren habe ich an der Polizeifachschule afghanische Polizeikräfte ausgebildet, vielleicht suche ich mir wieder eine Stelle in dem Bereich, wenn unsere Einheit aufgelöst wird. Aber um Matti Nykänen zu zitieren, jetzt wird erst mal gesprungen, das heißt, wir müssen mit unserem Fall weiterkommen. Ich arbeite morgen mit unserer Pressereferentin die Strategie für die Medien aus. Wir veröffentlichen noch einmal eine Nachricht über den Fund der Leichen. Kalle Laine ist dein Kumpel. Glaubst du, dass er als Finder an die Öffentlichkeit drängt?»

«Kannst du einen Moment den Kurs halten? Jetzt ist es windstill genug, um eine zu rauchen.»

Ich packte das hölzerne Steuerrad, das von Bergs Händen noch warm war. Er wandte sich nach Lee und holte die Zigarettenschachtel aus der Brusttasche. Sein Feuerzeug knackte mehrmals, bevor der Glimmstängel Feuer fing. Als der Rauch meine Nase erreichte, erschien mir der Geruch wie ein Gruß aus einer Welt, die ich seit langem hinter mir gelassen hatte. In meiner Jugend hatte ich nur gelegentlich geraucht, denn der Geruch hing dann immer in meinen Haaren, und meine Eltern hatten mir nicht geglaubt, wenn ich beteuerte, dass nur Jaska oder Sanna geraucht hätten und ich nicht. Heutzutage roch man nur noch selten Zigarettenrauch. Ich setzte mich gelegentlich über die Regeln des Polizeipräsidiums hinweg und ließ einen Verdächtigen in meinem Dienstzimmer oder im Vernehmungsraum rauchen. Ein Verstoß gegen das Rauchverbot war schließlich ein geringer Preis für das Geständnis eines Mörders.

«Ob Kalle auf Publicity aus ist?» Berg überließ mir weiterhin das Steuer. Im Zwielicht kam die nächste Torfeuerlinie in Sicht, die Durchfahrt dahinter war jedoch grau, ich konnte nicht erkennen, welche Stange rot und welche grün war. «Das kommt auf das Stadium seiner Trunkenheit an und darauf, ob man ihm Geld verspricht. Wenn er angeheitert ist, könnte er es darauf anlegen, seiner Exfrau zu demonstrieren, was für ein bedeutender Kerl er ist. Wenn der Rausch nachlässt, und erst recht, wenn er einen Kater hat, rennt er vor allem und jedem davon.»

«Und nüchtern?»

Berg seufzte. «In dem Zustand bleibt er nicht lange. Möchtest du, dass ich ihn morgen zum Fischen überrede? Dann wagt er nicht zu saufen, weil er genau weiß, was ich von Trunkenheit am Ruder halte. Ich habe noch ein paar Tage Urlaub, und was gibt es Schöneres, als mit einem Kumpel zu fischen? Ich verspreche dir auch einen Anteil an unserer Beute.»

Ich verzichtete auf eine Antwort. Berg warf die Kippe ins Meer, wo sie zischend erlosch. Er trat hinter mich und packte mit der rechten Hand das Ruder, sodass sein Handrücken meinen berührte. Einen Augenblick lang war es warm, als sein Körper zwischen mir und dem Wind stand. Auf dem Meer waren keine anderen Boote zu sehen. Ich wartete ein paar Sekunden, bevor ich das Steuer losließ und neben Berg trat. Es war offenkundig, dass er mich auf die Probe stellte, ich verstand nur nicht, warum.

Koivu kam auf das Unterdeck.

«Was für ein prächtiger Mond!», rief er. «Hör mal, Maria,

der Unbekannte wird ja morgen früh obduziert und Lind gleich anschließend. Muss jemand von uns dabei sein? Da wir immer noch nichts über den Mann wissen, hilft uns die Obduktion vielleicht ein Stück weiter.»

«Wäre das etwas für Jenna? Schläft sie?»

«So halb. Soll ich sie holen?»

Ich sagte, ich käme nach unten. Wir näherten uns dem Hafen, der Mond hatte sich hinter den Bäumen versteckt, und die Lichter der Villen am Ufer ließen das Meer umso dunkler erscheinen. Jenna fuhr hoch, als ich die Kajüte betrat. Das Schaukeln hatte hier unten eine ganz andere Wirkung als draußen, kein Wunder, dass Jenna müde geworden war. Sie versprach, zur Obduktion zu gehen.

«Hast du dir so was schon oft angesehen?», erkundigte sich Puupponen.

«Oft genug! Vor den Toten braucht man sich nicht zu fürchten, bloß vor den Lebenden, die sie umgebracht haben. Ich hätte meinen Vater gern im Sarg gesehen, aber meine Mutter hat es nicht erlaubt. Ich habe jahrelang überlegt, was wohl von ihm übrig geblieben ist. Es wurde erst leichter für mich, als wir bei der Ausbildung Schusswunden gezeigt bekamen. Da konnte ich mir endlich vorstellen, was er mit seiner Waffe angerichtet hatte.»

Das Boot schwankte, oder war mir nur schwindlig? Ich war diejenige gewesen, die Pertti Ström nach seinem Selbstmord gefunden hatte. Er hatte sich den Lauf seiner Waffe in den Mund gesteckt. Das Gesicht war einigermaßen unversehrt geblieben, aber Stücke des Hinterkopfs, Gehirnmasse und Blut waren meterweit gespritzt. Ich erinnerte mich immer noch an den Geruch in Perttis kleiner Wohnung und an die zwei Briefe, die auf der Waschmaschine gelegen hatten. Der eine war an seinen Bruder Jani adressiert gewesen.

«Maria und ich haben ihn gesehen», sagte Puupponen mit

kraftloser Stimme. «Es wurden Fotos gemacht, die findest du sicher noch im Archiv, wenn du sie sehen willst. Empfehlen würde ich es dir allerdings nicht.»

Das Boot schaukelte noch heftiger, wir näherten uns dem Land. Berg wies Koivu an, auf den Anleger zu springen, und Koivu gehorchte widerspruchslos, offenbar heilfroh, die Seefahrt endlich überstanden zu haben. Berg machte sich auf dem Achterdeck am Bojenstander zu schaffen, schaffte es schließlich, ihn zu befestigen, und ging in die Kajüte, um den Motor auszuschalten.

«Wenn ihr noch mal einen Schiffer braucht, meldet euch», sagte er, als wir alle auf dem Anleger standen. «Und auch sonst helfe ich gern, immerhin gehören wir zum selben Polizeibezirk. Wenn der Wassergott mir gnädig ist, tauche ich vielleicht mal in Kilo auf und bringe euch frischen Fisch.» Er gab uns allen die Hand, meine drückte er lange und fest.

«Ein komischer Kauz», sagte Puupponen, als wir im Auto saßen. «Er führt sich auf, als wäre es sein Fall.»

«Jetzt sind wir ihn wohl los», schnaubte ich, obwohl ich mir dessen gar nicht sicher war. Ich wusste nicht einmal, ob ich es mir wünschte. Irgendetwas an Bergs Selbstsicherheit faszinierte mich. Oder es wurde gefährlich für mich, Strohwitwe zu sein.

Puupponen setzte Jenna in Matinkylä ab, mich in Nihtimäki, dann wollte er Koivu noch nach Leppävaara bringen. Ich war auch mir selbst gegenüber großzügig, als ich festlegte, dass wir uns am nächsten Morgen erst um neun Uhr treffen würden, denn es war bereits nach Mitternacht. Die Katzen warteten an der Tür, so erbost wie die Mutter eines Teenagers, der zwei Stunden später als vereinbart nach Hause kommt. Jahnukainen schubste mich, als wolle er mich zu Fall bringen. Der Mond schien durch das Wohnzimmerfenster, und Venjamin machte Jagd auf Jahnukainens Schatten.

Ich fühlte mich rastlos. Nachdem ich die Katzen gefüttert hatte, ging ich ins Arbeitszimmer und schaltete den Verstärker meiner Bassgitarre ein. Ich stellte die Lautstärke so weit herunter, dass die Musik die Nachbarn nicht stören würde. Im Frühjahr hatte ich eine Fender gekauft, die für eine Bassgitarristin von meinem Niveau zu gut war, deren Klang aber meinen Ohren schmeichelte. Unsere Band *Die Bullen* probte nur selten; ich begann, unseren neuen Song zu spielen, «Bullen sind Schweine», zu dem Ville Puupponen den Text geschrieben hatte. Er selbst spielte kein Instrument und konnte auch nicht singen, aber im Frühjahr hatte er unserem Songwriter Söderholm zwei Texte angeboten, aus denen Musik entstanden war.

Jahnukainen mochte den Klang der Bassgitarre oder vielleicht eher ihre Vibrationen. Er schlich näher, sprang dann auf das Sofa und begann zu schnurren. Folglich war er unmusikalisch, denn ich war nach der Sommerpause so aus der Übung, dass ich selbst über die einfachsten Skalen stolperte.

Was mochte es für Patrik Tanner bedeuten, dass er nicht mehr Eishockey spielen konnte? Es war schließlich mehr als zehn Jahre lang sein Beruf gewesen. Als Sportler war er daran gewöhnt, Schmerzen zu ertragen und sie auf dem Spielfeld anderen zuzufügen. Er hätte den Spitznamen Killer eher verdient gehabt als sein Vater. Jeder Sportler wusste, dass sein Instrument, der Körper, sich beim Gebrauch abnutzte und ihn im Zweifel im Stich ließ. Doch die Verletzungen, die Patriks Karriere zerstört hatten, waren nicht die Folge langjähriger Überlastung, sondern eines ungewöhnlich harten Tacklings. Diesem war ein Faustkampf vorangegangen, in dessen Verlauf Patrik Tanner den Helm verloren hatte. Patrik hatte sich bereits beruhigt und lief auf Anordnung des Schiedsrichters auf die Reservebank zu, als der hundert Kilo schwere Stürmer der gegnerischen Mannschaft ihm nachsetzte und ihn in voller Fahrt gegen die Bande stieß. Puupponen war damals so wütend gewesen, dass er sich in einem Leserbrief lang und breit über das Foulspiel des Gegners ausgelassen hatte. Allerdings hatte ich seinen Leserbrief nie gedruckt gesehen.

Ich suchte die Noten von Stevie Wonders «Sir Duke» heraus und begann zu spielen, blieb aber bei derselben schwierigen Trompeteneinlage hängen wie immer. Kurz vor zwei gab ich endlich auf, duschte und legte mich schlafen. Ohne Antti war das Bett zu breit, aber immerhin krochen die Katzen zu mir, Venjamin zwischen meine Füße und Jahnukainen wie eine Wärmflasche hinter meinen Rücken. Ich träumte von tätowierten Armen.

8

Verdammt, es schaukelt immer noch», klagte Koivu und goss sich die x-te Tasse Kaffee ein. Schon vom Zuschauen bekam ich Sodbrennen.

«Von der kleinen Seefahrt gestern? Du solltest mal deinen Gleichgewichtssinn untersuchen lassen», feixte Puupponen. «Hier, hört mal, Saila Lind hat im Netz ganz schön ausgeteilt: ‹Die Mundart von Helsinki ist eine Mischung aus Finnisch, Schwedisch und Russisch. Im Hauptstadtgebiet wurde immer schon Schwedisch gesprochen, und die gebürtigen Helsinkier haben Verständnis dafür. Wer es nicht erträgt, in der Straßenbahn oder im Kaufhaus Schwedisch zu hören, sollte wieder in die Pampa ziehen.› Und so weiter. Wann kriegen wir den Beschluss des Amtsgerichts zur Aufdeckung der Identitäten der Chat-Teilnehmer? Ratet mal, ob ich in Begeisterung ausbreche oder nicht, wenn ich diese Internet-Schrate befragen darf? Es werden sowieso nur die Dümmsten von ihnen sein, die Intelligenteren wissen, wie sie ihre Identität verbergen können.»

«Unser Antrag wird heute verhandelt. Mach du mit der Analyse der Internetspuren weiter, Koivu und ich fahren zum Big Apple, um Mia Tanner zu besuchen. Ihr Geschäft öffnet um elf. Anschließend können wir zur Loviisankatu fahren und Linds Nachbarn befragen. Hoffentlich haben wenigstens ein paar noch Urlaub und sind zu Hause. Morgen früh muss ich zu einer Sitzung des Planungskomitees für die Polizistinnentagung, deshalb arbeite ich heute länger. Wir treffen uns hier, wenn Jenna von der Obduktion kommt. Offenbar gibt es immer noch keinen passenden Vermissten?»

«Einer ist auf der Fähre nach Schweden verschwunden, aber

erst vorgestern, und der Mann ist dunkelhäutig. Kann also nicht unser Kadaver sein. Ist die Pressemitteilung schon raus?»

«Ja. Koivu nimmt die Anrufe entgegen. Du hast das Handy doch bekommen, auf dem die Hinweise eingehen, Koivu?»

«Denk ans Filtern», mahnte Puupponen. Die Hilfe der Öffentlichkeit war wichtig, aber der Anteil der unbrauchbaren Hinweise lag bei neunzig Prozent.

«Ville, ruf auch Harri Tanner an und sag ihm, was in der Pressemitteilung steht: dass die Polizei zwei Leichen gefunden hat, eine bereits identifizierte Frau und einen unbekannten Mann. Bitte ihn, auch die anderen Familienmitglieder zu informieren. Ich möchte nicht, dass sie es aus den Medien erfahren. Sailas Identität wird in der Pressemitteilung zwar noch nicht preisgegeben, aber früher oder später findet irgendein Schnüffler sie heraus, und dann geht's bei den Tanners rund. Warne ihn auch davor.»

«Dass ich das eines Tages tun müsste, hätte ich mir damals beim Eishockey-Nachwuchs nicht träumen lassen. Das Leben steckt voller Überraschungen.»

Wir überließen Puupponen seinen philosophischen Gedanken und fuhren zum Big Apple. Obwohl der August gerade erst begonnen hatte, wurden in dem großen Einkaufszentrum bereits Herbstkleidung und Schulbedarf angepriesen. Dem Shopping-Paradies war auch eine Filiale der Stadtbibliothek angeschlossen, und mir fiel plötzlich ein, dass ich Antti versprochen hatte, seine Ausleihen zurückzugeben – natürlich hatte ich die Bücher jetzt nicht dabei. An einer Baustelle ganz in der Nähe polterte und krachte es, der Bau der U-Bahn gab dem Süden von Espoo ein neues Gesicht. Die Stadt veränderte sich unablässig; das vor elf Jahren eröffnete Einkaufszentrum wirkte daher bereits wie ein Monument der Kontinuität.

Mias Mode für Kids befand sich in der ersten Etage etwas abseits von der Hauptpassage. Im Schaufenster hing noch

Sommerkleidung: mit Rüschen besetzte rosa Blumenkleider und Matrosenanzüge. Eine gut vierzigjährige, rundliche Frau sortierte Baumwollpullis in ein Regal, Kunden waren nicht zu sehen.

«Guten Morgen. Wir suchen Mia Tanner.»

«Seid ihr von der Polizei?» Beim letzten Wort senkte die Frau die Stimme. «Mia ist im Hinterzimmer, dort könnt ihr ungestört reden. Die Tür ist da bei den Mänteln, geht einfach rein.»

«Ziemlich teuer», murmelte Koivu, als wir zwischen den Regalen und Ladentischen hindurch zum Hinterzimmer gingen. «Hundert Euro für einen Mantel, der nach einem halben Jahr zu klein ist! Aber mit so einem Kleidchen könnte man Senna glücklich machen.» Er zeigte auf einen Traum aus weißem Tüll, genau das Richtige für ein Blumenmädchen bei einer Hochzeit.

Die Tür ging auf, bevor ich anklopfen konnte. Die Frau, die sie geöffnet hatte, trug ein enges rosa Baumwollkleid, das an den Ärmeln und am Halsausschnitt mit Häkelspitze derselben Farbe besetzt war. Die weißen Sandaletten hatten zehn Zentimeter hohe Absätze, die schulterlangen dunklen Haare waren sorgfältig frisiert und das Gesicht professionell geschminkt. Vom Brustbereich abgesehen, war die Frau extrem schlank, fast mager. Mit ihren braunen Augen und der gleichmäßig bronzefarbenen Haut hätte sie als Italienerin durchgehen können.

«Mia Tanner?», erkundigte ich mich. «Maria Kallio und Pekka Koivu von der Espooer Polizei. Wir untersuchen den Tod der Tante deines Mannes.»

«Kommt rein, vielleicht reicht der Platz für uns alle.» Das Hinterzimmer war ein winziger Raum mit einem Tisch und zwei Stühlen, einer Spüle, einer Mikrowelle und einer Kaffeemaschine. «Nehmt Platz», fuhr Mia fort. Sie war um die dreißig, bewegte sich aber so vorsichtig wie ein wesentlich älterer Mensch.

«Lotta hat mich gestern angerufen und erzählt, dass Saila tot ist. Wie ist das denn passiert?» Mia lehnte sich an die Spüle. Koivu deutete auf den freien Stuhl, doch sie schüttelte den Kopf. «Ich habe Rückenschmerzen. Stehen ist besser als Sitzen.»

Koivu ließ sich auf dem schmalen Stuhl nieder.

Als Mia sich erneut erkundigte, was passiert war, antwortete ich mit einer Gegenfrage: «Wann hast du Saila Lind zuletzt gesehen?»

«Ich habe mir schon gedacht, dass ihr danach fragen würdet. Irgendwann in der letzten Woche. Der Laden war von Mittsommer bis Montag diese Woche geschlossen, aber letzte Woche wurde eine neue Kollektion geliefert, deshalb bin ich am Dienstag zum Auspacken in die Stadt gekommen ... Und Freitagabend bin ich wieder auf die Insel gefahren. Also muss es Dienstagvormittag gewesen sein, dass Saila mich im Boot nach Degerö mitgenommen hat, wo wir Liegeplätze haben. Sie wollte sich mit irgendeinem Bekannten treffen, der sie dort abholen sollte. Was ist denn nun passiert?»

«Saila Lind wurde tot aufgefunden, und wir haben allen Grund zu der Annahme, dass sie einem Verbrechen zum Opfer gefallen ist. Sie wurde bei der Insel Haraholm gefunden, zusammen mit einer bisher noch nicht identifizierten männlichen Leiche. Hatte sie einen Freund? Eine Beziehung?»

Mia Tanner schien nichts zu hören, sie starrte vor sich hin, als hätte sie ein Gespenst gesehen. Da ging die Tür auf, und die Frau, die uns gerade im Laden begrüßt hatte, trat ein. Sie hielt ein Handy ans Ohr gepresst und wirkte bestürzt.

«Mia, entschuldige, ich habe hier einen dringenden Anruf! Kannst du nach vorn gehen, da ist eine Frau, die eine Sonntagshose für ihren Sohn sucht.»

Mia stöhnte auf und ging dann langsam in den Laden. «Würdest du das bitte wiederholen?», bat ihre Angestellte am Telefon. «Du hast angerufen, gemailt, um Rückruf gebeten und ihn nicht erreicht. Hast du bei ihm geklingelt? Aha. Nein, die Kinder sind im Sommerhaus meines Bruders in Savonranta, da können sie den Sommer wenigstens ein bisschen genießen. Könnte Eero zu ihnen gefahren sein? Sie haben allerdings nichts davon gesagt, als ich sie gestern angerufen habe. Ich kann dir die Handynummer meines Bruders schicken. Nein, ich habe wirklich nichts von Eero gehört. Aber du hast recht, das ist nicht seine Art. Er gibt sich Mühe … Aber ich habe trotzdem nicht vor, ihn wieder bei mir aufzunehmen.» Die Frau wischte sich den Schweiß von der Stirn. «Eine Vermisstenmeldung? Ist es dafür nicht zu früh? Hier sind gerade zwei von der Polizei, aber für so etwas sind die sicher nicht zuständig. Ja, melde dich, wenn du etwas von ihm hörst, er ist ja trotz allem der Vater meiner Kinder. Aber schick mir lieber eine SMS, bei der Arbeit kann ich nicht immer ans Telefon gehen.»

Koivu hörte so aufmerksam zu wie ich. Als das Gespräch beendet war, tippte die Frau eine SMS und wollte gleich wieder zur Tür hinaus.

Ich fragte rasch: «Wer ist verschwunden?»

«Eero. Mein Exmann. Sein Bewährungshelfer hat gerade angerufen, Eero ist am Montag nicht zum vereinbarten Treffen gekommen und offenbar nicht zu erreichen. Eero hat im Gefängnis gesessen, wie ihr euch denken könnt.»

«Wie heißt er mit Nachnamen? Und du selbst?»

«Eero Lumme. Und ich bin Susanna Lumme. Ich habe den Namen behalten, obwohl wir schon seit Jahren geschieden sind. Es ist einfacher so, denn die Kinder heißen auch Lumme.»

«Wie würdest du ihn beschreiben?»

«Eero? Mittelgroß, eins sechsundsiebzig, wenn ich mich recht erinnere. Blaue Augen und dunkle Haare. Er wird schon ein bisschen kahl. Kein Bart, aber ansonsten ziemlich behaart. Das hat mir anfangs gefallen, er war wie ein Teddybär. Im Gefängnis hat er ein bisschen zugenommen, aber so dick wie ich ist er noch nicht. Er hat sich damals, als es mit uns anfing, ein Herz mit meinem Namen auf den Rücken tätowieren lassen, obwohl das Tattoo unter der Behaarung kaum zu sehen war. Inzwischen hat er es aber wohl entfernen lassen. Andere Merkmale fallen mir gerade nicht ein. Ach doch, links hat er ein Muttermal am Hintern.»

«Zu welchem Zahnarzt ist er gegangen?» Koivu hatte seinen Laptop aufgeklappt, vermutlich suchte er bereits nach Eero Lummes Strafregister.

«Zahnarzt? Dafür hatte er kein Geld, bei all den Schulden.»

«Wo wohnt er?»

«Als Untermieter in Suvela, ein Glück, dass er die Bude gekriegt hat. Sonst hätten wir ihn bei uns aufnehmen müssen, dabei wohnen wir sowieso schon beengt. Wisst ihr etwas über ihn?»

«Vorläufig haben wir nur Vermutungen. Kanntest du Saila Lind?»

«Sie war gelegentlich hier. Über Tote soll man ja nicht schlecht reden, aber ich mochte sie nicht besonders. Sie wollte, dass Mia mich feuert und ihr die Stelle gibt, obwohl sie keinerlei Qualifikation als Verkäuferin hatte! Jobs wachsen nicht auf Bäumen, und die Öffnungszeiten hier sind ideal für mich, weil ich morgens Zeit habe, die Kinder zur Schule zu bringen, und abends um sechs wieder zu Hause bin, um für sie zu kochen.»

«Kannte dein Exmann Saila Lind?»

«Keine Ahnung. Ihr interessiert euch aber sehr für Eero. Er dürfte ja nicht mal frei reisen, weil seine Bewährungsfrist noch läuft. Aber wer weiß. Wenn seine Kumpel ankommen und sagen, wir haben einen guten Job für dich, der bringt ordentlich was ein, und du kriegst alles unter der Hand, glaubt der Trottel ihnen jedes Wort. Und dann steckt er wieder im Schlamassel. Ich muss jetzt nach vorn, ihr seid doch gekommen, um mit Mia zu sprechen. In der Familie gibt es ja Kummer en masse, aber wie sagt man so schön: Es ist immer noch angenehmer, am Steuer eines Mercedes zu heulen als im rappelvollen Bus.»

«Eero Lumme», sagte Koivu, als die Frau das Zimmer verlassen hatte. «Bauarbeiter. Hat zuerst sechs Monate wegen Betrugs gesessen, davor war er schon einmal auf Bewährung verurteilt. Dann vier Monate wegen Nötigung. Danach war er einige Jahre sauber, deshalb galt er beim nächsten Verfahren wegen Betrugs als Ersttäter und brauchte von den acht Monaten, die man ihm aufgebrummt hat, nur die Hälfte abzusitzen. Die Bewährungsfrist läuft Anfang September ab. Wenn für den armen Kerl nicht sowieso alles gelaufen ist. Aufgrund dieses Fotos lässt sich noch nichts sagen, aber Lumme ist im DNA-Register, und wenn wir noch sein Zahnschema finden ... Vielleicht war er so schlau, sich im Knast die Beißerchen machen zu lassen.» Koivu war geradezu begeistert.

«Prüfen wir es», konnte ich noch sagen, dann kam Mia Tanner zurück.

«Habt ihr noch Fragen wegen Saila? Man merkt, dass die Leute aus dem Urlaub zurückkommen, es wird ein hektischer Tag.»

«Ja, haben wir. Unseren Informationen zufolge gab es zwischen euch Meinungsverschiedenheiten. Saila wollte in deinem Laden arbeiten, du hast abgelehnt. Stimmt das?»

Koivu war noch mit seiner Recherche über Eero Lumme beschäftigt, daher musste ich mich allein um Mia kümmern.

«Ja und nein. Saila hatte es irgendwie geschafft, sich finanziell zu übernehmen, und hat natürlich nach Mitteln und Wegen gesucht, sich zu sanieren. Warum sollte ich eine Person ohne Fachkenntnisse einstellen, die obendrein, ehrlich gesagt, nicht der richtige Typ für Kundenkontakte war? Und so profitabel ist der Laden nicht, dass ich jemanden nur zur Dekoration einstellen könnte. Saila hat sogar vorgeschlagen, ich sollte Susanna entlassen, aber das kam überhaupt nicht in Frage! Susanna ist ein Schatz, sie schmeißt den Laden notfalls auch allein, wenn ich» – Mia zögerte kurz –, «wenn ich verreist oder krank bin. Natürlich war Saila in einer unangenehmen Lage, und sie hat vor mir mit ihrer Verbitterung nicht hinterm Berg gehalten. Wir haben ja einen ähnlichen Hintergrund. Als Schulmädchen habe ich von einer Karriere als Model geträumt, aber ich bin ja nicht mal eins siebzig groß. Für ein paar Werbefotos wurde ich engagiert, und ins Finale von Miss Finnland habe ich es auch geschafft, aber nicht auf einen der ersten drei Plätze.»

«Hast du so Patrik Tanner kennengelernt?»

«Ja. In der Model-Szene tummelten sich auch Eishockeyspieler. Patrik hat damals schon in der Schweiz gespielt, war aber nach Finnland gekommen, um seine Freunde zu treffen. Zufällig waren wir am selben Abend im *Kaivohuone*. Danach haben wir uns ab und zu getroffen, und ich bin nach Bern gezogen, als ich dort eine Stelle als Au-pair bei einer finnischen Familie bekam. Das ging allerdings überhaupt nicht gut, weil Patrik wollte, dass ich immer verfügbar war, wenn er Zeit hatte. Dann merkte ich, dass ich schwanger war. Patrik fand, das bedeutete, dass wir heiraten müssten. Er sagte, die Welt braucht nicht noch ein uneheliches Kind. Mir ist erst später klargeworden, dass er dabei an Julian dachte. Die Trauung fand in der Domkirche statt und die Hochzeitsfeier im *Casino Katajanokka*, und am Morgen danach hatte ich eine Fehlgeburt. Ich war gerade zwanzig, noch ein richtiges Kind.» Mia starrte vor sich hin, auf ihrem Gesicht lag derselbe Ausdruck wie vorhin, bevor Susanna Lumme ins Zimmer gestürmt war. «Aber ich wollte doch nicht über mich reden, sondern über Saila.» Mia legte die flachen Hände stützend ins Kreuz, ihr Gesicht verzerrte sich vor Schmerz.

«Scheint wirklich schlimm zu sein mit deinem Rücken. Was ist passiert?»

«Ich bin auf der Insel beim Blaubeerpflücken über eine Wurzel gestolpert und habe ihn mir verrenkt», sagte sie, ohne mich anzusehen. Die Lüge stank kilometerweit gegen den Wind. Wie oft hatte ich in meiner Polizeilaufbahn von Türklinken gehört, die das Auge getroffen hatten, von Ausrutschern auf dem vereisten Hof, bei denen der Daumen ausgekugelt war. In einem Fall war die Wunde an der Schläfe einer Mutter angeblich entstanden, als ihr kleines Kind, das noch nicht sprechen konnte, ihr einen Spielzeughammer an den Kopf geworfen hatte. Sollte ich Mias Abwandlung der Wahrheit einfach übergehen? Wenn Patrik seiner Frau gegenüber gewalttätig war, griff er womöglich auch andere an.

«Du und Saila wart also nicht gerade Busenfreundinnen?»

«Eine Laune des Schicksals hat uns in dieselbe Familie verschlagen. Eine Familie, die nur noch von der Erinnerung an Eija zusammengehalten wird. Harri will seine Kinder um sich haben, weil sie seine letzte Verbindung zu ihr sind. Und Eija war angeblich eine Heilige. In dem Punkt waren Saila und ich uns einig: Harri und seine Kinder haben ein ganz merkwürdiges Bild von Eija. Wart ihr schon in dem Haus in Westend? Da gibt es einen richtigen Hausaltar für Eija. Saila hat ihre Schwester auch nach deren Tod noch beneidet. Ich verstehe wirklich nicht, warum sie sich so an die Tanners geklammert hat. Harri wird sie nie an Eijas Stelle lassen, sosehr sich Saila auch bemüht …»

Babygeschrei aus dem Laden ließ Koivu vom Monitor aufblicken. Als wir nach dem erfolgreichen Abschluss eines Falles einmal ungewöhnlich lange beim Bier gesessen hatten, war Koivu das Geständnis entschlüpft, dass er gern noch drei weitere Kinder gehabt hätte, Anu aber keine mehr wolle. Manchmal sah ich Wehmut in seinen Augen, wenn Kolleginnen oder Kollegen, die gerade in Elternzeit waren, im Präsidium stolz ihren Nachwuchs präsentierten.

«Du und Patrik, ihr habt also keine Kinder?», fragte er prompt.

Mia sah ihn an, als überlege sie, ob sie wirklich antworten

müsse, gab dann aber nach: «Ein Jahr nach der Hochzeit kam der Transfer zur NHL, zuerst nach Calgary, dann zu den Montreal Canadiens. Patrik war nur noch auf dem Eis. In der Situation wollte ich kein Kind. Genau genommen hatte ich schon beschlossen, mich scheiden zu lassen, aber dann kamen Eijas Krankheit und ihr Tod, der Patrik sehr mitnahm, und danach die Verwundung ... Und einen behinderten Mann kann ich doch nicht im Stich lassen.»

Eine Träne lief über Mias Wange, und jetzt verlor sie auch den letzten Rest an Selbstbeherrschung. «Ich begreife nicht, was das alles damit zu tun hat, dass irgendwer Saila umgebracht hat! Guckt euch an, was aus mir geworden ist: Ich heule jedem die Ohren voll, der mir nur zuhört, selbst wenn es ein Polizist ist, der über etwas ganz anderes sprechen will. Warum lasst ihr mich so viel Unsinn reden?»

Im selben Moment stand Susanna Lumme wieder an der Tür. «Mia, das Haus ist voller Kunden, und die Schallisolierung ist miserabel. Willst du, dass wieder jemand die Gazetten anruft? Fahr nach Hause, wenn es dir nicht gutgeht. Und solltest du nicht doch mit der Polizei über deine Rückenschmerzen reden? Eero ist zwar ein Mistkerl, aber geschlagen hat er mich nie.»

Trotz ihrer Erregung sprach Susanna Lumme im Flüsterton. Mia hatte den Blick auf den Schrank über der Spüle gerichtet und hielt sich die Ohren zu, als wolle sie die unverblümten Worte ihrer Angestellten nicht hören. Die wandte sich nun an uns: «Kann man sogenannte bessere Leute wie Mia nicht auf der Polizeistation vernehmen? Da brauchen sie wenigstens nicht zu befürchten, dass Außenstehende sie belauschen. Oder ist es eine zu große Schande für sie, das Polizeigebäude zu betreten? Daran gewöhnt man sich, kann ich nur sagen, wie man sich daran gewöhnt, dass sogar die Kinder mit Metalldetektoren abgesucht werden, wenn sie ihren Vater im Gefängnis besuchen!» Susanna schlug die Hand vor den Mund. «Um Himmels willen, die Kundschaft! Am Ende reißt noch jemand die Diebstahlsicherung ab und klaut was.»

«Ich komme auch gleich», sagte Mia, «falls die Polizei keine Fragen mehr hat.»

«Frau Lumme», hielt Koivu die Verkäuferin zurück. «Wir haben im rechtsmedizinischen Institut eine unbekannte männliche Leiche, und ich halte es für möglich, dass es sich um Ihren ehemaligen Mann handelt. Sofern das Zahnschema übereinstimmt, müssen wir jemanden bitten, ihn offiziell zu identifizieren. Wer ist sein nächster Angehöriger? Ihre minderjährigen Kinder kommen natürlich nicht in Frage. Leben seine Eltern noch, hat er Geschwister?»

«Seine Eltern wohnen weit weg, in Pyhäjärvi, die Mutter ist dement, und der Vater hat einen schweren Herzfehler. Auch seine Schwester wohnt dort. Aber Eeros Bruder lebt in Vantaa, fragt ihn. Matti Lumme.»

Susanna eilte zurück zu den Kunden, während Mia nach ihrer Handtasche griff und ihr Make-up auffrischte.

«Was solltest du uns von Patrik erzählen?», fragte ich auf die Gefahr hin, einen neuerlichen Tränenausbruch zu provozieren.

«Gar nichts! Meine Rückenschmerzen haben nichts mit Sailas Tod zu tun. Ich muss jetzt gehen. Wir öffnen erst um elf, ich kann also morgens in die Polizeiwache kommen, wenn es nötig ist. Natürlich will ich helfen herauszufinden, was Saila passiert ist.» Mia war in Sekundenschnelle wieder in die Rolle der Geschäftsfrau geschlüpft. Ihr Blick stellte klar, dass sie keine weitere Frage mehr beantworten würde. Ich sagte, wir würden uns gegebenenfalls melden.

In den Gängen des Einkaufszentrums herrschte Wiedersehensfreude. Die Mädchen umarmten sich, die Jungen verglichen ihre iPods. Man durfte sich hier noch aufhalten, ohne etwas zu kaufen, auch wenn das Sicherheitspersonal seine Runden drehte und nach Unruhestiftern Ausschau hielt.

«Ich habe alle Zahnärzte in Espoo um Amtshilfe gebeten. Wir müssen noch in der Haftanstalt fragen, ob Lumme dort zur Zahnbehandlung war, als er eingesessen hat. Seine Zähne sahen allerdings nicht danach aus. Soll ich mich mit dem Bruder in Verbindung setzen? Susanna Lumme könnte Eero wahrscheinlich leichter identifizieren als er, aber sie ist ja nur die Exfrau.» Koivu wich einer Karawane von Kinderwagen aus und wäre dabei fast gegen einen Verkaufstisch auf dem Vorplatz gelaufen.

«Ja, tu das. Wenn unser unbekannter Toter ein Exhäftling war, wird es ja richtig interessant. Besorg dir auch die Kontaktdaten des Bewährungshelfers. Es wäre gut, wenn die Identifizierung heute noch über die Bühne ginge.»

«Ja. Haben wir Zeit für einen Abstecher in die Bibliothek? Puupponen hat mich gebeten, ihm ein paar alte Eishockeybücher mitzubringen. Um die Erinnerung an Harri Tanners große Zeit aufzufrischen, sagt er. Auch eine Ermittlungsmethode!»

«Na, wenn es dienstlich ist», lachte ich. Die Bibliothek war wie eine geschützte Oase im Getümmel des Big Apple. Während Koivu die Bücher für Puupponen holte, studierte ich das Angebot an Notenheften. Ein hochgewachsener junger Bibliothekar mit einer prächtigen Mähne füllte die Regale auf, und unter den Büchern, die er gebracht hatte, entdeckte ich die gesammelten Songs der *Toten Hosen*. Ich beschloss, es mitzunehmen und den Part der Bassgitarre herauszutüfteln. Da niemand zu Hause war, würde ich mich vielleicht sogar trauen, wenigstens «Das Wort zum Sonntag» zu singen, in dem der Sänger verkündete, solange Johnny Thunder lebe, bleibe auch er ein Punker. Johnny Thunder war zwar schon seit zwanzig Jahren tot, aber vielleicht passte der Song trotzdem ins Repertoire der *Bullen*. Ich nahm meinen Benutzerausweis aus der Geldbörse und ging zum Ausleihautomaten. Antti setzte sich leidenschaftlich für die Gebührenfreiheit der Bibliotheken ein, denn sie waren eine der wenigen öffentlichen Dienstleistungen, die auch den sozial Schwächsten zugänglich waren. Obwohl sich zwischen den Regalen und auf den Sesseln ein bunt gemischtes Publikum tummelte, herrschte eine friedliche Stimmung.

Mein Handy klingelte, als wir auf dem Weg in die Tiefgarage waren. Jenna Ström hatte einiges über die Obduktion des unbekannten Mannes zu berichten.

«Vom Ringfinger und kleinen Finger der linken Hand konnten Fingerabdrücke genommen werden. Ich habe sie schon zum Abgleich geschickt. Der Mann ist etwa fünfzig, hat offenbar an chronischer Zahnfleischentzündung gelitten, die inneren Organe sind an sich normal, aber um das Herz hatte sich eine Fettschicht gebildet. Er wurde irgendwann am Blinddarm operiert, den Narben nach vor mehreren Jahren. Am rechten Oberarm hatte er offenbar eine Tätowierung, die kürzlich entfernt wurde. Er wurde erschossen, die Kugel war nicht zu finden, aber anhand der Schusswunde können wir den Typ der Waffe bestimmen. Die Verletzungen im Gesicht sind erst post mortem entstanden, ebenso die Verbrennungen an den Fingerspitzen.» Jennas Stimme klang kühl und beherrscht, ich sah geradezu vor mir, wie sie sich seelenruhig mit der Pathologin unterhielt.

«Gut! Und Lind?»

«Tod durch Ertrinken, aber im Gehirn sitzt ein Blutgerinnsel, das etwa einen Tag vor ihrem Tod entstanden ist, durch einen Schlag auf den Kopf oder Aufprall auf eine harte Fläche. Die Blutergüsse an Hals und Nacken deuten darauf hin, dass man ihren Kopf unter Wasser gedrückt hat. Es wird noch untersucht, in welcher Art von Wasser sie ertrunken ist. Linds Magen war fast leer, zwischen ihrer letzten Mahlzeit und ihrem Tod lagen mindestens sieben Stunden. Keine Befunde an den inneren Organen, nach Ansicht der Pathologin Kirsti Grotenfelt hätte Lind hundert Jahre alt werden können.»

«Jemand hat es anders gewollt», entgegnete ich, und Jenna

brummte zustimmend. Ich erinnerte mich an Harri Tanners Aussage: Saila Lind hatte am Freitagmorgen mit ihm Kaffee getrunken. Wir mussten Tanner fragen, ob sie dazu etwas gegessen hatte.

«Gibt es eine vorläufige Schätzung, wann die Leichen in die Plastikfolie gewickelt wurden?»

«Wahrscheinlich ein bis zwei Stunden nach der Tat, bevor die Leichenstarre einsetzte. Da geht es ja am leichtesten. Die Wassertemperatur im Meer lag unter zwanzig Grad, auch das hat sich auf den Zustand der Leichen ausgewirkt. Ich finde es übrigens seltsam, dass der Täter nicht versucht hat, sie zu versenken, nachdem er sich so viel Mühe gegeben hat, die männliche Leiche unkenntlich zu machen», meinte Jenna.

«Da hast du recht. Wenn der Täter Gelegenheit hatte, sie ins Meer zu werfen, warum lässt er sie dann einfach treiben? Darüber müssen wir mit Hakkarainen reden.»

Ich bat Jenna, zur Team-Besprechung zu kommen. Koivu telefonierte ebenfalls, er hatte offenbar Matti Lumme erreicht, denn er sprach ernst, als überbringe er eine Trauerbotschaft, obwohl die Identität des Opfers ja noch nicht feststand.

«Matti Lumme kommt um halb zwei in die Rechtsmedizin, er arbeitet in einer Eisenwarenhandlung in Tikkurila und kann eine verlängerte Mittagspause einlegen. Ich sage im Institut Bescheid, dass eine Identifizierung ansteht. Es sieht ganz nach einem Treffer aus. Lumme hat seit Tagen versucht, seinen Bruder zu erreichen, denn der hatte sich am Freitag den Hyundai seiner Frau ausgeliehen und sollte ihn am Samstag zurückbringen. Aber weder der Mann noch das Auto sind aufgetaucht. Den Bruder vermisst Herr Lumme wohl weniger, das Auto hingegen sehr. Ich lasse gleich nach dem Hyundai fahnden.»

Als ich den Motor anließ, überlegte ich, ob wir dieses Mal den Zufall auf unserer Seite gehabt hatten. Vielleicht waren Koivu und ich einfach nur zur rechten Zeit am rechten Ort gewesen, als wir das Telefongespräch zwischen Susanna Lumme und dem Bewährungshelfer mitgehört hatten. Verbrechen wurden nicht immer durch intensive Arbeit aufgeklärt, es waren auch Fehler der Täter vonnöten und seitens der Polizei das ständige Hinterfragen aller Informationen. Wenn der männliche Tote tatsächlich Eero Lumme war, gab es wenigstens eine Verbindung zwischen den beiden Opfern. Vielleicht würden wir nicht mehr lange im Dunkeln tappen.

9

Wir hatten gerade das Polizeigebäude erreicht und standen im Aufzug, als Puupponen Koivu anrief, um ihm mitzuteilen, was die technische Untersuchung der Plastikfolie ergeben hatte. Es handelte sich um 0,2 Millimeter starken Thermoplast, der in jedem Baumarkt zu bekommen war. Für die Leichen waren zwei Stücke von drei Metern Breite und vier Metern Länge verwendet worden.

«An der Folie wurden Überreste von Blendenfolie und Panzerband gefunden. Sieht ganz so aus, als hätte es irgendwer sehr eilig gehabt. Da, wo die Knöchel der Leichen damit eingewickelt waren, sind an der Folie Druckstellen, die darauf hindeuten, dass dort ein Seil befestigt war, das sich später gelöst haben muss. Waren an den Leichen entsprechende Spuren? In der Folie befanden sich auch Betonsplitter und Bauschutt. Alles wird analysiert, aber das dauert …»

Puupponen sprach noch ins Telefon, als wir bereits im Case Room standen.

«Verdammt noch mal, du verschwendest mit unnötigem Telefonieren Steuergelder», ächzte Puupponen und legte auf. «Apropos Geld, wollen wir zusammenlegen und eine neue Kaffeemaschine kaufen? Die alte Kanne ist so verdreckt, dass der Kaffee nach etwas schmeckt, das ich lieber nicht beim Namen nenne. Wenn wir keine öffentlichen Gelder für das Ding ausgeben, bekommt vielleicht irgendeine Oma eine Windel und ein Hundertstel Pflegerin mehr.»

«Bist du unter die Politiker gegangen?», fragte Koivu.

«Ich? Gott behüte! Aber uns wurde doch gesagt, Sparmaßnahmen seien notwendig. Miettinen von der Schupo hat mir vorhin seinen Overall gezeigt, auf dem nur noch *izei* steht, weil die ersten Buchstaben längst ausgewaschen sind. Ich habe ihm geraten, sie sich von irgendeinem Graffitimaler aufsprayen zu lassen. Wie war's im Big Apple? Ihr habt wohl nicht zufällig Essen mitgebracht? In der Kantine gibt es heute Leberauflauf und Gemüsesuppe.»

Puupponen war ziemlich in Fahrt. Ich erzählte ihm, dass es sich bei der männlichen Leiche möglicherweise um den vorbestraften Eero Lumme handelte, worauf er grinste. «Der Lümmel war also ein Lump. Wie gut, dass der, der ihn angesengt hat, schlampige Arbeit geleistet und uns zwei Finger für Abdrücke gelassen hat. Ich habe zwei der Typen identifiziert, die Saila Lind im Internet bedroht haben. Ermitteln wir in diese Richtung jetzt nicht mehr?»

«Wir ermitteln weiterhin in alle Richtungen. Noch steht ja gar nicht fest, ob der Tote wirklich Lumme ist.»

Ich hatte Jenna Ström angerufen und sie gebeten, im rechtsmedizinischen Institut zu bleiben; ich würde ebenfalls hinkommen, sodass wir Matti Lumme gemeinsam in Empfang nehmen konnten. Ich wollte dabei sein, wenn er die Leiche identifizierte. Ich holte mir in der Kantine ein belegtes Brot, das ich aß, während ich das unmarkierte Polizeifahrzeug zur Rechtsmedizin steuerte. Nicht gut für die Verkehrssicherheit, dachte ich. Aber ich wäre am Steuer deutlich gefährlicher gewesen, wenn mein Blutzucker noch mehr abgesunken wäre.

Jenna stand etwa zwanzig Meter vor dem Eingang und rauchte. Als sie mich sah, wurde sie rot und drückte die Kippe aus. Ihr Vater hatte in seinem Dienstzimmer geraucht, dessen Fenster sich nicht öffnen ließen; ich hatte ihm als seine Vorgesetzte einmal einen Rüffel erteilen müssen, weil die Kollegen sich beschwert hatten. Jetzt versuchte ich, Jenna durch mein Lächeln zu signalisieren, dass es mir herzlich egal war, ob sie rauchte oder nicht.

Koivu hatte Matti Lumme gebeten, sich am Empfangsschalter zu melden. Wir warteten in der Nähe des Schalters, und bald betrat ein nicht sehr großer Mann mit Bart und dichtem Haarschopf die Eingangshalle. Haare und Bart waren einmal pechschwarz gewesen, jetzt aber halb ergraut. Die schwarze Behaarung auf dem Handrücken hatte große Ähnlichkeit mit der unserer namenlosen Leiche. Ich trat auf den Mann zu, bevor er den Schalter erreicht hatte.

«Sind Sie Matti Lumme? Ich bin Kommissarin Maria Kallio von der Polizei von West-Uusimaa, und das hier ist Kriminalmeisterin Jenna Ström.»

«Ach …», sagte Lumme. «Mich hat aber ein Mann angerufen.»

«Kriminalhauptmeister Koivu aus meinem Team hat den Termin mit Ihnen vereinbart.» Ich traf nur noch selten auf Menschen, die sich darüber wunderten, dass eine Frau Polizistin und obendrein Kommissarin war; seit meiner Ausbildung an der Polizeischule hatte sich die Welt erheblich verändert, und inzwischen lag der Frauenanteil in unserem Beruf bereits bei über fünfundzwanzig Prozent. Ich bat Matti Lumme, uns in die Kühlkammer zu folgen. Er blickte sich nervös um und witterte wie ein Spürhund. Der Teil seines Gesichts, den der Bart und das breite Brillengestell frei ließen, wurde immer blasser, als wir uns der Kammer näherten.

«Hauptmeister Koivu hat Ihnen sicher gesagt, dass das Gesicht des Toten und seine Finger misshandelt wurden. Außerdem wurde die Leiche obduziert», warnte ich, als der Sanitäter die Bahre brachte. Normalerweise wurde zur Identifizierung nur das Gesicht des Toten freigelegt, doch in diesem Fall würde das vermutlich nicht genügen. Der Sanitäter, ein grauhaariger Mann mit mürrischem Gesicht, deckte ungerührt den Oberkörper der auf dem Stahlwagen liegenden Leiche auf. Das Gesicht sah nach der Obduktion sogar weniger schlimm aus als zuvor, denn das Blut war abgewaschen und die verletzte Haut war straffer vernäht worden, sodass man die Gesichtszüge nun erahnen konnte.

«Du lieber Gott. Ich weiß nicht … Ziehen Sie das Laken weiter runter», murmelte Lumme und jaulte auf, als er den Y-förmigen Schnitt sah. «Unser Eero hat eine Narbe von der Blinddarmoperation … Er war damals erst zwölf und wäre beinahe gestorben, weil der Chirurg betrunken war. Andere Ärzte haben dann zusammengeflickt, was er verbockt hatte …» Matti Lumme sah aus, als würde er gleich ohnmächtig, als er sich über den haarigen, leblosen Bauch beugte.

«Das ist … Ja, das ist er … Hat er an der linken Schulter Spuren von einem Tattoo?»

Der Sanitäter hob die Leiche vorsichtig an. Das Einschussloch im Nacken war deutlich zu sehen, doch Matti Lumme schien es nicht wahrzunehmen, sein Blick wanderte tiefer. An einer Stelle war die Behaarung entfernt worden, und dort befand sich eine etwa sechs Zentimeter lange und etwas schmalere Narbe.

«Es ist Eero! Er hat sich da ein Herz hintätowieren lassen, als er mit Susanna den fünften Hochzeitstag gefeiert hat, und vor ein paar Jahren hat er es wegmachen lassen, obwohl es unter den Haaren sowieso kaum zu sehen war.» Lumme schwankte, ich zog hastig einen Stuhl heran.

«Setzen Sie sich. Wenn Ihnen schwindlig ist, legen Sie den Kopf auf die Knie.»

Lumme tat wie geheißen. Ich gab dem Sanitäter ein Zeichen, die Leiche wegzubringen. Die DNA und die Fingerabdrücke würden Matti Lummes Aussage bestätigen. Er saß minutenlang gebückt da, und wir ließen ihm Zeit.

«Was ist denn passiert?», fragte er schließlich. «Was hat man mit Eero gemacht, und wer war das?»

«Er wurde erschossen, nach dem Täter suchen wir gerade», antwortete ich, und Jenna fügte hinzu: «Ich war bei der

Obduktion dabei. Ihr Bruder wurde durch einen Genickschuss getötet. Es handelt sich um einen aufgesetzten Schuss aus einer Kleinkaliberwaffe. Die Kugel blieb offenbar im Gewebe stecken, wurde aber nachträglich entfernt. Ihr Bruder wurde erst nach seinem Tod misshandelt, offenbar um die Identifikation zu erschweren. Als Tatwaffe bei der Misshandlung des Gesichts diente ein stumpfer Gegenstand aus Holz, möglicherweise ein Baseballschläger. In den Wunden wurden kleine Holzsplitter gefunden, die zur Analyse geschickt wurden. Die Fingerspitzen Ihres Bruders wurden wahrscheinlich mit einem Feuerzeug verbrannt, allerdings nicht vollständig. Der Tatort und die Täter sind bisher noch unbekannt.»

Jennas Stimme war ruhig und kühl, sie verstand sich darauf, den Pathologenjargon in Laiensprache zu übersetzen. Ein Teil der Informationen war auch mir neu.

«Wir verlassen uns auf Ihre Identifizierung, ziehen aber zur Bestätigung noch andere Indizien heran. Wissen Sie, wer der Zahnarzt Ihres Bruders war?»

«Eero hatte Angst vor dem Zahnarzt. Seit der Blinddarmgeschichte hatte er einen Horror vor allen Ärzten. Er war nicht mal bei der Geburt seiner Kinder dabei, sosehr Susanna auch gebettelt hat. Als er zum ersten Mal im Gefängnis saß, hatte er eine schlimme Zahnfleischentzündung, und da haben sie ihn zwangsweise zum Zahnarzt gebracht. Der hat ihm einen Zahn gezogen, unten, einen Backenzahn.»

Auch das deckte sich mit dem Befund. Wir durften davon ausgehen, dass der Tote Eero Lumme war.

«Ihr Bruder hat sich also am Freitag den Wagen Ihrer Frau geliehen und ihn nicht wie vereinbart zurückgebracht. Warum haben Sie das nicht bei der Polizei gemeldet?»

«Das macht man doch nicht gleich … Nicht beim eigenen Bruder. Obwohl meine Frau wütend war und gesagt hat, das wäre aber jetzt das letzte Mal, dass ich Eero helfen darf … Und das war es ja nun wohl auch. Eero hatte kein Auto, er musste es verkaufen, weil ihm alles gepfändet wurde. Gerade hatte er einen Job, für den er einen Wagen brauchte, irgendwas auf dem Bau. Schwarz natürlich, mehr hat er mir nicht gesagt. Ihr wisst wohl über seine Vergangenheit Bescheid, aber derzeit hat er wenigstens versucht, sauberzubleiben, schon wegen der Kinder. Er hat sich regelmäßig mit einem Bewährungshelfer getroffen und versucht, anständige Arbeit zu finden. Ihr könnt euch sicher vorstellen, wie schwer das für einen Ex-Knacki heutzutage ist. Die Baustellen sind voll von Esten und Polen, die zur Hälfte schwarz und zur Hälfte zum Mindestlohn arbeiten. Ich weiß auch nicht, wie lange ich noch eine Stelle habe, und meine Alte haben sie schon beurlaubt. Die Versicherung wird uns den Hyundai sicher nicht ersetzen, weil wir ihn Eero freiwillig geliehen haben. Verdammt noch mal, ich hätte ihn als gestohlen melden sollen …»

«Nach dem Wagen wird schon gesucht. Es ist doch möglich, dass er Ihrem Bruder gestohlen wurde», antwortete ich, wohl wissend, dass das ein magerer Trost war. Die Versicherungen wussten ihre Interessen zu wahren. Antti vergaß immer wieder, unseren Wagen abzuschließen, und ich hatte ihm deshalb schon oft ins Gewissen geredet. Es wäre furchtbar peinlich, wenn einer Polizistin das Auto vor dem Haus weggeklaut würde, nur weil es nicht abgeschlossen war.

«Hatte Ihr Bruder Feinde, die ihm nach dem Leben trachteten?» Jennas Frage kam auch für mich überraschend, und Lumme schnappte nach Luft.

«Feinde? Die Hälfte seiner Bekannten waren selbst Knastbrüder und Betrüger, aber – Feinde? Ich weiß nicht. Meine Frau hat mir immer gesagt, halt dich von Eeros Geschichten fern, die bringen sowieso nur Ärger. Sie hat wieder mal recht gehabt.»

«Hat Ihr Bruder jemals eine Frau namens Saila Lind erwähnt? Sie wurde zusammen mit Ihrem Bruder vor der Insel Haraholm in den Schären von Inkoo aufgefunden. Die Leiche Ihres Bruders wurde ins Meer geworfen.»

«Ins Meer? Auch das noch. Erst umgebracht, dann das Gesicht verstümmelt und zum Schluss ins Meer geworfen? Welcher Irre hat das getan?»

«Das versuchen wir zu klären. Also, sagt Ihnen der Name Saila Lind etwas?»

«Nie gehört. Wer soll das sein?»

Ich wiederholte, dass Saila Linds Leiche bei der seines Bruders gefunden worden war und dass wir die Namen bald publik machen würden. Dann gab ich Matti Lumme meine Kontaktdaten und bat ihn, erreichbar zu bleiben. In den nächsten Tagen würden wir ihn offiziell vernehmen. Er fragte, wer Eeros Kinder informieren würde. Ich versprach, mich deshalb mit Susanna Lumme in Verbindung zu setzen und außerdem die örtliche Polizei zu bitten, Lummes Eltern die Nachricht zu überbringen.

«Sollte ich das nicht lieber selbst ... Aber nach Pyhäjärvi ist es ziemlich weit, und ich habe keinen Urlaub mehr. Bei der Arbeit sieht man es nicht so gern, dass sich jemand außer der Reihe freinimmt, und die Kündigungen hängen ja ohnehin schon über uns. Und wer soll die Beerdigung organisieren? Ach so, meine Alte hat ja jetzt Zeit ...»

Matti Lumme hätte bestimmt noch länger weiterlamentiert, aber Jenna und ich mussten ins Präsidium zurück. Es kam mir albern vor, Lumme die Broschüre des Krisendienstes zu geben, doch mehr konnte ich nicht für ihn tun. Ich sagte, von uns aus spräche nichts dagegen, dass er nach Pyhäjärvi fuhr, die Befragung könne warten. Dennoch würden wir auch ihn überprüfen, wir konnten schließlich nicht wissen, ob zwischen Eero und Matti Bruderzwist geherrscht hatte.

Jenna kramte in ihrer Handtasche, bis sie einen Riegel Nussschokolade fand, den sie mir auffordernd hinhielt. Ich brach mir ein Stück ab. Auf dem Weg zum Parkplatz berichtete sie weiter über die Obduktion und fragte dann, wie wir Eero Lumme auf die Spur gekommen seien. Sie lachte, als sie hörte, dass Koivu und ich einfach Schwein gehabt hatten.

«Der Fall wird immer komplizierter. Offenbar kommen hier organisiertes Verbrechen und vielleicht auch Wirtschaftskriminalität ins Spiel. Ich werde darum bitten, dich noch eine Woche, bei Bedarf auch länger, zu uns abzustellen. Es ist dir hoffentlich recht, eine Zeitlang zum Team zu gehören?»

«Natürlich. Bisher hatte ich noch keine Gelegenheit, bei einem Mordfall mitzuarbeiten, das ist mein erster. Oder wie rechnet man das, wenn es zwei Leichen gibt? Es ist allerdings nicht leicht, mit euch zu arbeiten, weil ihr so ein eisernes Dreieck seid. Im Lauf der Jahre fest zusammengeschweißt. Als wüsstet ihr auch ohne Worte, was der andere denkt. Ihr kennt euch sicher in- und auswendig.»

Als ich über Kuusisaari nach Tapiola fuhr, dachte ich über Jennas Worte nach. Koivu und ich kannten uns gut, das war nicht zu leugnen. Mitunter hatte ich den Verdacht, dass Koivu mich sogar besser kannte als Antti, denn er erlebte sowohl mein berufliches als auch mein privates Ich. Von Puupponen hätte ich das nicht sagen können. In dienstlichen Angelegenheiten konnte ich mich auf ihn verlassen, und er war ein paarmal bei uns zu Besuch gewesen und mit Taneli zum Eishockeyspiel gegangen, wenn die Mannschaften KalPa und Espoo Blues in Espoo aufeinandertrafen. Doch ich hatte keine Ahnung, wovon er träumte. Vor einigen Jahren hatte er Schriftsteller werden wollen, aber offenbar hatte er für das Manuskript, dessen Handlung sich an einige Fälle unseres damaligen Gewaltdezernats anlehnte, keinen Verlag gefunden und die Sache dann nie mehr erwähnt. Mit wem er privat zusammen war, darüber hatte er nie ein Wort verloren.

Im Präsidium holte ich mir noch ein paar belegte Brote aus

der Cafeteria, bevor ich den Case Room betrat. Die Bilder von Lumme und Lind an den Wänden waren nicht unbedingt appetitanregend, doch ich hatte gelernt, Leichenfotos auszublenden. Koivu tippte auf dem Computer und mampfte einen Donut. Puupponen telefonierte. Als er fertig war, berichteten Jenna und ich von der Identifizierung und fassten die jüngsten Erkenntnisse zusammen. Zwischen Saila Lind und Eero Lumme gab es sowohl auf der persönlichen als auch auf der wirtschaftlichen Ebene eine Verbindung. Beide hatten finanziell in der Klemme gesteckt. Das war immerhin ein Ausgangspunkt. Ich bat Puupponen zu klären, wie und wann wir Zutritt zu Eero Lummes Wohnung bekämen, fügte aber hinzu, das sei sicher nicht die dringlichste Aufgabe.

Ich ging auf die Toilette. Als ich zurückkam, hörte ich Puupponen schon von weitem fluchen, doch sobald ich das Zimmer betrat, verstummte er. Koivu befüllte die Kaffeemaschine schon wieder. Dann drehte er sich zu mir um, nahm die Brille ab und polierte sie am Jackenärmel. Unter seinen Augen hingen schwere Tränensäcke, und in seiner Miene entdeckte ich eine seltsame Unzufriedenheit, fast Wut.

«Ich habe Eero Lummes Bewährungshelfer erreicht. Er kommt morgen Vormittag her. Ville und ich können die Befragung übernehmen.»

«Hatte er irgendwas Neues für uns?»

«Er war so ahnungslos wie wir. Aber sehen wir mal, was sich morgen ergibt. War es nicht so, dass du am Vormittag eine Besprechung hast?»

«Wegen der Polizistinnentagung, ja, aber die kann ich auch ausfallen lassen, wenn die Sache wichtig ist. Wie heißt denn der Mann?»

Koivu setzte die Brille wieder auf und blickte zu Boden.

«Mikael Sjöberg. Puupponen und ich können ihn befragen. Geh ruhig zu deiner Besprechung.»

Die Heftigkeit meiner Reaktion überraschte mich. Mein Puls raste, meine Hände zitterten.

«*Der* Mikael Sjöberg? Mikke?»

«Genau der. Aber du brauchst nicht …»

«Pekka, das ist mehr als zehn Jahre her! Ihr braucht mich nicht zu beschützen.» Ich legte die Hände auf den Tisch, damit Koivu ihr Zittern nicht bemerkte. Plötzlich fielen die Jahre von mir ab, stand ich wieder an einem kalten Herbstabend im Polizeiboot und sah Mikke mit einem Benzinkanister auf dem Deck seines Holzbootes stehen. Ich hatte seit Jahren nicht mehr an ihn gedacht, aber plötzlich war er so präsent wie in jenem düsteren Herbst, in dem mein Kollege Pertti Ström sich das Leben genommen hatte.

Koivu kam zu mir und setzte sich auf die Tischkante. Am linken Mundwinkel hatte er von der Glasur seines Donuts rosa Zuckerschmiere hängen.

«Aber Antti ist weit weg auf der Nordsee, und die Kinder auch … Bei Strohwitwen kann es leicht passieren, dass eine alte Liebe wieder aufflammt …»

Ich wischte Koivu die Glasur aus dem Gesicht. «Pekka, hallo, alles in Ordnung. Ich habe den Mann längst vergessen.» Koivu blickte mir in die Augen und sah, dass ich log.

«Maria …»

«Ich bin die Chefin dieser Einheit, und wenn ich sage, dass ich bei Sjöbergs Befragung dabei bin, dann bin ich es. Du kannst ja auf mich aufpassen. Jetzt überbringe ich Susanna Lumme die Trauerbotschaft, damit sie sie ihren Kinder schonend beibringen kann. Das schaffe ich allein. Besorgt ihr inzwischen Informationen über Eero Lummes Komplizen. Puupponen, du könntest außerdem noch mal bei Killer-Tanner anrufen und ihn fragen, ob Saila Lind Lumme gekannt hat. Ich stelle Susanna und Mia dieselbe Frage. Wir halten per Handy Kontakt.»

Für meine Mitarbeiter sah mein Abgang vermutlich nach einer Flucht aus, und auch mir selbst kam er fast so vor. Ich holte den Wagen aus der Garage, mit dem wir gerade vom rechtsmedizinischen Institut zurückgekommen waren. Jenna hatte das Papier von ihrem Schokoriegel einfach auf den Boden geworfen, was mich aus irgendeinem Grund ärgerte. Dabei glich mein eigenes Auto nicht selten einem Mülleimer.

Mikke Sjöberg arbeitete also als Bewährungshelfer. Ach, Mikke. Hatte er sich inzwischen verziehen, dass er den Tod eines Menschen verschuldet hatte? Ich war überzeugt gewesen, er hätte Finnland nach Ablauf seiner Bewährungsfrist verlassen, wäre fortgesegelt, weg von all der Qual, die er verursacht hatte. Vielleicht hatte ich diese Vorstellung gebraucht, um ihn vergessen zu können. Und ich hatte ihn vergessen, doch jetzt kehrten die Erinnerungen zurück. Ich sah Mikke auf den Felsen von Rödskär sitzen und mit mir Whisky trinken, ich sah ihn am Steuer seines Segelboots, der *Leanda*. Als ich auf den Umgehungsring einscherte, verfluchte ich mich selbst. *Come on*, Dummkopf, du darfst Koivu nicht zeigen, dass er recht hat.

Im Big Apple herrschte eine ganz andere Atmosphäre als am Morgen, jetzt war Hochbetrieb. Auch in *Mias Mode für Kids* drängten sich die Kunden. Ganz Finnland kehrte aus dem Urlaub zurück, wenn er in Südeuropa gerade erst begann. Für die Polizeiarbeit spielte das Urlaubsende kaum eine Rolle; während der Sommerferien gab es eher mehr Verbrechen als sonst. Ich selbst hatte meinen Urlaub gleich Anfang Juni genommen, als das Schuljahr endete, und war mit den Kindern in das Sommerhaus meiner Eltern in Nordkarelien gefahren, wo sie ein paar Wochen mit ihren Großeltern und den Familien meiner Schwestern verbringen konnten. Als ich Anfang Juli zurückgekehrt war, hatten vor allem Ertrunkene und Prügeleien an Mittsommer angelegen, fast ausschließlich Routinefälle.

Als Erstes sah ich Mia Tanner, die einem kleinen Mädchen in ein hellviolettes Spitzenjäckchen half. Die Mutter des Mädchens stand bewundernd daneben. Bei meinem Anblick zuckte Mia zusammen, unterbrach ihre Tätigkeit aber nicht. Susanna kassierte den Kleiderberg ab, den eine Mutter mit drei Kindern ausgesucht hatte. Als ich mich der Kasse näherte, sah ich die Endsumme, sechshundertfünfunddreißig Euro. Manche konnten wirklich mit Geld um sich werfen.

Ich ließ Susanna Zeit, die Kleider einzupacken, bevor ich sie ins Hinterzimmer bat. Sie warf Mia einen furchtsamen Blick zu und folgte mir.

«Geht es um Eero?», fragte sie, sobald sie die Tür geschlossen hatte.

«Ja. Er ist unser Toter, sein Bruder hat die Leiche identifiziert. Am besten erzählst du es deinen Kindern selbst, die Polizei kann dir allerdings eine Seelsorgerin zur Unterstützung schicken. Wenn ich es richtig verstanden habe, sind die Kinder jetzt im Sommerhaus deines Bruders.»

Susanna hörte mir ausdruckslos zu. Vielleicht war sie seit Mikkes Anruf auf das Schlimmste gefasst.

«Wie ist er gestorben?», fragte sie leise und hielt die Luft an.

«Er wurde erschossen. Mein Beileid.»

Susanna starrte mich an, doch sie sah wohl nicht mich, sondern etwas ganz anderes. Ich ließ ihr Zeit, die Nachricht zu verdauen, und war auf Gefühlsausbrüche jeglicher Art gefasst, aber Susanna starrte nur mit leerem Gesicht ins Nichts. Schließlich warf sie einen Blick auf die Wanduhr.

«Das Geschäft hat noch knapp zwei Stunden geöffnet. Nach Savonranta fährt man mindestens drei Stunden, und ich habe nicht mal genug Benzin im Tank … Und der Laden ist voll, da kann ich Mia nicht allein lassen … Aber ich muss ja hin und es den Kindern erzählen. Eero ist tot. Erschossen. Habt ihr eine Ahnung, wer das getan hat und warum?»

«Noch nicht.»

«Matti weiß es also schon. Und Eeros Eltern?»

«Matti Lumme wird sie informieren. Und du musst natürlich die Gelegenheit bekommen, zu deinen Kindern zu fahren. Ihr wohnt in Leppävaara, nicht wahr? Ich rufe die diensthabende Sozialarbeiterin an. Sie hat einen Dienstwagen und kann dich hinbringen.»

«Ich will nicht, dass irgendeine Sozialtante meine Kinder beobachtet! Von denen habe ich mehr als genug gesehen, als Eero zum ersten Mal ins Gefängnis musste. Sie meinen es sicher gut, aber die Kinder werden nervös, wenn man sie andauernd ausfragt. Sie haben auch ein Recht auf Privatsphäre.»

«Wie alt sind deine Kinder?»

«Essi ist zehn und Jere zwölf. Wir waren um die vierzig, als sie geboren wurden. Die beiden sind viel zu jung, um ihren Vater zu verlieren, ganz egal, was für ein Vater er war.» Nun brach sich die Erschütterung allmählich Bahn, Susanna setzte sich an den Tisch und stützte den Kopf in die Hände.

«Ich hole Mia her, sage ihr, was passiert ist. Notfalls bleibe ich da und helfe ihr, damit du gehen kannst. Mia scheint selbst nicht ganz auf dem Damm zu sein. Übrigens hast du beim letzten Mal gesagt, Eero sei gelegentlich hier in den Laden gekommen. Hat er irgendeine Verbindung zu Saila erwähnt?»

«Wurden sie zusammen gefunden? Ist Saila auch erschossen worden?»

«Nein, sie ist auf andere Art getötet worden. Aber die beiden wurden tatsächlich gemeinsam gefunden, im Meer vor Haraholm. Aus ermittlungstechnischen Gründen kann ich vorläufig nicht mehr dazu sagen.»

«Stehe ich irgendwie unter Verdacht?»

Ich gab keine Antwort. Natürlich mussten wir alle verdächtigen. Susanna Lumme hatte beide Opfer gekannt. Wir mussten sie befragen, aber im Moment war das Wichtigste, dass sie ihren Kindern die Trauerbotschaft überbringen konnte.

Ich bat Mia ins Hinterzimmer und versprach, so lange aufzupassen, dass nichts gestohlen wurde. Ich könne auch bis Geschäftsschluss bleiben, falls sie nicht allein zurechtkäme. Es war sicher nicht die beste Lösung, die aufgewühlte Susanna Lumme ganz allein dreihundert Kilometer weit fahren zu lassen, doch ich konnte sie nicht zwingen, jemanden mitzunehmen. Ich sagte ihr, ich würde sie am nächsten Vormittag anrufen. Wir mussten wissen, wann Eero Lumme zuletzt Kontakt zu seinen Kindern gehabt hatte.

«Du bist also auch morgen weg», stellte Mia unzufrieden fest, als Susanna sich auf den Weg machen wollte.

«Ich bleibe so lange weg, wie meine Kinder mich brauchen. Hol dir eine Aushilfe von der Zeitarbeitsfirma. Oder schließ den Laden. Ein paar Tage Urlaub würden dir guttun.»

Mit diesen Worten ging Susanna. In den nächsten zwei Stunden lernte ich das Angebot von *Mias Mode für Kids* genauer kennen, konnte mich allerdings nur insoweit nützlich machen, als ich die Kleider nach der Anprobe wieder an ihren Platz legte und aufpasste, dass nichts gestohlen wurde. Mias Gesicht verzog sich mehrmals schmerzlich, wenn sie sich bücken oder etwas hochheben musste. Ich hätte mir die Verletzungen an ihrem Rücken gern angesehen, doch dazu hatte ich kein Recht.

Stattdessen erkundigte ich mich nach möglichen Verbindungen zwischen Saila Lind und Eero Lumme, als sich der Laden endlich leerte und wir abschlossen. Mia wirkte nachdenklich.

«Für jemanden wie Eero hätte sich Saila wohl nicht interessiert. Dass Susannas Mann im Gefängnis gesessen hat, wusste sie natürlich. Als sie versuchte, Susannas Stelle für sich zu beanspruchen, hat sie mich gefragt, wie zuverlässig Susanna überhaupt wäre. Als würden die Sünden des Mannes auf seine Exfrau abfärben. Für Habenichtse und Loser hatte Saila nichts übrig. Die konnten ihr ja nicht nützlich sein. Wahrscheinlich hätte sie Eero auf der Straße nicht mal gegrüßt. Deshalb kommt mir das alles ja so merkwürdig vor.»

Mia blieb im Hinterzimmer und rief Bekannte an, die ihr eventuell am nächsten Tag im Laden helfen konnten. Ich kehrte ins Präsidium zurück. Solange ich im Laden zu tun gehabt hatte, war es mir gelungen, nicht an Mikke zu denken, aber als ich die Treppe zu unserem Stockwerk hinaufstieg, kehrten die Erinnerungen zurück. Natürlich hätte ich der Situation aus dem Weg gehen können, doch das wäre feige gewesen.

Koivu, Puupponen und Ström hatten für den nächsten Tag eine ganze Reihe von Vernehmungen angesetzt. Ich selbst hatte meine Teilnahme an der Sitzung des Organisationskomitees für die Polizistinnentagung bereits abgesagt. Noch einmal fasste ich die bisherigen Erkenntnisse zusammen.

«Die Kugel wurde also nach dem Mord aus Lummes Nacken entfernt?», fragte Koivu Jenna.

«Das nimmt die Ärztin jedenfalls an. Vielleicht war es eine spezielle Kugel, die den Täter verraten könnte.»

«Eine Silberkugel», dröhnte Puupponen, doch niemand lachte.

Ich schickte meine Mitarbeiter in den Feierabend. Auch ich eilte nach Hause, aß eine Banane und beschloss, noch zu joggen. Vielleicht würde die Bewegung meine Unruhe dämpfen. Ich rannte die erste Etappe viel zu schnell und war schon in Kauniainen völlig erschöpft. Dennoch joggte ich noch kilometerweit, mal im Gehtempo, mal im Laufschritt.

Zu Hause erwartete mich eine MMS von Taneli: Er posierte in neun Metern Höhe im Mastkorb der *Long Wang*. Ich betrachtete das Foto meines Sohnes lange. Dann aß ich die Reste der Pasta all'arrabiata, die ich im Kühlschrank entdeckt hatte, widerstand aber der Versuchung, ein Glas Wein dazu zu trinken. Ich lag endlos lange wach und lauschte Venjamins Schnarchen zu meinen Füßen.

10

Nach der morgendlichen Besprechung brachen Jenna und Puupponen auf, um zwei Freundinnen von Saila Lind zu treffen, die wir mit Hilfe ihres Adressbuchs aufgespürt hatten und die ihr laut Harri Tanners Aussage besonders nahegestanden hatten. Ich besprach mit der Öffentlichkeitsreferentin eine neue Pressemitteilung, in der die Namen beider Opfer genannt wurden. Sie sollte herausgegeben werden, sobald wir uns vergewissert hatten, dass Lummes engste Angehörige über seinen Tod informiert waren. Matti Lumme meldete sich aus Pyhäjärvi und berichtete, alle seien vor Trauer außer sich. Susanna Lummes Handy war besetzt und hatte keine Anklopffunktion. Koivu berichtete über die Hinweise aus der Öffentlichkeit, die inzwischen eingegangen waren.

«Die Aussage von Linds Nachbarin könnte etwas bringen. Sie sagt, sie sei Lind am Mittwoch letzter Woche im Treppenhaus begegnet, und da habe sie am Telefon gewütet und geschrien. Die Nachbarin wollte nicht alle Schimpfwörter wiederholen, sagte aber, Lind hätte ihren Gesprächspartner als gierigen Idioten beschimpft, der gefälligst warten solle. Sie habe außerdem getönt, sie lasse sich nicht einschüchtern.»

«Schulden also. Was sagen die Teledaten über die in dieser Zeit eingegangenen Anrufe?»

«Dreimal darfst du raten. Prepaid, über einen Sendemast im Helsinkier Zentrum. Für Eero Lumme findet sich übrigens überhaupt keine Nummer. Er wird doch ab und zu seine Kinder angerufen haben?»

«Dreimal darfst du raten. Prepaid», wiederholte ich Koivus Worte. Wieder etwas, wonach wir Susanna Lumme und ihre

Kinder fragen mussten. Ich bekam eine SMS von ihr: «Die Kinder wissen es und haben auf der Webseite der Abendzeitung natürlich schon alles gelesen. Wir kommen heute Abend nach Espoo zurück. Im Auto kann ich nicht sprechen, weil ich die Kopfhörer nicht dabeihabe.» Susanna Lumme spielte auf Zeit – aber warum?

Die Expertin für Meeresforschung am Meteorologischen Institut hatte eine lange E-Mail geschickt und sogar eine Animation der Route angehängt, auf der die Leichen vermutlich ans Südufer von Haraholm getrieben waren. Die Strömungen und die Windrichtung schlossen aus, dass sie in Enholmen ins Wasser geworfen worden waren; es musste sich um eine Stelle südsüdöstlich von Haraholm handeln, und Enholmen lag ja im Nordwesten. Am Freitag und Samstag hatte es auf dem Meer bei Upinniemi kleine Gewitter gegeben, bei denen sich der Wind gedreht hatte, doch davon abgesehen hatte Südostwind geherrscht. Nach Ansicht der Expertin waren die Leichen höchstwahrscheinlich in den südlichen Grenzgebieten zwischen Upinniemenselkä und Porkkalanselkä ins Meer geworfen worden und durch die Enge zwischen den Inseln Stora und Lilla Träskön, in der eine recht starke Strömung herrschte, nach Haraholm getrieben. Nachdem ich mir die Animation gründlich angesehen hatte, rief ich bei der Seewacht in Porkkala an. Dort sollte überprüft werden, ob die nächstgelegenen Seeüberwachungskameras irgendwelche verdächtigen Bilder aufgezeichnet hatten. An den Wochenenden im Sommer herrschte auf dem Upinniemenselkä lebhafter Seeverkehr. Wenn die Leichen bei Tageslicht ins Meer geworfen worden waren, war das Risiko für den Täter, gesehen zu werden, beträchtlich gewesen. Falls der Fall nicht anders gelöst werden konnte, würden wir diejenigen, die am Freitag und Samstag in diesen Gewässern unterwegs gewesen waren, um Hinweise bitten müssen. Zum Glück grenzten die Berechnungen der Meeresforscherin das Gebiet ein.

Mikke Sjöberg war pünktlich: Um Punkt halb elf teilte der Diensthabende im Erdgeschoss mit, es sei ein Besucher für Hauptmeister Koivu da. Ich überließ es Koivu, Mikke abzuholen, und rannte zur Toilette. In aller Eile pinkelte ich, versuchte vergeblich, meine Haare zu glätten, und vergewisserte mich, dass das Make-up, das ich am Morgen ungewöhnlich sorgfältig aufgelegt hatte, auf dem Weg zur Arbeit nicht verlaufen war. Ich puderte mir das Gesicht und stellte fest, dass ich blass aussah. Um etwas Farbe zu bekommen, zwickte ich mir in die Wangen, was aber nur dazu führte, dass der Schmerz mir Tränen in die Augen trieb.

Die Männer saßen bereits im Case Room. Ich hatte Mikke zuletzt im Gefängnis Sörnäinen in Helsinki gesehen; damals wirkte er abgezehrt und älter, als er war. Jetzt schien die Zeit gewissermaßen zurückgedreht: Auf seinem Gesicht lag Seglerbräune, seine Augenbrauen waren wieder heller geworden. Die Augen umgab der vertraute Fächer von Fältchen, die jetzt zum Teil bereits vom Alter und nicht nur vom Lachen und Blinzeln in der Sonne zeugten. Mikke trug eine hellgraue Kapuzenjacke mit einem Anker auf der Brust und helle, an den Knien stark verschlissene Jeans. Als er den Reißverschluss seiner Jacke aufzog, kam ein weißes T-Shirt zum Vorschein.

Ich ging zu ihm und streckte ihm die Hand hin, schließlich konnte ich nicht jede Berührung vermeiden. Mikke stand auf, wir sahen uns in die Augen.

«Grüß dich, Mikke. Du bist also jetzt Bewährungshelfer.»

«Hallo, Maria.» Mikke drückte meine Hand fest, ließ aber als Erster los. «Unter anderem. Sozusagen, um eine Schuld abzutragen. Aber ich bin wohl nicht besonders gut in meinem Job, wenn man bedenkt, wie es Eero ergangen ist.»

«Setz dich doch. Möchtest du Kaffee?»

Mikke nickte. Koivu schenkte auch sich selbst ein und hielt Mikke den Keksteller hin. Die Kekse sahen aus, als lägen sie bereits seit Monaten da, und Mikke war klug genug, zu verzichten. Ich nahm ihm gegenüber Platz.

Koivu betete die Einleitung zur Vernehmung herunter.

Mikke hörte ihm mit schiefem Lächeln zu und seufzte: «Ich hatte geglaubt, nie mehr in diese Situation zu geraten. Wie man sich doch irren kann.»

«Es geht hier nicht um dich, Sjöberg», knurrte Koivu. «Seit wann warst du Eero Lummes Bewährungshelfer?»

«Seit er das letzte Mal aus dem Gefängnis kam, vor etwa vier Monaten.»

«Also seit Anfang April?»

«Er kam genau zu Ostern frei. Darüber haben wir immer gewitzelt.»

«Hat er dich selbst zu seinem Betreuer gewählt?»

«Er wurde mir zugewiesen. Für die entlassenen Häftlinge ist die Teilnahme an unserem Programm freiwillig, und Eero hat sich bei uns gemeldet, weil er unbedingt sauberbleiben wollte. Ich habe ihm geholfen, eine Wohnung und einen Berater beim Arbeitsamt zu finden.»

«Was ist das für ein Programm?», fragte ich, da ich absolut keine Ahnung hatte, was Mikke heutzutage tat.

«Es ist ein dreijähriges Projekt, an dem die evangelisch-lutherische Kirche und drei Abstinenzlervereine beteiligt sind. Finanziert wird es zum Teil von der Lottogesellschaft und zum Teil von den Kommunen im Hauptstadtgebiet. Das Ziel ist, entlassenen Häftlingen zu helfen, wieder einen Platz in der Gesellschaft zu finden und Anschluss an den Arbeitsmarkt zu bekommen. Allerdings war Eero so hoch verschuldet, dass es im Prinzip günstiger für ihn gewesen wäre, arbeitslos zu bleiben. Trotzdem hat er versucht, Arbeit zu finden. Ihr habt doch sicher alle Informationen über ihn? Schadensersatzansprüche und Rückzahlungsforderungen wurden vom Gericht auf dreihunderttausend Euro bemessen, und für seine früheren Nepps hatte er noch sechzigtausend zu zahlen. Zu seinem letzten Betrug hat er sich wohl nur hinreißen lassen, um die alten Schulden loszuwerden.»

«Wir machen die Gesetze nicht, wir fassen lediglich diejenigen, die sie brechen.» Koivus Abneigung gegen Mikke Sjöberg war so offen und so ungewöhnlich, dass ich nicht wusste, ob ich lachen oder weinen sollte. Wenn schon, dann hätte er auf mich wütend sein müssen, denn ich hatte mich ja damals, vor Jahren, in Mikke verliebt. Aber ich hatte dennoch gehandelt, wie es sich für einen Profi gehört, und Mikke als den Schuldigen am Tod seines Halbbruders verhaftet.

«Sag uns trotzdem, wie Lummes Situation für dich ausgesehen hat», bat ich. «Er hat also behauptet, er wolle sich an die Gesetze halten. Hatte er auch Schulden, von denen die Polizei und das Finanzamt nichts wissen?»

«Höchstwahrscheinlich. Ihr wisst ja, was für hohe Zinsen selbst die legalen Anbieter von Sofortkrediten fordern, von den illegalen ganz zu schweigen. Eero hat es belastet, dass seine Kinder ein so ärmliches Leben führen mussten. Solange er mittellos war, zahlte ja das Sozialamt für sie Unterhalt, aber natürlich nur den Mindestsatz. Wenn Eero einen Job gefunden und Geld verdient hätte, wären davon als Erstes die Raten für die Rückzahlung der Schulden gepfändet worden. Er fand aber, dass das Wohl der Kinder Vorrang vor den Ansprüchen der Gläubiger hätte haben sollen. Sein Sohn Jere hat Ende dieses Monats Geburtstag, und Eero hätte ihm zu gern ein neues Fahrrad gekauft. Wir hatten im Juni einen Kurzzeitjob für ihn gefunden, einen Monat auf einer Eigenheimbaustelle, aber von dem Lohn blieb ihm für das Fahrrad nur ein Fünfziger.»

«Hat er versucht, sich bei dir Geld zu leihen?» Koivu drehte seine Kaffeetasse in den Händen. An der Seite war das Bild eines Polizisten in Uniform aufgemalt, darunter stand «Für Papa». Sennu hatte die Tasse im Kunstunterricht als Vatertagsgeschenk bemalt. Koivu spülte sie immer von Hand, damit das Bild nur ja nicht beschädigt wurde.

«Nein, aber ich hätte ihm natürlich auch nichts leihen dürfen. Wir können unsere Klienten bei der Arbeitssuche und zu verschiedenen Ämtern begleiten und ihre Familien treffen, falls sie das möchten, aber in ihre Finanzen dürfen wir uns nicht einmischen. Ich habe Eero allerdings geholfen, nach Suvela zu ziehen. Ein Musiklehrer, der in einer städtischen Mietwohnung lebt, macht ein Jahr lang eine Fortbildung in Birmingham, und Eero kann so lange dort wohnen – vielmehr hätte er dort wohnen können.» Mikkes Stimme brach, und er blickte auf die Tischplatte. Sein Adamsapfel hüpfte auf und ab, als er schluckte. Koivu seufzte vernehmlich, als Mikke sich über die Augen wischte. Ich warf ihm einen warnenden Blick zu und überlegte, ob ich ihn jemals wegen unsachlichen Verhaltens bei einer Vernehmung hatte zurechtweisen müssen. In der Regel war Koivu die Freundlichkeit in Person.

«Für unsere Klienten ist es leichter, wenn wir Helfer ihnen sozusagen da begegnen können, wo sie stehen. Und ich habe immerhin wegen eines Verbrechens gegen das Leben gesessen, die meisten meiner Klienten haben viel geringere Verbrechen begangen. Sie brauchen mir ihre Taten nicht zu erklären, denn der Kernsatz unseres Projekts ist, dass wir alle Fehler machen und lernen müssen, damit zu leben. Eero hatte Pech und hat falsche Entscheidungen getroffen, zumindest hatte er die falschen Freunde.»

«Und welche Entschuldigung hast du dir für dich selbst zurechtgelegt?», fragte Koivu. Mikke schluckte, und ich glaubte meinen Ohren nicht zu trauen.

«Koivu, das war unnötig. Sjöberg steht hier nicht unter Anklage. Er hilft uns bei den Ermittlungen.»

Koivu stand auf, um seinen abgestandenen Kaffee wegzukippen und die Kanne auszuspülen. Sein Gesicht war rot gefleckt.

Ich würde den Vorfall hinterher mit ihm besprechen müssen, obwohl ich dazu absolut keine Lust hatte. Wir hatten immer auf derselben Seite gestanden. Natürlich war Mikke Sjöberg keinen Streit mit meinem engsten Kollegen und besten Freund wert, aber ein derartiges Verhalten gegenüber einem Zeugen durfte ich bei keinem meiner Mitarbeiter tolerieren.

«Eero war gutgläubig und leicht zu verführen», fuhr Mikke scheinbar ruhig fort. «Wahrscheinlich sind ihm auch Taten anderer untergeschoben worden. Er hat sich eine relativ hohe Strafe eingehandelt, weil er sich nicht zu verteidigen wusste. Oder jemand hat ihm Geld dafür versprochen. Das hat er allerdings sicher nicht bekommen.»

«Moment mal, was willst du da andeuten? Dass Eero in den Knast gewandert ist, weil man ihm Geld versprochen hat, wenn er den Sündenbock spielt, während seine Kumpels weiter kriminell aktiv sind?» Koivu ließ sich wieder auf seinen Stuhl fallen und polierte seine Brille. Ich fragte mich, warum sie dauernd beschlug.

«Ich habe den Eindruck, dass irgendwer Eero schwer übers Ohr gehauen hat. Ihr solltet euch die vornehmen, die in dieselben Fälle verwickelt waren wie er, aber nicht verurteilt wurden, sondern mit einem blauen Auge davonkamen.»

Koivus Miene sagte, misch dich nicht in unsere Arbeit ein, du Großmaul. Auch Mikke bemerkte das, und über seine Lippen flog ein kleines spöttisches Lächeln. Er streckte unter dem Tisch seine langen Beine aus. Eines streifte meines.

«Hat Lumme mit dir über einen Komplizen im Besonderen gesprochen?», fragte ich und zog mein Bein zurück, wobei ich Mikke allerdings auf den Fuß trat.

«Einen gewissen Kinnunen hat er gelegentlich erwähnt, Spitzname Kolben. Frag mich aber nicht, woher er den hat.» Mikkes Lächeln war wärmer geworden, ihm lag offenbar ein dummer Witz auf der Zunge, doch ich kam ihm zuvor.

«Besonders gut bestückt? Oder auch nicht, wer soll das wissen. Aber wir werden ihn schon finden. Vielleicht ist er bei den Kollegen von der Wirtschaftskriminalität bekannt wie ein bunter Hund. Überprüfst du das gleich mal, Koivu?»

«Etwa mit dem Suchwort Kolben-Kinnunen?», knurrte Koivu, aber seine Augen funkelten nicht mehr so wütend, und er war vermutlich erleichtert, eine Aufgabe zu haben. Er rückte seine Brille zurecht und begann, am Computer zu tippen.

«Eero hat oft von seinen Kindern gesprochen und bedauert, dass er sie so selten sah. Auch das Verhältnis zu seiner Exfrau war wohl ganz gut, aber sie wollte ihn nicht mehr bei sich aufnehmen, sosehr er auch bettelte. Eero war jedenfalls eindeutig ein Wirtschaftskrimineller, er ist nie wegen einer Gewalttat angeklagt und schon gar nicht verurteilt worden. Deshalb kommt es mir seltsam vor, dass er umgebracht wurde. Und dass seine Leiche zusammen mit einer anderen in Plastik gewickelt wurde, ist erst recht merkwürdig.»

«Hat Lumme das zweite Opfer, eine Frau namens Saila Lind, je erwähnt?»

Mikke schüttelte den Kopf.

«Auch keine Freundin?»

«Im Gegenteil, er hat geklagt, dass die eigenartige Anziehungskraft, die Exknackis auf manche Frauen haben, bei ihm nicht zu wirken schien. In der Kneipe machte er zwar Bekanntschaften, aber sobald die Dame hörte, dass er wegen Betrugs gesessen hatte, war sie fort, spätestens, wenn ihm das Geld ausging.»

Koivus Diensthandy klingelte, und er stand auf und ging auf den Flur, bevor er sich meldete. Jetzt hätte ich Gelegenheit gehabt, Mikke zu fragen, wie wirkungsvoll der Charme eines Mörders wirklich war, doch ich tat es nicht. Mikke drehte die Kaffeetasse zwischen den Fingern, stellte sie dann ab und klopfte die Taschen seiner Kapuzenjacke ab. In der rechten fand er seine

Pfeife, steckte sie zwischen die Lippen und zog nachdenklich daran. Obwohl die Pfeife leer war, roch ich den Tabakgeruch, der damals auch in der Kajüte von Mikkes Segelboot gehangen hatte.

«Ich glaube, Eero träumte immer noch davon, seine Familie wieder zu vereinen. Wenn ich es richtig verstehe, hat auch seine ehemalige Frau noch keine neue Beziehung. Eero hoffte, eine feste Stelle und einen angemessenen Tilgungsplan für seine Schulden zu bekommen. Und er hat tatsächlich angedeutet, er habe bei irgendwem Außenstände. Er hatte nicht genug Vertrauen zu mir, um mir zu sagen, bei wem. Allerdings war er nicht mein einziger Klient. Ich kann mich bei den anderen umhören, wenn ihr wollt.»

«Jede Hilfe ist natürlich willkommen, aber pass auf, dass du dich nicht selbst in Gefahr bringst.»

Mikke kam nicht dazu, mir zu antworten, denn Koivu spähte zur Tür herein und bat mich kurz auf den Flur. Als ich aufstand, erhob sich auch Mikke und zog meinen Stuhl zurück wie ein vollendeter Gentleman. Seine Hand streifte meine Schulter, und bei der Berührung wurde mir heiß. Ich rannte beinahe hinaus.

«Eine kleine Neuigkeit über Saila Linds Aktivitäten. Ein Mann namens Jouko Marttinen hat gerade angerufen, seines Zeichens Geschäftsführer einer Firma, und ein wenig verschämt gestanden, dass Saila Lind ab und zu bei offiziellen Veranstaltungen seine Begleiterin war. Vor allem, wenn er ausländische Geschäftspartner ausführte, die selbst in Begleitung nach Finnland gekommen waren. Marttinen zufolge handelte es sich ausdrücklich um einen Begleitservice, keinesfalls um eine sexuelle Dienstleistung.»

«Wie ist er auf Saila Lind gestoßen?»

«Er hat sie über einen gemeinsamen Bekannten kennengelernt. Er sagt, er habe sie gemocht, weil sie professionell und eloquent war, und natürlich gutaussehend.»

«Wie hat er sie bezahlt?»

«Er hat ihr das Abendessen spendiert und ihr Geld für die Kleider gegeben, die sie für ihre Repräsentationspflichten brauchte. Fünfhundert Euro pro Abend. Unter der Hand, aber das ist natürlich kein Verbrechen. Man darf einer Freundin schließlich Geld geben, wenn man will. Ich habe mich ein wenig gewundert, warum er angerufen hat, aber das hat sich schließlich auch geklärt. Am Dienstag letzter Woche hat Saila ihn nämlich überraschend angerufen und um zweitausend Euro Vorschuss gebeten. Dafür brauche er ihr bei den nächsten Einsätzen kein Kleidergeld zu geben. Marttinen hat sich geweigert, weil das nicht ihrer Abmachung entsprach, und jetzt hat er ein schlechtes Gewissen, weil er Saila im Stich gelassen hat. Sie hat sich mit den Worten verabschiedet, er solle zur Hölle fahren. Was meinst du, sollten wir den Mann eingehender befragen?»

«Auf jeden Fall möchte ich die Kontaktdaten von diesem gemeinsamen Bekannten. Es wäre interessant zu wissen, ob Saila Lind sich öfter als Begleiterin anheuern ließ. Sie hatte also doch Einkünfte, aber auch Ausgaben. Könnte es sein, dass sie Eero Lumme Geld schuldete? Oder hatten sie einen gemeinsamen Gläubiger oder gemeinsame Schulden? Wir müssen die Kollegen von der Wirtschaft konsultieren. Vielleicht wissen auch Linds Freundinnen etwas. Gehen wir wieder rein? Versuch, dich zu benehmen.»

«Du auch», gab Koivu zurück, hielt mir aber höflich die Tür auf.

Mikke saß zurückgelehnt auf seinem Stuhl, die Hände im Nacken verschränkt, die Augen geschlossen. Als er damals unter Mordverdacht an seinem Halbbruder stand, hatte ich ihn in einem der Vernehmungsräume im Erdgeschoss vernommen. Unseren jetzigen Case Room hatte es genauso wenig gegeben wie unseren Club der Seltsamen. Ich betrachtete Mikkes hageres Gesicht, seine schmale, vorspringende Nase und seine ausgebleichten, fast weißen Augenbrauen. Wurden sie und seine Haare im Winter dunkler? An den Füßen trug er dunkelblaue Tennisschuhe, die Zehen des linken Fußes klopften einen synkopierten Takt. Die kalte Pfeife hing ihm immer noch im Mundwinkel. Er öffnete die Augen, als er unsere Schritte hörte. Koivu setzte sich wieder an seinen Computer, und Mikke stand auf, um mir den Stuhl unterzuschieben, als wäre ich sein Gast in einem vornehmen Restaurant. Im Arbeitsalltag wurde ich von meinen männlichen Kollegen selten so zuvorkommend behandelt. Offizielle Sitzungen, Konferenzen und Feste waren etwas anderes. Dann kamen die Gentlemen zum Vorschein, die den Frauen in den Mantel halfen und ihnen die Tür aufhielten. Als junge Polizistin hatte ich solche Aufmerksamkeiten befremdlich gefunden, schließlich konnten Frauen ebenso gut Türen öffnen wie Männer. Aber seit gutes Benehmen nahezu ausgestorben war, hatte ich gelernt, auch die kleinste höfliche Geste zu schätzen.

«Hier haben wir einen Betrüger namens Jarmo Kinnunen», stellte Koivu fest, nachdem er eine Weile auf dem Computer herumgetippt hatte. «Er war wegen verschiedener Rechtsverstöße angeklagt, teilweise auch wegen derselben wie Lumme. Aber alle Anklagen wurden aus Mangel an Beweisen fallengelassen. Sagt dir der Name etwas, Sjöberg?»

«Nein. Aber das könnte durchaus der Typ sein, den Eero erwähnt hat. Einmal habe ich ihn zufällig in Helsinki getroffen, und da war er mit einem glatzköpfigen, auffällig kleinen und mageren Typen unterwegs, der schon von weitem wie ein Ganove aussah. Gut möglich, dass einer, der so aussieht, den Spitznamen Kolben kriegt.»

«Wann hast du Lumme zuletzt gesehen?»

«Am Montag vor zwei Wochen.» Mikke erklärte, zwei Wochen seien in ihrem Projekt das übliche Intervall für die Treffen zwischen dem frisch Entlassenen und seinem Helfer. Er habe sich Sorgen gemacht, als Lumme nichts von sich hören ließ, denn bis dahin sei er immer regelmäßig zu den Treffen erschienen.

«Allerdings bin ich nicht auf die Idee gekommen, dass man ihn umgebracht haben könnte. Ihr wisst besser als ich, dass Kriminelle fast immer ihrem Milieu treu bleiben. Eero hat mit seinen Betrügereien und Steuerhinterziehungen nie Einzelpersonen geschädigt, sondern nur Firmen und das Finanzamt. Typen wie er werden nicht einfach so umgebracht. Von den Mördern, mit denen ich eingesessen habe, liegt ein Drittel schon im Grab, und die Hälfte sitzt wieder im Knast. Es ist schwer, bei diesen Projekten zur Rückkehr ins Zivilleben Erfolge zu erzielen, aber das tröstet mich nicht. Eero ist tot, und das bedeutet, dass ich ihm nicht helfen konnte.»

Mikkes Augen glänzten feucht. Was hatte er vom Abtragen einer Schuld gesagt? Ich hatte den Verdacht, dass er auf eigene Faust nach Eero Lummes Mörder suchen würde, und da er ungewollt Zugang zur Unterwelt gefunden hatte, war er bei der Suche möglicherweise erfolgreicher als die Polizei. Er konnte ein wertvoller Verbündeter werden, wenn er zur Zusammenarbeit bereit war.

«Ich habe natürlich Notizen über alle unsere Treffen, aber auch ich unterliege der Schweigepflicht. Ich weiß nicht, ob sie euch überhaupt nützlich wären und wen ich um Erlaubnis fragen muss, bevor ich sie der Polizei aushändigen darf. Ich persönlich habe nichts dagegen, aber ich möchte nicht gegen die Regeln verstoßen.»

«Wenn wir wollen, werden wir die Aufzeichnungen schon bekommen», sagte Koivu forsch, obwohl er genau wusste, wie zäh die Zusammenarbeit unterschiedlicher Behörden sein konnte.

Mir fiel keine Frage zu dem Mordfall mehr ein, also beendete ich die Vernehmung. Mikke versprach, sich zu melden, falls ihm etwas in den Sinn käme, was der Polizei von Nutzen sein konnte.

Als er aufstand, sagte Koivu: «Ich bringe dich nach unten, Sjöberg.»

«Ich mach das schon», erklärte ich mit Chefinnenstimme. Mikke nickte Koivu zu und folgte mir. Wir betraten den Lift, der geschrumpft zu sein schien, denn Mikke war mir ganz nah.

«Der Kaffee im Erdgeschoss ist genießbar. Hast du noch Zeit für einen?», fragte ich kurz bevor wir unten ankamen.

«Wenn die Frau Kommissarin es anordnet.» Mikkes Lächeln war ungezwungen, es brachte auch mich zum Lächeln. Ich sagte am Empfang Bescheid, dass ich mit Hauptmeister Koivus Besucher noch einen Kaffee trinken würde, gab Mikkes Besucherausweis aber schon ab. So schnell ich konnte, ging ich vor zur Cafeteria. Dort waren wir nicht allein, wir würden uns anständig benehmen müssen.

Mikke wählte einen Cappuccino, und ich tat es ihm gleich. Wir setzten uns an einen der Ecktische. Keiner von uns wollte das Gespräch beginnen, denn wir hatten uns in eine Situation begeben, in der wir beide gleichermaßen unsicher waren. In meinem Mundwinkel setzte sich Milchschaum fest, ich leckte ihn ab. Mikke lächelte gönnerhaft, als wäre ich eine Katze, die sich mit der Pfote das Gesicht putzt.

«So viel zu Eero Lumme», sagte ich schließlich. «Wie geht es dir? Konntest du die *Leanda* reparieren lassen?»

Mikke lächelte immer noch, doch in seinen Augen stand ein schmerzlicher Ausdruck. «Ja, als ich endlich freikam. Ich dachte mir, nach Ablauf der Bewährungsfrist lasse ich Finnland endgültig hinter mir, und zu guter Letzt landete ich als Segellehrer in Spanien. Ich habe zwei Jahre dort gelebt, aber dann erkrankte meine Mutter an Bauchspeicheldrüsenkrebs. Also bin ich nach Åland zurückgekehrt und habe sie in ihren letzten Monaten gepflegt. Es war ein hartes Ende. Ich gestehe dir jetzt ein Verbrechen. Ich habe bei einem Bekannten aus dem Knast Morphium besorgt, weil die Ärzte damit geizten.»

«Dieses Verbrechen dürfte schon verjährt sein.»

«Vielleicht. Aber in der Zeit habe ich nachgedacht. Ich habe ja mehr Geld geerbt, als ich brauche, kann also ehrenamtlich arbeiten. Deswegen habe ich mich mit verschiedenen Hilfsorganisationen in Verbindung gesetzt und mich zum Bewährungshelfer ausbilden lassen. Jetzt mache ich zwar weiterhin Segeltörns auf der *Leanda* und gebe Segelkurse, bin aber wegen der ehrenamtlichen Arbeit ziemlich oft an Land. Die *Leanda* liegt in Kivenlahti vor Anker. Möchtest du sie dir ansehen?»

«Lieber nicht.» Ich starrte meine Kaffeetasse an, in deren Porzellan sich mein Ehering spiegelte.

«Und du, wie geht es dir? Du bist immer noch mit Antti verheiratet, eure Kinder sind natürlich schon groß … Außer Iida hast du doch auch einen Sohn?»

«Ja, Taneli. Wir wohnen hier in der Nähe, in Nihtimäki.»

«Ja, das hat mir Antti erzählt. Ich habe ihn vor ein paar Jahren zufällig getroffen. Er war nicht gerade wild darauf, mit mir zu plaudern, aber ein paar Worte haben wir immerhin gewechselt.»

«Davon hat er mir gar nichts erzählt.»

Ich wollte Mikke nicht verraten, dass Antti und die Kinder nicht zu Hause waren. Stattdessen fragte ich: «Und du, hast du Familie?» Mikke trug keinen Ring, aber das hatte heutzutage nichts zu bedeuten.

«Ich bin immer noch Single und kinderlos. Obwohl manche Frauen die Tatsache, dass ich wegen Mordes im Gefängnis saß, fast als Empfehlung betrachten.»

«Soweit ich mich erinnere, lautete die Anklage auf Totschlag.»

Mikke hob den Blick, ich musste ihn erwidern. «Ich selbst betrachte mich als Mörder. Es ist sinnlos, meine Tat beschönigen zu wollen. Ich habe Juha krepieren lassen wie einen überfahrenen Hund. Es bleibt mir nichts übrig, als damit zu leben.»

Ich wollte gerade nach seiner Hand greifen, als mein Handy klingelte. Ausgerechnet Antti. Warum hätte ich seinen Anruf nicht annehmen sollen? Natürlich meldete ich mich.

«Maria, wo bist du?»

«Bei der Arbeit. Wie …»

«Ich bin in Hamburg, am Flughafen. Iidas Maschine aus Paris ist vor einer halben Stunde gelandet, aber in der Ankunftshalle hat sie sich nicht blicken lassen, und auf dem Handy erreiche ich sie auch nicht. Die Itkonens sagen, sie wäre am Charles de Gaulle ganz normal durch die Sicherheitskontrolle gegangen, aber hier ist sie nicht aufgetaucht.» Anttis Stimme klang ängstlich. «Was soll ich jetzt tun?»

11

Was zum Teufel redest du da? Aus einem Flugzeug verschwindet man doch nicht einfach!» Mein Herz galoppierte, meine Hände zitterten so sehr, dass ich kaum das Telefon halten konnte. «Hast du nachgesehen, ob der Flug pünktlich war?»

«Ich würde dich doch nicht ohne Grund alarmieren. Der Flug ist vor einer halben Stunde gelandet. Die Itkonens haben Iida in Paris bis zur Sicherheitskontrolle begleitet, das haben sie mir gerade bestätigt. Und Iida hat mir aus Paris eine SMS geschickt, sie wäre jetzt am Gate.» Anttis Stimme bebte. «Wie … Iida kann doch nicht so dumm gewesen sein, am Flughafen mit irgendwem mitzugehen?»

«Frag erst mal beim Air-France-Schalter nach, ob sie in der Maschine war!» Ich stieß meine Cappuccinotasse um, die letzten Tropfen liefen auf den Tisch. Mikke wischte sie auf.

«Ein Handy kann man doch noch einige Zeit nach dem Ausschalten orten. Könntest du das nicht von Finnland aus veranlassen? Du kriegst doch bestimmt Amtshilfe von der deutschen Polizei!», rief Antti.

«Jetzt frag als Erstes am Schalter. Wenn sie dort nichts wissen, gehst du zur Flughafenpolizei.»

Antti und ich hatten lange überlegt, ob wir Iida ohne Begleitung von Paris nach Hamburg fliegen lassen sollten. Iida war deshalb tödlich beleidigt gewesen. Sie war fast sechzehn, kam nach den Ferien in die Oberstufe. Da die Familie von Iidas Freundin, mit der sie die Ferien in der Provence verbracht hatte, versprach, sie zum Flughafen zu bringen und ihr beim Einchecken zu helfen, hatten wir aufgehört, uns Sorgen zu machen.

Und nun das! Die Fenster der Cafeteria schienen zu beschlagen, Mikkes Umrisse verschwammen. Ich holte tief Luft.

«Beruhige dich», sagte ich und meinte nicht nur Antti, sondern auch mich selbst. «Wie viele Terminals gibt es dort?»

«Zwei.»

«Und du bist im richtigen?»

«Ja doch!»

Ich riet Antti erneut, zum Schalter der Fluggesellschaft zu gehen. Aber auch ich musste etwas tun, ich konnte nicht einfach nur Däumchen drehen. Wann ging wohl der nächste Flug nach Hamburg? Mein Pass lag zu Hause, aber dorthin brauchte ich mit dem Auto nur ein paar Minuten. Vielleicht waren die Maschinen nach Deutschland an einem Donnerstagabend nicht ausgebucht. Iida war wütend gewesen, weil sie nicht in der Provence bleiben durfte. Sie konnte doch nicht so idiotisch gewesen sein, auf eigene Faust nach Avignon zurückzukehren?

«Die Itkonens haben also gesehen, dass sie ihren Koffer aufgegeben hat und durch die Sicherheitskontrolle gegangen ist?», vergewisserte ich mich noch einmal.

«Ja. Sie sind genauso erschrocken wie ich.» Antti hatte sich hörbar in Bewegung gesetzt. Im Hintergrund waren die üblichen Durchsagen zu vernehmen, mit den scharfen S-Lauten des Deutschen und in akzentlosem Universalenglisch. Die Welt war nun überscharf geworden, ich sah jede Aknenarbe in Mikkes Gesicht. Ich beendete das Gespräch mit Antti und stand auf.

«Wer ist verschwunden?» Mikke folgte mir, als ich die Cafeteria verließ.

«Iida. Sie sollte allein von Paris nach Hamburg fliegen, wo Antti sie erwartet.»

«Deine Tochter? O Gott.» Mikke legte seine linke Hand auf meine Schulter. Ich blieb stehen und lehnte die Stirn für einen Moment an seine Brust. Dann sagte ich, ich müsse gehen. Ich ließ Mikke auf dem Flur stehen, öffnete die Tür zum Treppenhaus und rannte hinauf in mein Büro. Dort legte ich sowohl mein Privat- als auch mein Diensthandy auf den Tisch, rief im Internet die Homepage des Hamburger Flughafens auf und vergewisserte mich, dass die Maschine tatsächlich gelandet war. Dann rief ich Iida an, erhielt aber nur den Bescheid, der Anschluss sei im Moment nicht zu erreichen.

Das Wichtigste war festzustellen, ob Iida in dem Flugzeug gewesen war. Wenn nicht, gab es viel zu viele Möglichkeiten. In Gedanken sah ich mich bereits eine internationale Vermisstenmeldung ausfüllen. Ich ließ mir von der Auskunft die Nummer von Iidas Freundin Anni geben und rief sie an. Wenn Iida tatsächlich geplant hatte, sich abzusetzen, konnte es durchaus sein, dass sie sich Anni anvertraut hatte. Doch Anni war genauso fassungslos wie wir alle.

«Ich gebe dir mal meinen Vater», sagte sie, nachdem sie mir mehrmals versichert hatte, Iida habe nur gesagt, sie habe keine große Lust darauf, sich der Crew der *Long Wang* anzuschließen.

Kari Itkonen schilderte mir in allen Einzelheiten, wie sie Iida beim Einchecken und in der Schlange vor der Sicherheitskontrolle im Auge behalten hatten. Nachdem sie problemlos durch die Kontrolle gekommen zu sein schien, waren sie mit dem Zug nach Paris zurückgefahren.

«Ich bin nicht auf die Idee gekommen zu warten, bis die Maschine gestartet war. Es tut mir wahnsinnig leid. Wenn Iida tatsächlich nicht eingestiegen ist, hätten wir dann immerhin den Aufruf gehört und begriffen, dass etwas nicht stimmt. Soll ich zum Flughafen zurück? Meine Frau kann hier bei den Kindern bleiben, wir stehen gerade in der Schlange am Eiffelturm.»

«Erst, wenn wir wissen, dass Iida nicht in dem Flieger nach Hamburg war. Ich halte dich auf dem Laufenden. Rede Anni ins Gewissen, dass sie die Wahrheit sagt! Ich melde mich, sobald ich etwas weiß.»

Ich legte auf und presste die Hände auf den Tisch. Antti hatte viele gute Seiten, aber entschlossenes Handeln in Krisensituationen gehörte nicht dazu. Wenn er schnell reagieren musste, erstarrte er. Hoffentlich war wenigstens Taneli wohlbehalten auf der *Long Wang*. Ich schickte ihm eine harmlose SMS, und er antwortete wie üblich sofort: «Alles okay. Peter zeigt mir, wie man mit dem Sextanten umgeht. Warten gerade auf Iida und Papa. Habe gestern zu viel Marzipan gegessen. Grüße an die Katzen.»

Im Flur war Lärm zu hören, Puupponen und Jenna stapften zum Case Room, wo Puupponen nach Koivu und mir rief, bevor er an meine Tür klopfte und gleich darauf seinen roten Schopf hereinsteckte.

«Wir sind endlich wieder da. Die Frauen waren ganz schön gesprächig. Willst du einen Bericht?» Er kam herein und wollte schon weiterreden, sah dann aber mein Gesicht. «Was ist passiert? Eine neue Wendung?»

«Nicht in unserem Fall. Aber Iida ist nicht in Hamburg angekommen und auch telefonisch nicht zu erreichen. Antti ist dort am Flughafen und versucht, die Sache zu klären.»

«Lieber Himmel!» Puupponen kam zu mir, traute sich dann aber doch nicht, mich zu umarmen, sondern klopfte mir nur aufmunternd auf die Schulter. «Jenna und ich schreiben einen Bericht, dann kannst du dich erst mal auf Iida konzentrieren.»

«Nein, lasst uns das mündlich machen, ich komme gleich rüber. Im Moment kann ich sowieso nichts ausrichten.» Ich nahm meine Telefone, ging an Puupponen vorbei auf den Flur und gleich weiter zur Toilette, wo ich mir kaltes Wasser ins Gesicht klatschte. Es kümmerte mich nicht, dass mein Makeup verlief, ich wischte nur die schlimmsten Flecken mit einem Papierhandtuch ab. Dann versuchte ich noch einmal, Iida zu erreichen, hörte aber wieder nur die Ansage. Der gewünschte Anschluss und so weiter.

Auf dem Tisch im Case Room standen ein Kilo Erbsenschoten und ein Kilo Erdbeeren, an denen Jenna sich gütlich tat. Sie bot auch mir davon an, doch ich hatte keinen Appetit. Ich setzte mich und legte die Beine auf den leeren Stuhl. Koivu ließ sich nicht blicken, vielleicht war er zum Mittagessen aus dem Haus gegangen und hatte mir aus Wut über Mikke keine Nachricht hinterlassen. Auch das erschien mir jetzt wie eine alberne Bagatelle.

Puupponen knackte mit den Zähnen eine Erbsenschote auf. «Also dann. Die Freundinnen bestätigen, dass sich Saila Linds finanzielle Situation im Frühjahr verändert hat. Die eine, Pernilla Byggmeister, hat Lind einige Designer-Kleider abgekauft, die beiden tragen dieselbe Größe. Sie sagt, Saila Lind habe handelsübliche Preise verlangt.»

«Saila hat Pernilla damals erklärt, sie hätte in das falsche Unternehmen oder eher in den falschen Mann investiert. Mehr wollte sie dazu nicht sagen», ergänzte Jenna mit erdbeerrotem Mund. «Später haben sich die beiden dann zerstritten, weil Pernilla nicht bereit war, Saila zweitausend Euro zu leihen, was für sie allem Anschein nach ein Klacks gewesen wäre. Saila hat daraufhin gesagt, das würde Pernilla noch bereuen.»

«Hat Saila Lind ihre Freundin bedroht?»

«Nein, sie hat angekündigt, ihr selbst werde etwas passieren, wenn sie das Geld nicht bald zusammenbekäme. Und so war es dann ja auch. Frau Byggmeister hat ein sehr, sehr schlechtes Gewissen.»

Das Klingeln meines Handys unterbrach Puupponen. Antti! Ich rannte auf den Flur.

«Iida war in der Maschine. Ihr Koffer hat auf dem Gepäckband einsam seine Runden gedreht, jetzt habe ich ihn. Iida ist also erst nach der Landung ihrer eigenen Wege gegangen. Die Flughafenpolizei sucht nach ihr, und sie wird auch gleich ausgerufen … In Paris ist sie jedenfalls nicht geblieben. Der Code ist doch derselbe wie bei allen unseren Koffern, 797?»

«Ja.» Als Iida sechs war, hatte sie auf eigene Faust das Schloss an einem neuen Koffer zugedreht, und Antti hatte mehr als eine Stunde gebraucht, um herauszufinden, welche Ziffernkombination sie gespeichert hatte. Seitdem verwendeten wir sie bei allen unseren Koffern.

«Soll ich ihn aufmachen?»

«Noch nicht. Wo bist du jetzt?»

«Bei der Flughafenpolizei. Möchtest du mit ihnen sprechen? Eine Beamtin namens Meyer steht hier neben mir.»

«Ja, gib sie mir», sagte ich und hörte bald darauf dieselbe Geschichte noch einmal, diesmal in klarem Berufsdeutsch, das ich gerade so verstand. Iida sei in der Maschine angekommen, ebenso ihr Gepäck. Der Flughafen sei zwar groß, aber man werde das Mädchen finden. Man gehe gerade die Aufnahmen der Überwachungskameras durch. Kommissarin Kallio brauche sich keine Sorgen zu machen. Auch in Deutschland beherrsche man den gemeinsamen Beruf.

Daran zweifelte ich nicht, auch wenn ich im Moment nicht wie eine Kommissarin dachte, sondern wie Iidas Mutter. Dennoch fand ich beruhigende Worte für Antti, bevor ich auflegte. Ich sah Koivu aus dem Lift kommen. Er aß im Gehen ein Baguette mit Huhn und Speck, wie es sie an einer Tankstelle zwei Blocks vom Polizeigebäude entfernt zu kaufen gab.

«Jenna und Puupponen sind zurück. Wir machen im Case Room weiter», sagte ich. Koivu nickte nur und fragte nicht, was ich auf dem Flur tat.

«Na?», erkundigte sich Puupponen dagegen, noch bevor ich saß. «Ist sie gefunden worden?»

«Wer?», murmelte Koivu. Ein Stück Paprika rutschte ihm aus dem Mund.

«Iida.»

«Noch nicht, aber sie war in der Maschine von Paris nach Hamburg.»

«Ist Iida verschwunden?», rief Koivu, doch ich unterbrach ihn und bat Jenna, mit ihrem Bericht fortzufahren. Ihre Frage, ob Saila Lind jemals einen Mann namens Eero Lumme erwähnt habe, hatte Pernilla Byggmeister verneint.

«Saila hat überhaupt nicht viel über ihre Angelegenheiten gesprochen. Sie spielte lieber die Geheimnisvolle, aber das war Pernilla ganz recht. Ihr war wohl wichtiger, dass man *ihr* zuhörte. Sie sagte übrigens, viele Finnlandschweden seien ebenso wie sie selbst der Meinung, dass Sailas lärmender Einsatz für das Schwedische ihnen mehr schade als nutze. Saila hat wohl immer die Meinung vertreten, sie als Finnischsprachige könne es wagen, die Rechte der Schwedischsprachigen aggressiver zu verteidigen als die Finnlandschweden selbst, aber Pernilla fand das irgendwie ...»

«Ordinär», grinste Puupponen. «So direkt hat sie es natürlich nicht ausgedrückt. Saila Lind hatte jedenfalls keine Scheu vor Konflikten, wie ja auch die Aussage ihrer Nachbarin Liisa Laakso bestätigt. Sie hat wiederholt, was sie uns schon telefonisch mitgeteilt hatte, nämlich dass Saila Lind ihren Gesprächspartner am Handy mit allen denkbaren Flüchen bedacht hat. Wir kennen also Ort und Zeit des Telefonats. Jetzt brauchen wir nur noch die Teledaten der Person, mit der Saila sich gestritten hat, und schon haben wir den Mörder», fuhr er mit strahlendem Lächeln fort. «Die Daten bekommen wir morgen.»

«Und es handelt sich mit Sicherheit um einen Prepaid-Anschluss, darauf wette ich einen Hunderter», seufzte Koivu und wischte sich den Mund ab. Puupponen nahm die Wette nicht an. Ich verfolgte ihren Wortwechsel wie eine Außenstehende, mir war nicht zum Lachen.

«Was ist nun mit Iida?», fragte Koivu plötzlich.

«Antti kann sie in Hamburg am Flughafen nicht finden», antwortete ich mit bebender Stimme. Ich starrte auf mein Handy und versuchte, Iidas Namen auf das Display zu zaubern.

«Sie war im Flieger, und ihr Gepäck ist angekommen. Nur Iida ist nirgends zu sehen.»

«Was sitzt du dann noch hier? Iida ist doch wohl …» Koivus Gesicht war gerötet, er wischte sich den Schweiß von der Stirn. «Solltest du nicht hinfliegen? Nach Hamburg?» Koivu trat zu mir und legte mir die Hand auf die Schulter. «Hör mal, Maria, es gibt Prioritäten, und Iida ist natürlich wichtiger als alles andere.»

«Ich habe alles getan, was ich von hier aus tun kann. Ville und Jenna, was ist mit der anderen Freundin? Ihr solltet doch zwei Frauen treffen?»

Koivu setzte sich kopfschüttelnd wieder hin. Jenna blickte von mir zu ihm und wieder zu mir, dann begann sie ihren Bericht. Die zweite Freundin, Anne Asp, hatte ebenfalls ausgesagt, was wir bereits wussten: Saila Lind war in Geldnot geraten.

Puupponen fiel Jenna ins Wort: «Lind konnte sich die gemeinsamen Hobbys der Freundinnen nicht mehr leisten: Shopping und teure Abendessen. Auch auf das Fitness-Center und den Kosmetiksalon musste sie verzichten. Anne Asp meinte, sie sei sogar einmal in der Schlange vor einer Suppenküche gesehen worden, was so ungefähr das Schlimmste sei, was einem Menschen passieren könne. Frau Asp kennt niemanden, der auf so etwas angewiesen sei.»

Mein Diensthandy klingelte. Die Nummer begann mit 49, der Anruf kam also aus Deutschland.

«Kallio …»

«Mama!» Iidas Stimme klang verweint. «Ich hab mein Handy im Flugzeug vergessen, oder es ist geklaut worden, ich bin nämlich extra noch mal zurückgegangen, aber es war weg. Und jetzt kann ich Papa nicht finden!»

«Wo bist du jetzt?»

«Im Fundbüro, aber da ist das Handy auch nicht. Sie haben mir erlaubt, von hier aus anzurufen. Eure Nummern sind geheim, nur deine Dienstnummer nicht! Sag mir Papas Nummer! Ich weiß sie nicht auswendig …» Iida schluckte die Tränen hinunter. Von der Globetrotterin, die selbstverständlich allein von Paris nach Hamburg fliegen konnte, war nichts mehr übrig.

«Immer mit der Ruhe. Papa ist bei der Flughafenpolizei. Bitte die Leute vom Fundbüro, dich hinzubringen. Er hat auch deinen Koffer. Alles in Ordnung, Schätzchen.» Ich griff nach meinem Privathandy und suchte Anttis Nummer heraus. «Hast du Stift und Papier? Ich gebe dir Papas Nummer.»

Koivu klatschte lautlos in die Hände, und Puupponen streckte beide Daumen hoch. Ich spürte, wie das Zittern wieder einsetzte, als ich Iida sagte, sie solle mich mit jemandem vom Fundbüro sprechen lassen. In einer Mischung aus Deutsch und Englisch bat ich, Iida zur Flughafenpolizei zu bringen, wo ihr Vater warte. Dann rief ich Antti an, der Hals über Kopf zum Fundbüro gerannt wäre, wenn ich ihm nicht gesagt hätte, er solle bleiben, wo er war, und mir Bescheid sagen, sobald Iida eintraf. Mein Mund war trocken, doch außer kaltem Kaffee gab es nichts Trinkbares.

«Ich warte in meinem Büro, bis Antti anruft und die Sache endlich erledigt ist. Im Moment fällt es mir ein bisschen schwer, mich zu konzentrieren», sagte ich, ohne irgendwen anzusehen. Hauptsächlich ärgerte ich mich über die unnötige Konfusion und darüber, dass ich mich von Anttis Panik hatte anstecken lassen. In meinem Zimmer stand eine Flasche Cola light. Als ich die künstliche Süße schmeckte, verzog ich das Gesicht, aber immerhin war das Zeug nass. Ich öffnete die oberste Schreibtischschublade und holte Iidas Foto heraus. Sie war darauf ganz schwarz gekleidet und stark geschminkt, spielte Bassgitarre und versuchte, schicksalsschwer dreinzublicken. Meine kleine Tochter.

Etwa zehn Minuten vergingen, bevor Antti anrief.

«Iida ist jetzt hier. Puh! Ich hatte mir schon alles Mögliche ausgemalt. Das hat man davon, wenn man mit einer Polizistin verheiratet ist», versuchte er zu witzeln, doch es klang bemüht. «Wir haben die deutschen Beamten ganz schön auf Trab gehalten. Jetzt gehen wir essen, denn den Zug, den wir eigentlich nehmen wollten, haben wir verpasst. Mal sehen, wann der nächste fährt. Willst du mit Iida sprechen?»

Iidas Stimme klang nun wieder so munter wie gewohnt, obwohl der Verlust des Handys für sie ein harter Brocken war. Antti hatte noch einmal vergeblich ihre Nummer angerufen. Der Versuch, ein gestohlenes Handy zu orten, wäre eine Verschwendung polizeilicher Ressourcen gewesen. Iida würde für den Rest der Reise ohne auskommen müssen.

«Es ist Gegenwind angesagt, wir kommen ein oder zwei Tage später zurück als geplant», erklärte Antti zum Schluss noch, versicherte aber, sie würden rechtzeitig zum Schulbeginn da sein. Ich dachte nur kurz an Alltagsdinge wie neue Kleidung und Schulbedarf, allmählich verwandelte ich mich wieder von der Mutter in die Polizistin. Bevor ich zu den anderen zurückkehrte, rief ich noch rasch Laura Kokko vom Dezernat für Wirtschaftskriminalität an. Ich hatte keine Lust, in ihre Etage zu laufen.

«Kallio hier, hallo. Was wisst ihr über illegale Kreditanbieter? Habt ihr da irgendwen besonders im Visier?» Ich berichtete Laura Kokko von unserem Fall und bat sie zu prüfen, ob Eero Lumme Kontakt zu derartigen Firmen gehabt hatte. Ermittlungen im Bereich der Wirtschaftskriminalität waren langwierig und kompliziert, aber die Kollegen stießen häufig auf Informationen, die uns in den anderen Dezernaten Schlüssel zur Lösung unserer Fälle lieferten. Kokko sagte, wenn wir wollten, könne sie sofort zu einer Besprechung kommen. Ich lud sie in unseren Case Room ein.

Laura arbeitete erst seit etwa zwei Jahren im Wirtschaftsdezernat. Obwohl sie kaum dreißig war, hatte sie sowohl die

Polizeischule besucht als auch Betriebswirtschaft studiert. Im Fitnessraum des Präsidiums hatte ich mich gelegentlich mit ihr über ihr Hobby Triathlon unterhalten. Sie war einen Kopf größer als ich, ihre kurzen schwarzen Haare fixierte sie mit Gel eng am Kopf, was ihr zusammen mit den schwarzen Wimpern und Augenbrauen ein exotisches Aussehen gab. Koivu straffte sich, als Laura den Raum betrat, und beeilte sich, ihr Erdbeeren anzubieten. Laura kannte Eero Lumme, sie hatte ihn im Gefängnis vernommen, als sie gegen einen Mann ermittelte, der im Verdacht stand, in großem Stil Betrug mit Baumaterial zu treiben; Jarmo *Kolben* Kinnunen hatte ebenfalls zu den Verdächtigen gehört, doch man hatte ihm auch in diesem Fall nichts nachweisen können.

«Der Kerl ist aalglatt. Er kennt die Gesetze besser als mancher Anwalt, obendrein ist er der Sohn eines Polizisten.»

«Der Sohn von wem?», fragte Koivu.

«Wie hieß der Vater gleich ... Kalevi. Aus Helsinki. Er ist aber schon tot.»

«Im Ernst? Maria und ich hatten Kalevi Kinnunen vor einer halben Ewigkeit zum Chef, er war der Hauptgrund, weshalb ich von Helsinki nach Joensuu gegangen bin», erklärte Koivu. Ich hatte meinen ersten Mord allein aufklären müssen, weil Kinnunen wegen seines Alkoholproblems außer Gefecht war. War ich wirklich noch derselbe Mensch wie die unerfahrene, aber energische junge Frau, die in den Angelegenheiten ihrer Bekannten herumwühlen und um ihre Glaubwürdigkeit kämpfen musste?

Laura Kokko nannte uns eine ganze Reihe von Ansatzpunkten für unsere Ermittlungen. Häufig lief es so ab, dass sich jemand bei einem legalen Sofortkredit-Service verschuldete und einem Schufa-Eintrag oder einer Pfändung aus dem Weg gehen wollte. Dann kamen die Wucherer ins Spiel, die teilweise mit den scheinbar legalen Unternehmen zusammenarbeiteten.

«Deren Tätigkeit bewegt sich ständig am Rande der Illegalität. Schließlich ist es nicht verboten, dass Privatpersonen sich gegenseitig Geld leihen. Viele dieser in der Grauzone agierenden Firmen nutzen die Kreditvergabe zur Geldwäsche. Es ist nicht leicht, sie festzunageln, aber wir geben uns alle Mühe.» Laura lächelte Puupponen an, der eifrig mitschrieb.

«Habt ihr es mit Strohmännern probiert? Mit jemandem, der bei einem von diesen Typen verzweifelt ein Darlehen aufnimmt?»

«Undercover? Dafür bekommen wir keine Genehmigung.»

«Muss es denn eine regelrechte verdeckte Ermittlung sein? Die Ganoven wissen doch, was Polizisten verdienen. Wenn zum Beispiel ich, Ville Puupponen, die Raten für meinen neuen Wagen nicht bezahlen könnte und deshalb einen Sofortkredit aufnehmen und damit in Schwierigkeiten geraten würde, und wenn ich dann als Privatperson einen weiteren Kredit aufnähme, wäre das illegal?» Puupponens Gesicht strahlte in jungenhaftem Eifer.

«Und die Gauner hätten natürlich keine Ahnung davon, dass derselbe Ville Puupponen die Morde an Eero Lumme und Saila Lind untersucht», merkte Koivu müde an. «Das sind keine kleinen Fische, sondern professionelle Verbrecher.»

«Und wenn ich einen Kumpel hätte, den man nicht ohne weiteres mit mir in Verbindung bringen kann? Einen, der einen Wohnungskredit auf dem Buckel hat und überraschend arbeitslos geworden ist?», fuhr Puupponen fort und starrte Laura Kokko in die Augen. «Es geht immerhin um zweifachen Mord. Reicht das nicht aus, um verdeckte Ermittlungen aufzunehmen?»

«Aber dein Kumpel ist Zivilist», bremste ich ihn. «Fang bloß nicht an, auf eigene Faust irgendeine Wahnsinnsaktion zu starten.»

«Mein Vater hat oft gesagt, Verbrecher werden geschützt und

gehätschelt, aber wenn ein Polizist auch nur einen Zentimeter vom schmalen Pfad seiner Vorschriften abweicht, wird er gleich suspendiert und bestraft», sagte Jenna Ström langsam. Eine Weile wagte ich es nicht, Puupponen oder Koivu anzusehen. Pertti Ström hatte einen Verdächtigen bei einer Vernehmung tätlich angegriffen und war für die Dauer der Ermittlungen vom Dienst suspendiert worden. Das war einer der Gründe für seinen Selbstmord gewesen.

«Du hast insofern recht, als wir zumindest im Wirtschaftsdezernat sehr korrekt vorgehen müssen. Unsere Verdächtigen sind keine Blödmänner, sondern intelligente Typen, die alles formal überprüfen lassen. Manchmal scheitert die Anklage dann an albernen kleinen Fehlern. Ich bin derselben Meinung wie Koivu, keine Alleingänge», sagte Laura Kokko und lächelte Puupponen entschuldigend an.

Wir saßen bis nach sechs zusammen, dann blickte Koivu auf die Uhr und meinte, er werde zu Hause erwartet. Laura Kokko hatte nichts dagegen, dass ich Puupponen zu ihrer Kontaktperson in unserem Team bestimmte. Ville war rund zehn Jahre älter als sie, und Laura wusste ganz offensichtlich, dass er zumindest nicht verheiratet war. Affären am Arbeitsplatz waren nicht mehr gern gesehen, doch vorläufig hatte ich keinen Grund, gegen Lauras Flirt einzuschreiten. Puupponen konnte selbst auf sich aufpassen.

Zu Hause rief ich noch einmal Antti an, der inzwischen mit Iida im Zug nach Bremerhaven saß, und telefonierte auch kurz mit Taneli auf dem Boot. Die Aufregungen des Tages hatten mich so mitgenommen, dass ich nur eine halbe Stunde in langsamem Tempo joggte, um mich zu entspannen. Auf dem letzten Stück begann es zu regnen, doch das machte mir nichts aus: Der Regen spülte die Erschütterungen und Ängste des Tages von mir ab.

Als ich gerade aus der Dusche kam, klingelte mein Diensthandy. Ich kannte die Nummer nicht, der Anruf kam von einem privaten Anschluss.

«Kallio.»

«Mikke hier. Habt ihr Iida gefunden?»

«Mikke ... Ja. Sie hatte gemerkt, dass sie ihr Handy im Flugzeug vergessen hatte. Da ist sie zurückgelaufen, hat es gesucht und sich dann auf dem Flughafen verirrt. Und wenn man sein Handy nicht hat, erinnert man sich natürlich an keine Telefonnummer. Außerdem sind unsere geheim, die privaten jedenfalls.»

«Das habe ich gemerkt. Gut, dass sich die Sache geklärt hat. Ich hatte mir schon Sorgen gemacht. Allerdings kann ich mir kaum vorstellen, dass deine kleine Iida inzwischen schon alt genug ist, allein zu reisen. Antti und Iida sind also in Mitteleuropa?»

Ich erzählte Mikke von dem Segeltörn, denn ich dachte mir, dass er sich dafür interessieren würde. Jahnukainen sprang mir auf den Schoß, als wolle er mich daran erinnern, dass ich nicht allein zu Hause war.

«Du konntest also wegen deiner Arbeit nicht mitfahren. Ärgert dich das nicht?»

«So ist das eben, wenn die Kinder noch zur Schule gehen und lange Sommerferien haben, da machen die Eltern abwechselnd Urlaub.»

Es war allzu leicht, mit Mikke zu plaudern. Er kam mir vertraut vor, obwohl unsere letzte Begegnung vor der heutigen Vernehmung eine Ewigkeit zurücklag. Ich hatte mir seit Jahren eingebildet, eine Begegnung mit Mikke könne mich nicht mehr aus der Bahn werfen. Aber ich hatte mich ja schon öfter geirrt. Rasch lenkte ich das Gespräch auf die Arbeit.

«Um noch mal auf Eero Lummes finanzielle Schwierigkeiten zurückzukommen – kamen bei den Gesprächen mit deinen Klienten illegale Sofortkredite zur Sprache?»

«Wucherer und Erpresser? Was glaubst du, wie leicht es für einen ehemaligen Häftling ist, einen Kredit zu bekommen? Selbst Sofortkredit-Anbieter überprüfen in aller Regel die Kreditfähigkeit. Einer, der in meinem Block eingesessen hat, hat letztes Jahr an beiden Händen den kleinen Finger verloren, weil er nicht zahlen konnte. Ich habe ihm gesagt, er solle zur Polizei gehen, aber er meinte, dann gehe es ihm beim nächsten Mal ans Leben. Möchtest du, dass ich mich umhöre?»

Ich schluckte. Eigentlich durfte ich Mikke da nicht hineinziehen, andererseits war jede Hilfe wichtig.

«Fragen kannst du ruhig. Es geht immerhin um zweifachen Mord, da ist jede Unterstützung willkommen.»

Mikke wechselte das Thema und versuchte erneut, mich zu einem Besuch auf der *Leanda* zu überreden.

«Es ist dein Verdienst, dass das Boot noch brauchbar ist. Und da du die Fahrt auf der *Long Wang* verpasst, kann ich dir wenigstens eine Spritztour auf dem Porkkalanselkä oder im Schärengebiet anbieten. Allerdings hast du im Moment wohl wenig Zeit.»

«Genau ... Obwohl kaum etwas so entspannend ist wie Segeln. Vor allem bei richtig rauer See, wenn man an nichts anderes denken kann.»

«In Ordnung, dann bestelle ich einen Sturm. Hast du irgendein Lieblingsziel im Finnischen Meerbusen?»

Obwohl mir klar war, wie verrückt das war, ließ ich mich auf Mikkes Flirt ein, machte ihm aber keine Versprechungen. Wir telefonierten über eine Stunde lang. Als ich mich endlich mit Jahnukainen im Arm schlafen legte, begriff ich, dass ich doch kein völlig anderer Mensch war als vor zwanzig Jahren. Ich konnte immer noch ziemlich blöd sein.

12

Ich hatte erst ein paar Stunden geschlafen, als das Klingeln des Handys mich weckte. Wieder dienstlich, und die Nummer gehörte irgendeiner Einheit der Polizei von West-Uusimaa, so viel erkannte ich trotz meiner Verschlafenheit. Es war halb vier.

«Jon Berg hier, hallo. Ich rufe aus Harri Tanners Haus im Westend an. Patrik Tanner hat seine Frau Mia krankenhausreif geschlagen. Julian Tanner hat die Polizei gerufen.»

Ich schaltete die Nachttischlampe an und setzte mich auf. Jahnukainen sprang maunzend vom Bett.

«Bist du am Tatort? Wieso?»

«Ich war gerade mit einem Kollegen auf dem Rückweg von Lauttasaari. Wir mussten einen Vierzehnjährigen, der sich betrunken am Bahnhof von Kirkkonummi herumgetrieben hat, bei seinen Eltern abliefern. Daher waren wir am nächsten, als die Meldung kam. Mia geht es ziemlich schlecht. Die Zentrale schickt einen Krankenwagen, der sie in die Klinik bringt. Ich dachte, es würde dich interessieren, weil deine Ermittlungen mit der Familie zu tun haben.»

«Danke», sagte ich, obwohl ich nicht wusste, ob ich es wirklich meinte. Die Sache hätte auch bis zum Morgen warten können. «Hast du mitgekriegt, was der Anlass war?»

«Mia kann nicht sprechen, Patrik hat ihr die Zähne ausgeschlagen, und das Kieferbein ist mindestens einmal gebrochen. Patrik hat sich oben im Schlafzimmer eingeschlossen. Hoffentlich tut er sich nichts an.»

«Meine Güte.» Ich stand auf und ging in die Küche, öffnete den Kühlschrank und trank Apfelsaft direkt aus der Packung. «Du bist also jetzt mit deinem Partner dort?»

«Mit Nieminen, ja, und Julian Tanner ist natürlich auch hier. Nieminen und ich versuchen, mit Patrik ins Gespräch zu kommen. Wenn das nicht gelingt, brechen wir die Tür auf oder steigen durchs Fenster ein. Julian sagt, Patrik sei ziemlich betrunken, vielleicht ist er also bloß eingeschlafen.»

«Ich komme, so schnell ich kann», sagte ich und ließ mir von Berg die genaue Adresse nennen, während ich die Kaffeemaschine einschaltete und eine doppelte Portion Kaffeepulver in den Filter schüttete. Dann wusch ich mir das Gesicht und zog Jeans und ein langärmeliges T-Shirt an, denn in den frühen Morgenstunden war es kühl. Ich goss den Kaffee in einen Thermosbecher, den wir normalerweise zum Segeln mitnahmen. Die Katzen wunderten sich über meinen Aufbruch, machten aber keinen Versuch, aus dem Haus zu schlüpfen. Ich ließ den Wagen so leise wie möglich an, in der Nachbarschaft schliefen noch alle. Warum waren Patrik und Mia eigentlich im Westend gewesen und nicht in ihrem eigenen Haus?

Auf der Umgehungsstraße musste ich einem Feldhasen ausweichen, der verängstigt von einer Spur auf die andere sprang. An der Kreuzung vor dem Westend kam mir ein Krankenwagen entgegen. Lag Mia Tanner darin? Der Vollmond leuchtete über dem Meer, er sah noch orangefarbener aus als zwei Nächte zuvor. Es wäre hell genug für einen Segeltörn gewesen.

Harri Tanners Haus stand am Ufer vom Westend, in der reichsten Wohngegend von Espoo. Hier waren eingezäunte Grundstücke und Alarmanlagen so normal wie Garagen für drei Autos. Durch das Tor sah ich einen Streifenwagen mit dem Kennzeichen der Polizei von West-Uusimaa vor dem Haus parken. Die Fenster auf der Straßenseite waren erleuchtet. Für den Fall, dass übereifrige Parkwächter vorbeikamen, brachte ich das Polizeikennzeichen an meiner Windschutzscheibe an. Dann drückte ich auf die Klingel am Tor.

«Tanner», antwortete Julian fast sofort.

«Maria Kallio von der Polizei. Würdest du mich bitte reinlassen?»

Julian murmelte etwas, dann summte das Tor. Ich schlüpfte durch die Öffnung wie eine Katze. Julian stand in der Tür. Im Licht, das aus dem Haus fiel, leuchteten seine roten Haare wie Flammen, während sein Gesicht im Dunkeln lag. Er hielt ein Putztuch in der Hand, von dem Blut tropfte. Wortlos ließ er mich eintreten und schloss die Tür.

«Grüß dich, Kallio. Du bist wohl zu schnell gefahren.»

«Weißt du etwa, wo ich wohne?»

«Nicht weit vom Präsidium, hast du doch erzählt. Leg das Tuch weg, Junge!» Bergs Aufforderung galt Julian. «Die Kommissarin will vielleicht die Spurensicherung rufen und Fotos machen lassen. Damit der Staatsanwalt entscheiden kann, ob es sich um eine normale oder eine schwere Körperverletzung handelt. Komm gucken.»

Das fast hundert Quadratmeter große Wohnzimmer war einmal vorwiegend weiß gewesen. Jetzt war das helle Parkett von Glasscherben übersät. Die weißen Ledersessel waren umgekippt, auf dem Sofa hatte sich eine Lache gebildet, aus der das Blut langsam auf den Boden tropfte. Irgendetwas, vermutlich eine Vase, war gegen das an der Wand hängende Porträt von Eija Tanner geworfen worden, dessen Rahmen zerbrochen war. Ein zweites, kleineres Bild lag auf dem Fußboden. Das dritte stand noch auf dem Tisch, war aber voller Blutspritzer, die Julian offenbar gerade abwischen wollte.

«Ist Patrik immer noch oben?», fragte ich Berg. Er trug einen Polizei-Overall und hatte die Haare zu einem dicken Zopf geflochten wie ein Wikinger. Sein Kollege war nicht zu sehen.

«Ja, und er antwortet nicht. Nieminen versucht, das Schloss aufzukriegen, aber anscheinend steckt von innen der Schlüssel. Ich habe die Feuerwehr schon vorgewarnt, dass wir sie möglicherweise bald brauchen. Im Haus gibt es keine Leiter, die hoch genug wäre. Man könnte es natürlich über das Dach probieren.»

«Das ist zu riskant. Habt ihr Patrik Tanner überhaupt gesehen? Wie ist das alles passiert? Wieso waren die beiden eigentlich hier?» Die letzten Fragen richtete ich an Julian, der sich wieder damit beschäftigte, das Bild seiner Mutter zu säubern. Als ich ihn beim Namen nannte, zuckte er zusammen.

«Was?»

«Erzähl mir mal, was passiert ist. Wieso waren Mia und Patrik hier? Gibt es im Haus ein weniger schlimm verwüstetes Zimmer, in dem wir reden können?»

Schritte polterten die Treppe herunter. Zuerst tauchten Arbeitsschuhe mit Stahlkappen auf, dann vom Overall verhüllte Beine und schließlich ein dem Rentenalter naher Mann, dessen Gesichtsbräune darauf schließen ließ, dass er im Urlaub vor dem finnischen Regen in ein sonnigeres Land geflüchtet war.

«Guten Abend ... oder Morgen ... was auch immer. Uti Nieminen», grüßte er. «Ich kriege das Schloss nicht auf, und der Mann antwortet nicht.»

«Was habt ihr für eine Alarmanlage? Sind in allen Zimmern Überwachungskameras?», fragte ich Julian.

«Nein», antwortete Berg an seiner Stelle. «Nur am Tor und an der Vorder- und Hintertür. Im Garten sind außerdem Bewegungsmelder, aber die habe ich ausgeschaltet. Ich rufe wohl jetzt die Feuerwehr, dann sehen wir wenigstens, was der Mann da oben treibt. Seiner Aussage nach» – Berg deutete mit dem Kopf auf Julian – «war Patrik Tanner schwer betrunken und nimmt außerdem Medikamente, die die Wirkung von Alkohol verstärken.»

«Setzen wir uns irgendwo hin?», schlug ich noch einmal vor. Wie immer nach zu kurzem Schlaf war ich durstig und fror. Mein Gesicht fühlte sich geschwollen an, und meine Augen tränten. «Wo ist die Küche? Ich könnte ein Glas Wasser vertragen.»

Julian ging wortlos in den Flur und bog nach rechts ab. Auch das Esszimmer hätte man als Saal bezeichnen können, es war größer als eine durchschnittliche Zweizimmerwohnung in Helsinki. Der schwere Barocktisch bot Platz für acht. An einer Wand befand sich eine Durchreiche, hinter der Stahl und Chrom glänzten.

«Du kannst dich hier setzen», sagte Julian und strich sich über die Stirn. Seine Finger hinterließen blutige Streifen, und auch auf das hellgraue T-Shirt war Blut getropft. Julian schien es nicht zu bemerken. «Stilles oder sprudelndes Wasser?»

«Egal», antwortete ich dem in der Küche verschwindenden Rücken. Berg telefonierte, und Nieminen hatte das Haus verlassen, um den Streifenwagen beiseitezufahren, damit die Feuerwehr Platz hatte. Bald würde in der näheren Umgebung niemand mehr schlafen.

Julian stellte mir ein Halbliterglas Wasser hin, in dem die Bläschen zischten, als wäre es Champagner.

Er trank einen Schluck aus seinem eigenen Glas, bevor er sich setzte.

«Du hast den Streifenbeamten sicher schon alles gesagt, aber erzähl mir trotzdem noch einmal, was passiert ist.»

Julian seufzte und schloss die Augen. Er rieb sich das Gesicht, strich die Haare zurück und suchte lange nach Worten.

«Mia hat mich gegen elf Uhr angerufen. Sie hatte Vater auf der Insel erreicht, und er hatte ihr gesagt, dass ich hier bin. Patrik hatte angefangen zu toben und zu fluchen, und Mia fragte mich, ob sie hier übernachten könne, weil sie morgen arbeiten müsse. Ich musste natürlich ja sagen, Vater hatte es ihr ja schon zugesagt. Er hatte ihr angeboten, selbst in die Stadt zu kommen, aber Mia meinte, wir kämen schon zurecht. Sie ist mit dem Taxi gekommen und hat sich im Gästezimmer hier unten schlafen gelegt. Ich bin nach oben in mein Zimmer gegangen.»

«Hat deine Schwägerin zum ersten Mal hier Schutz gesucht?»

Julian schüttelte den Kopf. «Patrik ist … Er hat einen Hirnschaden. Deshalb tun alle so, als müsste man Verständnis für ihn haben. Aber ich begreife nicht, warum Mia ihn nicht verlässt. Vielleicht tut sie es jetzt endlich. Man kommt mit einem elektronischen Schlüssel oder mit dem Türcode ins Haus. Vater hat Patrik schon im Frühjahr den Schlüssel weggenommen, aber das nutzte nicht viel, weil er den Code kennt. Ich sagte, wir sollten ihn ändern, aber Vater hat behauptet, Patrik könne sich keine Ziffernreihen mehr merken. Jedenfalls bin ich nach zwei wach geworden, weil Mia schrie und Glas klirrte, und ich habe Patriks Stimme gehört … Ich … Zuerst habe ich gehofft, es wäre nur ein Traum, aber das war es natürlich nicht. Als ich endlich nach unten ging, war es schon zu spät. Überall war Blut, und Mia war bewusstlos. Ich habe Vaters Driver aus der Golftasche geholt und geschrien, Finger weg. Oder so ähnlich. Hör auf rumzukieksen, hat Patrik gesagt, du traust dich ja doch nicht, mich zu schlagen. Aber ich hätte es getan, wenn er nicht aufgehört hätte. Ich hätte ihm den Schädel eingeschlagen! Er hat so gewütet, dass die Bilder von Mutter kaputtgegangen sind, und überall war Blut …»

Julian erstarrte, als im Obergeschoss eine Tür ging. Eine heisere, betrunkene Stimme rief: «Julle! Sind die Bullen weg?»

So leise ich konnte, stand ich auf. Patrik hatte offenbar gesehen, wie Nieminen den Wagen vom Grundstück fuhr. Julian sah mich an, als suche er Rat. Ich nickte.

«Komm ruhig runter!», rief Julian. Berg und Nieminen waren mit Schlagstock und Dienstwaffe ausgerüstet. Ich war mit leeren Händen aufgebrochen. Leise schlich ich zur Treppe. Im Wohnzimmer, in dem die Streifenpolizisten waren, knarrte der Fußboden, und Glasscherben klirrten.

«Bist du da am Putzen?», war Patriks Stimme zu vernehmen.

Kurz darauf hörte ich Berg sagen: «Hände hoch, Tanner,

ganz ruhig. Du verbringst den Rest der Nacht an einem Ort, wo du weder anderen noch dir selbst schaden kannst.»

Patrik fluchte. «Julle, du Arschloch, das wirst du mir büßen!» Ich kam gerade noch rechtzeitig in den Flur, um zu sehen, wie Patrik einen Golfschläger hob. Nieminen hatte die Hände noch am Gürtel, Berg hingegen hatte seine Dienstwaffe gezogen. Allerdings hielt er sie nur in der Hand, ohne damit zu zielen oder den Finger um den Abzug zu legen. Es war eine neue Walther, ein Modell, das die Polizei erst kürzlich in Gebrauch genommen hatte. Ich war mit meiner eigenen noch nicht einmal zum Probeschießen gekommen.

«Die ist nicht geladen!», schnaubte Patrik. «Wie viele Bullen rennen denn hier rum?», rief er, als er mich sah. «Scheiße, Julle, hast du das ganze Revier hergeholt?»

«Schluss jetzt.» Ich stellte mich neben Berg, aber er trat vor mich wie ein Schutzschild. «Eine Anklage wegen Körperverletzung reicht doch wohl. Wenn gewaltsamer Widerstand gegen die Polizei dazukommt, landest du im Knast. Würde ich nicht empfehlen. Lass den Schläger fallen und heb die Hände hoch. Du bist verhaftet.»

Patriks Gesicht war blass, die Haare standen ihm vom Kopf ab, und seine Kleider waren blutbefleckt. Seine Fingerknöchel waren aufgeschürft. Berg hob den Lauf seiner Waffe. «Doch, die ist geladen», sagte er in solch drohendem Ton, dass Nieminen seinem Partner einen verwunderten Blick zuwarf. Patrik spuckte aus. Er sah mich an und hob den Golfschläger. Berg zielte auf ihn.

«Du traust dich sowieso nicht zu schießen», dröhnte Patrik.

«Probier es lieber nicht aus», antwortete Berg, und ich musste mich beherrschen, um ihm die Waffe nicht zu entreißen.

«Lass das Ding fallen», sagte ich, an Berg und Patrik Tanner gleichzeitig gewandt. Ich sah Patrik in die Augen. Er fluchte, ließ aber den Schläger fallen. Nieminen und ich stürzten uns gleichzeitig auf ihn, während Berg seine Waffe wegsteckte. Ich hatte den Polizeigriff seit einer Ewigkeit nicht mehr angewandt, und Patrik Tanner war ein großer Mann. Allein wäre ich wohl nicht mit ihm fertig geworden. Nieminen legte ihm Handschellen an. Julian war verschwunden, irgendwo im Haus hörte ich Würgegeräusche.

«Bringt ihn nach Kilo, ich vernehme ihn morgen. Wann ist eure Schicht zu Ende?»

«Um sechs. Wir haben noch Zeit, an der Imbissbude in Niittykumpu einen Polizisten zu essen. Du weißt bestimmt, dass zu einem guten Polizisten Eier dazugehören, Kallio?» Berg grinste, doch sein Blick war wachsam. Auch mein Adrenalinspiegel war noch erhöht.

«Den Witz erzählt Puupponen alle zwei Wochen. Ruf an, wenn du ausgeschlafen hast», sagte ich und korrigierte mich sofort: «Also, einer von euch beiden ruft an, dann besprechen wir, wie wir es mit dem Bericht machen. Lasst die blutigen Kleidungsstücke in Gewahrsam nehmen, sie sind Beweismaterial. Danke.»

«Es war mir ein Vergnügen», entgegnete Berg und legte die Hand an die nicht vorhandene Uniformmütze. Patrik schüttelte Nieminens Hand ab, ging aber ohne weiteren Widerstand zum Streifenwagen. Im Nachbarhaus brannte Licht. Vielleicht schützten die Wohlhabenden im Westend sich gegenseitig, und niemand informierte die Boulevardzeitungen über die Torheiten der Nachbarn. Die Belohnungen, die für derartige Hinweise gezahlt wurden, würden in dieser Gegend ohnehin nur mit einem mitleidigen Lächeln quittiert werden.

Julian kam aus der Toilette im Erdgeschoss, Zahnpasta an den Lippen.

«Mir ist schlecht geworden», sagte er. «Haben sie Patrik schon weggebracht?»

«Ja, zur Polizei in Espoo. Mal sehen, wie lange wir ihn dort festhalten. Lass hier alles so, wie es ist, fang ja nicht an zu putzen. Ich schicke am Morgen einen Fotografen.»

«Was ist mit Mia?»

Ich überlegte, wer von uns beiden leichter an Informationen über Mia Tanners Gesundheitszustand käme. Wahrscheinlich ich als Polizistin, denn Julian war nur der Schwager der Patientin und galt möglicherweise nicht als enger Angehöriger. Also übernahm ich es, in der Klinik anzurufen, musste aber lange warten, bevor ich mit der zuständigen Krankenschwester verbunden wurde. Von ihr erfuhr ich, dass Mia Schmerzmittel bekommen hatte. Den ersten Untersuchungen zufolge hatte sie eine leichte Gehirnerschütterung und mehrere Frakturen und würde tagelang kaum sprechen können.

«Kommst du klar?», fragte ich Julian, nachdem ich ihm Bericht erstattet hatte. «Wenn du heute nicht arbeiten musst, solltest du ein Schlafmittel nehmen. Habt ihr so was im Haus?»

«Ich weiß nicht. Wahrscheinlich.» Julian setzte sich auf die unterste Treppenstufe und hob den Golfschläger auf, den Patrik dort fallen gelassen hatte. Vielleicht hätte ich die Fingerabdrücke darauf sichern sollen. «Ich hätte früher eingreifen müssen, aber ich bin eben so ein verfluchter Feigling. Patrik hat mir immer Angst gemacht und gesagt, ich wäre kein richtiger Mann. Solange Mutter lebte, hielt er sich noch halbwegs im Zaum.» Julian schlug mit dem Golfschläger nach einem unsichtbaren Feind. Sein Gesicht wirkte plötzlich alt und verbittert.

«Nach Mutters Tod fing Vater auch an, so zu denken. Julian ist kein richtiger Junge. Und dazu dann noch Saila … Sie haben auf der Insel in der Gartenschaukel gesessen und mich verhöhnt. Wenn ich ein richtiger Junge wäre, hätte ich Mia sofort verteidigt. Aber ich hatte Angst.»

Julian vergrub das Gesicht in den Händen. Ich setzte mich zu ihm auf die Treppe und strich ihm über die Haare.

«Aber du hast doch eingegriffen. Damit hast du Mia wahrscheinlich das Leben gerettet. Ohne dich hätte Patrik sicher nicht von ihr abgelassen.»

Ich ließ Julian in Ruhe weinen und war selbst den Tränen nahe. Ich hatte nicht in Hamburg sein können, um Iida zu beruhigen, also tröstete ich das Kind einer anderen, einer toten Frau. Julian Tanner hatte zuerst seine biologische Mutter und dann seine Adoptivmutter verloren. Nun spielte ich eine Weile Ersatztante.

«Sind dein Vater und Lotta auf der Insel?»

«Lotta ist wohl zu Hause, sie hat am Wochenende ein Trainingslager in Vierumäki. Mit ihrer Eiskunstlaufmannschaft. Darf ich auf die Insel, wenn mein Vater mich holt?»

Ich bejahte. Julians Vernehmung konnte warten. In Gedanken überlegte ich bereits, mit welchen Argumenten ich meinen Vorgesetzten Jyrki Taskinen davon überzeugen könnte, dass unsere Einheit in diesem Fall von Körperverletzung die Ermittlungen übernehmen sollte.

«Hast du mitbekommen, weshalb Patrik Mia diesmal geschlagen hat?», fragte ich, die Hand bereits auf der Türklinke.

«Nein ... Das heißt, Mia dachte wohl, Patrik hätte Saila auf dem Gewissen ... Sie haben irgendwas Derartiges gebrüllt. Dann rief Mia, bring mich nicht auch noch um.» Julian sah wieder elend aus. Ich fragte ihn, wo der Arzneischrank sei, und begleitete ihn in das Bad im Obergeschoss. Dort wartete ich, während Julian eine Tablette nahm und sich erneut die Zähne putzte, dann brachte ich ihn mit einem Glas Wasser in sein Schlafzimmer. Ich wandte den Kopf ab, während er sich auszog und in Shorts und T-Shirt schlüpfte, in denen er schlafen wollte. Dann bläute ich ihm nochmals ein, am Vormittag käme die Kriminaltechnik, und ließ mir den Türcode geben.

«Patrik und ich sind von der gleichen Art, auch wenn wir keine richtigen Brüder sind», murmelte Julian im Halbschlaf, als ich gerade gehen wollte. «Saila hat er nicht umgebracht.

Da hat sich Mia geirrt.» Er drehte sich auf die Seite, die Augen fielen ihm zu. Vielleicht würde er eine Weile schlafen können.

Patrik hatte eine merkwürdige Art, seine Unschuld zu beteuern, dachte ich wütend, als ich den Motor anließ. Die Sonne ging gerade auf, unter das Rosenrot am östlichen Himmel mischte sich dunstiges Hellblau. Ein leichter Ostwind wehte. Es war kurz nach fünf, in der Bucht südlich von Haukilahti waren zwei Fischerboote unterwegs. Mikke hatte gesagt, die *Leanda* liege im Hafen von Kivenlahti – aber er wohnte wohl nicht auf seinem Boot, er hatte bestimmt eine Adresse an Land. Koivu würde es wissen, doch ihn wollte ich nicht danach fragen. Es war ohnehin besser, zu frühstücken und anschließend zur Arbeit zu gehen, als am frühen Morgen eine Segeltour zu unternehmen. Patrik Tanner mochte ruhig eine Weile in der Zelle schmoren, bis sich sein Rausch in einen Kater verwandelt hatte. Dann würde er besonders wehrlos sein.

Ich fuhr nach Hause, schaltete die Kaffeemaschine wieder ein und duschte ausgiebig. Dann legte ich eine erfrischende Gesichtsmaske auf, die ich von meiner Schwiegermutter zum Geburtstag bekommen und im Schrank vergessen hatte. Am liebsten hätte ich meine Familie angerufen und mich vergewissert, dass alle beisammen waren, aber in Deutschland war es eine Stunde früher als bei uns, die Crew der *Long Wang* schlief wohl noch.

Ich aß das letzte Brötchen und briet mir zwei Eier, deren Verfallsdatum abgelaufen war. Meistens kümmerte Antti sich um das Einkaufen und Kochen, und jetzt, da er nicht zu Hause war, gähnten mir leere Schränke entgegen. Ich beschloss, zu Fuß zur Arbeit zu gehen, um richtig wach zu werden. Meine Haare waren noch feucht, und der Föhn plusterte sie so auf, dass ich sie zum Pferdeschwanz band. Dabei dachte ich an Bergs dicken Zopf. Wie oft war er wohl bei Verhaftungen oder in vergleichbaren Situationen daran gezogen worden? Die Ohrringe hatte er immerhin zur Arbeit abgelegt, obwohl es keine Vorschrift gab, die ihn dazu zwang. Ich überlegte, was Pertti Ström zu Bergs Aufmachung gesagt hätte. Dafür, dass Ström seit mehr als zehn Jahren tot war, dachte ich ziemlich oft an ihn.

Wir wohnten in Nihtimäki in der Nähe der Polizeistation. Die Eigenheimsiedlung, die an das Industriegebiet und die Hauptverkehrsadern grenzte, war von Jahr zu Jahr dichter bebaut worden und wies inzwischen ein buntes Gemisch von Baustilen auf. Das eine oder andere Holzhaus aus den fünfziger Jahren trotzte der Gegenwart noch, doch die Bewohner dieser Häuser waren schon betagt. Ohne das Geld, das wir von Anttis Vater geerbt hatten, hätten wir uns kein Eigenheim leisten können. Mitunter hatte ich immer noch ein schlechtes Gefühl, weil ich mir mein Zuhause nicht selbst verdient hatte. Dann frotzelte Antti, ich hätte ihn natürlich nur wegen des Geldes geheiratet. Daraufhin warf ich ihm meist ein Kissen an den Kopf.

Ein Johannisbeerstrauch streckte seine Zweige bis fast auf die Straße. Ich reckte mich, pflückte ein paar Beeren und steckte sie mir in den Mund. Ich kannte die Hausbesitzerin; Iida kümmerte sich manchmal um ihren Hund, wenn sie die Familie ihrer Tochter in Imatra besuchte. Iida war mir ähnlich, sie wollte eigenes Geld verdienen und übernahm gern Hunde- und Babysitting-Jobs. Taneli war in der Hinsicht sorgloser, er verschwendete sein eigenes und fremdes Geld, aber er war ja noch so jung.

Im Präsidium war es still, nur ein Putzmann im Turban saugte die Eingangshalle. Der diensthabende Beamte schien zu schlafen. Ich ging als Erstes in den Zellentrakt, wo ich Polizeimeister Koskinen vorfand, der mit Vorliebe die Nachtschichten übernahm.

«Hallo. Hier sitzt einer, den ich verhaftet habe, Patrik Tanner. Was zeigt die Kamera?»

Koskinen drehte den Monitor zu mir. «Jetzt schläft er. Die erste halbe Stunde lang hat er getobt, gebrüllt und gegen die

Wände getreten, schien dabei aber keinen Schaden zu nehmen. Ist das nicht ein ehemaliger Eishockeyspieler? Wenn ich mir so angucke, wie schwer es manchen Sportlern fällt, ins normale Leben zurückzukehren, bin ich heilfroh, dass ich kein Radprofi geworden bin.»

Ich bat Koskinen, mich über Patriks Zustand auf dem Laufenden zu halten und diese Bitte auch seiner Ablösung auszurichten, und ging in mein Büro. In meiner Mailbox fand ich das Protokoll der Planungssitzung für die Polizistinnentagung, zu der ich wegen Mikkes Befragung nicht gegangen war, zwei mit aggressiven roten Ausrufezeichen als dringend markierte Umfragen zur Arbeitsgesundheit, eine Mitteilung über die Fortschritte der dritten Strukturreform im Polizeiwesen und einen Bericht über Saila Linds Teledaten aus der Woche vor ihrem mutmaßlichen Todestag. Auf meiner persönlichen Dringlichkeitsliste stand dieser Bericht ganz oben. Ich rief die Taxizentrale an und bat, die Fahrer ausfindig zu machen, die in der letzten Nacht zuerst Mia und dann Patrik Tanner von Tapiola ins Westend gefahren hatten. Dann nahm ich mir die Teledaten vor. Die Person, die Saila Lind im Treppenhaus so wütend beschimpft hatte, hatte tatsächlich einen Prepaid-Anschluss benutzt, Koivu hätte seine Wette also glatt gewonnen. Bei jedem zweiten eingegangenen und bei jedem dritten von Saila getätigten Anruf war eine Prepaid-Nummer angegeben.

Ihren letzten Anruf hatte Saila am Samstagvormittag getätigt. Die Nummer gehörte Harri Tanner. Saila hatte sich zu dem Zeitpunkt im Bereich des Sendemastes befunden, der Enholmen abdeckte. Warum hatte sie Tanner angerufen, obwohl sie direkt mit ihm hätte sprechen können? War ihr letztes Telefonat ein Hilferuf gewesen, den niemand gehört hatte?

13

Der Taxifahrer, der Patrik chauffiert hatte, rief kurz nach sieben Uhr an. Er war Eishockeyfan und sagte, er habe Patrik sofort erkannt.

«Er war ziemlich angesäuselt, der Tanner. Ich dachte mir, ich halte lieber den Mund, als er anfing, darüber zu schwafeln, auf Frauen könne man sich nicht verlassen und auf Schläger auch nicht. Man hört ja vieles. Ich wusste, dass er zu seinem Vater wollte, Killer-Tanners Adresse kennt ja jeder. Ich dachte mir, der Killer bringt ihn schon zur Räson. Er konnte sich nicht an den PIN-Code seiner Bankkarte erinnern, ich musste ihn altmodisch quittieren lassen, und die Unterschrift war bloß ein Krakel.»

«Hat Patrik Tanner von einem Eishockeyschläger gesprochen? Oder könnte er etwas anderes gemeint haben? Hat er den Namen Saila erwähnt?»

Der Taxifahrer dachte eine Weile nach. «Kann sein. Ich habe natürlich automatisch an einen Eishockeyschläger gedacht. Der Mann war ja bekannt für seine harten Slapshots und hohen Stöcke. Wegen denen ist er in fast jedem NHL-Spiel auf der Strafbank gelandet. Der Vater wurde Killer genannt, obwohl er sauber gespielt hat, aber der Sohn ist ein Faustheld. Eishockey ist auch nicht mehr das, was er zur Zeit des guten alten Sowjet-Teams mal war», seufzte der Taxifahrer und verriet damit unfreiwillig sein Alter. Auch mein Vater trauerte der alten Spielweise nach und schaltete den Fernseher aus, sobald das Spiel in einen Ringkampf ausartete.

«Ist Tanner was zugestoßen, oder warum fragt die Polizei nach ihm?», erkundigte sich der Taxifahrer besorgt.

«Dazu kann ich nichts sagen», antwortete ich. Es wäre ein Wunder, wenn der Vorfall nicht früher oder später publik würde, spätestens natürlich dann, wenn Anklage erhoben wurde.

Kurz vor acht wollten mir die Augen zufallen, und das anderthalb Meter lange Sofa in meinem Dienstzimmer wirkte ungewöhnlich einladend. Wenn ich nur ein paar Minuten die Augen zumachen würde … Es hieß doch immer, eine kleine Ruhepause steigere die Arbeitseffektivität … Ich zog die Schuhe aus, legte mich hin und schloss die Augen.

Ich segelte mit Mikke, das Deck der *Leanda* schimmerte in der Sonne. Plötzlich fiel ein Tropfen Blut darauf, und als ich aufblickte, sah ich Iida am Mast hängen. Jon Berg schwamm hinter dem Boot her und rief, wir dürften den Schläger nicht vergessen.

«Maria! Wieso liegst du hier und redest im Schlaf?» Koivu war hereingekommen und rüttelte mich wach. Mein Nacken war steif, und mir war Speichel aus dem Mund gelaufen. Die Uhr zeigte halb neun.

«Ich war schon vor halb sechs hier … Pfui Teufel.» Ich wischte mir den Mund ab und hielt vergeblich Ausschau nach einem Glas Wasser. Ich hatte einen Geschmack im Mund, als hätte ich gesoffen, dabei hatte ich mir nach dem zweiten Frühstück die Zähne geputzt.

«Warum so früh?»

«Patrik Tanner sitzt in der Arrestzelle.»

«Hat er ein Geständnis abgelegt?»

«Ich habe ihn noch nicht offiziell vernommen. Er hat letzte Nacht seine Frau krankenhausreif geschlagen.» Ich stand auf und spürte einen stechenden Schmerz im Kreuz. Koivu fasste nach meinem Arm und stützte mich wie eine gebrechliche Oma.

«Noch mal, was ist passiert?»

Ich erzählte es ihm, und Koivu schüttelte den Kopf.

«Dieser Berg taucht immer wieder auf», sagte er dann. «Offenbar hast du Eindruck auf ihn gemacht. Er hätte doch genauso gut Puupponen oder mich anrufen können. Sobald Antti weg ist, umschwirren dich die Männer wie Hirschlausfliegen. Sollte ich ihm vielleicht einen Wink geben, schleunigst an Land zu kommen?»

Ich streckte Koivu die Zunge heraus und verschwand auf der Toilette, um mein Äußeres in Ordnung zu bringen. Mit solchen Tränensäcken unter den Augen verdrehte ich garantiert keinem den Kopf. Ich wusch mir das Gesicht mit kaltem Wasser, löste das Zopfband und strich mir die Haare glatt. Aus irgendeinem Grund hing eine Tannennadel dazwischen.

Im Case Room studierten Jenna und Puupponen mit Feuereifer Saila Linds Teledaten. Puupponen notierte sich die Personen, mit denen wir Verbindung aufnehmen mussten. Über die Prepaid-Anschlüsse würden wir natürlich nichts erfahren, solange der IMEI-Code fehlte, aber die Teledaten gaben immerhin einigermaßen Aufschluss darüber, wo sich Saila Lind aufgehalten hatte. Am Wochenende vor ihrem Tod war sie im Bereich desselben Sendemastes geblieben, dagegen hatte sie sich in der Mitte der Woche vorwiegend im Zentrum von Helsinki bewegt und war im Lauf des Donnerstags über Kirkkonummi und Inkoo auf die Insel der Tanners gefahren. Am Wochenende hatten nur Harri und Julian Tanner versucht, sie zu erreichen.

«Das bedeutet noch lange nicht, dass die beiden unschuldig sind. Wenn zum Beispiel Harri Tanner seine Schwägerin ins Meer geworfen hat, könnte er ja gar nichts Schlaueres tun, als sie ab und zu anzurufen, damit der Eindruck entsteht, er würde sie für lebendig halten», argumentierte Puupponen. «Koivu, was würdest du darauf wetten, dass die meisten von diesen Prepaid-Handys geklaut oder gebraucht gekauft sind? Die Leute wechseln so ein Teil doch jedes halbe Jahr, und ein zwei Jahre altes Modell kriegt man für zehn oder zwanzig Euro.»

Vielleicht wechselte auch Iidas verschwundenes Handy gerade den Besitzer, und in einigen Jahren würde irgendein Kollege von mir bei Ermittlungen in Rumänien oder Sizilien auf seinen IMEI-Code stoßen. Die Ortung von Mobiltelefonen war ein langwieriger und teurer Prozess, und die Kriminellen hielten mit der technologischen Entwicklung besser Schritt als wir.

Wie als Kommentar zu dem Gespräch über Handys klingelte meins. Ich erkannte die Nummer der Klinik und meldete mich, nachdem ich den Lautsprecher eingeschaltet hatte, damit die anderen mithören konnten.

«Dr. Sari Suomela, ich bin Ärztin an der Klinik Jorvi, guten Morgen. Ich habe gerade Mia Tanner untersucht. In ihren Papieren steht, dass die Polizei um Mitteilung gebeten hat, wann die Patientin befragt werden kann. An sich lautet die Antwort, frühestens in zwei Wochen, denn wegen des gebrochenen Kinns kann Frau Tanner nicht sprechen. Aber sie kann schreiben, und sie hat sehr deutlich zum Ausdruck gebracht, dass sie mit der Polizei in Verbindung treten will. Da sie eine leichte Gehirnerschütterung hat, behalten wir sie über das Wochenende hier, aber wenn Sie wollen, können Sie sie schon heute besuchen.»

Ich bedankte mich und sagte, wir kämen so bald wie möglich. Kaum hatte ich das Gespräch beendet, klingelte das Handy erneut. Diesmal rief Harri Tanner an.

«Julian hat mich angerufen und erzählt, was passiert ist. Ist Patrik noch in Haft?»

«Er befindet sich unter dem Verdacht der schweren Körperverletzung in Polizeigewahrsam.»

«Unter dem Verdacht?»

«Ein Fachausdruck. Bisher haben wir weder ihn noch deine Schwiegertochter vernommen. Hast du uns etwas zu dem Vorfall zu berichten?»

«Wie sollte ich, ich war ja nicht dabei! Wie geht es Mia?»

«Danach fragst du am besten in der Klinik.»

Der Schlafmangel machte mich gereizt, wir hatten Wichtigeres zu tun, als Harri Tanners Fragen zu beantworten. Er sagte, er käme in die Stadt, und erkundigte sich noch, wie lange wir Patrik festhalten würden. Darüber verweigerte ich jede Auskunft.

Der nächste Anruf erreichte mich von der Zentrale: «Hier laufen die Drähte heiß. Alle wollen einen Kommentar zu der Verhaftung von Patrik Tanner und erkundigen sich, ob ein Zusammenhang mit dem Mord an seiner Tante besteht.»

Die Medien hatten also endlich Witterung aufgenommen, jetzt würde der Zirkus losgehen. Ich bat die Pressereferentin und meinen Chef Jyrki Taskinen zu einer eiligen Besprechung in mein Dienstzimmer und überließ es meinen Mitarbeitern, die bisher bekannten Fakten zu ordnen.

Taskinen traf als Erster ein. Er war Anfang des Monats aus dem Urlaub zurückgekehrt, seitdem hatten wir uns noch nicht gesehen. Trotz des miserablen Sommers hatte er es geschafft, sich eine gleichmäßige Bräune zuzulegen. Der Körper des leidenschaftlichen Marathonläufers war noch sehniger als zuvor, die Falten in seinem Gesicht waren tiefer geworden. Als das Licht auf seine blonden Haare fiel, merkte ich, dass sie teils silbern schimmerten. Er küsste mich leicht auf beide Wangen, was mir zunächst befremdlich erschien, bis ich begriff, dass er diese Geste wohl von den kanadischen Verwandten seiner Tochter Silja übernommen hatte. Dann nahm er auf dem Sofa Platz, legte die Beine übereinander und klagte, er habe sich beim Toben mit seinen Enkeln das linke Knie gezerrt. Taskinen hätte bereits in Rente gehen können, doch bei der Fusion der Polizeibehörden von West-Uusimaa war er so unersetzlich, dass ihn bisher keiner dazu drängte. Vorläufig wusste niemand, welche Veränderungen die dritte Phase der Umstrukturierung bringen würde, daher war jede Art von Kontinuität willkommen. Das Ziel dieser Verwaltungs- und Strukturreform bestand offiziell darin, durch Verringerung der Zahl von Polizei-Einheiten und durch Re-Evaluierung ihres Aufgabenfeldes die Handlungsfähigkeit der Polizei zu stärken. Im Klartext hieß das, dass die Ressourcen weiter verringert wurden und der Anteil der unaufgeklärten Delikte eklatant ansteigen würde. Aber ein geschickter Wortverdreher war natürlich fähig, auch das tiefste Schwarz weiß zu reden.

Ich informierte Taskinen über die Einzelheiten des Doppelmords und der Körperverletzung, bevor die Pressereferentin eintrat. Sie sprach am Handy und hob bedauernd die freie Hand.

«Genau. Wir informieren im Lauf des Vormittags über die Sache. Vielleicht. Ja.» Ihre Stimme klang geduldig, aber sie schnitt eine Grimasse.

Ich war nicht zum ersten Mal in dieser Situation. Pressemitteilungen über laufende Ermittlungen waren ein Seiltanz. Die Bevölkerung und die Medien dürsteten nach Informationen, und es lag natürlich auch im Interesse der Polizei, die im Internet kursierenden unsinnigen Gerüchte und Übertreibungen richtigzustellen. Die Chefetage wollte demonstrieren, dass die Ermittlungen zügig vorangingen, selbst wenn wir noch im Dunkeln tappten. Mitunter waren Hinweise aus der Öffentlichkeit von entscheidender Bedeutung, auch deshalb waren Pressemitteilungen wichtig. Manchmal war es jedoch besser, sich dümmer zu stellen, als man war, und die Verdächtigen in Sicherheit zu wiegen. Ich wusste, dass ich nicht bei allen Reportern beliebt war, denn ich informierte lieber zu sparsam als zu ausufernd, und man warf mir gelegentlich vor, mich hinter dem Rücken der Pressereferentin zu verstecken.

«Dass die Familie Tanner involviert ist, macht die Medienstrategie kompliziert», brummte die Pressereferentin. «Aber der verschwundene Hyundai ist gut. Die Öffentlichkeit fühlt sich einbezogen, wenn sie dazu Hinweise geben kann. Und diese Lind hat also für einen Escortservice gearbeitet?»

«Nicht für eine Firma, sie war Freelancerin. Aber das lenkt

natürlich den Fokus von den Tanners weg», antwortete ich im Jargon der Referentin.

«Ist es das, was du willst?», fragte Taskinen. «Dann geben wir also zu verstehen, dass Berufsverbrecher am Werk waren. Das Wirtschaftsdezernat klärt sicher, wie legal Harri Tanner Geschäfte macht. Wenn man sein Geld breit streut, können unter den Anlageobjekten durchaus auch ein paar zwielichtige Firmen sein. Ob Tanner die Fragen der Reporter beantwortet, ist seine Sache.»

«Beim Tod seiner Frau war er jedenfalls sehr zurückhaltend. Wir haben nur ein paar Kurznachrichten gefunden, in denen es hieß, die Frau des ehemaligen Eishockeystars und Mutter des jetzigen NHL-Spielers sei ihrer schweren Krankheit erlegen, aber von ihren Angehörigen bekomme man dazu keinen Kommentar. Ich schlage vor, dass wir alle Fakten auf den Tisch legen, die wir publik machen können, aber zum Beispiel unter keinen Umständen erwähnen, dass Lummes Gesicht und seine Finger verstümmelt wurden.»

Die Pressereferentin nickte, und auch Taskinen stimmte zu. Ob es am Nachmittag eine Pressekonferenz geben sollte, würden wir uns noch überlegen, vorläufig wollten wir es bei Pressemitteilungen belassen. Als die beiden gegangen waren, sah ich mein Gesicht, das sich im Monitor meines Computers spiegelte. Es zeigte gnadenlos, dass ich in der letzten Nacht viel zu wenig geschlafen hatte.

Im Case Room vereinbarten wir, dass Jenna mich zu Mia Tanner begleiten würde, während Koivu und Puupponen Saila Linds Kunden, den Geschäftsführer Jouko Marttinen, befragen würden.

«Redet richtig verständnisvoll mit ihm, so von Mann zu Mann. Marttinen steht nicht unter Verdacht. Selbst wenn er Lind für Sex bezahlt hätte, war nach den vorliegenden Informationen keine Zuhälterei im Spiel. Versucht außerdem, irgendwie den Namen Eero Lumme ins Gespräch zu bringen», wies ich meine Kollegen an, die meinen Rat wahrscheinlich nicht gebraucht hätten.

«Mit anderen Worten, Koivu kriegt zu Hause, was er braucht, aber ich bin ein einsames Würstchen ohne Frau, das sich von Marttinen gern Tipps geben lässt, wie man an eine Begleiterin kommt», seufzte Puupponen.

Jenna verdrehte die Augen. «Manchmal weiß ich nicht, ob Ville es ernst meint oder nicht.»

«Er kommt aus Savo. In dieser Gegend liegt die Deutungshoheit allein beim Empfänger. Mitunter weiß Ville wahrscheinlich selbst nicht genau, ob er es ernst meint. Komm, wir fahren jetzt ganz ernsthaft in die Klinik.»

Angesichts der zerschundenen Mia Tanner wären auch Ville die Witze im Hals stecken geblieben. Ihr Gesicht war fast vollständig verbunden, ihre Augen waren rot und geschwollen. Das linke Handgelenk war geschient, im rechten Handrücken steckte eine Infusionsnadel.

Julian saß am Bett seiner Schwägerin, vermutlich hatte er die leuchtend roten Gladiolen mitgebracht, die auf dem Nachttisch standen.

«Ich muss dich bitten, draußen zu warten, während wir Mia befragen», sagte ich zu Julian.

«Sie kann nicht sprechen! Ich habe doch heute Nacht schon gesagt, was passiert ist!»

Mia stieß einen dumpfen Laut aus und zeigte auf den Schreibblock und den Stift auf dem Nachttisch. Als Julian ihr beides reichte, schrieb sie: «Ich habe die Polizei selbst hergebeten.» Der Infusionsschlauch schränkte ihre Bewegung ein, und Mia verzog das Gesicht, als sich die Nadel verschob.

«In Ordnung», sagte Julian.

«Warte auf uns, dann befragen wir dich gleich auch noch», bat ich. Im Gesicht des jungen Mannes hatte die unruhige

Nacht keinerlei Spuren hinterlassen, seine Haut war glatt, und seine Haare glänzten.

«Mache ich. Vater kommt in die Stadt, und Lotta wird auch bald hier sein. Ich durfte ihnen doch sagen, was passiert ist?»

Ich nickte und hielt Julian die Tür zum Flur auf. Als er hinausging, streiften seine langen Haare Jenna Ströms Gesicht. Sie legte die Hand an die Wange wie nach einem Schlag, Julian bemerkte den Vorfall gar nicht. Ich rückte auch den zweiten Stuhl ans Bett und sagte für Mia die Eingangsformel für Vernehmungen auf. Wir würden ihre Antworten selbst auf Band sprechen und die Zettel für das Vernehmungsprotokoll aufbewahren müssen.

Als ich fragte, was den Streit ausgelöst hatte, schrieb Mia, Patrik habe ihr vorgeworfen, sie verdächtige ihn des Mordes an Saila.

«Patrik hat dir also einen Verdacht vorgeworfen. Hast du ihn verdächtigt?»

Das Ausrufezeichen hinter dem Nein war doppelt so groß wie die Buchstaben, und Mia versuchte zudem, den Kopf zu schütteln, was ihr jedoch allzu große Schmerzen bereitete.

«Wie kam Patrik denn dann auf diese Idee?»

Mia malte ein Fragezeichen, überlegte einen Moment und schrieb dann: «Patrik und Saila haben am Freitag gestritten. Seine Kopfschmerzen sind wieder schlimmer, aber er will nicht zum Arzt. Saila konnte ihn leicht in Rage bringen. Patrik wollte gestern Sex, und als ich wieder nicht bereit war, hat er mir diese albernen Verdächtigungen vorgeworfen. Damit fängt es immer an.»

«Mit den Verdächtigungen oder den unterschiedlichen sexuellen Wünschen?», fragte ich.

Mias Augen füllten sich mit Tränen. Sie legte den Stift weg und wischte sie ab, bevor sie weiterschrieb. «Patrik wirft mir alles Mögliche vor. Er bildet sich ein, dass ich ihn für untreu halte und ihn deshalb nicht will. Die Hirnverletzung hat ihn so werden lassen, er denkt immer an Sex. Wenn ich nicht mitmache, wird er wütend.»

Das letzte Wort schrieb Mia so aufgebracht, dass der Stift das Papier zerriss. Ich war verwirrt. Patrik beschuldigte Mia also, ihn zu verdächtigen, und verprügelte sie dann wegen dieser erfundenen Verdächtigungen? Mia nickte.

«Es war also gestern nicht das erste Mal?»

Mia schrieb wieder ein Nein mit Ausrufezeichen.

«Er verprügelt dich immer wieder, und du verlässt ihn nicht?», mischte sich Jenna plötzlich ein. «Du hast ihn bisher auch nicht bei der Polizei angezeigt.» Ihre Stimme klang aggressiv, und Mia schreckte in ihrem Bett zurück.

Ich berührte Jenna warnend an der Hand, doch sie sprach weiter: «Wie oft hat er dich schon geschlagen? Hättest du auch diesmal geschwiegen, wenn dein Schwager nicht die Polizei gerufen hätte?»

«Immer mit der Ruhe, Kriminalmeisterin», mahnte ich, aber Mia schrieb bereits:

«Einen kranken Mann kann man doch nicht verlassen! Harri hat Eija auch nicht im Stich gelassen. Patrik sieht bloß nicht ein, dass er Hilfe braucht. Die Obsession mit dem Sex kommt von seinem Hirnschaden.»

«Fangen wir noch mal von vorne an und konzentrieren wir uns auf das, was gestern passiert ist», schlug ich vor. «Zu den früheren Misshandlungen können wir natürlich auch Ermittlungen einleiten, soweit sie nicht verjährt sind. Julian Tanner zufolge hast du zuerst deinen Schwiegervater und dann ihn angerufen und um Zuflucht gebeten.»

Mia nickte und schrieb dann, sie habe nicht gewusst, wohin sie sonst gehen solle.

«Wir haben schon geschlafen, als er auf einmal reinkam. Bevor ich kapiert habe, was los war, fing er auch schon an zu toben. Dann kam Julian mit dem Golfschläger. Ich bin wohl ohnmächtig geworden und erst im Krankenwagen wieder aufgewacht. Jetzt habe ich Kopfweh. Können wir aufhören?»

«Ja. Wir machen weiter, wenn es dir bessergeht.» Ich wollte schon aufstehen, als Mia mir plötzlich winkte. «Wo ist Patrik?», schrieb sie so schnell, dass die Worte kaum lesbar waren.

«Immer noch in Haft, wir vernehmen ihn im Lauf des Tages.»

«Er kann also nicht herkommen?»

«Nein.»

«Du solltest Kontaktverbot beantragen», ergänzte Jenna.

«Zu müde. Denke später nach.» Mias Augen verrieten ihre Erschöpfung. Sie streckte die Hand nach der Schnabeltasse aus und verzog schmerzvoll das Gesicht, als sie daraus trank. Ich versprach, ihr eine Krankenschwester zu schicken, mehr konnte ich nicht tun. Jenna wollte noch etwas sagen, doch ich zog sie aus dem Zimmer.

«Warum hast du mich nicht reden lassen?», fauchte sie mich auf dem Flur an. «Es gibt wer weiß wie viele Frauen in dieser Situation, und je reicher sie sind, desto höher ist die Schwelle, Anzeige zu erstatten!»

Ich fühlte mich steinalt. So hatte auch ich mich ereifert, als ich jünger war, und an sich hatte Jenna natürlich völlig recht. Nur hatte sie den falschen Zeitpunkt und den falschen Ton für ihre Aufklärungsarbeit gewählt, und das sagte ich ihr auch.

«Aber es ist doch idiotisch, in so einer Situation nicht zu gehen, egal, wie reich der Typ ist!», begehrte Jenna auf, verstummte aber, als sie Julian Tanner im Flur sitzen sah. Er hatte Kopfhörer auf und die Augen geschlossen, sodass er uns erst bemerkte, als wir vor ihm standen. Er schreckte hoch und stand auf.

«Wir möchten noch ein paar Worte mit dir wechseln», erklärte ich und ging zum Schwesternzimmer, um zu fragen, ob es irgendwo einen Raum gab, in dem wir mit Julian sprechen konnten.

«Nur unser Dienstzimmer. Das könnt ihr ruhig nehmen. Da alle Betten belegt sind, haben wir sowieso keine Zeit für Pausen», sagte die Stationsschwester. «Vielleicht ist sogar noch Kaffee übrig, bedient euch», fügte sie hinzu. In dem Raum roch es tatsächlich nach abgestandenem, vor vielen Stunden gefiltertem Kaffee; keiner von uns hatte Lust auf die schwarze Brühe. Jenna setzte sich mit ihrem Laptop an den Tisch, Julian blieb am Fenster stehen. Er wiederholte, was er in der Nacht gesagt hatte, erinnerte sich jetzt aber an mehr Einzelheiten.

«Saila wusste jedenfalls, dass Patrik Mia schlägt, und hat ihm deshalb Vorwürfe gemacht», sagte er auf meine Frage, ob die Familie von Patriks Gewalttätigkeit gewusst habe. «Saila sagte, sie hätte Mias Schrammen und Blutergüsse am Strand gesehen. Patrik solle seine Frau am besten auch noch zwingen, eine Burka zu tragen, damit man nichts sieht.»

«War Patrik dir gegenüber auch gewalttätig?»

Julian wurde flammend rot. «Nein ... nicht mehr, seit wir erwachsen sind. Aber er will immer ein Match austragen oder mir Selbstverteidigung beibringen, wie er es nennt, wenn er mich zu Boden oder auf die Matte wirft. ‹Wenn das Brüderlein ein Fräulein ist, muss man es ein bisschen schulen, denn zur Armee geht es ja auch nicht. Nur Schwulis gehen nicht zum Heer›», äffte Julian die Stimme seines Bruders nach. «Bloß bin ich das gar nicht. Homosexuell, meine ich. Patrik und Saila wollten mir allerdings nicht glauben. ‹Gib's ruhig zu, das schockiert mich nicht. Weißt du was, ich hab schon überzeugte Schwule in mein Bett gekriegt.›» Nun imitierte Julian eine Frauenstimme, von der ich annahm, dass sie Saila Lind darstellen sollte. «Sie wollte, dass ich es entweder zugebe oder beweise, dass es nicht stimmt.»

«Was beweisen?», fragte ich, doch Julian antwortete nicht. Das Rot auf seinen Wangen hatte sich noch vertieft, die langen Wimpern beschatteten sein Gesicht, als er auf seine Schuhspitzen starrte. Jenna Ströms Finger schwebten reglos über der Tastatur, auch sie wartete auf Julians Antwort. Ihre Augen glitzerten seltsam, in ihrem Blick lag etwas wie Wehmut, Hunger. Sie beobachtete Julian, als sei er eine Kostbarkeit, so wertvoll, dass es undenkbar ist, sie zu besitzen, aber zugleich so schön, dass man es sich nicht versagen kann, sie zu begehren.

«Na, dass ich nicht schwul bin», murmelte Julian und blickte zum Fenster hinaus. «Als ob das Saila oder irgendwen sonst etwas anginge. Es ist doch wohl nicht normal, sich so für das Sexleben anderer Menschen zu interessieren, wie Saila es tat? Sie hat auch Mia die ganze Zeit in den Ohren gelegen, lass Patrik doch mal ran, dann benimmt er sich wieder eine Weile.»

Jemand klopfte ans Fenster des Dienstzimmers. Ich erkannte Harri Tanners breitschultrige Gestalt auf dem Flur. Er kam herein, warf Jenna und mir als Gruß nur einen kurzen Blick zu und ging dann zu Julian hinüber. Die beiden umarmten sich lange. Schließlich gab der Vater sich einen Ruck und ließ seinen Sohn los.

«Guten Tag, Kommissarin Kallio und Kriminalmeisterin ... Habe ich euch unterbrochen?»

«Ja. Ich habe auch an dich einige Fragen, aber geh ruhig zuerst zu deiner Schwiegertochter.»

«Ich hätte sofort in die Stadt fahren müssen, als Mia anrief, dann wäre uns das erspart geblieben!» Julian zuckte bei den Worten seines Vaters zusammen, er hörte aus ihnen einen Vorwurf heraus, der Harri Tanner wohl gar nicht bewusst war. «Saila hat zwar schon früher behauptet, dass Patrik Mia misshandelt, aber das haben beide bestritten, als ich sie danach fragte. Und Saila liebte es nun mal, zu dramatisieren ... Kann es sein, dass Patrik sie umgebracht hat, damit sie ihn nicht verrät?»

Ich gab keine Antwort, und Harri Tanner verließ den Raum. Julian hatte sich wieder ans Fenster zurückgezogen, möglichst weit weg von uns. Er schlang die Arme um sich, als friere er.

«Was meinst du dazu?», fragte ich ihn.

«Ob Patrik Saila …? Ich weiß es nicht! Vernehmt ihn doch, ihr habt ihn ja in der Zelle sitzen! Behaltet ihn da, bis Mia eine neue Wohnung gefunden hat, in die er nie reinkommt. Sonst ist sie nicht in Sicherheit. Keiner von uns ist in Sicherheit, vor niemandem.» In Julians Stimme lag die gleiche Hysterie wie bei unserer ersten Begegnung auf der Insel. Wir hatten nur vage Hinweise darauf, dass der Tod seiner Mutter ihn seelisch aus dem Gleichgewicht gebracht hatte. Auf diesen Punkt würden wir noch zurückkommen müssen.

Koivu schickte eine SMS, er habe interessante neue Informationen über Saila Linds Geschäfte. Daher beendete ich Julians Befragung.

«Sagst du deinem Vater bitte, dass ich noch eine Frage an ihn habe? Er kann sie mir hier beantworten», bat ich Julian. «Vielleicht solltet ihr alle euch überlegen, Krisenhilfe in Anspruch zu nehmen. Habt ihr nach dem Tod deiner Mutter Hilfe bekommen?»

Julian schüttelte den Kopf. «Wir hatten ja Zeit genug, uns darauf einzustellen», versetzte er. «Krebs tötet viel zu langsam.»

«Und danach? Irgendeine Therapie?»

«Ich nehme Antidepressiva, obwohl Patrik sagt, Trauer ist keine Krankheit. Der Arzt verschreibt sie mir immer für ein Jahr im Voraus. Bei der Musterung bin ich zuerst aus psychischen Gründen zurückgestellt worden.» Julian starrte nach draußen, verbarg sich hinter seinen Haaren wie hinter einem Schleier und sprach kein Wort mehr, bis er das Zimmer verlassen hatte. Jennas Blick folgte dem jungen Mann, als wolle sie seine Züge in sich aufsaugen.

Es dauerte ein paar Minuten, bis Harri Tanner hereinkam. Er wirkte noch erschütterter als nach der Identifizierung von Saila.

«Ich hätte nie gedacht, dass Patrik … Wie konnten Eija und

ich bei seiner Erziehung so versagen?» Er erwartete ganz offensichtlich keine Antwort.

«Du hast früher ausgesagt, dass du Saila am Freitagmorgen zum letzten Mal begegnet bist. Du hast also am Samstag nicht mit ihr telefoniert? Den Teledaten nach wurdest du von ihrem Handy aus angerufen.»

«Am Samstag?» Tanner zog sein Handy hervor und sah die Anruferliste durch. «Tatsächlich … Sie hat angerufen, aber ich bin nicht drangegangen. Ehrlich gesagt konnte ich ihr Gerede manchmal nicht ertragen. Moment mal … Der Anrufbeantworter hat sich eingeschaltet, aber Saila hat keine Nachricht hinterlassen. Lieber Gott! Wäre Saila noch am Leben, wenn ich das Gespräch angenommen hätte?»

14

In unserem Case Room roch es nach Chili und Sojasoße, Puupponen und Koivu hatten auf dem Rückweg bei einem chinesischen Imbiss haltgemacht. Ich angelte mir mit den Essstäbchen Krabben und Bambussprossen heraus, während ich mir anhörte, was die beiden über ihre Begegnung mit Jouko Marttinen zu berichten hatten.

«Ein Global Player, verstehst du.» Puupponen wischte sich den Mund ab. «Ohne passende weibliche Begleitung kommt man im Business nicht weit. Vor allem die Russen halten einen Mann für einen Versager, wenn er nicht mit einer Art Model zum Abendessen aufkreuzt. Lind war fast schon zu alt, aber sie verstand sich auf Konversation und beherrschte mehrere Sprachen. Und Marttinen zufolge war sie eine Frau, die einem Mann das Gefühl gab, klug, sexy und reich zu sein, ein richtiges Alphatier. Marttinen hatte nur Gutes über sie zu sagen und trauert aufrichtig um sie.»

«Da ist er aber der Erste», stellte Jenna fest. «Den Beschreibungen der Familienmitglieder zufolge war Saila eine widerwärtige Zimtzicke.»

Koivu verschluckte sich an seinem Kaffee, und ich überlegte, ob es wirklich eine gute Idee gewesen war, Jenna in unser Team zu holen. Was hatte ich damit eigentlich wiedergutmachen wollen?

«Ich finde das wichtig», fuhr Jenna fort. «Saila war liebenswürdig, wenn sie finanziellen Nutzen davon hatte. Sie ist von irgendwem umgebracht worden, der es nicht ertragen konnte, dass sie ihre Verhaltensweise änderte.»

«Es war also keiner aus der Familie», folgerte Puupponen.

«Dabei hat sich der Schönling von Anfang an so zerknirscht benommen, dass man die Krätze kriegen könnte.»

«Der Schönling – du meinst Julian Tanner? Er hatte tatsächlich kein gutes Verhältnis zu seiner Tante. Konnte Marttinen euch denn etwas über Saila Linds andere Kunden erzählen?» Ich wischte mir Mund und Finger mit einem der Feuchttücher ab, die zum Take-away-Paket gehörten, und trank den Rest meiner Cola light aus. Jetzt war ich ausreichend gestärkt, um Patriks Vernehmung in Angriff zu nehmen.

«Nein. Und Marttinen hat Saila immer bar bezahlt, das Geld, das sie von ihm bekommen hat, taucht auf ihrem Konto also allenfalls als eigene Einzahlung auf, sodass sie dem Finanzamt gegenüber notfalls hätte behaupten können, es stamme aus einem Lottogewinn. Wenn es bei anderen Kunden genauso gelaufen ist, haben wir keine Chance, sie aufzuspüren. Dieser Marttinen ist einfach ehrlicher als die meisten», seufzte Koivu. «Die Pathologin hat übrigens eine Mail geschickt», fuhr er fort und starrte auf den Bildschirm seines Computers. «Aufgrund des Mageninhalts schätzt sie, dass Saila Lind früher als Eero Lumme gestorben ist. Mindestens zwei bis drei Stunden. Mutmaßliche Todeszeit zwischen Freitagmittag und fünf Uhr nachmittags, bei Lumme zwischen acht und elf am Freitagabend.»

«Und das Handy? Wer hat dann am Samstag mit Sailas Handy telefoniert?», fragte Jenna verwundert.

«Natürlich jemand, der den Eindruck erwecken wollte, dass Saila am Samstag noch lebte.» Puupponen warf eine Xylitolpastille in die Luft und fing sie mit dem Mund auf wie ein dressierter Seehund. «Derselbe, der das Handy zwischen den alten Saunaquasten versteckt hat, wahrscheinlich, um es später verschwinden zu lassen. Es ist also doch keine außerfamiliäre Sache. Vielleicht hat einer der Tanners Saila ertränkt, und ihre Leiche wurde rein zufällig zu der von Eero Lumme getrieben. Oder ...» Puupponen seufzte frustriert.

«Aber die Leichen waren doch fest in Plastikfolie gewickelt. Ich teile deinen Verdacht, dass Julian Tanner etwas verheimlicht. Aber hätte er das Zeug zum Mörder? Und selbst wenn, wäre er fähig, seine Tat kaltblütig zu vertuschen? Letzte Nacht hat er ja allerdings Tatkraft bewiesen.» Koivu polierte seine Brille. «Ist es eigentlich normal, dass ein Dreiundzwanzigjähriger noch bei seinem Vater wohnt? Andererseits würde der Platz in Killer-Tanners Haus für die komplette Familie Koivu reichen.»

Die Dreizimmerwohnung in Leppävaara, in der Koivu mit seiner Frau Anu und den drei Kindern wohnte, wurde allmählich zu klein. Sie hätten ein weiteres Zimmer gebraucht, aber in der Umgebung des Einkaufszentrums Sello waren die Quadratmeterpreise gestiegen, und die Kinder wehrten sich gegen einen Umzug in eine günstigere Gegend, der einen Schulwechsel bedeutet hätte. Koivu hoffte auf einen Lottogewinn, Puupponen hatte ihm Online-Poker vorgeschlagen und wortreich bedauert, dass es in Finnland nicht üblich war, Polizisten zu bestechen.

Als die Besprechung beendet war, blieben Jenna und Puupponen im Einsatzraum, um anhand der Teledaten die Routen von Lind und Lumme in den letzten Tagen vor ihrem Tod zu rekonstruieren. Auch die Kriminaltechniker hatten ihre ersten Analysen fertig, und Puupponen würde das in den Lungen der Opfer gefundene Plankton mit den Theorien der Wellenforscherin vergleichen. Vor Feierabend wollte Laura Kokko noch vorbeischauen, um ihre Informationen über Wucherfirmen mit uns zu teilen. Von Taneli war eine SMS gekommen, in der er berichtete, die *Long Wang* sei jetzt endlich im Nord-Ostsee-Kanal und Iida habe schlechte Laune, weil sie kein Handy habe. Ich erinnerte mich, wie sich meine Schwestern als Teenager um das Festnetztelefon unserer Familie gezankt hatten, und wie Leute, die meine Eltern erreichen wollten, darüber geschimpft hatten, dass bei Kallios pausenlos besetzt war.

«Heizen wir Patrik ordentlich ein?», fragte ich Koivu, als wir nach unten in den Zellentrakt gingen, in dem auch die trostlosesten Vernehmungsräume untergebracht waren. «Bei normalem Verlauf ist sein Kater jetzt in die Phase ‹Vielleicht überlebe ich es doch› eingetreten. Raucht Patrik eigentlich? Lässt er sich vielleicht mit einer Kippe weichkriegen? Können wir irgendwen von der Schupo um eine anbetteln?»

«Er steht wohl eher auf Kautabak, wie die meisten Eishockeyspieler. Auf der Insel hatte er jedenfalls einen Priem unter der Oberlippe. Und Kautabak ist bei uns bekanntlich illegal», lachte Koivu. «Wir können höchstens nachsehen, ob bei Patriks Sachen welcher dabei war. Das ist übrigens auch so ein Gesetz, das ich nicht begreife. Warum darf man rauchen, aber nicht schnupfen oder kauen? In dem Punkt sind die Schweden schlauer als wir, das muss man ihnen lassen.»

Ich verzichtete darauf, Koivus Rauschmittelphilosophie zu kommentieren, obwohl ich im Prinzip derselben Meinung war.

«Sei du heute der nette Polizist», wies ich Koivu noch rasch an, bevor die Tür zum Vernehmungsraum zwei sich öffnete und der Häftling hereingeführt wurde. Patrik Tanner sah aus, als brauche er eine Dusche und eine Rasur. Seine Hände zitterten, und die Gesichtsbräune schien über Nacht verblasst zu sein. Bei der Verhaftung hatte er seinen Gehstock nicht dabeigehabt; jetzt stützte er sich beim Hereinhinken an der Wand ab. Der Häftlingsoverall war das größte Modell, das im Haus zu finden war, spannte aber dennoch an den Oberschenkeln. Trotz seiner Verletzungen machte Patrik weiterhin Krafttraining. Er ließ sich so schwer auf den Stuhl an der Wand fallen, dass es krachte, und gab sich alle Mühe, keinen von uns beiden anzusehen.

«Möchtest du etwas zu trinken, Kaffee oder Saft vielleicht?», fragte Koivu.

«Gibt es was mit Kohlensäure?» Patriks Stimme klang matt, er starrte auf den Fußboden.

«Limo oder Cola lässt sich bestimmt auftreiben.» Koivu machte sich auf, um das Getränk zu holen. Ich sprach die übliche Litanei auf Band und erklärte Patrik, unter welchem Verdacht er vernommen wurde. Der Tatbestand der schweren Körperverletzung ließ ihn erschauern. Koivu kam mit einer Flasche Limonade zurück, die er vor Patriks Augen öffnete, wie um ihm zu demonstrieren, dass er nichts in das Getränk gemischt hatte.

Patrik trank gierig, versuchte vergeblich, einen Rülpser zu unterdrücken, und fragte dann: «Was ist mit Mia ... Wisst ihr, wie es ihr geht?»

«Schlecht. Wegen des gebrochenen Kiefers kann sie nicht sprechen, war aber heute früh in der Lage, sich mit anderen Mitteln auszudrücken. Daher wissen wir jetzt, dass diese Misshandlung keineswegs die erste war. Wie oft hast du deine Frau schon verprügelt?» Ich legte die Beine übereinander, verschränkte die Arme vor der Brust, lehnte mich zurück und starrte Patrik an. Die Anzahl der Taten interessierte mich eigentlich weniger als die Frage, wie man der Aggressivität beikommen konnte. «Hast du nichts daraus gelernt, dass deine Eishockey-Karriere beendet ist, weil man dich so schlimm verprügelt hat? Musst du anderen dasselbe antun? Verschafft dir das Genugtuung?»

Patrik gab keine Antwort. Ich traute mich nicht, Koivu anzusehen, sonst hätte ich meine Rolle als böse Polizistin kaum durchgehalten.

«Okay. Dann reden wir mal über gestern Abend. Warum ist Mia in das Haus deines Vaters ins Westend geflohen?»

Patrik schwieg weiter, doch ich sah, dass ihm eine Träne aus dem linken Auge rollte. Er wischte sie ab und betrachtete dann seine Hand, als wundere er sich darüber, dass sie feucht geworden war.

«Du kannst gern weiter schweigen. Vielleicht ist es angenehmer, in der Zelle zu sitzen, als die neugierigen Fragen der Reporter nach dem Grund deiner Verhaftung zu beantworten.

Für uns ist es natürlich eine Ehre, einen Weltstar wie dich zu beherbergen.»

«Sie wird doch wieder gesund? Ich habe ihr doch keinen bleibenden Schaden zugefügt?» Patriks Stimme klang belegt, er verbarg das Gesicht in den Händen. «Mein Gott, verdammte Scheiße, wenn Julle nicht dazwischengegangen wäre ...» Auf einmal heulte Patrik wie ein Schlosshund. Ich ließ das Band dennoch weiterlaufen. Koivu nahm ein Päckchen Taschentücher aus der Schublade und legte es neben die Limoflasche auf den kleinen Tisch.

«Wie hat euer Streit eigentlich angefangen?», fragte er dann mit einer Stimme, in der eine Spur Verständnis und Wärme mitschwang.

«Das weiß ich gar nicht genau. Ich bin am Mittwochabend in die Stadt gekommen, weil ich es ohne Mia auf der Insel nicht mehr ausgehalten habe. Wir hatten uns ja nicht mehr gesehen, seit Saila gefunden wurde, wir mussten miteinander reden. Mia hat mir von vornherein klargemacht, dass sie mich verdächtigt, aber dann wollte sie nicht weiter über die Sache reden. Ich war stinksauer. Ich bin dann am Abend mit meinen Kumpels in den *Tiger* gegangen, auf ein paar Gläschen, oder na ja, es wurden dann mehr als ein paar. Ich hab auch ein bisschen mit irgendeiner Schlampe rumgemacht, fast hätte ich sie mit nach Hause genommen, aber Pete hat gesagt, mach keinen Quatsch, Mia ist doch da. In der Nacht wollte ich dann mit Mia schlafen, aber sie ... Sie hat gesagt, sie muss am Morgen wieder arbeiten. Scheiße, wie kann ein Mann bloß so blöd sein!» Patrik schlug sich aufs Knie und jaulte auf, weil er sich damit selbst weh getan hatte.

«Ich liebe die Frau doch, kapiert ihr das?» Patrik blickte auf und wandte sich nun an Koivu. «Ich liebe sie mehr als irgendwen sonst, auch wenn sie immer sagt, sie kann und will nicht mit der Erinnerung an meine Mutter konkurrieren. Aber Mutter hat auch immer wieder gesagt, du hast eine gute Frau gefunden, die musst du festhalten. Und was mache ich, verdammt noch mal? Hast du schon mal jemanden so geliebt?»

«Meine Frau, immer schon, aber ich habe eine etwas andere Art, ihr meine Liebe zu zeigen. Was ist denn am Donnerstag eigentlich passiert?»

Patrik versuchte, sich zu erinnern. Er hatte bis in den Nachmittag hinein geschlafen und war mit entsetzlichen Kopfschmerzen aufgewacht, gegen die er eine doppelte Dosis seines starken Schmerzmittels genommen hatte. Dann hatte er Mia bei der Arbeit angerufen, um sie für den Abend zum Essen einzuladen, aber Mias Handy war ständig besetzt gewesen, und das hatte ihn in Rage gebracht.

«Mia hat mir dann erzählt, dass die Verkäuferin zu ihren Kindern musste, weil deren Vater gestorben ist, und dass sie jetzt eine Aushilfe sucht und keine Zeit hat, essen zu gehen. Ich habe sie gefragt, ob sie wirklich glaubt, ich hätte Saila umgebracht. Da hat sie mir am Telefon gesagt, sie traut mir alles zu. Ich würde mich vielleicht gar nicht an alles erinnern, was ich getan habe, weil ich oft so durcheinander wäre. Ich wollte wissen, was sie damit meint, aber sie hat bloß gesagt, sie müsse aufhören, weil sie Kunden hätte. Da habe ich dann wohl einen Whisky getrunken, oder auch zwei, und Lotta habe ich auch angerufen, aber die war gerade auf dem Weg zum Training, sie ist in einem Sommerlager in Vierumäki. Dann habe ich Pornos geguckt, der zweite Film fing gerade an, als Mia nach Hause kam. Sie mag es nicht, dass ich Fickfilme gucke, wenn sie da ist … Ich habe ihr gesagt, lass mich ab und zu mal ran, dann brauche ich die nicht. Sogar die Frauenzeitschriften raten einem neuerdings, man soll sich gemeinsam Pornos angucken, weil das frischen Wind ins Sexleben bringt. Ehrlich wahr, das habe ich mit eigenen Augen gelesen.»

Koivus und mein Handy piepten gleichzeitig, eine SMS war angekommen. Ich holte meins hervor, während Koivu sich darauf konzentrierte, Patrik zuzuhören und von Zeit zu Zeit empathisch zu nicken. Die Nachricht kam von Puupponen: «Der Hyundai von Eero Lummes Schwägerin wurde in einem Wäldchen bei Kirkkonummi gefunden. Man hat versucht, ihn zu verbrennen, ist aber nicht gelungen. Die Nummernschilder sind abmontiert, aber der Täter war so blöd, die Fahrzeugpapiere im Handschuhfach zu lassen. Ville.»

«Lies die SMS», sagte ich zu Koivu. Patrik wurde blass.

«Ist was mit Mia …» Er stand auf, doch meine Stimme hielt ihn zurück.

«Es geht nicht um deine Frau.» Koivu verzog keine Miene, während er die SMS las. Wir wussten beide, dass Puupponen die Kriminaltechniker bereits losgeschickt hatte, um den Wagen zu holen. Hoffentlich waren die Lummes gut versichert.

«Das hört jetzt auf, glaub mir! Ich lasse das Trinken sein und gehe zu den Anonymen Alkoholikern, von mir aus nehme ich auch Antabus, zum Teufel, aber jetzt ist Schluss. Ich werde alles tun, um meine Frau nicht zu verlieren.» Plötzlich sah Patrik mich an. «Und du – warst du gestern dabei? Der da getobt hat, das war nicht der wahre Patrik. In Wahrheit bin ich nicht so, ich schwör's!»

«Erzähl mir doch noch, was zu den Misshandlungen geführt hat.» Koivu sprach immer noch freundlich, er erweckte den Eindruck, wirklich zu glauben, dass Patrik sich ändern wollte. «Du hast also Pornos angesehen, und das war deiner Frau nicht recht. Habt ihr euch deshalb gestritten?»

«Na ja, ich habe Mia gebeten … Ich habe sie geküsst und so, ich wollte sie. Aber sie hat bloß gesagt, ich solle aufhören. Da habe ich sie vielleicht ein bisschen zu fest angepackt. Sie hat gerufen, rühr mich nicht an, du Mörder! Ich habe sie gefragt, was sie damit meint, ob sie etwa meint, ich hätte Saila umgebracht. Aber sie hat nur gesagt, sie will nicht darüber reden, sie würde weggehen, und dann hat sie angefangen zu packen. Ich habe gefragt, ob sie auf die Insel will, aber sie hat nicht geantwortet. Sie hat kein Wort mehr gesprochen, bloß ein Taxi bestellt, und weg war sie. Na, ich habe dann wohl was getrunken und versucht, Mia anzurufen, aber sie hat sich nicht gemeldet. Vielleicht bin ich dann eingeschlafen, ich weiß nicht mehr genau. Als ich wach wurde, war auf meinem Handy eine total bösartige SMS von Lotta, und aus der habe ich geschlossen, dass Mia zu Vater ins Westend gefahren ist. Da ist bei mir alles wieder hochgekocht, das war Lottas Schuld, weil sie mir so eine SMS geschickt hat. Ich habe noch ein paar Drinks gekippt und ein Taxi bestellt … Und der Taxifahrer hat nicht kapiert, dass er mich nicht hätte hinbringen dürfen. Verdammte Scheiße!» Nun weinte Patrik wieder.

«Was stand denn in der SMS von deiner Schwester?», fragte ich, doch Patrik sagte, er erinnere sich nicht. Wahrscheinlich sei sie noch auf seinem Handy gespeichert. Er erzählte, er habe mehrmals den falschen Türcode eingetippt, bevor er sich an die richtige Zahlenfolge erinnerte, und auch das habe ihn gewaltig genervt. Als er dann endlich im Haus war und Mia im Gästezimmer fand, brach die Hölle los.

«Mia hat geschrien, und ich habe gesagt, sie soll aufhören. Ich habe sie auf den Mund geschlagen, damit sie nicht so brüllt. Ich wollte ja bloß, dass sie keinen Krach macht, aber wahrscheinlich hätte ich wer weiß was angerichtet, wenn Julle nicht dazwischengegangen wäre … Irgendwann habe ich gemerkt, dass Mia bewusstlos auf dem Boden lag und blutete. Ich bin nach oben gegangen und habe ein Seil gesucht, aber keins gefunden.»

«Ein Seil?»

«Ich wollte mich aufhängen. Ich war sicher, dass Mia tot war, was sollte ich da noch auf der Welt? Aber ich habe es nicht geschafft, weil da auch schon der Krankenwagen kam, und die Bullen. Die waren echt schnell da. Vielleicht hätte ich es darauf ankommen lassen sollen, dass der Langhaarige schießt. Dann wäre das alles vorbei, verdammt noch mal. Wann darf ich Mia besuchen? Wird sie mir verzeihen? Kann ich jetzt gehen, nachdem ich alles erzählt habe?»

«Nicht so eilig. Gehen wir das Ganze noch einmal durch. Deine Frau hat dir also vorgeworfen, du hättest Saila Lind ermordet, und deshalb bist du ausgeflippt und hast sie zusammengeschlagen. War es so?» Ich ging zu Patrik und starrte ihm ins Gesicht. Er roch nach Schnaps und Schweiß, die spärlichen Bartstoppeln ließen ihn ungepflegt aussehen. «Wenn der Vorwurf unbegründet war, warum hat er dich dann so auf die Palme gebracht? Findest du, deine Frau krankenhausreif zu prügeln, ist der richtige Weg, deine Unschuld zu beweisen?»

«Ich habe einen Hirnschaden, zum Teufel, ich habe beim Tackling den Helm verloren und einen Schlittschuh auf den Schädel gekriegt! Siehst du die Narbe da?» Patrik zeigte auf seinen Kopf, und ich entdeckte eine bläulich schimmernde Narbe zwischen den Haaren. «Deswegen mache ich Sachen, die ich gar nicht will! Scheiße, mein ganzes Leben ist am Arsch!»

«Ein Säufer findet immer einen Grund, und einer, der seine Frau verprügelt, genauso.» Ich starrte Patrik an, bis er den Blick senkte. «Mich interessieren nicht die Gründe, sondern die Folgen. Hast du Saila Lind getötet?»

«Ich? Daran würde ich mich ja wohl erinnern! Ich habe doch schon auf der Insel gesagt, dass mein Bruder Julian Saila am Freitagmorgen ins Wasser gestoßen hat. Niemand hat gesehen, ob sie wieder an Land gekommen ist. Vielleicht ist sie mit dem Kopf gegen den Bootssteg geschlagen, und der Aufprall hat sich erst später ausgewirkt. Einem Spieler bei den Mighty Ducks ist genau das passiert. Er wurde ein bisschen getackelt und schlug so fest zurück, dass er unter die Dusche geschickt und für zwei Spiele gesperrt wurde. Er ist erst in der Umkleide umgekippt, und wenn das Tatü-Tata nicht rechtzeitig gekommen wäre, dann wäre er hinüber gewesen. Vielleicht hatte Saila auch eine Gehirnblutung. Julians Mutter war ein Junkie, und seinen Vater kennt keiner. Er sieht zwar aus wie ein braves Mädchen, aber er hat auch seine teuflischen Seiten.»

Patrik hatte seine Großmäuligkeit wiederentdeckt, und ich hielt es für angebracht, dass er sie in seiner Zelle auskurierte. Er protestierte lautstark, als ich ihm erklärte, er bleibe weiterhin in Haft.

«Ich will einen Anwalt!», forderte er.

«Dann ruf einen an. Der Wärter lässt dich telefonieren», erwiderte ich zuckersüß und ging mit Koivu zurück nach oben.

«Wir müssen Lotta Tanner befragen. Wann kommt sie wohl aus Vierumäki zurück? Oder sollte ich morgen hinfahren, falls nichts Eiliges anliegt?», überlegte ich laut. Dann bat ich Koivu, schon vorzugehen, und verschwand auf der Toilette. Als Patrik seine Kopfschmerzen erwähnte, hatte es auch in meinen Schläfen zu pochen begonnen. Ich nahm eine Ibuprofen-Kapsel und spülte sie mit Wasser aus dem Hahn hinunter. Haare gut, alles gut, versuchte ich mir einzureden, als ich mich kämmte.

Laura Kokko saß bereits im Case Room. Sie sprach schnell, leicht nasal und mit den für das Helsinkier Finnisch typischen zischenden S-Lauten. Wenn man sie reden hörte, konnte man sie für jünger halten, als sie war.

«Ich habe alle Informationen über diesen Jarmo Kinnunen zusammengestellt», berichtete sie.

«Über Kolben-Kinnunen», fiel ihr Puupponen ins Wort. «Kinnunens gibt es zweiundzwanzig aufs Dutzend, aber wenn man vom Kolben spricht, weiß jeder, wer gemeint ist. Der Kerl ist wahrscheinlich stolz auf seinen Spitznamen.» Puupponen lächelte Laura an, und ihre Miene entspannte sich.

«Wie ich gestern schon sagte, wurde der Mann unter diesem und jenem Verdacht vernommen, aber man konnte ihm nie etwas nachweisen. Das ist bei Wirtschaftsdelikten ja ganz typisch. Kinnunen hat immerhin Wirtschaftswissenschaften studiert, wenn auch ohne Abschluss. Ich erinnere mich sogar vage daran, ihm beim Studium begegnet zu sein. Er hatte schon damals alle möglichen Geschäfte laufen. Und er wurde tatsächlich auch im Zusammenhang mit dem Fall vernommen, wegen dem Eero Lumme zuletzt verurteilt wurde, aber für eine Anklage reichten die Beweise nicht aus.»

«Er wohnt in Olari, und von Eero Lummes Handy wurden vor Lummes Tod drei Anrufe getätigt, deren Empfänger sich im Bereich des Sendemastes in der Nähe von Kolbens Wohnung befand. Sollten wir den Kerl nicht holen?», meinte Puupponen. «Da Sjöberg ausgesagt hat, dass Kolben Lummes Freund war, haben wir doch allen Grund, ihn um Mithilfe zu bitten. Und wenn er so aalglatt ist, wie Laura sagt, verpfeift er sogar seine Großmutter, um den eigenen Kopf aus der Schlinge zu ziehen.»

«Wenn er was zu verpfeifen hat. Okay, holen wir ihn. Wer hat eigentlich den Hyundai gefunden?»

«Irgendwelche kleinen Jungen. Sie hatten gerade einen Fernsehkrimi gesehen, in dem Gangster ein Auto angezündet haben, um Spuren zu vernichten, und waren so schlau, die Polizei zu rufen. Die Kollegen aus Kirkkonummi haben den Wagen identifiziert und der Technik übergeben.»

«Kirkkonummi? Doch nicht etwa Jon Berg? Der Mann taucht ja überall auf», sagte ich und schob meinen Stuhl zurück, damit ich die Beine ausstrecken konnte.

«Den Bericht haben zwei Beamte namens Lindholm und Kanervo unterschrieben. Sie haben die Jungs wegen ihrer famosen Reaktion ausdrücklich gelobt. Masala ist eine ziemlich wüste Gegend, vielleicht sorgt diese Polizeimaßnahme dafür, dass ein paar von den Burschen ins Lager der Guten hineinwachsen», lachte Puupponen und zwinkerte Laura zu.

«Aus reiner Neugierde habe ich mir auch Harri Tanners Vermögensverhältnisse angesehen», fuhr die Wirtschaftskriminalistin fort, ohne das Zwinkern zu erwidern. «Ich erinnerte mich nämlich dunkel, dass auch er in einem Betrugsfall vernommen wurde, allerdings als Geschädigter, und ich habe mich nicht getäuscht. Tanner investiert ja im großen Stil, er bewegt sich in internationalen Kreisen und hat seine Anlagen auf Dutzende von Objekten verteilt. Er wurde nie wegen irgendwelcher Insider-Geschäfte oder dergleichen verdächtigt, er scheint ein ehrlicher Anleger zu sein. Dass er Anteile an vielen Unternehmen besitzt, die Leute entlassen, gleichzeitig aber Wahnsinnsdividenden ausschütten, ist ja kein Verbrechen, höchstens nach Ansicht vereinzelter Idealisten.»

«Die gibt es hier nicht», murmelte Jenna, der Lauras Vortrag offensichtlich langweilig wurde.

«Nicht? Sind nicht alle Polizisten kleine Idealisten? Sonst würden wir uns diesen Job doch nicht antun. Aber egal. Vor einigen Jahren besaß Tanner unter anderem zwanzig Prozent der Aktien einer Firma für Elektroanlagen namens Eletec. Die Firma stand unter dem Verdacht der Geldwäsche und der illegalen Einfuhr von Elektrogeräten. Der Geschäftsführer kam mit einer Geldstrafe davon. Ihr könnt euch sicher denken, wer im Aufsichtsrat dieser Firma saß?»

«Kolben-Kinnunen!», riefen Jenna und Koivu wie aus einem Mund, doch Laura Kokko schüttelte den Kopf.

«Falsch geraten. Es war unser Toter, der angeblich bettelarme Eero Lumme.»

15

Die Kälte kroch vom Rand der Eisfläche in meine Füße, meine Tennisschuhe waren zu dünn, um sie abzuhalten. Auf der Zuschauertribüne der Barona-Arena brauchte man nur einen dünnen Mantel, aber auf dem Eis herrschten winterliche Temperaturen. Dass es erst sieben Uhr morgens war, verstärkte mein Frösteln. Die Debütantinnenmannschaft im Formationseiskunstlauf tat mir beinahe leid, denn sie hatte an diesem Sommersamstag schon um halb sechs Uhr morgens auf dem Eis antreten müssen. Nur vor dem ersten Hahnenschrei und nachts gab es freie Trainingszeiten, ansonsten nahmen die Eishockeyspieler das Feld in Anspruch.

Ich hatte Lotta Tanner am Vorabend erreicht und erfahren, dass sie von Vierumäki nach Espoo fahren würde, um das Training der Debütantinnen zu leiten. Anschließend wollte sie zum Trainingslager der Anfängerinnen in Vierumäki zurückkehren. Sie hatte versprochen, mich nach der Trainingsstunde in der Eishalle zu treffen. Ich hatte beschlossen, zwei Fliegen mit einer Klappe zu schlagen: Nach der Befragung würde ich nach Hause joggen.

Die Grundelemente des Formationslaufs kannte ich noch aus der Zeit, als Iida diesen Sport ausübte. Lotta hatte offenbar gerade erst begonnen, ein neues Kurzprogramm aufzubauen. Die Musik zum Tanz der Schornsteinfeger aus Mary Poppins füllte die Halle, ich hatte eine vage Kindheitserinnerung an diese Szene.

Lotta trug eine Fleeceweste zur Trainingshose, ihre Schlittschuhe waren verschlissen und grau, hatten aber neue Kufen. Die Haare der Kinder waren zu festen Ballerinaknoten aufgesteckt. Sie trugen Trainingskleidung, auf vielen Hemden und Trikots prangte Hello Kitty. Lotta gab ihre Anweisungen klar und geduldig, man hätte sie jederzeit an einer Unfallstelle den Verkehr regeln lassen können. Es kam mir fast seltsam vor, in ihrem Gesicht Züge zu entdecken, die an Patrik erinnerten.

Am Rand der Eisfläche saßen Mütter, die mich anfangs neugierig gemustert, aber nicht angesprochen hatten. Zum Zeitvertreib versuchte ich zu erraten, welche Mutter zu welchem Kind gehörte. Diese da, die jede Bewegung mitmachte, war höchstwahrscheinlich die Mutter des kleinen Flohs mit dem glitzernden Stirnband. Die perfekt geschminkte Schönheit im nerzbesetzten Cape gehörte wohl zu dem Mädchen mit den blau-weiß leuchtenden modellierten Nägeln, die beim Sport ziemlich unpraktisch sein mussten. Ich fand meine Theorie bestätigt, als ich feststellte, dass die Nerzfrau die gleichen Fingernägel aufwies.

Ich holte mir am Automaten einen Kakao und hoffte, er würde meine eiskalten Finger wärmen. Als das Training endlich beendet war und die Kinder zum Schluss Dehnungsübungen auf dem Eis machten, kam Lotta zu mir und schlug vor, ins VIP-Restaurant zu gehen.

«Es ist natürlich geschlossen, aber da ist es wenigstens warm. Ich habe eine Thermoskanne Tee, möchtest du eine Tasse?» Ich hielt den Pappbecher vom Kakao immer noch in der Hand, weil ich keinen Abfalleimer gefunden hatte.

Im Restaurant gab es Zapfhähne, in den geschlossenen Glasvitrinen standen alkoholische Getränke. An den Wänden hingen Plakate und Autogramme der Spieler von Espoo Blues. In dieser Welt waren die Formationsläuferinnen nur Zaungäste.

«Schade, dass ich keine Zeit habe, Mia zu besuchen. Wie lange muss sie in der Klinik bleiben?» Lotta goss uns nach Vanille duftenden grünen Tee ein und hielt mir eine Tüte Trockenobst hin.

«Danach musst du die Ärzte fragen.»

«Und Patrik? Lasst ihr ihn zwischendurch frei, oder wandert er direkt in den Knast?»

Lottas Auffassung vom finnischen Rechtswesen war offenbar etwas realitätsfern. Ich erklärte ihr, dass wir Patrik im Lauf des Tages würden entlassen müssen und dass noch nicht absehbar sei, wann Anklage erhoben würde. Bei schwerer Körperverletzung erhob die Staatsanwaltschaft unabhängig von einer Anzeige des Opfers Anklage; Mia musste selbst entscheiden, ob sie die früheren Vorfälle zu Protokoll geben wollte.

«Saila hat oft behauptet, dass Patrik Mia schlägt, aber wir wollten es nicht glauben. Er ist immerhin mein Bruder! Und Mia hat Patrik so toll unterstützt, zuerst bei Mutters Tod und dann nach dem Unglück. Wie kann er ihr so etwas antun?»

«War er schon vor dem Unfall gewalttätig?»

«Nur auf dem Spielfeld. Beim Eishockey hat Patrik ja immer mit harten Bandagen gespielt. Das war wohl eine bewusste Entscheidung. Vater war ausgesprochen geschickt mit dem Schläger und beim Spielaufbau, und da Patrik diese Fähigkeiten nicht besaß, musste er sich eine andere Rolle suchen.» Lotta warf einen prüfenden Blick hinunter auf die Dehnübungen ihrer Schützlinge auf der Eisbahn und rief einem Mädchen namens Diamant zu, es solle nicht mogeln.

«Julian stellt das anders dar. Er sagt, Patrik hätte ihn immer gequält.»

Lotta zog das blaue Stirnband vom Kopf und fuhr sich durch ihre dunkle Pagenfrisur. «Tja, Patrik und Julian … Als Julian in unsere Familie kam, war er furchtbar schreckhaft. Und wunderschön mit seinen großen Augen. Und als er heranwuchs, wurde er noch schöner. Wenn man mit ihm durch die Straßen geht, merkt man, wie die Leute ihn anstaunen. Diese Schönheit und Zerbrechlichkeit haben Patrik natürlich irritiert, außerdem war er furchtbar eifersüchtig, konkurrierte vor allem um Mutters

Aufmerksamkeit. Das wiederum war ihm peinlich, und deshalb war er doppelt auf Rache aus. Für Julian war es eine Erleichterung, als Patrik einige Jahre später in die Schweiz zog. Er wurde mutiger und irgendwie ... Kann man sagen, jungenhafter? Er fing sogar an, mit Mutter zum Angeln zu gehen.»

Die Mutter im Nerzcape stand an der Barriere zwischen der Zuschauertribüne und dem Restaurant und rief nach Lotta. Sie berichtete, sie reise am nächsten Wochenende nach Paris, und fragte, ob sie Pailletten für die Trikots der Mannschaft mitbringen solle. Das Gespräch dauerte minutenlang, Lotta musste ihre ganze Autorität einsetzen, um die Frau davon zu überzeugen, dass sie sich selbst um die Pailletten kümmern würde. Als sie endlich an unseren Tisch zurückkam, funkelten ihre Augen wütend.

Eine Weile trank sie schweigend ihren Tee, bevor sie fortfuhr: «Ich habe übrigens zeitweise geglaubt, Julian wäre Sailas Sohn. In den Neunzigern hatte Saila rot gefärbte Haare, der gleiche Kupferton wie Julian, und die beiden wurden manchmal für Mutter und Kind gehalten. Als Teenager habe ich noch weitergesponnen und mir eingebildet, Julle wäre das Kind von Saila und meinem Vater. Saila hatte mir immer wieder erzählt, dass Mutter ihr früher einmal den Freund ausgespannt hat. Ich dachte, aus Rache hätte sie Vater verführt.» Lotta lachte über ihre damalige Theorie.

«Wäre Saila dazu fähig gewesen, ich meine, deinen Vater zu verführen?»

«Wenn du meinst, ob sie unverfroren genug gewesen wäre, es zu versuchen – ja, natürlich. Aber es wäre ihr nicht gelungen. Vater ist Mutter immer treu gewesen. Seine Mannschaftskollegen haben ihn deshalb sogar aufgezogen. Angebote gab es genug, und das ist bis heute so geblieben. Vater wäre ja ein toller Fang. Aber er hat sein Herz wohl mit Mutter begraben, beziehungsweise versenkt, ihre Asche wurde ja ins Meer gestreut. Das hatte sie so gewollt. Vater ist seitdem nicht mehr der Alte. Keiner von uns ist das. Erst gestern ist mir wirklich klargeworden, wie stark Mutters Tod sich auch auf Saila ausgewirkt hat. Sie ist nicht immer so gemein gewesen wie in den letzten Jahren.»

«Sagt dir der Name Eero Lumme etwas?»

«Das ist der Mann, der zusammen mit Saila gefunden wurde, nicht wahr? Der Exmann und Vater der Kinder von Mias Mitarbeiterin. Ich habe am Donnerstag mit Mia gesprochen, sie hat es mir erzählt. Es dürfte sinnlos sein, dich nach den Einzelheiten zu fragen. Die erfahren vermutlich auch die Betroffenen erst aus der Zeitung. Aber wir stehen wohl nicht mehr unter dem Verdacht, etwas mit Sailas Tod zu tun zu haben, oder?»

Obwohl Lotta kühl und sachlich sprach, schwang in ihrer Stimme eine leise Angst mit. Wen verdächtigte sie – einen ihrer Brüder?

«Obwohl Saila und ich nicht denselben Nachnamen haben, verbreiten sich im Internet alle möglichen Informationen. Auf der Facebook-Seite unserer Anfängermannschaft wurde schon gefragt, ob es stimmt, dass die Trainerin in einen Mordfall verwickelt ist. Wenn jetzt auch noch Patriks Tat publik wird, habe ich einiges zu erklären. Vielleicht sollte ich meinen Namen ändern, um nicht dauernd mit Vater oder Patrik in einen Topf geworfen zu werden. Ich habe schon als kleines Mädchen beschlossen, den Namen meines Mannes anzunehmen, wenn ich heirate. Das hat sich allerdings nicht ergeben. Saila hielt es für nötig, auch dazu ihre Kommentare abzugeben, dabei war es mit ihren eigenen Beziehungen auch nicht weit her. Männer gab es zwar genug, aber die haben sich immer schleunigst verdrückt, wenn sie merkten, was für ein manipulatives Biest Saila war.» Lotta strich sich die Haare zurück, die ihr immer wieder ins Gesicht fielen, seit sie das Stirnband abgenommen hatte. Dann sah sie mir in die Augen und erklärte mit Nachdruck: «Über Tote soll man nichts Schlechtes sagen, aber die Polizei muss doch die Wahrheit erfahren. Es gibt Menschen, die sind wandelnde Giftpfeile. Vor ihnen muss man ständig auf der Hut sein, denn man wird wahrscheinlich verletzt. Oft verstecken sie ihre Beleidigungen geschickt, aber manchmal greifen sie auch direkt an und stechen gnadenlos zu. Sie selbst nennen es Ehrlichkeit, aber in Wahrheit geht es ihnen nur darum, andere zu verletzen oder bloßzustellen. Saila war so ein Mensch. Sie hätte sich hervorragend als Moderatorin für eine dieser Demütigungs-Shows im Fernsehen geeignet. Tatsächlich hat sie sich für eine dieser Sendungen beworben, wurde aber nicht mal zum Vorstellungsgespräch eingeladen, weil sie zu alt war. Darüber war sie natürlich erst recht erbost. Sie hat dann ihre eigene Demütigungs-Show veranstaltet, hauptsächlich mit Julian und mir. Patrik ließ sich nichts gefallen, er biss zurück, und Mia schaffte es irgendwie, sich über die Gemeinheiten hinwegzusetzen. Ich sage dir ganz offen, dass Sailas Tod zumindest für mich eine Erleichterung ist.»

«Hatten deine Mutter und Saila noch weitere Geschwister?»

«Einen älteren Bruder, Timo. Er ist schon vor längerer Zeit gestorben, bei einem Verkehrsunfall in Vihti Ende der Neunziger. Sie sind nicht alt geworden, die Mitglieder der Familie Mielonen.» Lotta verzog das Gesicht. «Und Julian ist der Sohn einer Junkie und durch den Drogenkonsum seiner Mutter von Geburt an überempfindlich. Unsere Familie bietet einem Küchenpsychologen reichlich Stoff für Analysen, und bei meiner Trainerausbildung habe ich mich natürlich auch mit Gruppendynamik befasst.» Lotta machte sich daran, ihre Sachen zusammenzupacken, wobei sie so systematisch vorging wie bei allem anderen auch.

«Vielleicht gibt Vater jetzt endlich auf und versucht nicht mehr, die Familie unter allen Umständen zusammenzuhalten. Ehrlich gesagt, ich bin froh, dass ich jetzt zurück nach Vierumäki muss und keine Zeit habe, Vater und Julle zu trösten. Das musste ich in all den Jahren schon oft genug tun.» Lottas Miene hatte sich so verhärtet, dass ihre Ähnlichkeit mit Patrik frappant war. «Wenn du keine weiteren Fragen hast, mache ich mich jetzt auf den Weg, dann brauche ich nicht zu rasen.»

«Eine Frage habe ich noch. Patrik zufolge hast du ihm Donnerstagnacht eine SMS geschickt. Offenbar wusstest du, dass Mia vor ihm ins Westend geflohen war?»

«Mia hatte mich angerufen und um Hilfe gebeten, aber ich war ja im Trainingslager. Ich habe Patrik geschrieben, er solle Mia in Ruhe lassen. Spielt das eine Rolle?»

«Patrik behauptet, er habe aus deiner SMS geschlossen, dass Mia im Westend war, und sei ihr daraufhin gefolgt.»

«Willst du damit sagen, es wäre meine Schuld, dass Patrik Mia verprügelt hat?» In Lottas Augen flammte derselbe Jähzorn auf, den ich auch bei Patrik gesehen hatte, doch sie bezwang ihn schnell.

«Natürlich nicht. Die Verantwortung liegt ganz allein bei Patrik.»

«Nein, nein, sie liegt bei mir, wie immer! Ich hätte öfter zu Hause sein müssen, um Mutters Händchen zu halten und ihr zu versichern, dass die Schmerzen weggehen, ich hätte aufpassen müssen, dass Julle seine Medikamente nimmt. Und Saila hätte ich einen Job besorgen müssen.» Lotta schmiss die Schlittschuhe so schwungvoll in die Tasche, dass sie gegen die Tischkante schlugen. «Vielleicht sollte ich mir einen Trainerjob im Ausland suchen. In Australien wird bestimmt finnisches Knowhow im Formationslauf gebraucht. Ich will von dieser Familie möglichst weit weg. Sonst noch was?»

Ich ließ Lotta gehen, machte vor der Eishalle ein paar Dehnungsübungen und joggte dann nach Hause. Nach einem Kilometer begann mein linker Knöchel zu schmerzen. Das passierte mir beim Laufen manchmal, meist verschwand der Schmerz von selbst, wenn ich eine Weile durchhielt. Diesmal hatte er sich nach fünf Minuten immer noch nicht gebessert.

Es fuchste mich, dass ich das Tempo drosseln musste. Wurde ich etwa alt?

Mein Handy klingelte. Ich meldete mich, geradezu froh über die Störung, die mich von dem Schmerz im Knöchel ablenkte.

«Susanna Lumme hier, hallo. Ich bin wieder in Espoo, im Laden. Mias Schwiegervater hat mich angerufen und erzählt, was passiert ist, und die Kinder wollten sowieso nach Hause. Jere sagt, er möchte mit der Polizei sprechen, Papa hätte nämlich Angst gehabt. Könntest du herkommen? Ich mache den Laden heute nicht auf, aber ich habe hier ein paar Dinge zu erledigen. Mia fällt wochenlang aus, und ich muss mir überlegen, wie es weitergehen soll. Ich kann es mir nicht leisten, längere Zeit auf mein Gehalt zu verzichten.»

Ich war so verschwitzt, dass ich eine Dusche brauchte. Also versprach ich Susanna, so bald wie möglich zu kommen, lief wieder schneller und bemühte mich, nicht an den Knöchel zu denken. Nach einem qualvollen halben Kilometer beruhigte er sich.

Die Katzen flitzten zur Tür hinaus, als ich das Haus betrat. Ich beschränkte mich auf ein Minimum an Dehnungsübungen und machte mir ein Brot mit Käse und Avocado, das ich im Auto auf dem Weg zum Big Apple aß. Ich durfte nicht vergessen einzukaufen, denn ich hatte kaum noch etwas zu essen im Haus. Oder fühlte sich Puupponen vielleicht heute so einsam, dass er mich zum Essen begleiten würde? Auf welcher Terrasse könnten wir den Mondschein über dem Meer bewundern? Doch als ich versuchte, mir die Terrasse auszumalen, saß dort ein anderer Mann neben mir. Ich schüttelte die Vorstellung schleunigst ab.

Vor dem Einkaufszentrum musste ich voll auf die Bremse steigen, weil ein Betrunkener mit einer Tüte voll Bierdosen bei Rot über die Straße wankte. Der Fahrer des grauen Audi hinter mir, der beinahe an meiner Stoßstange gelandet wäre, hupte wütend. Um kein Verkehrschaos zu verursachen, ließ ich den Schluckspecht unbehelligt. Als ich in die Tiefgarage fuhr, merkte ich, dass der Audi mir folgte. Auf der dritten Ebene fand ich einen freien Platz, schloss den Wagen ab und wollte gerade die Tür zum Treppenhaus öffnen, als mir jemand nachrief.

«He, du da, warte mal!»

Ich drehte mich um und sah einen etwa dreißigjährigen Mann in Sportkleidung, der aufgebracht mit den Armen fuchtelte. Es war der Fahrer des Audi.

«Was zum Teufel sollte das, bei Grün zu bremsen? Es hat nicht viel gefehlt und die Airbags wären losgegangen, und Adalmiina wäre fast vom Sicherheitsgurt stranguliert worden! Das arme Kind hat bestimmt blaue Flecken. Sie sollten sich eine Brille zulegen!», polterte er.

«Sie haben wohl nicht bemerkt, dass da ein Mensch auf dem Zebrastreifen war.»

«Irgendein Besoffener, ja! Der hätte die blauen Flecken eher verdient gehabt als mein unschuldiges Kind.» Der Mann wirkte gepflegt, sicher trieb er mehrmals wöchentlich Sport und achtete darauf, dass sein Alkoholkonsum unter dem offiziell empfohlenen Limit blieb. Er war einen Kopf größer als ich und schien fest entschlossen, diesen Vorteil zu nutzen.

«Ihr Sicherheitsabstand war ein wenig knapp, und mir scheint, Sie sind auch etwas schneller gefahren als erlaubt. Die Ampel hätte jederzeit umspringen können. Und vorläufig ist es in unserem Land noch nicht legal, Alkoholiker zu überfahren. Entspricht Ihr Kindersitz überhaupt den Vorschriften, wenn sich das Kind schon bei normalem Bremsen verletzt?» Ich holte meine Brieftasche hervor und zückte meinen Dienstausweis. «Ihren Führerschein und den KFZ-Schein möchte ich mir auch gern einmal ansehen.»

Der Mann sah so verdattert aus, dass ich beinahe grinsen musste, doch es gelang mir, meine Amtsmiene zu bewahren.

Ich ging zum Audi, und dem Fahrer blieb nichts anderes übrig, als mir zu folgen. Im Wagen kreischte ein einjähriges Kind, ein etwa dreijähriger Junge hielt sich die Ohren zu, und eine junge, sehr blonde Frau bemühte sich, die Kinder zu beruhigen, wirkte dabei aber selbst fast hysterisch.

«Den Führerschein, bitte», wandte ich mich an den Mann.

«Jande, was ist denn los?», fragte die Frau.

«Die ...» – der Mann, den sie Jande genannt hatte, schluckte im letzten Moment ein Schimpfwort hinunter – «die Frau ist von der Polizei. Sie will die Papiere sehen.»

«Hat sie das Recht dazu?» Die Stimme der Frau wurde schrill. «Wir sind hier nicht in Nordkorea! Zeig sie ihr nicht!» Der Dreijährige erschrak über das Gebrüll und begann erneut zu weinen. Jande zeigte mir seinen Führerschein und kramte dann auch den KFZ-Schein hervor. Ich sah mir die Papiere eingehend an, obwohl sie mich an sich nicht interessierten. Dennoch prägte ich mir den Namen und die Personenkennziffer des Mannes ein. In einer freien Minute würde ich mir vielleicht sein Sündenregister ansehen. Sein Auftreten ließ mich ahnen, dass er schon einmal in Schwierigkeiten geraten war, weil er öfter zu fest aufs Gaspedal trat. Ich wünschte ihm noch einen schönen Tag, als wäre ich bei der Verkehrspolizei, und ging.

Vor *Mias Mode für Kids* rief ich Susanna an. An der Tür hing ein Pappschild mit der Aufschrift «Wegen Krankheit vorläufig geschlossen». Hinten im Laden, bei der Kasse, brannte Licht.

«Das ging ja schnell», sagte Susanna, als sie mir öffnete. «Die Kinder sind einen Hamburger essen gegangen, sie hatten Hunger, und ich hatte noch ein paar Rabattcoupons. Sie kommen sicher bald. Ja, wir haben noch geschlossen», rief sie in den Gang und zog die Tür schnell hinter uns zu. «Verflixt, was für ein Chaos! Ich musste herkommen und mir einen Überblick verschaffen, obwohl ich wahrlich andere Sorgen habe. Die arme Mia, wie geht es ihr? Harri Tanner hat nur gesagt, sie hätte einen

Unfall gehabt. Warum hat er mich angerufen? Das wäre doch wohl Patriks Sache gewesen.»

«Patrik ruft momentan keinen an. Er ist in Haft, weil er Mia zusammengeschlagen hat.»

Susanna setzte sich auf einen Tisch voller Jeans, der unter ihrem Gewicht ächzte. «Hat er sie diesmal so schlimm verprügelt, dass sie ins Krankenhaus musste?»

Als ich berichtete, was passiert war, wurde Susanna rot.

«Da sieht man's, die perfekte Familie! Mia hat immer wieder Ausreden für ihre Verletzungen erfunden, obwohl ich natürlich wusste, was los war. Aber was kann man da machen, wenn sie alles abstreitet. Eero mag ja ein Gauner gewesen sein, aber er hat nie die Hand gegen mich erhoben – nicht einmal dann, wenn ich ihm ein Spültuch oder die Zeitung an den Kopf geworfen habe. Er war nicht gewalttätig. Patrik kann sich garantiert freikaufen, der wird wohl nicht in den Knast wandern, oder? Eigentum ist in unserem Land viel besser geschützt als Leib und Leben der Menschen. Von Eero heißt es natürlich, er hat sich sein Grab selbst geschaufelt, weil er sich in den falschen Kreisen bewegt hat. Aber aus dem Knastschatten kommt man nicht so leicht in die Sonne zurück.»

Susanna stand auf, rückte die Jeansstapel gerade und ging zur Kasse. «Es steht mir ja nicht zu, mich über die Gesetze zu beschweren, die haben Klügere als ich erlassen. Aber begreifen die Leute im Parlament eigentlich, dass nicht nur der ins Gefängnis kommt, der verurteilt wird, sondern seine ganze Familie?» Sie nahm eine Zigarette aus der Tasche und steckte sie sich zwischen die Lippen, konnte sie im Geschäft aber natürlich nicht anzünden. «Erst erklärst du deinen Kindern, Papa wäre auf Dienstreise. Damit kommst du nicht weit, die lieben Nachbarn erzählen ihnen nämlich nur zu gern, dass er im Knast sitzt. Du darfst deinen Mann nicht besuchen, wann du willst, du darfst ihn nur unter Aufsicht berühren, und die Familientreffen – stell dir bloß mal vor, in einem kalten Gefängnisraum mit künstlichen Blumen und irgendeinem Schwanenplakat Sex zu haben! Wer kann so was genießen?» Susanna nahm die Zigarette aus dem Mund und stopfte sie in die Schachtel zurück.

«Dafür geht auch viel zu viel Geld drauf, aber ich gönne mir ja sonst nichts. Ich wollte mich nicht von Eero scheiden lassen, aber wir mussten unbedingt weg aus Suvela. Da wussten alle über uns Bescheid. In Leppävaara konnten wir sozusagen ein neues Leben beginnen, in der Schule habe ich gesagt, dass der Vater der Kinder und ich getrennt leben und dass er nicht zum Elternabend oder zu Schulfesten kommt. Die haben keine Fragen gestellt. Die Kinder haben sich auch mit der Situation abgefunden, na ja, was blieb ihnen anderes übrig. Allerdings wollten sie wissen, ob Papa zu uns zieht, wenn er wieder auf freiem Fuß ist. Sie haben ihn vermisst. Aber er war immerhin noch am Leben.»

Susanna schluckte, zog ein Kosmetiktuch aus der Schublade und putzte sich die Nase. Ihre Augen röteten sich, blieben aber trocken. Vielleicht kämpfte sie gegen die Tränen.

«Und Eero hat sich bemüht! Aber wer gibt einem ehemaligen Häftling schon Arbeit? Niemand. Dann hat er erzählt, er würde mit einem, den er aus dem Knast kennt, schwarz auf dem Bau arbeiten. Damit er den Kindern neue Spiele und Handys kaufen kann. Mia bezahlt ganz anständig, aber das Geld ist bei uns trotzdem knapp, für die Miete geht so viel drauf. Eero musste ja sechzigtausend Euro Entschädigung zahlen, deswegen haben wir unsere vorige Wohnung verloren. Er wollte wirklich zahlen, auch wenn solche Ehrlichkeit sich nicht lohnt. Seinem Bewährungshelfer, diesem Mikke, hat er nichts von der Schwarzarbeit gesagt, weil der so nett war und sich richtig Mühe gegeben hat, Eero ehrliche Arbeit zu besorgen, mit Lohnsteuerkarte und allem Drum und Dran. Das war der einzige Mensch, der auf Eeros Seite zu stehen schien. Na ja, angeblich war der selbst mal im Knast, obwohl er nicht arm ist. Aber irgendwie glaube ich, dass nur jemand, der selbst nichts besitzt, einen Habenichts verstehen kann. Mia spricht auch immer so großartig vom Verschlanken, vom Slowdown, von einem einfachen Leben. Als ich die Stelle bei ihr bekommen habe, war das hier eine der teuersten Kinderboutiquen in der ganzen Stadt. Die Kunden kamen sogar aus den Luxusvierteln von Helsinki, weil außer Mia niemand diese superteure italienische und französische Markenkleidung importiert hat. Gebrauchte Kleidung wäre undenkbar gewesen! Ich habe damals nicht begriffen und begreife bis heute nicht, dass jemand einem dreijährigen Kind Schuhe für zweihundert Euro kauft. Für uns war das billigste Modell aus dem Kaufhaus immer gut genug. Na, jetzt haben wir hier jedenfalls eine Recycling-Ecke.» Susanna zog eine Grimasse. «Weil das ökologisch ist und so weiter. Aber der springende Punkt ist immer noch, dass Mia aus freien Stücken ihren Lebensstandard senken und auf dem Flohmarkt einkaufen kann. Ich habe überhaupt keine Alternative. Deswegen macht mich das Getue von diesen Luxusweibern so wütend. Die kaufen ein Elektroauto, weil es umweltfreundlich ist. Ich fahre den alten Nissan, den Eero mir vor einer Ewigkeit gekauft hat und der garantiert eine Dreckschleuder ist, und ich kaufe billige Hühnchen aus der Massentierhaltung, weil ich mir nichts anderes leisten kann!» Während sie redete, hatte Susanna Lumme eine winzige weiße Spitzenstrumpfhose ungefähr zehnmal verknotet. «Puh», seufzte sie. «Da habe ich aber Dampf abgelassen. Ihr Bullen habt wohl auch kein Supergehalt, jedenfalls beklagt ihr euch immer. Allerdings liegt es bei Kommissaren ein bisschen höher, nehme ich an.»

Es klopfte, und Susanna öffnete die Tür. Mit ihren Kindern strömte Pommesgeruch in den Laden.

«Mama, wir haben dir Pommes mitgebracht! Der Mann hat uns eine Extratüte gegeben und Grüße an dich bestellt!»

Susanna bedankte sich, sagte aber, die Kinder sollten die Fritten selbst aufessen, sie habe keinen Hunger. «Die Frau hier ist von der Polizei, Kommissarin Kallio. Erzählt ihr alles, was Papa zu euch gesagt hat. Das kann wichtig sein.»

«Hallo. Ich heiße Maria.» Ich gab den Kindern die Hand und bekam Ketchup an die Finger.

Jere und Essi Lumme sahen ihrem Vater ähnlich, dessen lebloses Gesicht, von drei Seiten aufgenommen, an den Wänden unseres Case Rooms ins Leere blickte. Beide hatten dichtes schwarzes Haar und buschige Augenbrauen, unter Jeres Nase deutete sich bereits Bartwuchs an, obwohl seine Stimme noch die eines Kindes war.

«Zu Essi hat er nichts gesagt, nur zu mir. Unter Männern. Wir waren vorletzte Woche zusammen angeln, irgendein Bekannter hatte ihm so ein wackliges Boot geliehen. Wir haben einen kleinen Hecht gefangen, aber mindestens zwei sind Papa vom Haken gerutscht. Und mein Haken ist einmal an einem Baum hängengeblieben, wir mussten lange fummeln, um ihn abzukriegen, da war nämlich so ein teurer Blinker dran. Dann fing es an zu regnen, und Papa sagte, ich darf nicht nass werden, sonst erkälte ich mich, aber ich habe gesagt, bei Regen beißen die Fische doch am besten an. Wenn wir noch einen Hecht gefangen hätten, hätte Mama sich bestimmt gefreut, und Papa hätte mit uns essen können.»

Jere runzelte die Stirn. «Aber wir haben keinen mehr gekriegt. Papa ist zum Ufer gerudert, und da hat sein Handy geklingelt. Er hat auf die Nummer geguckt und sich so erschrocken, dass das eine Ruder ins Wasser gefallen ist. Zum Glück habe ich es noch erwischt, aber dabei ist mein Ärmel nass geworden. Papa hat das gar nicht mitgekriegt. Er hat nur gesagt, ja, ja, ja, eigentlich will er das nicht tun, aber wenn es sein muss, macht er es.»

«An welchem Tag war das, und um welche Zeit?»

«Letzte Woche Dienstag. Das muss so um halb vier gewesen sein. Wir haben den Vier-Uhr-Bus in Kivenlahti noch erwischt.»

«Mit wem hat dein Vater gesprochen?»

«Das hat er nicht gesagt, aber es war ein Mann, das habe ich gehört. Papa hat nur gesagt, ja, ja, ja, und ich will das nicht. Und sprich nicht von meinen Kindern! Dann ist ihm wohl eingefallen, dass ich dabei bin, denn er hat sich die Hand vor den Mund geschlagen, so.» Jere ahmte die Geste seines Vaters nach. «Und irgendwie ... Er hat fast geweint, als er aufgelegt hat. Dann hat er zu mir gesagt, die Welt ist seltsam, man kann keinem trauen, aber er ist bereit, alles zu tun, damit Essi und ich in Sicherheit sind. Uns liebt er über alles, hat er gesagt. Und dass auch Erwachsene manchmal Angst haben und nichts ausrichten können. Er war ... ziemlich ernst. Dann hat er irgendwas von einem Eisen gemurmelt.»

«Einem Eisen? Kann er eine Waffe gemeint haben? Ein Schießeisen?»

«Ich glaub nicht ... Irgend so was wie, dass er sich nie mit dem Eisen eingelassen hätte, wenn er das gewusst hätte. Oder hat er Stahlviereck gesagt?» Jere wirkte unsicher.

«Eero hat dann Jere und den Hecht nach Hause gebracht, Essi umarmt und gesagt, er müsse gehen», mischte sich Susanna ein. «Und dann hat er noch gesagt, wie gut, dass die Kinder nach Savonranta fahren. Ich habe nicht kapiert, wie er das meinte, bevor Jere mir von dem Anruf erzählt hat. Ich dachte nur, er freut sich, dass die Kinder aufs Land kommen. Jere angelt so gern, und Essi pflückt gern Beeren. Wir haben zehn Kilo Blaubeeren eingefroren, da sparen wir eine Menge Geld.»

«Das ist eine sehr wichtige Information, gut, dass du mir davon erzählt hast», sagte ich zu Jere. Ich überreichte ihm meine Visitenkarte und sagte, er könne mich jederzeit anrufen, wenn ihm noch etwas einfalle. Dann gab ich auch Essi eine Karte. Sie probierte gerade ein Kleidchen aus rosa Spitze an.

«Mama, kann ich so eins für den ersten Schultag kriegen?»

«Die Sachen sind nichts für uns», antwortete Susanna verbittert. «Mia hat Essi ihre alten Schuhe versprochen, sie hat winzige Füße und Essi solche Quadratlatschen wie ich. Ich muss Matti anrufen, wegen der Beerdigung. Vielleicht können wir es so halten wie bei Frau Tanner. Keine Kränze, jeder hat eine Kerze mitgebracht, die neben dem Sarg in den Sand gesteckt wurde. Mia hat mir davon erzählt, es war schön, hat sie gesagt. Heute werden zum Glück ja auch Selbstmörder in der Kirche ausgesegnet. In unserem Dorf gab es gegenüber vom Friedhof so ein kleines Wäldchen, vor dem wir Kinder Angst hatten. Das war der alte Selbstmörderfriedhof, wo es angeblich spukte, weil die ruhelosen Seelen herumwanderten. Huch, mir wird immer noch ganz mulmig, wenn ich daran denke!»

Ich verstand ganz und gar nicht, was Susanna meinte. «Was redest du da von Selbstmord? Eija Tanner ist doch an Bauchspeicheldrüsenkrebs gestorben.»

«So haben sie es den Leuten erzählt, und sie war ja auch krebskrank. Aber daran ist sie nicht gestorben. Mia hat mir einmal in einer schwachen Stunde erzählt, dass ihre Schwiegermutter sich ertränkt hat, weil sie die Schmerzen und die Hilflosigkeit nicht mehr ertrug. Das ist die Wahrheit über den Tod von Eija Tanner.»

16

Bei Susannas Worten fluchte ich innerlich. Warum hatte ich nicht überprüft, ob bei Eija Tanner damals eine Obduktion vorgenommen worden war? «Ihrer schweren Krankheit erlegen» konnte auch etwas anderes bedeuten, als im Krankenhaus an Krebs zu krepieren. Die Tanners hatten natürlich das Recht, die näheren Todesumstände geheim zu halten, aber bei der polizeilichen Befragung hätten sie die Wahrheit sagen müssen. Oder hatten sie gedacht, das sei bedeutungslos? Und wieso glaubte ich, dass es wichtig war?

Ich wurde aus meinen Gedanken gerissen, als Susannas Telefon klingelte. Gleichzeitig sah ich einen Mann vor dem Schaufenster stehen, einen Blumenstrauß in der einen, ein Handy in der anderen Hand. Es war Mikke Sjöberg.

«Das ist Sjöberg, Eeros Bewährungshelfer. Er will den Kindern Blumen bringen. Machst du mal auf, Jere?»

Der Junge tat es. Mikke umarmte ihn, und ich überlegte, ob die beiden sich schon einmal begegnet waren. Als auch Essi zu Mikke lief und sich umarmen ließ, war meine Frage beantwortet. Der Strauß aus Margeriten und Kornblumen verdeckte Essis Kopf fast ganz, und die Trauer auf Mikkes Gesicht war so herzzerreißend, dass ich kaum hinsehen konnte. Eine wichtige Maxime bei der Polizeiarbeit besagte, dass man Fehler analysieren, dann aber abhaken musste. Mikke empfand den Tod von Eero Lumme offenbar als sein persönliches Versagen. Als er mich bemerkte, veränderte sich sein Gesichtsausdruck.

«Oh, hallo, Maria, du bist ja auch hier.»

«Kennst du die Polizistin?», zwitscherte Essi.

«Ja. Die findet heraus, wer euren Vater ...» Mikke brachte den Satz nicht zu Ende, er schob die Brille hoch und wischte sich über die Augen. «Die Blumen sind für euch und eure Mutter, und in der Tüte ist ein bisschen Schokolade. Oder habt ihr einen bestimmten Wochentag für Süßigkeiten?»

«Im Moment haben wir nur Ausnahmetage», schnaubte Susanna. «Ich sage dir Bescheid, wenn ich weiß, wann die Beerdigung stattfindet. Die Leiche ist noch nicht freigegeben. Hast du eine Ahnung, wie lange das noch dauert?», fragte sie mich.

«Wahrscheinlich ist es nächste Woche so weit. Von meiner Seite ist alles geklärt, aber wenn es noch etwas gibt, könnt ihr mich gerne anrufen. Wie Mikke schon sagte, wir tun unser Bestes.» Ich versuchte, Essi und Jere anzulächeln, kam mir dabei aber irgendwie verlogen vor.

«Ich komme gleich mit», sagte Mikke. «Aber wenn es eurer Mutter recht ist, hole ich euch nächste Woche zum Segeln ab. Ich rufe an, ja?» Er rannte mir geradezu nach und hielt mich vor der Apotheke an. «Kann ich dich irgendwo absetzen?»

«Danke, ich bin mit dem Wagen da, außerdem will ich noch einkaufen, wenn ich schon mal im Big Apple bin», wehrte ich ab. «Und anschließend fahre ich zum Präsidium, meine Abteilung arbeitet auf Hochtouren.»

«Wie lange ist deine Familie noch unterwegs?»

«Vor Schulbeginn werden sie wohl wieder hier sein, also spätestens in einer guten Woche. Kommt auf den Wind an.»

Mikke nickte. «Wie wäre es, wenn wir heute Abend essen gehen? Wir könnten über Eero sprechen. Oder magst du an einem Samstagabend nicht über die Arbeit reden?»

«Bei einem ungeklärten Mordfall spielt der Zeitpunkt keine Rolle», erwiderte ich und bemühte mich, die Antwort nicht nach einem Flirt klingen zu lassen. Es gelang mir nicht ganz.

«Ich kenne da eine Terrasse mit freiem Blick aufs Meer. Der

Koch schafft es gelegentlich, das Essen nicht anbrennen zu lassen. Und falls du immer noch Malt-Whisky magst, den gibt es möglicherweise auch …» Mikke grinste breit.

«Wovon redest du?»

«Ich wohne jetzt im Seeturm, dem Hochhaus in Kivenlahti. Wenn Zander an Pfifferlingsoße gut genug ist, bist du herzlich eingeladen. Passt es um halb acht?»

Ich hätte antworten müssen, dass keine Uhrzeit passte, dass ein gemeinsames Abendessen eine außergewöhnlich dumme Idee war, dass ich arbeiten und die Katzen füttern musste. Stattdessen fragte ich, ob ich den passenden Wein zum Zander mitbringen dürfe. Nach Kivenlahti konnte ich gut mit dem Bus fahren, also durfte ich trinken. Im Supermarkt wusste ich kaum noch, was ich einkaufen wollte. Warum hatte ich eigentlich ein schlechtes Gewissen? Man durfte schließlich Freunde zum Essen besuchen. Viele Polizisten hielten Kontakt zu Personen, die sie irgendwann einmal verhaftet hatten, und Mikke war seit Jahren auf freiem Fuß und gehörte im aktuellen Fall nicht zu den Verdächtigen.

Puupponen saß im Case Room und berichtete, Koivu sei gerade nach Hause gegangen. Ich bat ihn, den Bericht über Eija Tanners Todesursache herauszusuchen, er fand sich in den Archiven besser zurecht als ich. Dann kam Jenna herein, rieb sich die Hände und verkündete, sie habe die ersten Berichte über den ausgebrannten Hyundai bekommen.

«Es wurden einige vom Feuer verschonte Stofffetzen gefunden, blau-weiße Baumwolle, außerdem Reste von Nylon, die offenbar an dem Stoff haften geblieben sind. An den Flächen, die untersucht werden konnten, wurden keine Fingerabdrücke festgestellt. Allem Anschein nach wurde der Wagen vor dem Anzünden gesäubert. Aber warum hat der Täter sich dann nicht die Mühe gemacht, ihn ganz zu verbrennen? Wurde er unterbrochen?», überlegte Jenna.

«Ist der Wagen zuvor auf irgendwelchen Straßen gesichtet worden?»

«Nein. Es ist ein ziemlich gängiges Modell, und auch das Kennzeichen ist in keiner Weise auffällig.»

«Kleine Jungs sammeln heute keine Kennzeichen mehr», brummte Puupponen.

«Das mit dem Kennzeichen ist ein wichtiger Punkt», lobte ich Jenna. «Eero Lummes Frau fährt nämlich einen gebrauchten Nissan. Ich habe mich schon gefragt, weshalb er sich nicht den geliehen hat, sondern den Wagen seiner Schwägerin. Vielleicht glaubte er, der Hyundai wäre unauffälliger.»

«Nach allem, was man so hört, wollte Eero Lumme seine Familie zurückerobern. Vielleicht war es ihm deshalb lieber, den Wagen seiner Frau nicht für zwielichtige Unternehmungen zu benutzen.» Puupponen grinste. «Oder ich bin einfach zu romantisch. Womöglich wusste Lumme, dass Susanna ihm den Wagen nur überlassen würde, wenn er ihr sagte, wofür er ihn braucht, und seiner Schwägerin musste er keine Erklärungen liefern.»

Ich dachte an den blau-weißen Baumwollstoff und die Nylonreste, die im Wagen gefunden worden waren. Woran erinnerten sie mich? An Fotos … Ich holte Saila Linds Fotoalbum aus dem Schrank und blätterte zur letzten Aufnahme vor.

«Kann der Stoff von diesem Kleid stammen? Ich nehme an, dass die Unterröcke aus Nylon sind. Jenna, würdest du dich bitte bei den Tanners erkundigen, ob Saila dieses Kleid noch hatte? Frag zuerst Lotta und Harri. Und sieh nach, ob hinten auf dem Bild der Name des Fotografen steht. Vielleicht wissen die Tanners, bei welchem Anlass das Foto gemacht wurde. Dann können wir dem Kleid nachspüren und dadurch feststellen, ob Lind in dem Hyundai gesessen hat. Ich frage inzwischen Patrik Tanner nach dem Kleid. Wir müssen ihn nämlich freilassen. Er hat die Misshandlung gestanden, also mache ich mir nicht die Mühe, eine Verlängerung der Haftzeit zu beantragen. Wir werden sehen, ob Mia Tanner ihn wegen eventueller früherer Misshandlungen anzeigt.»

Puupponen sah mich an, als wolle er sagen, das wissen wir doch schon jetzt. Ich zog ihm eine Grimasse und ging hinunter in den Zellentrakt. Wieder hatte Koskinen Dienst.

«Wie schlägt sich Patrik Tanner?»

«Dem Bericht nach war er in der Nacht unruhig. Wahrscheinlich hat ihn der Kater geplagt. Er hat um eine Schlaftablette gebeten, heute Morgen dann ganz normal gefrühstückt. Soll ich ihn zur Vernehmung holen?»

«Ja. Und leg schon mal seine Sachen bereit, er kann gehen. Ich stelle ihm vorher nur noch ein paar Fragen.»

Schon die kurze Zeit in Untersuchungshaft hatte Patrik all seine Vitalität und Aufmüpfigkeit genommen. Er hielt sich krumm, und sein Gesicht war blass. Auch der Overall saß nicht mehr so eng wie am Vortag. Ich reichte Patrik das von Koivu angefertigte Vernehmungsprotokoll und bat ihn, es zu lesen und zu unterschreiben, sofern er keine Einwände habe. Patrik seufzte beim Lesen, setzte aber seinen Namen unter das Dokument.

«Und jetzt?»

«Der Staatsanwalt bekommt die Ermittlungsprotokolle und wird sich mit dir in Verbindung setzen. Falls er weitere Vernehmungen für nötig hält, setzen wir die Ermittlung fort. Für heute kannst du gehen.»

«Wohin?», fragte Patrik. «Ich meine, darf ich nach Hause?»

«Mia ist vorläufig in der Klinik und hat meines Wissens kein Kontaktverbot beantragt. Aber wenn du deine Fäuste nicht im Zaum halten kannst, solltest du dir eine andere Bleibe suchen.»

«Darf ich sie besuchen?»

«Das hat Mia zu entscheiden.»

Patrik stand nicht auf, sondern legte die Hände auf die Knie und beugte sich vor, die Augen auf den Boden geheftet.

«Du bist Polizistin. Sag mir, warum einer so was tut? Warum verprügelt einer den Menschen, den er am allermeisten liebt? Ich war besoffen, klar, ich vertrage keinen Schnaps mehr, wegen der Medikamente und allem. Die Synapsen im Hirn sind durcheinander. Ach was, der ganze Kerl ist durcheinander.»

Ich gab ihm keine Antwort: Sollte er ruhig selbst darüber nachdenken, was ihn zu seinen Taten getrieben hatte. Ich reichte ihm die Broschüren verschiedener Selbsthilfegruppen und Krisenzentren, wie in solchen Situationen üblich. Patrik sah die Papiere ungläubig an.

«Geht es dabei um irgendeine Therapie? In Kanada haben sie mich nach dem Unfall gezwungen, mit einem Psychologen zu reden. Das war totale Scheiße.»

«Hier geht es eher um gegenseitige Selbsthilfe, sozusagen von Mann zu Mann. Wie war es beim Tod deiner Mutter? Hat man euch damals psychologische Betreuung angeboten?»

«Wozu denn? Wenn jemand tot ist, macht ihn das Gelaber auch nicht wieder lebendig.»

«Der Selbstmord eines nahen Angehörigen ist ein ziemlich niederschmetterndes Erlebnis.»

Patrik blickte auf und starrte mich aus flammenden Augen an.

«Scheiße, das geht keinen was an. Woher weißt du es überhaupt?» Es sah aus, als würde er gleich aufspringen und sich auf mich stürzen, doch er hielt sich zurück und sank wieder auf den Stuhl.

«Die Todesursache wurde doch untersucht. Es war euer gutes Recht, die wahren Umstände nicht publik zu machen, aber in einem Mordfall muss die Polizei alle Hintergründe kennen. Deine Mutter hat sich also ertränkt.»

Patriks Körper war verkrampft, er atmete wieder schwer, an seiner Schläfe pulsierte eine Ader, und sein Adamsapfel bewegte sich auf und ab. Er schwieg minutenlang. Nur das hohle Ticken der Wanduhr war zu hören, alle anderen Geräusche waren verstummt.

«Patrik?»

«Ich will nicht darüber reden! Ihr habt kein Recht, danach zu fragen! Und wenn du mich wieder einsperrst, darüber spreche ich nicht!» Patrik atmete so heftig, dass ich fürchtete, er könne gleich hyperventilieren.

Ich wusste, dass er in gewisser Weise recht hatte. Bevor ich den anderen Familienmitgliedern zusetzte, würde ich mir jedenfalls das Protokoll über die Untersuchung der Todesursache ansehen. Patrik fragte ich nur noch nach Sailas Kleid.

«Weiberklamotten interessieren mich nicht», lautete seine lakonische Antwort. Ich erklärte ebenso kurz angebunden, die Ermittlungen in dem Mordfall Saila Lind gingen weiter und auch er werde in diesem Zusammenhang noch einmal vernommen werden.

«Kommt das alles in die Zeitung?», fragte er, als ich bereits Koskinen das Zeichen gab, die letzten Formalitäten der Entlassung zu erledigen.

«Mit Glück erst dann, wenn der Prozess ansteht. Allerdings weiß man nie, wer die Ohren spitzt. Man kann die Geschichte ja auch als bloßes Gerücht publik machen. Vielleicht hättest du über die negative Publicity nachdenken sollen, bevor du deine Frau verdroschen hast.»

«Ich habe in dem Moment an gar nichts gedacht», erwiderte Patrik, unverkennbar erleichtert, weil ich nicht mehr über seine Mutter sprach.

Als ich ins Büro zurückkam, hatte sich Puupponen den Bericht über die Todesursache auf seinen Computer geholt. Eija Irmeli Tanner, Mädchenname Mielonen, geboren 1954, war vor fünf Jahren vor der Insel Enholmen ertrunken. Die unmittelbare Todesursache waren Herzstillstand und Atemlähmung, die zum Ertrinken geführt hatten. Harri Tanner hatte damals das Wochenende bei seiner Familie auf der Insel verbracht. Außer den drei Kindern war auch Saila dort gewesen, nur Mia Tanner war in der Stadt geblieben. Keines der Familienmitglieder hatte sich erklären können, warum Eija in den frühen Morgen hinausgeschwommen war. In ihrem Blut hatte man sowohl Benzodiazepine als auch Fentanyl festgestellt; beides hatte die Ärztin, bei der sie in Behandlung gewesen war, ihr verschrieben. Sie litt an unheilbarem Bauchspeicheldrüsenkrebs im fortgeschrittenen Stadium, es war also möglich, dass sie selbst ihrem Leben ein Ende gesetzt hatte. Es war kein Abschiedsbrief gefunden worden, andererseits hatte es auch keine Hinweise auf Fremdverschulden gegeben. Die Ärztin hatte geschätzt, dass sie höchstens noch vier bis fünf Monate zu leben gehabt hätte, und sowohl sie als auch die Familienmitglieder hatten ausgesagt, dass Eija Tanner zeitweise unter starken Schmerzen gelitten hatte. Der Ehemann der Toten hatte einen Selbstmord ausgeschlossen. In ihrem Organismus war jedoch fast die zehnfache Menge der üblichen Fentanyl-Dosis gefunden worden, viereinhalb Milligramm. Eine solche Überdosis, deren Wirkung durch Benzodiazepin noch verstärkt wurde, nahm wohl niemand versehentlich. Keiner der Angehörigen wusste genau, welche Menge Eija normalerweise eingenommen hatte. Das Gespräch mit ihrer Ärztin hatte ergeben, dass sie offenbar eine ganze Packung Ampullen in ihr Glas geleert haben musste, bevor sie zum Schwimmen aufgebrochen war. Das Glas war in der Spülmaschine gelandet, und die leere Ampullenpackung hatte sich im Papierkorb gefunden. Darauf waren nur Fingerabdrücke von Eija selbst festgestellt worden.

Die Todesursache war von der damals noch selbständigen Polizei in Kirkkonummi untersucht worden, der Fall war nicht nach Espoo weitergeleitet worden. Seltsam, dass Jon Berg nichts davon gesagt hatte. War er damals gerade im Urlaub gewesen? Vielleicht hatten seine Kollegen die Trauer des beliebten Eishockeystars so sehr respektiert, dass sie das Ereignis nicht einmal im Pausenraum erörtert hatten. Das klang fast zu tugendhaft, um wahr zu sein.

Jenna kam herein: Sie telefonierte und winkte uns aufmerksamkeitsheischend zu. «Du weißt also, von welchem Kleid ich spreche? Und von welchem Material? Gut. Okay. Und du hast noch etwas von dem Stoff da? Ja, morgen ist früh genug. Die Laboruntersuchungen dauern immer lange. Melde dich am Schalter für Strafanzeigen, die rufen uns, wenn wir im Haus sind. Ich weiß noch nicht, wie unser Zeitplan aussieht.»

«Tanner oder Lotta?», fragte ich stumm, doch Jenna schüttelte nur den Kopf. «Ich habe auch eine Frage!», rief ich.

«Warte mal, die Kommissarin will mit dir sprechen. Kallio, ja.» Jenna reichte mir ihr Handy so zaudernd, als fürchte sie, ich würde es behalten.

«Hallo, Lotta. Heute früh ist ein Punkt nicht zur Sprache gekommen. Ich habe erst heute erfahren, dass deine Mutter ertrunken ist ... Oder sich ertränkt hat.»

Ich hörte, wie Lottas Atem sich beschleunigte, sie brachte kein Wort heraus. «Du kommst offenbar morgen zum Präsidium. Teil mir die Uhrzeit mit, dann treffen wir uns hier.» Eine Art Schluchzen drang an mein Ohr, bevor ich Jenna das Handy zurückgab.

Sie beendete das Telefonat und erklärte: «Bingo! Sailas Kleid ist aus denselben Stoffen genäht wie ein Satz Eislauftrikots von Lottas Mannschaft. Saila hatte gesehen, wie Lotta das Probemodell anfertigte, und war begeistert. Sie hat sich in dem Kleid als Moderatorin für ein Fernsehprogramm beworben, in dem es um die Tanzszene aus den fünfziger Jahren gehen sollte – aus dem Projekt wurde nichts, aber Lotta hat Stoffreste und ein Probemodell zu Hause, und die bringt sie uns morgen, wenn sie wieder in Espoo ist. Was ist das mit dem Selbstmord, von dem du eben gesprochen hast?»

Puupponen klickte den Bericht an, und Jenna las ihn. «Ganz schön beschissen», meinte sie, «wenn man nicht mal weiß, ob es ein Unfall oder Selbstmord war. Mein Vater hatte immerhin so viel Grips, Briefe zu hinterlassen. Kein Wunder, dass Julian so durcheinander war, als er hörte, dass auch seine Tante ertrunken ist.» Jenna errötete, als sie Julian Tanner erwähnte. «Auch wenn man genau weiß, dass man nichts hätte tun können, dass er selbst abgezogen hat, macht man sich Vorwürfe. Und bei so einer Geschichte erst recht. Möchte jemand eine Limo, ich kann unten am Automaten was holen», fügte sie dann hastig hinzu, als sei ihr gerade klargeworden, dass sie zu viel gesagt hatte. Puupponen und ich starrten ihr nach.

«Pertti hat sich auch immer verdrückt, wenn er rührselig wurde», sagte ich, als ich hörte, wie sich die Aufzugtür am Ende des Flurs schloss.

«Jenna begreift doch hoffentlich, dass auch wir uns damals Vorwürfe gemacht haben? Manchmal wünsche ich mir, die ganze Sache vergessen zu können. Eine Ironie des Schicksals, dass Jenna jetzt unsere Kollegin ist ... Oder gehört es zu einem teuflischen Plan?» Puupponen warf seinen Kaugummi in den Papierkorb, traf aber nur den Rand, wo der Batzen hängenblieb. Der Putzmann würde uns wieder einen Zettel hinlegen mit der Aufforderung, besser zu zielen. «Und kann es Zufall sein, dass beide Schwestern ertrinken? Wenn Saila Linds Leiche allein in der Plastikfolie gelegen hätte, würde ich Eija Tanners Tod sofort noch einmal unter die Lupe nehmen.»

«Lind war doch nicht todkrank.»

«Nein. Aber wenn jemand einmal dazu fähig war, einen Menschen zu ertränken, und nicht geschnappt wurde, dann kann er es wohl auch ein zweites Mal tun.»

Ich konnte Puupponens Gedankengängen nicht mehr folgen und fragte ihn, worauf er hinauswolle.

Er drehte eine Büroklammer zwischen den Fingern und sagte: «Auch wenn in Eija Tanners Fall kein Verdacht auf Mord geschöpft wurde, kann es trotzdem einer gewesen sein. Die Familie ist ziemlich manipulativ. Wenn sie es geschafft haben, alle in dem Glauben zu wiegen, dass Eija in der Klinik an Krebs gestorben ist, haben sie vielleicht auch anderes verheimlicht. Womöglich haben Harri Tanner oder Julian sich eingeredet, Eija erlösen zu müssen. Aber wie gesagt, in der Plastikfolie lag außer Lind noch eine zweite Leiche, und es gibt Indizien, die auf Zinswucherer hinweisen. Jenna und ich haben aus den Teledaten entnommen, dass sich Lind in den Tagen vor ihrem Tod immer im Bereich derselben Sendemasten aufgehalten hat. Wir sollten mal die Umgebung des Bootshafens von Degerö durchkämmen. Gut möglich, dass wir dort den Tatort finden. Dann hätten wir schon das Wo und das Warum. Fehlt nur noch der Täter.»

«Haben die Aufzeichnungen der Überwachungskameras der Seewacht etwas hergegeben?»

«Bisher nicht. Die decken ja sowieso nur einen kleinen Teil des Schärengebiets ab. An sich sind die Standorte der Kameras zwar geheim, aber irgendetwas sickert immer durch, es ist also gut möglich, dass unser Täter sie kennt. Oder unsere Täterin.»

Mir knurrte der Magen. Ich würde die Stunden bis zum Abendessen um halb acht nicht durchhalten, ohne etwas zu essen. Als Puupponen und Jenna limonadetrinkend Sailas Tagesablauf rekonstruierten, verabschiedete ich mich und fuhr nach Hause. Koivu rief ich vorsichtshalber nicht an. Ich fürchtete, er würde an meiner Stimme hören, dass ich im Begriff war, etwas Unbedachtes zu tun.

Zu Hause mischte ich Blaubeeren und Hüttenkäse und verdünnte das Ganze mit Beerensaft. Das Ergebnis sah aus wie Hundefutter, bekämpfte jedoch den Hunger. Meine Anrufe bei Harri Tanner wurden auf den Anrufbeantworter umgeleitet. Ich bat nicht um Rückruf. Dagegen verbrachte ich eine verblüffend lange Zeit damit zu überlegen, was ich anziehen sollte. Ich fühlte mich mies, als ich eine Flasche Riesling aus dem Weinschrank nahm, die Antti für den Besuch seiner Kollegin Kirsti Jensen und ihrer Großfamilie sorgsam ausgesucht hatte. Sie war übrig geblieben, weil die Gäste drei Flaschen italienischen Wein mitgebracht hatten. Was die Kleidung anging, entschied ich mich schließlich für eine lindgrüne Baumwoll-Caprihose und eine fliederfarbene Tunika, deren Ausschnitt Anttis Einschätzung zufolge sündhaft war. In letzter Minute zog ich die Tennisschuhe aus und schlüpfte in Sandalen mit kleinen Absätzen. Beinahe hätte ich den Bus verpasst, und während der Fahrt fächelte ich mir mit einer Gratiszeitung von gestern, die irgendwer auf dem Sitz hatte liegenlassen, den Schweiß vom Gesicht. Als ich die Zeitung aufschlug, blickte mir auf Seite zwei Harri Tanner entgegen. Der Mord an seiner Schwägerin war eine wichtigere Nachricht als der an einem Kleinkriminellen wie Eero Lumme.

Ich war noch nie im Seeturm gewesen, weder kannte ich dort jemanden, noch hatte ich je dienstlich in dem Haus zu tun gehabt. Ich rief Mikke an, damit er die Haustür öffnete, und fuhr mit dem Aufzug in den achten Stock. Mikke erwartete mich an der Wohnungstür. Er hatte eine weiße Schürze umgebunden, und seine Haare standen vom Kopf ab. Bei meinem Anblick trat ein breites Grinsen auf sein wettergegerbtes Gesicht, und es schien das Natürlichste von der Welt, dass wir uns umarmten. Mikkes Schürze duftete nach Kräutern, die ich nicht kannte. Sein Körper war straff, und obwohl unsere letzte Umarmung mehr als zehn Jahre zurücklag, fühlte er sich vertraut an, als erinnerten sich meine Arme plötzlich an die damalige Berührung.

«Komm rein», forderte Mikke mich auf. Ich überreichte ihm die Weinflasche und folgte ihm. Wohnzimmer und Küche gingen ineinander über, durch die großen Fenster sah man weit auf das Meer hinaus. Der Balkon war geräumig genug für einen

Esstisch und zwei Stühle. Möwen zogen zwischen dem Haus und dem Meer kreischend ihre Bahnen, am Steg legte gerade ein Motorboot an. Als ich den Blick über den Hafen schweifen ließ, entdeckte ich das hölzerne Segelboot. Mikke konnte die *Leanda* von seinem Balkon aus sehen.

«Ich habe dir einen Terrassenplatz versprochen, also sitzen wir draußen. Möchtest du einen Aperitif?» Mikke öffnete den Kühlschrank, dann war ein Ploppen zu hören, und das schäumende Getränk füllte die auf einem Tablett bereitstehenden Gläser. Die Sonne fiel direkt auf den Balkon, sodass ich die Sonnenbrille, die ich in die Stirn geschoben hatte, aufsetzen musste. Ich setzte mich in einen der beiden gepolsterten Korbsessel. Der Tisch war fertig gedeckt, die Servietten waren aus cremefarbenem Leinen, die Ringe sahen nach Silber aus. Aus dem mit einem Tuch abgedeckten Korb stieg der Duft von frischem Brot.

Ich nahm ein Glas vom Tablett und stieß mit Mikke an. Einen Toast brachte keiner von uns aus. Wir saßen schweigend da und nippten an unserem Sekt, dessen Bläschen mir prickelnd in die Nase stiegen. Der Verkehr auf der Umgehungsstraße war bereits spärlicher geworden, am Horizont waren einige Segel zu sehen.

Es war nicht ganz ungewöhnlich, dass ein Polizist und ein Krimineller sich gut verstanden. Ein Skinhead, der meine Familie bedroht hatte, schickte Iida später ein Puppenhaus, das er im Gefängnis für sie gebaut hatte. In den ersten Jahren meiner Laufbahn hatte zwischen den Profis in beiden Lagern eine Art gegenseitiger Respekt geherrscht, doch diese Zeit war vorbei, auf Männer vom alten Schlag traf man kaum noch.

«Wir hatten vorgehabt, am nächsten Wochenende zusammen fischen zu gehen, Eero, Jere und ich. Sozusagen zur Feier des neuen Schuljahres. Eero hat sich sehr darauf gefreut.»

«Was hätte er getan, wenn jemand seine Kinder bedroht hätte?»

Mikke drehte sich so schnell zu mir um, dass ihm Sekt auf die Jeans schwappte. «Wenn und hätte? Ist das eine theoretische Frage, oder steckt etwas dahinter, worüber du nicht sprechen darfst?»

«Letzteres», sagte ich in einem Ton, der es Mikke leichtmachte, meine Antwort richtig zu deuten. Er wirkte erbost, doch seine Wut galt nicht mir. «Was er getan hätte? Er hätte nach der Pfeife dessen getanzt, der sie bedrohte, und natürlich mit keinem darüber gesprochen, nicht einmal mit mir. Also gibt es eine einfache Erklärung dafür, dass Eero sich wieder in dunkle Geschäfte hineinziehen ließ, obwohl er geschworen hatte, sauberzubleiben.» Mikke schirmte die Augen mit der Hand ab. «Ich habe übrigens versucht, diesen Kolben-Kinnunen zu erreichen. Wir haben gemeinsame Bekannte.»

Ich trank einen Schluck, denn ich hatte das Gefühl, mich stärken zu müssen, bevor ich zu meiner üblichen Predigt ansetzte, Mordermittlungen solle man Profis überlassen. Dabei hielt ich es für wahrscheinlich, dass Mikke Kolben-Kinnunen schneller aufspüren würde als wir. Mikke hörte sich meinen Vortrag nicht lange an.

«Ich versuche nur zu helfen, verstehst du? Und ich habe dich nicht nur zum Abendessen eingeladen, um über deine Arbeit zu reden.»

«Das ist schon in Ordnung. Ich finde keine Ruhe, bevor die Sache geklärt ist.»

Mikke lächelte, und ich glaubte, dass er verstand, was ich meinte.

«Der Tod verbindet uns gewissermaßen», sagte er scheinbar leichthin, doch sein Blick war verschattet. «Wie könnte es auch anders sein, bei einer Polizistin und einem Mörder.»

«Hör endlich mit deinem Selbstmitleid auf. Aber du hast schon recht, es ist eine seltsame Freundschaft.»

«Maria, ohne dich wäre ich doch gar nicht mehr am Leben!

Ich denke nur Gutes von dir, auch wenn es anders vielleicht leichter wäre. Du hast damals nur deine Arbeit getan.» Mikke seufzte. «Ich hatte mir vorgestellt, dass wir in der Sonne sitzen und über angenehme Dinge plaudern! Daraus scheint nichts zu werden. Aber essen wir wenigstens etwas, ich hole die Vorspeisen.»

Als Mikke gegangen war, nahm ich kurz die Sonnenbrille ab. Meine Wimperntusche bröckelte bereits. Ich leerte mein Glas und lehnte nicht ab, als Mikke außer dem Vorspeisenteller auch die Flasche mitbrachte und mir nachschenkte. Auf dem gelben Etikett stand «Champagne». Auf dem Teller waren gebeizte Maräne und Räucherlachs, Fischrogen, hauchdünne Zwiebelringe, saure Sahne und Zitronenspalten angerichtet. Mikke zog das Tuch vom Brotkorb.

«Svartbröd, meine Mutter hat mir beigebracht, es zu backen. Bedien dich. Die Butter ist auch aus Åland.»

Ich erinnerte mich an Katarina Sjöbergs Häuschen auf der Insel Föglö und merkte plötzlich, dass ich kein åländisches Schwarzbrot mehr bekommen hatte, seit ich es damals bei ihr gegessen hatte. Für meinen ostfinnischen Gaumen schmeckte es immer noch ungewohnt süß, bildete aber einen angenehmen Kontrast zum salzigen Geschmack der Fische und des Rogens. Trotz allem hatte ich Hunger.

«Da hatte ich ja Glück, durch Zufall eine so tolle Einladung zu ergattern», grinste ich nach der zweiten Scheibe Brot. Mikke lachte auf.

«Ich bekenne: Als Susanna mir sagte, dass du zu ihr ins Geschäft kommen würdest, bin ich auf die Idee verfallen, die Blumen dort abzugeben. Ich hätte sie ja auch zu den Lummes nach Hause bringen können. Die Kartoffeln sind sicher schon gar, ich hole das Hauptgericht. Bleib ruhig sitzen!»

Als Mikke in der Küche war, hörte ich sein Handy klingeln. Er meldete sich, doch das Gespräch drang nur als leises Murmeln an mein Ohr. Schließlich kam er mit leeren Händen auf den Balkon zurück, und sein Gesicht war wieder angespannt.

«Das war Kolben-Kinnunen. Wir haben abgemacht, dass wir uns am Montagabend treffen. Er ist mehr als willig, über Eero Lumme zu sprechen – sofern wir uns über den Preis einig werden.»

17

Vergiss nicht, dass ich wegen Mordes gesessen habe. Die genaue juristische Bezeichnung spielt keine Rolle», fügte Mikke rasch hinzu, als ich protestieren wollte. «Ein bisschen Respekt darf ich von Kolben-Kinnunen erwarten. Zahlen werde ich ihm nichts, ich stelle ihm nur ein paar Fragen, und wenn nötig, mache ich ihm ein wenig Angst.» Die Härte, die jetzt auf Mikkes Gesicht lag, war mir fremd. Ich kannte ihn ja nicht wirklich, zudem veränderten dreieinhalb Jahre Gefängnis jeden.

«Das will ich nicht gehört haben.» Ich blickte mich um: Wir saßen auf einem offenen Balkon, zwar war es ein Eckbalkon, doch über und unter Mikke wohnten Nachbarn. Vielleicht war es besser, über dienstliche Angelegenheiten drinnen zu reden.

«In Ordnung. Und damit genug von der Sache, wir kommen am Montag darauf zurück. Iida hat sich offenbar angefunden», wechselte Mikke das Thema. Es versetzte mir einen Stich, an meine Familie erinnert zu werden, vielleicht tat Mikke es absichtlich.

Wir plauderten eine Weile über das Segeln. Mikke war im vorigen Sommer nach Kopenhagen gesegelt und zählte die Häfen an der Strecke auf, in denen eine Jacht von der Größe der *Long Wang* anlegen konnte.

«Ich kenne Wahlroos, wir waren damals bei der Weltumseglung in derselben Crew. Vor Naantali ist uns was Peinliches passiert. Wir sollten bei einer Sponsorenveranstaltung unser Boot präsentieren, aber in dem Sommer war der Wasserstand ungewöhnlich niedrig, und wir sind ein paar Meilen vor dem

Ziel auf Sandgrund gelaufen. Da mussten wir mit den verrücktesten Tricks arbeiten, um den Kiel freizubekommen. Zum Glück war der Sponsoringvertrag schon abgeschlossen, sonst hätten die Firmenchefs sich bestimmt geweigert, uns Stümpern Geld zu geben. In dem Cup sind wir dann auf den dritten Platz gekommen, das war mein letzter Segeltörn mit großer Besatzung.»

«Bleibst du in diesem Winter hier, oder unternimmst du wieder eine größere Fahrt?»

«Ich bin durch das Bewährungshilfe-Projekt gebunden. Irgendwann im Frühjahr werde ich mir an der Adria ein Boot mieten und an die kroatische Küste segeln. Komm doch mit.»

Mikke wartete meine Antwort nicht ab, sondern stand auf und holte das Hauptgericht. Der Riesling hatte offenbar im Gefrierfach gelegen, denn er war angenehm kalt, und der Zander, die Pfifferlingsoße und die jungen Kartoffeln schmeckten mindestens so gut, wie von Antti gekocht. Insgeheim tadelte ich mich für diesen Vergleich.

«Bei genauerem Nachdenken ist mir aufgegangen, dass ich dieser Saila Lind einmal begegnet bin. Das ist jetzt ungefähr zwei Jahre her. Ich war damals mit einer Inga-Lill zusammen, einer alten Bekannten, deren Familie ein Sommerhaus auf Föglö hat. Aus der Geschichte ist letztlich nichts geworden, sie war die berühmte Ausnahme, für die meine Knastvergangenheit einfach zu viel war.» Mikke breitete die Arme aus, Lachfältchen überzogen sein Gesicht, doch seine Augen lachten nicht. Sekundenlang war ich wütend auf eine mir unbekannte Frau.

Inga-Lills Söhne waren in der Metro angepöbelt worden, als sie auf der Rückfahrt vom Fußballtraining Schwedisch miteinander gesprochen hatten. Saila Lind hatte damals gerade mit ihrer Kampagne zugunsten des Schwedischen begonnen, und Mikke und Inga-Lill hatten sie zufällig auf der Terrasse des Cafés Strindberg getroffen. Saila hatte sich den Bericht der besorgten Mutter ernsthaft angehört, sich Notizen gemacht und Inga-Lill aufgefordert, den Vorfall anzuzeigen.

«Aber das wollte Inga-Lill nicht, man hätte den Rüpel ja ohnehin nicht gefunden. Außerdem meinte sie, solche Bauerntrampel solle man einfach ignorieren. Daraufhin hat Saila Lind ihr vorgeworfen, mit Scheuklappen durch die Welt zu laufen. Wenn man die Stellung der schwedischen Sprache nicht kraftvoll und notfalls auch mit drastischen Mitteln verteidige, gäbe man sie verloren. Schwedisch ist ja auch meine Muttersprache, aber Linds Fanatismus leuchtete mir nicht ganz ein. Sie hatte wirklich keine Angst davor, Prügel zu beziehen, weder im übertragenen Sinne noch konkret. Ein seltsames Paar, sie und Eero. Er war so sanftmütig, wie ein Mann nur sein kann. Nimm dir noch, wenn es dir schmeckt.»

Ich füllte meinen Teller auf und ließ mir von Mikke Wein nachschenken. Ich fragte, woher er die Pfifferlinge habe, und er sagte, er habe sie in der vorigen Woche bei einer Stippvisite auf Åland gesammelt. Auch mein Vater hatte in Arpikylä bereits die ersten Exemplare gefunden.

Die Pilze waren ein unverfängliches Thema, leicht und sommerlich, doch Mikke überraschte mich mit der Frage: «Bist du glücklich?»

Mikke hatte nie Wert darauf gelegt, über Banalitäten zu plaudern. Er war selbst ehrlich und erwartete auch von anderen Aufrichtigkeit.

«Glücklich ... In den letzten Jahren bin ich oft glücklich darüber gewesen, dass ich überhaupt noch lebe. Einmal hätte ich fast eine Zyanidspritze in die Arterie bekommen, und einmal habe ich einen Bombenanschlag in Afghanistan miterlebt, bei dem eine deutsche Kollegin ums Leben kam.»

«Du warst in Afghanistan?»

«Vor zwei Jahren, zur Eröffnung der Polizeischule. Ich hatte einige der Lehrkräfte ausgebildet.»

«Du steckst deine Nase wohl überall rein – na ja, vielleicht bin ich nicht der Richtige, um die Vermeidung unnötiger Risiken zu predigen. Lehrerin warst du also auch?»

«Ich habe zwischendurch in der Forschung und als Ausbilderin gearbeitet, weil ich von Morden die Nase voll hatte, aber am Ende bin ich doch wieder bei der Espooer Polizei gelandet. Vielleicht hatte mein Kollege Pertti Ström doch recht, du weißt schon, der Selbstmörder. Er sagte mir, du bist mit Haut und Haaren Polizistin.»

Ich spießte das letzte Stück Zander auf und zog es durch die Soße. Mikke hatte bereits aufgegessen. Er lehnte sich zurück, schloss die Augen und ließ sich die Sonne aufs Gesicht scheinen. Das strohblonde kurze Haar schimmerte im Licht, die Stirnfalten glätteten sich. Soweit ich mich erinnerte, war Mikke ein paar Jahre älter als ich, aber es steckte ein ewiger Junge in ihm, ein Abenteurer.

«Und privat?», fragte er, ohne die Augen zu öffnen.

«Die Kinder machen mir meistens Freude, da ist jedes Alter auf seine Art faszinierend», sagte ich rasch, und Mikke hakte nicht nach. Wir saßen schweigend da, der Sonnenuntergang färbte das Meer in alle Schattierungen von Gold und Purpurrot, wie auf dem Meisterwerk eines Impressionisten. Dann wurden die Farben dunkler, der Waldrand in der Ferne im Südwesten zeichnete sich schärfer ab, doch in der Luft lag noch Sommerwärme, und auch der Wein wärmte mich. Unten auf der Straße zog eine Schar Jugendlicher mit einem Vorrat an Bierdosen vorbei und verschwand im Park.

Mikke räumte den Tisch ab und erklärte, für Desserts habe er kein Händchen, aber er habe Laphroaig, dunkle Schokolade und Espresso im Haus.

«Mit allem einverstanden», sagte ich und streckte mich wie Jahnukainen, wenn er es nicht eilig hatte, an den Fressnapf zu kommen. Ich nahm die Weingläser und die Flasche, die wir beim

Essen zu zwei Dritteln geleert hatten, und folgte Mikke nach drinnen, denn ich musste auf die Toilette. Im Wohnzimmer hingen zwei große Fotografien von Seelandschaften, die eine zeigte Kap Hoorn, die andere Eisberge. Das Ecksofa war mit hellem Leder bezogen, wie es Katzen und kleinen Kindern nicht lange standgehalten hätte. Von dort aus hatte man freien Blick auf das Meer ebenso wie auf den Vierzig-Zoll-Fernseher. Bücher, Platten und DVDs waren hinter Glastüren alphabetisch geordnet. Es war das Zuhause eines Seglers: An Bord musste man genau wissen, was sich wo befand, denn man durfte keine Zeit mit der Suche nach seinen Siebensachen vergeuden. Zum Bad gehörte auch eine Sauna. Ich öffnete den Badezimmerschrank, denn ich wollte wissen, ob Mikke irgendwelche Medikamente nahm. Ich fand nur Schmerztabletten, Pflaster und Augentropfen.

Nachdem ich auf der Toilette gewesen war, blickte ich in den Spiegel und zog mir die Lippen nach. Meine Augen glänzten so verdächtig, dass ich mein Spiegelbild fragte, ob ich eigentlich wisse, was ich tat. Es stimmte mir darin zu, dass ich es nicht wusste, und auch darin, dass Mikke Sjöberg ein gefährlicher Mann war. Ich schnitt ihm eine Grimasse und ging zurück, um weitere Dummheiten zu machen.

Mikke hatte die Kerzen in den Hängelaternen auf dem Balkon angezündet. Am Himmel waren ein paar blasse Sterne zu sehen, und auf dem Wasser zitterte bereits das erste Mondlicht, obwohl der Mond selbst sich noch hinter den Häusern verbarg. Ich trank meinen Espresso in einem Zug und hoffte, er würde mir sowohl den Alkohol als auch den anderen Rausch aus dem Kopf vertreiben, doch zumindest gegen Letzteren schien er machtlos zu sein. Es fiel mir schwer, still zu sitzen und Mikke nicht zu berühren. Als er mir Whisky eingoss und dabei meinen Arm streifte, spürte ich, wie sich die Härchen auf meiner Haut aufrichteten.

«Wo triffst du dich mit Kinnunen?», fragte ich. Im selben

Moment ging mir auf, dass wir die Fahndung nach Kinnunen einstellen mussten. Wenn er erfuhr, dass die Polizei ihn suchte, würde er misstrauisch werden und womöglich nicht zu dem Treffen mit Mikke erscheinen.

«Um sieben Uhr abends im Bootshafen in Otsolahti. Da liegt sein Motorboot.»

«Interessant. Es wäre gut, wenn unsere Techniker sich das Boot mal ansehen könnten. Gut möglich, dass Eero Lumme in dem Kahn seine letzte Reise angetreten hat», sagte ich halb zu mir selbst. Ich nippte an meinem Whisky, der vertraute Geschmack nach Rauch und Torf breitete sich auf meiner Zunge und dann am Gaumen aus. «Ich kann eine Streife in die nähere Umgebung schicken oder auch selbst hinkommen und aufpassen, dass du nicht in Gefahr gerätst.»

«Es ist besser, wenn die Polizei sich dort nicht blicken lässt. Mach dir keine Sorgen, Maria. Ich werde nie mehr etwas tun, das mich meine Freiheit kosten könnte. Ich stelle Kinnunen nur ein paar Fragen, als Eeros Freund.»

Ein Windhauch ließ die Kerzen flackern, verzerrte Schatten wanderten über Mikkes Gesicht. «Es wird ja manchmal behauptet, die finnischen Gefängnisse seien zu gemütlich, die reinsten Erholungsheime. Mit Fernsehern und Computern und so viel Essen, wie man nur will. Wahrscheinlich müsste man uns Mörder zu zwanzigst in eine Zelle sperren, in der es von Kakerlaken wimmelt, und uns verschimmeltes Brot und Meerwasser geben, um die Leute zufriedenzustellen. Ohne gewichtigen Grund kommt keiner ins Gefängnis, aber eine Freiheitsstrafe ist genau das, was der Name besagt, eine Freiheitsstrafe. Ein zweites Mal würde ich das nicht durchhalten. In den ersten Jahren war ich total abhängig von Beruhigungsmitteln, und nach der Entlassung habe ich kaum gewagt, Türen hinter mir abzuschließen. Manche werden da drinnen so stark hospitalisiert, dass sie sich im normalen Leben nicht mehr zurechtfinden. Ich will wissen, wer Eero umgebracht hat, aber ich unternehme nichts, was mich in Gefahr bringt. Mir ist klar, dass du dein Metier beherrschst.» Mikke hob das Glas, ich erwiderte seine Geste. Dann schwiegen wir wieder und betrachteten die immer heller werdenden Sterne und den Mond, der beinahe noch voll wirkte und pampelmusenfarben leuchtete.

Der Kaffee hatte meinen Kopf nicht geklärt, und der Malt-Whisky richtete noch mehr Durcheinander an. Ich brach mir zwei Stücke von der dunklen Schokolade ab, die aber auch nicht halfen.

«Ich bin einmal zu dir gegangen, als ich auf Bewährung freikam. Ihr habt damals noch in Henttaa gewohnt. Es war im November, ein sehr nebliger Tag, das Moos war aufgeplustert, und der Tau hing schwer an den Grashalmen. Ich sah dich im Garten, Iida hatte einen Regenanzug an und spielte, und du hast den Kinderwagen hin und her geschoben, damit das Baby einschläft. Ich habe euch eine Weile zugeschaut, aber dann wurde mir klar, dass ich euch nicht stören durfte. Ihr wart so ganz und gar in euer Idyll eingesponnen, da hatte ich nichts zu suchen.»

«Ich hatte eigentlich nicht das Gefühl, in einem Idyll zu leben. Allerdings fand ich es schrecklich, dort wegzuziehen, ich mochte Henttaa wirklich sehr», sagte ich rasch, obwohl es mir kalt den Rücken hinunterlief. Das Haus in Henttaa war abgelegen gewesen, es wäre leicht gewesen, dem im Garten schlafenden Baby etwas anzutun. Unser derzeitiges Zuhause befand sich in einer dichtbebauten Gegend, in der niemand unbemerkt herumschleichen konnte. Dennoch hielt ich meine Adresse seit Jahren geheim und sprach nie öffentlich über meine Familie. Der Gedanke, dass Mikke uns heimlich im Garten beobachtet hatte, stimmte mich eher traurig als ängstlich. Trotzdem konnte ich mir gut vorstellen, was Antti gesagt hätte, wenn ihm zu Ohren gekommen wäre, dass ein Mann, den ich wegen Totschlag ins Gefängnis gebracht hatte, unsere Familie belauerte.

«Keine Sorge. Ich weiß nicht, wo du jetzt wohnst, und werde auch nicht danach fragen. Mir genügt es, dass du meine Einladung angenommen hast. Möchtest du noch Kaffee?»

«Warum nicht?», antwortete ich, obwohl ich wusste, dass ich damit jede Chance vertat, in dieser Nacht auch nur ein paar Stunden zu schlafen – es sei denn, ich neutralisierte die aufputschende Wirkung des Kaffees mit Whisky. Ich machte mich sofort ans Werk. Die Wärme, die der Whisky auslöste, gab mir das trügerische Gefühl, dass das Abendessen mit Mikke eine rundherum gute Idee gewesen war. Es bewies schließlich, dass wir uns nicht gram waren und uns nicht aus dem Weg zu gehen brauchten.

Ich beobachtete gerade ein näher kommendes Motorboot, als mein Handy den Eingang einer SMS vermeldete. Sie stammte von Koivu, der sich erkundigte, wann er am nächsten Tag im Präsidium sein solle. Ich schrieb zurück, das könne ich ihm erst am Morgen sagen, woraufhin er fragte, ob ich mit Puupponen beim Bier säße. Meine Antwort war ein knappes Nein. Ich hoffte, Koivu würde daraus nicht den Schluss ziehen, dass ich zu Hause war, und mich anrufen. Vorsichtshalber stellte ich das Handy auf stumm und trank noch einen Schluck Whisky.

Mikke kam mit der Espressokanne zurück und stellte sie auf den Tisch, setzte sich jedoch nicht hin, sondern lehnte sich an das Balkongeländer und zündete seine Pfeife an.

«Ich muss sie im Wind anstecken, damit der Rauch nicht zu den Nachbarn steigt», erklärte er. «Die Frau über mir hat irgendwie erfahren, dass ich im Gefängnis war, und nutzt jede Gelegenheit, sich zu beschweren. Komm, sieh dir mal die Mondstraße an!»

Einen Teil hatte ich bereits von meinem Platz aus gesehen, doch vom Geländer aus zeigte sie sich in ihrer ganzen Pracht. Ich trat so nah an Mikke heran, dass ich die Wärme seines Körpers spürte und unsere Schultern sich beinahe berührten. Der

Pfeifenrauch schwebte waagerecht vor dem Balkon und löste sich dann im Wind auf. Mikke legte mir den Arm um die Schulter, ich lehnte den Kopf an seine. Wir sprachen nicht. Er führte die Pfeife zum Mund und tat einen Zug, nach einer Weile noch einen, dann sagte ich, der Kaffee werde kalt, und löste mich von ihm. Sofort wurde mir kühl. Ich füllte beide Tassen mit Espresso und setzte mich an den Tisch. Mikke rauchte noch eine Weile, ich betrachtete die Rauchwölkchen und trank abwechselnd Kaffee und Whisky. Schließlich kam auch Mikke an den Tisch und leerte seine Tasse mit einem Schluck. Sein Lächeln machte mich wachsam.

«Ich gehe jetzt, ich muss nämlich morgen arbeiten», sagte ich, obwohl ich keine Ahnung hatte, wann der nächste Bus fuhr. Aber es gab ja auch Taxis.

«Ja, das muss wohl sein, auch wenn ich mir etwas anderes wünsche. Zwischen dir und Antti läuft es immer noch gut?»

«Na ja, wechselnde Bewölkung, wir sind ja schon seit zwanzig Jahren zusammen.» Ich stand auf und spürte, wie mir der Whisky in die Beine fuhr. Die Polizistin in mir empfahl, ein Taxi zu nehmen.

Auch Mikke erhob sich, trat zu mir und küsste mich ohne jeden Skrupel. Er schmeckte nach Pfeifentabak. Ich schlang die Arme um ihn und ließ mich küssen, erwiderte den Kuss sogar. Nach einigen Minuten löste er die Lippen von meinen und sah mir in die Augen.

«Musst du wirklich gehen?»

Ich wollte gerne schweigen, bleiben, alle Vernunft beiseiteschieben, doch das hätte ich wohl selbst dann nicht getan, wenn ich die ganze Whiskyflasche allein geleert hätte. Obwohl mein Körper und mein Herz etwas anderes sagten, antwortete ich, ja, ich müsse gehen. Dann küsste ich Mikke zurück, meine Hände wollten unter sein Hemd schlüpfen, seine Haut spüren … Ich zwang mich, aufzuhören, und bestellte ein Taxi.

«Lass uns am Montag wegen Kinnunen telefonieren», sagte ich an der Tür. Mikke blieb an die Wand gelehnt stehen, und erst im Aufzug begriff ich, dass ich nicht die Einzige war, die an diesem Chaos zerbrechen konnte.

Im Taxi sagte ich mir immer wieder, dass ich es bei meiner Arbeit unzählige Male mit Katastrophen zu tun gehabt hatte, zu denen es nur gekommen war, weil jemand beschlossen hatte, der Stimme seines Herzens zu folgen. Als ich zu Hause ankam, fühlte ich mich dennoch nicht tugendhaft und vernünftig, sondern einfach elend. Ich nahm eine Kopfschmerztablette, trank einen Liter Wasser und hoffte, dass der unausweichliche Kater eher körperlicher als moralischer Natur sein würde.

Am Sonntag war ich nicht besonders munter, aber Puupponen übertraf mich noch. Er hatte einen gigantischen Kater, stürzte anderthalb Liter Sprite hinunter und schwitzte. Selbst seine Sommersprossen wirkten blass. Jenna bemühte sich, flach zu atmen.

«Ach, du hast einen polnischen Atemschutz», flachste Puupponen matt.

«Was?»

«Na, was du da tust, flach atmen. Das ist so ähnlich wie eine russische Schutzbrille, die besteht daraus, dass man die Augen zusammenkneift. Bauarbeiterhumor.»

Ich streckte Puupponen die Zunge heraus. Sie war dick und trocken. Ich hatte höchstens zwei Stunden geschlafen, und das lag nicht nur am doppelten Espresso. Eine ganze Weile hatte ich mich im Bett gewälzt und meine Feigheit verflucht. Natürlich war es richtig, dass ich mit Mikke nicht weitergegangen war. So konnte ich mir am Morgen vor dem Spiegel wenigstens ins Gesicht sehen, so schrecklich der Anblick auch war. Doch der Verzicht auf das, wonach ich mich sehnte, kam mir nicht edel vor, sondern nur tragikomisch. Der Geschmack des Laphroaig hing noch in meiner Speiseröhre, ich versuchte vergeblich, ihn mit Joghurt und der Erdbeermarmelade meiner Schwiegermutter hinunterzuspülen.

«Pff», machte Koivu, als er kurz vor Mittag den Case Room betrat, und versuchte demonstrativ, das Fenster zu öffnen, von dem er wusste, dass es sich nicht öffnen ließ. «Ihr seid also doch zusammen in der Kneipe gewesen?», wandte er sich an Puupponen und mich.

«Nee, waren wir nicht», murmelte Puupponen, und ich erinnerte Koivu daran, dass ich ihm diese Frage schon gestern Abend beantwortet hatte. Vor weiteren Erkundigungen rettete mich Lotta Tanner, die ein wenig früher als vereinbart mit ihren Stoffresten eintraf. Ich kippte mir ein paar Salmiakpastillen aus meinem Notvorrat in den Mund, bevor ich nach unten ging, um sie abzuholen. Aus irgendeinem Grund musste ich lachen, obwohl es keineswegs witzig war, verkatert zum Dienst aufzukreuzen.

Nachdem ich Jenna gebeten hatte, die Stoffproben ins Labor zu schicken, führte ich Lotta in mein Dienstzimmer, denn ich ahnte, dass es ihr unter vier Augen leichterfallen würde, über den Tod ihrer Mutter zu sprechen. Zuerst erkundigte ich mich nach Sailas Kleid, dann fragte ich, ob Lotta seit Patriks Entlassung Kontakt mit ihm gehabt habe.

«Vater hat mich angerufen und gesagt, dass Patrik nach Hause durfte», berichtete sie, als gehe es um die Entlassung aus dem Krankenhaus und nicht aus dem Polizeigewahrsam. «Ich will jetzt nicht mit ihm sprechen, auch wenn er mein Bruder ist. Ich kann einfach nicht begreifen, warum er so etwas tut.»

«Ihr habt alle Schweres erlebt», sagte ich so sanft ich konnte. «Der Selbstmord deiner Mutter hat natürlich bei jedem von euch Spuren hinterlassen. Kein Wunder, dass Julian sich übergeben musste, als er hörte, dass auch seine Tante Saila ertrunken ist.»

Aus Lottas Gesicht war alle Farbe gewichen, sie hielt die Hände gefaltet, als bete sie um Kraft.

«Woher weißt du das alles?», fragte sie.

«Aus dem Polizeibericht über den Leichenfund.» Ich sah keinen Grund, ihr zu verraten, dass ich ohne Susanna Lummes Hinweis nicht auf die Idee gekommen wäre, mir den Bericht anzusehen.

Lottas Lippen bewegten sich, doch es war kein Ton zu hören. Betete sie tatsächlich? Sie seufzte.

«Mutters Tod hat doch nichts mit dem hier zu tun. Saila hat Mist gebaut und ist in die falschen Kreise geraten. Dass sie ermordet wurde, hat nichts mit uns zu tun», murmelte sie. Es klang wie ein Mantra, das so oft wiederholt worden war, dass es seinen Inhalt verloren hatte. «Außerdem hat Mutter sich nicht das Leben genommen, es war ein Unfall. Sie war bis zum Schluss ein fröhlicher Mensch, sie hat uns alle gestützt, während wir uns darauf vorbereiteten, sie zu verlieren.» Lotta sprach zum Fußboden, nicht zu mir. Ihre Hände waren jetzt so fest geballt, dass ihre Fingerknöchel weiß hervortraten.

«Juristisch gesehen ist Sterbehilfe natürlich ein Verbrechen, aber moralisch kann sie einem völlig legitim erscheinen, vor allem, wenn dem Patienten extreme Schmerzen bevorstehen.»

«Was willst du damit andeuten? Wenn du den Bericht gelesen hast, musst du doch wissen, dass es keinerlei Unklarheiten gab.» Lotta atmete immer schwerer, sie beugte den Oberkörper vor, bis ihr Kopf zwischen den Knien lag. Trotz der heftigen Worte klang ihre Stimme dumpf.

«Dann hat also niemand in eurer Familie jemals den Verdacht geäußert, dass es sich um etwas anderes gehandelt haben könnte als um einen Unfall? Dem Bericht zufolge hat eine Überdosis Fentanyl, deren Wirkung durch das Benzodiazepin noch verstärkt wurde, Atemlähmung und Herzstillstand verursacht, was dann zum Ertrinken führte.»

«Natürlich nicht. Mutter hätte sich nicht umgebracht, sie war eine Kämpferin.» Lotta richtete sich langsam auf. Ihr Gesicht war immer noch blass, die Wangen waren nass vor Tränen. «Nur Saila hat die ganze Zeit von Selbstmord gesprochen, mit genau denselben Worten wie du. Dass es ja verständlich sei, weil Eija mit schlimmen Schmerzen zu rechnen gehabt hätte. Aber das waren eben Sailas Geschichten, jeder wusste, dass nichts dahintersteckte.»

Wusste das wirklich jeder? Hätte Saila Lind es über sich gebracht zu schweigen, wenn sie gewusst hätte, dass zum Beispiel ihr Schwager seiner Frau absichtlich eine Überdosis verabreicht hatte? Oder hätte sie versucht, aus diesem Wissen Profit zu schlagen, ungeachtet dessen, dass sie die Tat an sich billigte? Aber wäre Saila dann nicht frei von Geldsorgen gewesen?

«Sollte die Polizei nicht lieber herausfinden, wer Saila ermordet hat, statt in diesen alten Geschichten zu wühlen? Vater hat alles getan, damit die Medien nicht erfahren, wie Mutter gestorben ist. Außer uns wissen nur wenige enge Verwandte davon. Wen geht das auch etwas an? Uns liegt nichts daran, unsere Trauer mit der ganzen Welt zu teilen.»

«Wieso war Mia nicht auf der Insel, als deine Mutter starb?»

Lotta dachte nach, was mir seltsam vorkam. An so etwas musste man sich doch erinnern.

«Es hatte irgendeinen Streit gegeben, und Mia war in der Stadt geblieben, um sich mit ihren Freundinnen zu treffen», sagte sie schließlich. «Mutter ging immer frühmorgens schwimmen, wie Saila übrigens auch. In ihrem letzten Sommer hatte Mutter wegen der Schmerzen Schlafprobleme, deshalb ging sie oft schon bei Sonnenaufgang los und legte sich danach noch einmal hin. Sie fürchtete immer, Vater zu wecken, und hatte deshalb vorgeschlagen, ins Gästezimmer zu ziehen, aber Vater ließ das nicht zu. Er wollte so lange wie möglich neben

Mutter schlafen. Niemand weiß, wann sie in der Nacht das Haus verlassen hat. Sie wurde erst nach Mittag gefunden, wir hatten schon mehrere Stunden nach ihr gesucht. Vater wollte schon die Polizei rufen, aber Julle ist noch mal rausgefahren, um das Meer abzusuchen, und hat sie schließlich gefunden, bei einer Klippe zehn Meter südöstlich von Enholmen. Dass ausgerechnet Julian sie finden musste …»

Bei dem Versuch, die Leiche seiner Mutter ins Boot zu ziehen, war Julian selbst ins Wasser gefallen. Patrik und Saila waren ihm mit dem Motorboot der Familie zu Hilfe geeilt. Julian hatte nicht glauben wollen, dass Eija tot war, sondern auch an Land noch verzweifelt versucht, sie wiederzubeleben. Patrik hatte ihn schließlich mit Gewalt von der Toten losreißen müssen.

«Bis zur Beerdigung hielt Julian sich noch irgendwie aufrecht, aber danach fiel er in eine so tiefe Depression, dass er zwei Monate zur Behandlung in eine Klinik musste. Das Schuljahr hat er komplett versäumt, ein Wunder, dass er schließlich doch noch das Abitur geschafft hat. Patrik und Mia flogen gleich nach der Beerdigung nach Kanada zurück, obwohl Patrik noch Urlaub gehabt hätte. Er sagte, er werde nie wieder einen Fuß auf die Insel setzen, aber nach seinem Unfall hat er es sich anders überlegt. Vater arbeitete scheinbar weiter wie zuvor, aber er war nicht mehr der Alte. Nach Patriks Unfall wurde er zunächst irgendwie lebhafter, vielleicht dachte er, er müsse jetzt wieder stark sein. Aber er ist nach wie vor nur eine sprechende und wandelnde Hülle seiner selbst.»

«Und du?»

«Ich?», fragte Lotta, als könne sie nicht glauben, dass sich jemand für ihr Befinden interessierte. «Ich bin wohl die Tochter meiner Mutter. Ich hatte Zeit gehabt, mich auf ihren Tod vorzubereiten, und mehr als alles andere fürchtete ich mich davor, dass sie in den letzten Monaten unter starken Schmerzen leiden würde. Nach dem ersten Schock war ich erleichtert, dass ihr das erspart blieb. Aber du musst trotzdem nicht auf die Idee kommen, ich hätte ihren Tod absichtlich beschleunigt. Dazu bin ich nicht der Typ. Ich halte mich an die Regeln.»

«Und es wurde wirklich kein Abschiedsbrief oder dergleichen gefunden?»

«Nein. Allerdings hätte mein Vater ihn wohl vernichtet, wenn er ihn in die Finger bekommen hätte. Aber es muss ein Unfall gewesen sein. Mutter nahm es mit ihren Medikamenten zwar sehr genau, weil sie wusste, dass ihre Wirkung kombiniert unberechenbar sein konnte. Da sie so schlecht schlief, ist es aber durchaus möglich, dass sie sich mit der Dosis vertan hat. Warum müssen wir darüber überhaupt noch reden? Das Ergebnis ist doch eindeutig. Mutter ist tot, und keiner kann daran etwas ändern.»

18

Bei Mordermittlungen kann alles wichtig sein.» Als mir diese Worte über die Lippen kamen, überlegte ich, wie oft ich sie während meiner Laufbahn schon ausgesprochen und wie oft ich sie als Vorwand benutzt hatte, um in die Gedankenwelt eines Menschen einzudringen, um zu verstehen, was in ihm vorging. Lotta seufzte entnervt auf.

«Aha. Und die Polizei entscheidet natürlich, wonach sie fragen darf. Aber reicht es nicht allmählich? Ich habe euch wie gewünscht den Stoff gebracht, obwohl ihr mir nicht einmal verraten habt, wozu ihr ihn braucht. Vielleicht werde ich auch das irgendwann einmal im Internet lesen. Kann ich jetzt gehen?»

«Ja, geh nur.»

Als Lotta aufstand, folgte ich ihr auf den Flur. An irgendeinem der Automaten im Haus würde es wohl kaltes Mineralwasser geben. Durch die offene Tür zum Case Room sah ich Puupponen, der die Füße auf den Tisch gelegt hatte und mit geschlossenen Augen telefonierte. Koivu war nicht zu sehen.

«Möchtest du etwas trinken?», fragte ich Lotta, als wir am Automaten im Erdgeschoss vorbeikamen.

«Eine Fanta wäre nicht schlecht. Du darfst es bloß meinen Schützlingen nicht verraten. Als Trainerin muss ich mich selbst an die Regeln halten, die ich vorgebe. Ich bin schon einmal dabei ertappt worden, dass ich an zwei Tagen hintereinander Bonbons gegessen habe, wobei ich den Mädchen doch einschärfe, sich auf einen Bonbontag pro Woche zu beschränken.» Lotta öffnete die Flasche kraftvoll, sie schien ebenso durstig zu sein wie ich. Ich verspritzte natürlich einen Teil des Mineralwassers auf meine Schuhe.

«Weinen macht durstig», sagte Lotta plötzlich. «Dass ich stark bin, bedeutet nicht, dass ich keine Gefühle hätte. Der blaue Stoff mit den weißen Tupfen hat mich an Saila in ihren besten Momenten erinnert. Ich habe bisher nur schlecht über sie geredet, und wahrscheinlich wurde sie ja auch wegen ihrer schlechten Eigenschaften umgebracht, aber manchmal war sie auch unglaublich lustig. Ich trauere um sie, und dabei weine ich gleichzeitig auch um meine Mutter, immer noch.»

«Trauerst du ganz allein?»

«Wenn du meinst, ob ich einen Freund habe – nein, habe ich nicht. Wie könnte ich je eine Paarbeziehung eingehen, wo ich von solch extremen Beispielen umgeben bin? Entweder ist man als Paar perfekt, wie meine Eltern, oder es ist die Hölle wie bei Patrik und Mia.»

«War es schon vor Patriks Verletzung die Hölle?»

«Da Patrik seine Mutter nicht heiraten konnte, musste er halt eine andere finden. Seine große Liebe war Mia sicher nicht, eher die passendste Kandidatin. Mia hat oft gesagt, sie konkurriert immer noch lieber mit Patriks wechselnden Geliebten als mit seiner toten Mutter. Seit seiner Rückkehr nach Finnland hat Patrik eine Menge unverbindlicher Affären gehabt, weil seine Bedürfnisse sich so gut wie gar nicht mit Mias decken.» Lotta zog eine Grimasse, die nicht zu ihr passte. «Tja, bei Mordermittlungen ist alles wichtig. Mir geben sie Gelegenheit, zu tratschen. Ich gehe jetzt Mia besuchen. Darf sie bei mir wohnen, wenn sie aus der Klinik kommt?»

Darüber hatte ich nicht zu entscheiden. Als Lotta gegangen war, setzte ich mich in die leere Eingangshalle. Ich überlegte, ob ich Antti anrufen sollte, wusste aber nicht, ob er ans Telefon gehen konnte und ob er auf See überhaupt Anschluss ans Netz hatte. Schließlich wählte ich Tanelis Nummer und war gar nicht überrascht, Iidas Stimme zu hören.

«Hallo, Mama. Wie geht's den Katzen?»

«Bestens. Am liebsten wären sie die ganze Zeit draußen. Wo seid ihr?»

«Irgendwo zwischen Dänemark und Schweden. Furchtbarer Wind. Papa sagt, das kommt vom Klimawandel, der verstärkt die extremen Wetterlagen. Können wir ein iPhone für mich kaufen, wenn wir nach Hause kommen? Es ist total blöd, dass ich keinen erreichen kann. Alle Telefonnummern sind zusammen mit meinem Handy futsch.»

«Ist Papa in der Nähe?»

«Ich weiß nicht, aber Taneli will dich sprechen.»

Mein Sohn plapperte über den Seegang und den Schulbeginn, eifrig wie ein kleiner Junge. Sehnsucht nach ihm überkam mich, und ich fühlte mich wie eine Rabenmutter. Ich hätte nicht gewusst, wie ich ihm erklären sollte, weshalb seine Mutter einen fremden Mann geküsst hatte. Einsilbig beantwortete ich seine Fragen und beobachtete aus den Augenwinkeln zwei Streifenbeamte, die einen schwankenden Betrunkenen hereinführten.

«Sag Papa, er soll mich anrufen», bat ich Taneli zum Schluss, statt selbst auf Anttis Schnellwahltaste zu drücken, bei der es sich natürlich um die Eins handelte. Unsere Beziehung war nicht extrem wie die, von denen Lotta Tanner gesprochen hatte, sie war weder perfekt noch die Hölle. Ich liebte Antti und er mich, was gab es da groß zu überlegen? Bei meiner Arbeit bekam ich allerdings hauptsächlich Beziehungen wie die Ehe von Patrik und Mia zu sehen, in denen einer der beiden Partner den anderen ausbeutete und misshandelte – oder beide einander verletzten. In meiner Kindheit in Arpikylä hatte als guter Mann gegolten, wer das Geld der Familie nicht versoff, Frau und Kinder nicht verprügelte und nicht fremdging, und Antti besaß alle diese klassischen Tugenden. Mitunter war er verschlossen und abwesend, und er neigte dazu, in schwierigen Situationen das Weite zu suchen, doch daran hatte ich mich gewöhnt, es war eben typisch Antti. Hatte ich selbst mich nicht auch nach diesem Muster verhalten, als ich in der vorigen Nacht aus Mikkes Wohnung geflohen war, obwohl ich gern geblieben wäre? Fast jeder hätte gesagt, dass ich das Richtige getan hatte. Am nächsten Tag würde ich Mikke jedenfalls wieder gegenübertreten müssen. Ich wusste, dass ich mit dem Feuer spielte und dass nur ich die Flammen bändigen konnte. Es wäre eine Leichtigkeit, Jenna oder Ville Puupponen zu Mikkes Kontaktperson zu ernennen, und vielleicht hatten wir mit dem Kuss eine Grenze übertreten, die diesen Schritt notwendig machte.

«Was sitzt du hier rum, Kallio?» Die beiden Streifenbeamten waren aus dem Zellentrakt in die Eingangshalle zurückgekehrt. Ihr Werkzeug klapperte am Gürtel, der eine suchte irgendetwas auf seinem Handy, und der andere, der mich angesprochen hatte, war kein anderer als Jon Berg.

«Hallo, Berg. Dasselbe könnte ich dich fragen.»

«Wir mussten einen betrunkenen Autofahrer abliefern. Dieser Moilanen wurde jetzt schon zum dritten Mal innerhalb einer Woche ohne Führerschein und besoffen am Steuer erwischt. Da haben wir beschlossen, ihn in eine Zelle zu bringen, vielleicht kuriert ihn das. Wie kommt ihr in unserem gemeinsamen Fall voran?»

Sein Kollege war an einen der leeren Schalter getreten, um ungestört zu telefonieren. Berg setzte sich zu mir und betrachtete amüsiert meine Wasserflasche.

«Hast du heute Morgen gejoggt, dass du so durstig bist?»

«Das geht dich nichts an. Und wir haben keinen gemeinsamen Fall.»

«Aber seltsamerweise kreuzen sich unsere Wege immer wieder. Und ich habe eine ziemlich interessante Information über die Verbindung zwischen Saila Lind und Eero Lumme. Die Ex von diesem Lumme arbeitet ja in dem Klamottenladen von der Frau von Linds Neffen, was ihr natürlich wisst. Und sicher wisst ihr auch, dass Lumme nach seiner Freilassung einen gewissen Mikke Sjöberg als Bewährungshelfer bekommen hat. Den kennst du, nehme ich an.»

«Stimmt.» Ich kämpfte gegen das Verlangen an, Jon Berg den Rest meines Mineralwassers ins Gesicht zu kippen.

«Dieser Sjöberg ist ja kein ganz gewöhnlicher Typ, er hat Geld geerbt. Und wenn man ins Kreditgeschäft einsteigt, braucht man ein Startkapital, das man verleihen kann. All diese Rehabilitationsprogramme und Eingliederungsmaßnahmen sind eine feine Sache, aber nützen sie wirklich etwas? Im Knast lernt man zumindest eins, nämlich, dass auch alle anderen vom großen Coup träumen. Und irgendwer schafft es angeblich immer. So ein Job als Bewährungshelfer ist ein famoser Deckmantel, um auch außerhalb vom Knast in Kontakt zu bleiben.» Berg strich sich über seinen Zopf, der glänzte wie die Mähne eines Paradepferdes. Berg hätte sich ohne weiteres als Fotomodell für Haarpflege etwas dazuverdienen können.

«Was versuchst du, da anzudeuten?», fragte ich. Im selben Moment erschien Koivu in der Eingangshalle.

«Maria, Ville hat mir gesagt, dass du jemanden nach unten bringst. Sorry, ich musste kurz weg, um Sennu und ihre Freundin zu einer Geburtstagsfeier zu bringen, Anu hatte was anderes vor ... Schau an, Berg ist auch wieder hier.» Koivus Tonfall verriet, dass der Mann aus Kirkkonummi auch bei ihm nicht ganz oben auf der Liste der Lieblingskollegen stand.

«Ja, wir müssen andauernd nach Espoo, weil sie in Kirkkonummi aus Spargründen die Haftzellen geschlossen haben. Seht zu, dass ihr euren Zellentrakt vergrößert. Könnt ihr mir sagen, welche Logik dahintersteckt, dass die Bevölkerung härtere Strafen fordert und die Politiker die Gefängnisplätze zusammenstreichen? Wollen sie etwa die Todesstrafe einführen?» Berg stand auf, die Handschellen an seinem Gürtel stießen klirrend gegen den Schlagstock, er hatte sie nicht vorschriftsmäßig befestigt. «Kommst du, Lindholm?», rief er seinem Streifenkollegen zu, der abwinkte und anzeigte, dass er sein Telefonat noch nicht beendet hatte. Berg ging zum Maskottchen der Espooer Polizei, einem Plüschpolypen mit Polizeimütze, und schüttelte ihm die Hand.

«Kallio und ich haben uns gerade über Lummes Bewährungshelfer unterhalten, den Mörder Sjöberg. Wir hatten ihn ein paarmal unter Beobachtung, wir behalten diese Ex-Knackis nämlich ganz gern im Auge. Sjöberg war der Bewährungshelfer eines gewissen Sandström, der später wegen Drogenhandels wieder in den Knast gewandert ist. Wer das Geschäft finanziert hat, konnte nicht festgestellt werden. Wohnt dieser Sjöberg nicht in so einer tollen Wohnung in Kivenlahti, mit Meerblick und allem?», fuhr Berg fort. Ich hatte solche Lust, ihn vors Schienbein zu treten, dass ich meine volle Konzentration aufwenden musste, um still zu stehen und meine Füße auf dem Boden zu halten.

«Interessant», antwortete Koivu, der Berg plötzlich als anständigen Kerl zu betrachten schien. «Was hast du Kallio denn erzählt?»

Ich hörte zu, als Berg seine Worte für Koivu wiederholte. Lindholm hatte inzwischen sein Gespräch beendet und schloss sich uns an. Sein Finnisch war melodischer als Bergs, und er musste ein paarmal nach dem richtigen Wort suchen. Die Polizisten hatten an ihren Namensschildern noch keine Fähnchen, die über ihre Sprachkompetenzen informierten, wie es in anderen Dienstleistungsberufen üblich war. Bald würde das bestimmt auch bei der Polizei obligatorisch werden. Inzwischen gab es in Helsinki immerhin schon einige Polizisten mit Migrationshintergrund, nachdem Anu Wang-Koivu jahrelang die Einzige im ganzen Land gewesen war.

«Ihr hattet Sjöberg also im Verdacht, den Drogenhandel zu finanzieren», sagte Koivu so laut, dass ich reagieren musste. Ich sah die beiden an und schüttelte den Kopf. «Verdacht hin oder her, solange es keine Beweise gibt, ist der Mann für uns unschuldig. Gehen wir, Koivu, Puupponen hat neue Teledaten.» Das stimmte zwar nicht ganz, aber ich wollte Jon Berg loswerden. Als er mir zum Abschied die Hand gab, musste ich mich beherrschen, um nicht unhöflich zu werden. Koivu dagegen bat Berg, ihn auf dem Laufenden zu halten.

Die Kopfschmerzen, die am Morgen nur zu erahnen gewesen waren, schlugen mit voller Kraft zu, als wir die Treppe hochstiegen. Ich ging in mein Zimmer, um eine Tablette zu nehmen. Koivu setzte natürlich sofort die Kaffeemaschine in Gang; der Geruch widerte mich an. Als Puupponen gerade über die jüngsten Tele- und Ortungsdaten berichten wollte, klingelte mein Privathandy. Meine Schuld, ich hatte Antti ja bitten lassen, mich anzurufen.

«Na, hallo. Hast du Sehnsucht?»

«Ich komme kaum dazu, an etwas anderes zu denken als an die Arbeit. Alles in Ordnung?»

«Iida ist bockig, aber ansonsten ist alles okay. Hier bläst ein richtig harter Nordostwind. Bald dreht er auf uns zu, und dann werden wir ziemlich schräg liegen. Das bedeutet allerdings auch, dass wir mindestens zwanzig Knoten machen und schnell vorankommen.»

Ich ließ Antti ein paar Minuten lang über das Segeln reden, dann sagte ich, jetzt müsse ich unbedingt weiterarbeiten. Antti erkundigte sich schon seit langem nicht mehr nach den Fällen, an denen ich arbeitete; es war schlimm genug für ihn gewesen, dass einige seinen Bekanntenkreis betroffen hatten. Er hatte sich gefreut, als ich das Gewaltdezernat verlassen hatte, um in der Forschung und später als Ausbilderin an der Polizeifachhochschule zu arbeiten, aber er hatte seine Enttäuschung nie geradeheraus kundgetan, als ich wieder in den Dienst der Espooer Polizei getreten war.

Puupponen war nicht mehr totenblass, sogar seine Sommersprossen leuchteten in alter Frische. «Allmählich wissen wir, wo Saila Lind sich in ihren letzten Tagen aufgehalten hat. Anhand der Sendemasten können wir davon ausgehen, dass sie irgendwo in den Schären von Inkoo oder Kirkkonummi gestorben ist. Jetzt sollten wir wohl die Öffentlichkeit um Mithilfe bitten. Wenn Lind nicht selbst in dem Hyundai von Eero Lummes Schwägerin gesessen hat, dann befand sich offenbar zumindest ihr Kleid in dem Wagen. Wir können natürlich nicht alle Boote in den Häfen des fraglichen Gebiets durchsuchen, aber immerhin können wir von der Technik den Erdboden der Häfen untersuchen lassen. Bei der Obduktion wurden ja Kiessplitter in Linds Haaren gefunden, und etwas in der Art war auch in Lummes Taschen. Die Plastikfolie spielt uns jetzt in die Hände, ohne sie wäre das alles weggespült worden.»

«Vielleicht hatte der Mörder gar keinen Grund, den Tatort zu verschleiern, weil er nicht automatisch mit ihm in Verbindung zu bringen ist», merkte Koivu düster an. «Übrigens verstehe ich immer noch nicht, welchen Zweck die Plastikfolie hatte. Wenn der Täter Steine zu den Leichen gelegt hätte, würde sie noch halbwegs Sinn machen. Wäre es für den Mörder nicht günstiger gewesen, die Leichen einzeln aufs Meer treiben zu lassen? Dann wäre Saila Linds Tod möglicherweise sogar als Unfall klassifiziert worden, trotz der Würgemale.»

«Wie der Tod ihrer Schwester. Was, wenn Harri Tanner einen Medikamentencocktail für seine Frau gemixt hat, um ihr die Schmerzen zu ersparen? Ist es unsere Aufgabe, ihn dafür vor Gericht zu bringen?»

«Ja», antwortete Koivu, Puupponen hingegen rief: «Nein.»

«Okay, vergessen wir Eija Tanner. Aber wusste der Täter, dass Saila Linds Schwester ebenfalls ertrunken war? Oder ist die Übereinstimmung der Todesart nur Zufall?»

«Wenn der Täter für eine Schuldeintreibungsfirma arbeitet,

wussten sie dort vielleicht nicht einmal, wer Linds Schwester war», gab Koivu zu bedenken.

«Mag sein, aber sie haben mit Sicherheit gewusst, dass Lind einen reichen Schwager hat, der auf seinen Ruf bedacht ist. Und auch, wenn es Tanners Familie im Allgemeinen gelungen ist, Eijas Todesursache geheim zu halten, haben bestimmt einige Menschen davon erfahren. Über Prominente wird immer geklatscht. Gieß mir auch Kaffee ein, Pekka, jetzt schmeckt er mir vielleicht wieder», sagte Puupponen. «Mit zwei Stück Zucker.»

«Wir haben Lummes Wohnung noch nicht durchsucht. Ich kann morgen früh hinfahren. Wer kommt mit? Koivu? Eigentlich wollten wir das ja schon am Freitag erledigen, aber dann kamen diese überraschenden Wendungen dazwischen. Ich kontaktiere die Hausverwaltung, damit wir gleich um halb neun anfangen können. Zu Jarmo ‹Kolben› Kinnunen besteht übrigens auch schon Kontakt. Mein Informant spricht morgen Abend mit ihm. Hat Jenna gesagt, ob und wann sie aus dem Labor zurückkommt?», sprach ich möglichst schnell weiter, doch das half mir nichts. Natürlich hakte Koivu nach.

«Und wer ist wohl dein Informant?»

«Er ist anonym», kiekste ich wie ein Schulkind, das sich bei einer Lüge ertappt fühlt.

Koivu sah mich eisig an, schwieg aber. Puupponen zeigte größtes Interesse am Schmelzen der Zuckerwürfel in seinem Kaffee. Er klopfte mit dem Löffel an die Tasse, als schicke er sich an, eine Rede zu halten, und sagte schließlich: «Ich habe mir gestern mit ein paar Freunden auf YouTube die legendärsten Abwehrmanöver von Killer-Tanner angesehen. Da war selbst Kühnhackl machtlos, als der Killer eingriff, und auch Harlamov hat er ein paarmal gestoppt. Soll ich es euch zeigen?» Puupponens Finger tanzten über die Tastatur seines Computers, dann stand er auf und zog die Leinwand herunter, die wir nur äußerst selten benutzten. Er schloss den Beamer an seinen Computer an und zog die Vorhänge zu. Ich ließ ihn machen, ich war so vergrätzt, dass mir jede Pause willkommen war.

Unter dem YouTube-Streifen stand «Killer-Tanner vol. 3, Dauer 42 Sekunden». Ich erinnerte mich an das gezeigte Spiel, hätte allerdings nicht sagen können, in welchem Jahr genau es stattgefunden hatte. Jedenfalls ging ich damals noch zur Schule, wahrscheinlich in die Mittelstufe. Mein Vater und ich hatten die Weltmeisterschaften im Eishockey so leidenschaftlich verfolgt, dass wir meiner Mutter und meinen Schwestern Eeva und Helena damit auf die Nerven gegangen waren. Eeva hatte allerdings einige Lieblingsspieler, deren Auftritte auch sie sich angesehen hatte. In der Regel waren es die attraktivsten Männer, wie zum Beispiel Veli-Pekka Ketola.

Es handelte sich um das entscheidende Spiel zwischen Finnland und der Bundesrepublik Deutschland, der Verlierer büßte die Chance auf eine Medaille ein. Irgendein übereifriger finnischer Spieler hatte sich durch ein Foul eine Bankstrafe eingehandelt, und Erich Kühnhackl war aufs Eis geschickt worden, um den Angreifern seiner Mannschaft gute Torvorlagen zu liefern. Harri Tanner war viel kleiner als sein deutscher Kollege, zugleich aber so wendig, dass er ihm den Puck abjagen konnte, und Finnland überstand die Bankstrafe ohne Gegentor. In der Verlängerung hatte die Bundesrepublik das Spiel dann dennoch für sich entschieden.

«Und jetzt kommt die Sowjetmannschaft!», rief Puupponen. «Guck dir das an, Maria, wie er es mit Harlamov aufnimmt. Na schön, es war Harlamovs letzte Saison, aber trotzdem. Seht ihr? Was für ein Spiel! Da wird nicht geprügelt, sondern gelaufen und der Puck transportiert. Irrsinnig geschickt, die Jungs. So was bekommt man heute kaum mehr geboten.»

«Guckt ihr Eishockey?» Jenna Ström spähte zur Tür herein, ihre Stimme klang verwundert.

«Wir erstellen Harri Tanners Profil. Alles ist wichtig», gab Puupponen lachend zurück. «Der Mann ist so reaktionsschnell, dass er das Zeug zu allem Möglichen hätte.»

«Er ist auch sonst nicht übel. Oder, Jenna? Einen ziemlich knackigen Hintern hat er jedenfalls.» Es kam mir vor, als wäre ich auf das Sofa in meinem Elternhaus in Arpikylä versetzt worden und würde nicht mit Jenna Ström, sondern mit meiner Schwester Eeva reden.

«Wenn man die Sorte Hintern mag», alberte Puupponen, ohne Jennas erschrockene Miene zu registrieren. Jenna fuchtelte mit den Händen und versuchte, etwas zu sagen. Da erklang hinter ihr ein Räuspern, und das Bild auf der Leinwand verwandelte sich in einen leibhaftigen Menschen. Harri Tanner trug einen cremefarbenen Anzug mit Weste, in seinen hellbraunen Schuhen hätte man sich spiegeln können. Ich wusste jedoch auch ohne Spiegel, dass ich rot geworden war. Puupponen schaltete in aller Eile den Beamer aus.

«Ich habe Kriminalmeisterin Ström in der Eingangshalle getroffen und von ihr erfahren, dass Kommissarin Kallio noch im Haus ist», sagte Tanner. Seine Stimme klang trocken, doch in seinen Augen entdeckte ich ein amüsiertes Funkeln. Das allerdings erlosch schnell, als er weitersprach. «Meine Tochter hat mir erzählt, dass die Polizei sich mit dem Tod meiner Frau befasst. Könnte ich darüber einige Worte mit der Kommissarin wechseln?»

«Natürlich.»

«Unter vier Augen?»

«Kommen Sie … komm mit in mein Dienstzimmer.» Ich ging voraus auf den Flur und wies Harri Tanner den Weg. Dabei überlegte ich, ob ich mich für meine Bemerkung über seinen Hintern entschuldigen sollte. Der Kommentar würde ausreichen, um mich als leitende Ermittlerin für voreingenommen zu erklären. Ich beschloss jedoch, die Sache auf sich beruhen zu lassen, wenn Tanner sie nicht selbst zur Sprache brachte. Er setzte sich auf das Sofa wie ein Mann, der es gewohnt ist, seinen Sitzplatz selbst zu wählen. Ich blieb am Fenster stehen. Tanner schlug die Beine übereinander und holte ein weißes Leinentuch aus der Tasche, mit dem er sich über die Stirn wischte.

«Ihr erstellt also mein Profil», sagte er dann.

«Hauptmeister Puupponen ist ein begeisterter Eishockey-Fan, ein Anhänger von KalPa. Du hast ihm offenbar sogar einmal eine Trainingsstunde gegeben, als er dort in der Juniorenmannschaft gespielt hat. Er traut sich nicht, dich um ein Autogramm zu bitten, weil er im Dienst ist.»

«Auch ihr Polizisten seid nur Menschen, das vergisst man manchmal. Trotzdem muss ich fragen, warum in aller Welt ihr euch mit dem Tod meiner Frau beschäftigt! Der hat mit dieser Sache nichts zu tun. Begreift ihr, welche Wunden das alles schon jetzt aufgerissen hat? Wenn die Presse auch noch anfängt, über Eijas angeblichen Selbstmord zu spekulieren, muss ich Julian wieder in die Klinik einweisen lassen! Die Leiche seiner Mutter zu finden, hat ihn damals zerbrochen. Er galt schon fast als geheilt, der Psychiater meinte, er könne ohne Risiko seinen Zivildienst ableisten, und er fing wieder an, Interesse am Studium zu entwickeln. Nun ist wieder alles zerstört. Und dann auch noch Mia und Patrik …»

«Die Polizei hat kein Interesse daran, Einzelheiten über den Tod deiner Frau publik zu machen», unterbrach ich ihn. «Aber du wirst doch verstehen, dass die Art, wie sie gestorben ist, eine Bedeutung hat.»

«Tatsächlich? Wieso? Es war ein Unfall, Sailas Tod dagegen nicht, und Sailas Tod hat jemand herbeigeführt, der nicht zu unserer Familie gehört. Kommissarin Kallio, ich bitte inständig darum, dass ihr unsere Privatsphäre respektiert. Ich verspreche, dass ich selbst und meine Familie alles Erdenkliche tun werden, um euch zu helfen, die Umstände zu klären, die zum Tod meiner Schwägerin geführt haben. Aber im Gegenzug erwarten wir auch, dass die Polizei mit uns zusammenarbeitet. Darauf können wir uns hoffentlich verlassen?»

Harri Tanner war daran gewöhnt, dass seine Bitten erfüllt wurden. Er war ein Mann, der Einfluss hatte und nicht zögerte, ihn zu nutzen. Bei Männern wie ihm stellte ich mich innerlich instinktiv auf die Hinterbeine. Das hinderte mich allerdings nicht daran, ihm zu antworten, dass wir nach denselben Regeln spielten.

«Dennoch muss ich manchmal unangenehme Fragen stellen. Lotta hat mir versichert, dass der Tod deiner Frau eindeutig ein Unfall war und dass auch du davon überzeugt bist. Aber hast du das von Anfang an gedacht?»

Harri Tanner, der sich bereits erhoben hatte, setzte sich wieder. Als er den Kopf nach hinten lehnte, sah ich die schlaffe Haut um seinen Adamsapfel und ein paar graue Barthaare, die dem Rasierer entgangen waren.

«Wenn Eija sich das Leben genommen hätte, dann hätte sie das verschleiert. Um ehrlich zu sein, ich weiß es nicht. Nach ihrem Tod war ich völlig außer mir. Ich war davon ausgegangen, wir hätten noch mehrere Monate zusammen. Ich war noch nicht bereit, sie herzugeben. Und ich war beleidigt ... Oder wie soll ich es ausdrücken, beleidigt ist zu stark ... Ich war enttäuscht darüber, dass Eija mich nicht ins Vertrauen gezogen hatte, falls sie tatsächlich beschlossen hatte, den Schmerzen zu entgehen.»

«Das Gesetz unseres Landes erlaubt Euthanasie noch nicht. Vielleicht wollte deine Frau verhindern, dass du in Schwierigkeiten gerätst.»

Meine Worte wirkten wie ein Schlag. Harri Tanner straffte sich, doch seine Augen glänzten feucht, und er blinzelte heftig.

«Genau. Natürlich. Sie wollte uns alle schützen, und das war der beste Weg. Ein Unfall. Eine versehentliche Überdosis. Der Tod in den Wellen ihres geliebten Meeres. Ist damit nicht alles geklärt, Kommissarin Kallio? Ich bitte euch inständig, wenigstens mit Julian nicht über den Tod seiner Mutter zu sprechen. Wir anderen werden irgendwie damit fertig, aber Julian braucht Schutz. Hast du selbst Kinder?», fragte er mit einem Blick auf meinen linken Ringfinger.

«Ich weiß, was es heißt, Kinder zu haben», antwortete ich ausweichend.

Tanner seufzte tief. «Dann verstehst du mich vielleicht. Aber hast du einen nahen Angehörigen durch Selbstmord verloren?» Es war eine rhetorische Frage, auf die er keine Antwort erwartete. «Ich habe tagelang nach einem Brief gesucht, überall, auf Enholmen und im Westend. Dann habe ich darauf gewartet, dass er per Post kommt, und unseren Familienanwalt so oft danach gefragt, dass er allmählich an meinem Verstand zweifelte. Eija hat mich völlig im Dunkeln gelassen, und das kann ich nicht begreifen. Ich werde wohl nie lernen, mit dem Wissen zu leben, dass sie sich mir nicht anvertrauen wollte. Ich dachte, zwischen uns gäbe es keine Geheimnisse, aber die verfluchte Krankheit hat mir auch diesen Glauben genommen!»

Als sich Harri Tanners Gesicht verzog, hatte er große Ähnlichkeit mit Patrik, doch während Patriks Miene Wut ausdrückte, zeigte sich bei seinem Vater nur unendliche Traurigkeit.

«Es war grausam, dass Julian Eija gefunden hat, aber, so ironisch es klingt, es war auch ein Glück. Wenn ihre Leiche nicht zu den Klippen getrieben und zwischen ihnen steckengeblieben wäre, dann wäre sie auf den Grund gesunken und erst nach Wochen oder nie mehr aufgetaucht. So haben wir immerhin erfahren, wie Eijas Leben endete, auch wenn wir nicht verstehen konnten, warum sie es getan hat.» Tanner blinzelte gegen die Tränen an und räusperte sich. Ich hielt es für besser, das Gesprächsthema zu wechseln.

«Ich habe noch eine andere Frage. Sie betrifft eine Elektroanlagen- und Importfirma namens Eletec. Du hast vor einigen

Jahren zwanzig Prozent ihrer Aktien gehalten. Die Firma stand unter dem Verdacht der Geldwäscherei und des illegalen Imports, und der Geschäftsführer wurde zu einer Geldstrafe verurteilt. Wie gut kanntest du die Mitglieder des Aufsichtsrats?»

Wieder seufzte Harri Tanner auf. «Ja, die Eletec. Das war für mich nur eine kleine Investition. Meine Aktien waren wohl um die fünftausend Euro wert, ich habe also nicht viel verloren, als die Firma Konkurs anmeldete. In finanzieller Hinsicht, meine ich. Dass mein Ruf als Anleger geschädigt wurde, wog weitaus schwerer. Ich habe mich immer bemüht, nicht in zwielichtige Geschäfte verwickelt zu werden, aber in diesem Fall ist mir beziehungsweise meinem Investmentberater ein schwerer Fehler unterlaufen.»

«Kanntest du Mitglieder des Aufsichtsrats? Hast du zum Beispiel an den Aktionärsversammlungen teilgenommen?»

«Nein. Das gilt für beide Fragen. Ich habe die Aktien nur zwei Jahre lang besessen, und es war, wie gesagt, eine kleine Investition unter vielen anderen. Wieso fragst du?»

«Wusste Saila von dieser Geldanlage?»

«Das glaube ich nicht. Ich spreche selbst mit meinen engsten Angehörigen nicht über meine finanziellen Angelegenheiten. Worum geht es denn eigentlich?»

«Eins der Mitglieder im Aufsichtsrat von Eletec war Eero Lumme. Aber wenn du ihn nicht gekannt hast, ist die Sache bedeutungslos. Ich bitte Kriminalmeisterin Ström, dich nach unten zu bringen.»

Tanner wollte offensichtlich etwas sagen, überlegte es sich dann jedoch anders. Jenna begleitete ihn zum Ausgang. Im Case Room blickten Puupponen und Koivu immer noch schuldbewusst drein wie zwei Hunde, die den Sonntagsbraten angefressen haben und dabei erwischt worden sind. Als Jenna zurückkam, hielt ich ihr eine Predigt über die Regel, Besucher immer im Voraus anzukündigen.

«Aber Papa hat immer gesagt, Polizisten dürfen sich nicht mit heruntergelassener Hose erwischen lassen», verteidigte sie sich. Keiner von uns brachte es über sich, ihr zu sagen, dass Pertti Ström es nicht geschafft hatte, sich an seine eigene Regel zu halten.

Nach fünf Uhr konnte ich endlich den Heimweg antreten. Koivu lud mich ein, mit seiner Familie zu Abend zu essen, doch ich sagte, ich wolle heute früh ins Bett. Wir verabredeten uns für den nächsten Morgen schon gegen acht Uhr vor dem Haus von Eero Lumme. Ich ging auf Umwegen nach Hause und blieb immer wieder stehen, um die Beine und den verspannten Nacken zu dehnen. Die Müdigkeit nach der unruhigen Nacht lag mir schwer auf den Augen und mehr noch auf dem Gemüt.

Die Nachbarskinder spielten draußen mit einem lebhaften gescheckten Hund, den ich noch nie gesehen hatte. Hatten die Nachbarn ein neues Familienmitglied? Wie würde der Hund sich mit Jahnukainen und Venjamin vertragen, die oft frei auf dem Hof herumliefen?

«Jello, hol den Ball!», befahl Norppa und warf den Ball zum Sandkasten. Der Hund rannte ihm nach, kam aber auf dem Rückweg zu mir und beschnupperte mich.

«Wahrscheinlich rieche ich nach den Katzen.» Ich bückte mich, um den Hund zu streicheln. Sein Fell war seidig, viel weicher als das unserer Katzen.

«Jello heißt er also?», fragte ich Norppa.

«Ja», antwortete eine Männerstimme. Ein schlanker, sommersprossiger Mann mit roten Haaren spähte hinter einem Busch hervor, er war offensichtlich der Besitzer des Hundes.

«Doch nicht etwa nach Jello Biafra?»

«Natürlich.» Der Mann näherte sich dem Hund, der ohne Aufforderung zu ihm lief.

«Gute Wahl. Das muss ich meiner Tochter erzählen, sie ist ein noch größerer Fan der Dead Kennedys, als ich es früher war.» Der Mann lachte, und wir unterhielten uns eine Weile über Musik, bis Norppas Mutter ihre Familie zum Essen rief. Zum Abschied schnupperte der Hund noch einmal an meinen Hosenbeinen, dann tippte ich eine SMS an Taneli, in der ich meinem Trio günstigen Wind und gute Verpflegung an Bord wünschte. Meine Familie würde bald zurückkehren und mich wieder im Alltag verankern, mir vor Augen führen, was blieb und was nur eine vorübergehende Verrücktheit war, der man nicht den kleinen Finger geben durfte, und unter gar keinen Umständen auch nur einen weiteren Kuss.

19

«Oje», seufzte Koivu und ließ sich in der Kochnische von Eero Lummes Einzimmerwohnung auf den Fußboden fallen. Ich hatte die einzige Sitzgelegenheit in der winzigen Nische erobert, einen abgewetzten Küchenhocker, von dem jemand vergeblich versucht hatte, die bunten Blumenaufkleber abzukratzen. Das kombinierte Wohn- und Schlafzimmer war ebenso spärlich möbliert, es enthielt nur eine Schlafcouch, einen flachen Tisch und einen Fernsehtisch, auf dem ein kleiner, altmodischer Fernseher und eine Spielkonsole standen. An den Wänden hingen weder Poster noch Gemälde, stattdessen waren sie mit Fotos von Jere und Essi tapeziert. Die ältesten Aufnahmen waren Taufbilder, die Serie der Kita-Fotos begann, als die Kinder noch kaum Haare auf dem Kopf hatten. Auf den Geschwisterfotos hatten sie die Arme umeinandergelegt, auf einem lächelte der etwa sechsjährige Jere seine kleine Schwester beschützend an.

«Ich habe auch Fotos von meinen Kindern in der Brieftasche», fuhr Koivu fort. «Vielleicht würde ich meine Wohnung so ähnlich ausstatten, wenn ich getrennt von ihnen leben müsste.» Koivu schüttelte sich bei dem bloßen Gedanken. «Wir sind es den Kids schuldig, herauszufinden, wer ihren Vater umgebracht hat.»

Dieser Kommentar war so typisch für Koivu, dass ich auflachte. Immer auf der Seite der Kleinen und Schwachen. Obwohl ich auch mich selbst für eine Weltverbesserin hielt, kam ich mir in Koivus Gesellschaft manchmal geradezu zynisch vor. Von Laura Kokkos Pragmatismus war ich allerdings noch weit entfernt.

«Hier sind Kontoauszüge von drei verschiedenen Konten. Auf einem davon hat Lumme Geld gespart. Ihm hätte doch keine Sozialhilfe zugestanden, wenn er seine Ersparnisse offengelegt hätte. Allerdings ist nicht zu erkennen, woher das Geld kam. Auf dem einen der beiden anderen Konten gibt es keine Einzahlungen außer dem Arbeitslosengeld, und zwar den Grundbetrag. Lumme war nicht mal schlau genug, das Geld irgendwie zu waschen oder zu verstecken. Das Finanzamt wäre ihm früher oder später auf die Schliche gekommen.»

«Vielleicht hatte er wiederholt Glück im Lotto.»

«Eher beim Bingo. Ich sehe mir noch die Matratzen an, da versteckt ja jeder zweite Blödmann sein Geld.» Koivu deutete auf die beiden Matratzen, die hinter das Kopfteil der Schlafcouch gestopft waren. «Eero hat seinen Kindern nicht viel hinterlassen. Die Möbel sehen aus, als kämen sie aus dem Secondhand-Laden, und dahin wandern sie wahrscheinlich auch zurück.»

«Hoffentlich bringen sie ihren nächsten Besitzern mehr Glück», meinte ich. Dann inspizierte ich die Schränke und Schubladen in Eero Lummes Kochnische. Eine Gemeinsamkeit zwischen ihm und Saila Lind bestand jedenfalls in der Tatsache, dass beide keinen überflüssigen Kram besessen hatten. In Lummes Schränken fanden sich Nudeln und Konservendosen, häufig drei von derselben Sorte, was den Schluss nahelegte, dass Lumme sie im Sonderangebot gekauft hatte – drei zum Preis von zwei. Dass es keinen Gefrierschrank gab, war bezeichnend: Ein armer Mann konnte sich eine solche Anschaffung nicht leisten, obwohl er das Geld nach und nach wieder eingespart hätte, weil er billige Lebensmittel in größeren Mengen hätte einkaufen können. In Lummes Kühlschrank entdeckte ich Margarine und eine angebrochene Packung fettarme Milch, die längst sauer geworden war. Auch die Fleischwurst schimmerte bereits grünlich. Es ärgerte mich, dass wir uns erst jetzt, nach Tagen, die Zeit nahmen, Eero Lummes Wohnung zu durchsuchen. Die Misshandlung von Mia hatte meinen ursprünglichen Zeitplan durcheinandergebracht.

Im Papierkorb lagen zwei Kronkorken, alkoholische Getränke fehlten dagegen völlig. Es gab Zigarettenpapier, aber keinen Roller und auch keinen Tabak. Die Kanne der Kaffeemaschine hatte einen Sprung, durch den Kaffee ausgelaufen war, der den Tisch unter der Maschine bräunlich verfärbt hatte. In Gedanken sah ich Eero Lumme zu der Maschine rennen, sobald der Kaffee durchgelaufen war, um eine größere Überschwemmung zu verhindern.

«In den Matratzen ist nichts. Aber die Reißverschlüsse klemmen», ächzte Koivu. In den Wohnzimmerschränken fanden sich ein paar Laken, zwei dünne Kissen und Decken sowie abgetragen wirkende Männerkleidung. Auf einem Paar Socken stand «Für den besten Papa der Welt». Diese Socken sahen fast unbenutzt aus.

Im Bad gab es Deodorant, Zahnbürste, Zahnpasta und eine Flasche Shampoo, das sowohl für die Haare als auch für den Körper gedacht war. Ein Spiegelschrank gehörte nicht zur Ausstattung. Ein Badetuch mit Herzmuster hing zum Trocknen über der Stange für den Duschvorhang, der Vorhang fehlte.

«Eero hatte jedenfalls nicht vor zu verreisen», murmelte Koivu.

«Vielleicht hatte er eine Reisezahnbürste», erwiderte ich und warf einen Blick in die Kloschüssel. Das hätte ich besser unterlassen. Putzen war nicht Eero Lummes Stärke gewesen.

«Guck auch noch in den Spülkasten», riet mir Koivu. Ich spähte hinein, doch im Wasser war nichts zu sehen; eigentlich hatte ich auch nicht damit gerechnet, Beutel mit Drogen zu finden. Lumme besaß keine Waschmaschine, aber zwischen der Wand und der Toilette stand ein kleiner Weidenkorb, der offenbar als Wäschekorb diente. Der Geruch von schmutzigen

Socken schlug mir entgegen, als ich den Deckel abnahm. Außer Socken enthielt der Korb graublaue Jeans mit einem Riss am rechten Knie. Ich zog sie heraus und durchsuchte die Taschen. In der Vordertasche fand ich eine Quittung über Treibstoff. Am vorigen Mittwoch war am Bootssteg eines Ladens an der Landspitze von Porkkala ein Boot aufgetankt worden. Eero Lumme hatte aber kein Boot besessen. Wessen Kahn hatte er aufgetankt? Mikke Sjöbergs *Leanda* fuhr mit der Treibstoffsorte, die auf der Quittung genannt war, doch das galt für viele andere Boote ebenso. Mikke hätte seinen Kraftstoff wohl selbst bezahlt, statt dem wenig begüterten Lumme auf der Tasche zu liegen. Ich steckte die Quittung ein, obwohl sie wahrscheinlich keine Bedeutung hatte. Einer von uns konnte bei Gelegenheit in Porkkala nachfragen, mit wem Lumme dort gewesen war, aber die Chance, dass man sich an jemanden erinnerte, der einmal dort getankt hatte, war natürlich gering. Ein Holzboot wie die *Leanda* würde den Leuten allerdings in Erinnerung bleiben. Außerdem konnte ich Mikke direkt fragen, ob er in der vorletzten Woche eine Ausfahrt mit Lumme gemacht hatte. Zumindest hatte er nichts dergleichen erwähnt.

Bergs Andeutungen gingen mir durch den Sinn. Wusste Mikke, dass man ihn beschattet hatte, weil er verdächtigt wurde, Drogenhandel zu finanzieren? Die Tatsache, dass einer seiner Schützlinge rückfällig geworden war, bedeutete doch lediglich, dass Mikkes Bemühungen in dem Fall erfolglos geblieben waren. Vielleicht war Eero Lumme gerade deshalb umgebracht worden, weil er seinen Lebensunterhalt nicht mehr durch Verbrechen verdienen wollte. Ich würde zuerst Mikke mit Jarmo Kinnunen reden lassen und Kinnunen anschließend zur offiziellen Vernehmung vorladen. Puupponen sollte noch einmal alle Komplizen von Lumme unter die Lupe nehmen. Wenn Lumme jemanden gedeckt hatte, konnte ihm auch das gefährlich geworden sein. Vielleicht hatte derjenige, für den er damals stellvertretend in den Knast gegangen war, seinen Teil der Abmachung nicht eingehalten. Erpressung konnte böse ausgehen, und Eero Lumme hatte Angst gehabt.

«Befragen wir noch die Nachbarn, falls jemand zu Hause ist? In einem Haus wie diesem wohnen sicher Leute, die an einem Montagmorgen nicht zur Arbeit hetzen», sagte Koivu und spähte noch einmal in Lummes Kühlschrank.

«Was sind denn das für Vorurteile? In städtischen Mietshäusern wohnen nur Loser, oder was?»

«Ach, hör auf, ich wohne doch selbst in so einem. Ich weiß also, wovon ich spreche.»

«Na gut, machen wir die Runde, wenn wir schon hier sind.»

Das Ergebnis war allerdings mager. An manchen Türen klingelten wir vergeblich, obwohl eindeutig jemand zu Hause war. Ich verzichtete darauf, laut zu brüllen, der Polizei müsse man öffnen, denn damit hätte ich am Ende auch die anderen Hausbewohner verschreckt. Eero Lumme hatte offenbar kein Interesse daran gehabt, seine Nachbarn kennenzulernen. Eine Frau, die auf derselben Etage wohnte und ein Baby auf dem Arm hielt, als sie uns öffnete, sagte, sie habe den Mann gelegentlich mit zwei Kindern im Schulalter gesehen. Eins der Kinder, das Mädchen, habe einmal in ihren Kinderwagen schauen wollen. Das sei das einzige Mal gewesen, dass der Nachbar ein paar Worte mit ihr gewechselt habe. Ein alter Mann aus dem Erdgeschoss berichtete, Lumme habe ihm einige Male die Haustür aufgehalten, denn mit dem Rollator und Einkaufstüten sei es für ihn schwierig, ins Haus zu kommen. Lumme sei zwar höflich gewesen, habe die Einladung zum Kaffee aber ausgeschlagen.

«Ein Knastbruder also», sagte der Alte, als wir ihm erzählten, warum wir nach Lumme fragten. «Ich habe selbst einmal gesessen, weil ich jahrelang zu tief ins Glas geschaut und eines Tages dann am Steuer Mist gebaut habe. Danach habe ich keinen Tropfen mehr angerührt, nicht einmal ein Schlückchen

Sekt bei der Hochzeit meiner Enkelin. Wir waren also beide Ganoven.» Er lächelte melancholisch. «Aber äußerlich waren wir wohl nicht von den anständigen Bürgern zu unterscheiden. Insofern hatten wir es leichter als die Schwarzen im Block C, denen die Kinder alles Mögliche hinterherrufen.»

Ich trat ungeduldig von einem Fuß auf den anderen, während Koivu mitfühlend nickte. «Ich habe mir diese Welt jetzt zweiundachtzig Jahre lang angeguckt und noch keinen Menschen kennengelernt, der ohne Sünde ist. Ihnen als Polizisten geht das wahrscheinlich genauso. Aber in der heutigen Welt versuchen die Finanzhaie, uns arme Leute gegeneinander aufzuhetzen, damit wir nicht merken, wer uns in Wahrheit ausraubt. Es sind nicht die Migranten oder die Aussteiger, die mir die Rente wegfressen, sondern die Bosse mit ihren Wahnsinnsgehältern. Aber die sind natürlich keine Verbrecher, stimmt's?» Der Mann grinste mich an, und die Wärme in seinen Augen rührte mich so, dass ich zurücklächelte.

«Ein hübsches Lächeln haben Sie», lobte er. «Ich kann mich bei den anderen alten Leutchen umhören, mit denen ich gelegentlich auf dem Hof zusammensitze, vielleicht weiß von denen jemand, ob Lumme Besuch bekommen hat. Endet die E-Mail-Adresse der Kommissarin auf polizei punkt fi?» Der Alte erklärte, er sei auf Facebook und nehme Freundschaftsanfragen von rothaarigen Frauen gerne an. Ich gab ihm meine Visitenkarte und bedauerte, ich sei in den sozialen Medien nicht aktiv.

«Wann trifft sich Sjöberg mit Kolben-Kinnunen?», fragte Koivu, als wir zum Präsidium fuhren.

«Welcher Sjöberg?»

«Hör auf, Maria. Du erzählst mir immer alles, und wenn du es einmal nicht tust, dann ist irgendetwas faul, und zwar gewaltig. Das Einzige, was in deinem Leben wirklich schlimm danebengegangen ist, hatte mit Mikael Sjöberg zu tun. Jetzt ist der Kerl wieder aufgetaucht. Außerdem wirst du rot, und das passiert dir auch nicht oft. Wann kommen Antti und die Kinder zurück?»

«Sind Antti und die Kinder ein Keuschheitsgürtel, oder was?»

«Brauchst du etwa einen? Ich ...»

Ich war heilfroh, als das Telefon klingelte. Die Nummer auf dem Display war die des kriminaltechnischen Labors.

«Marke Luostarinen hier, hallo», sagte eine forsche Frauenstimme. «Wir haben hier das missglückte Mittsommerfeuer stehen, den in Brand gesteckten Hyundai. Die ersten Spuren sind jetzt gesichert. Für das Feuer wurde Grillanzünder verwendet, was in Anbetracht der Umstände keine intelligente Wahl war. Da alle Fenster und Türen des Wagens geschlossen waren, sind die Flammen durch Sauerstoffmangel erstickt. Wir haben fünf verschiedene DNA gefunden und vier Fingerabdrücke, von denen nur einer registriert ist. Unter dem Namen Eero Lumme.»

«Der hat mit dem Fall zu tun.»

«Welche Dringlichkeitsstufe haben die DNA-Proben?»

«Rate mal. Eins natürlich.»

«Bei uns sind noch Leute in den Ferien, und ein paar machen zwangsweise Urlaub, es wird gespart, wie du weißt. Für diese Woche kann ich dir nichts versprechen. Wir haben noch Fasern und Haare von fünf verschiedenen Personen gefunden, die sechste Sorte stammt vermutlich von einem Hund. Ist das wichtig für euch?»

Ich musste Matti Lumme anrufen und ihn fragen, ob er einen Hund besaß. Seine Fingerabdrücke und DNA-Merkmale sowie die seiner Frau würden uns ebenfalls weiterhelfen. Marke Luostarinen bestätigte, dass den ersten Untersuchungen zufolge Saila Linds Kleid und der im Auto gefundene, teils geschmolzene Stoffrest aus demselben Material bestanden.

«Dann gibt es noch einen Lederklumpen, bei dem es sich um eine Handtasche gehandelt haben könnte. Allem Anschein nach enthält er Schminke, eine Geldbörse und eine Art Notizbuch.»

«Kannst du die Sachen gleich rüberschicken?» Ich atmete schneller. Saila Lind hatte viel zu wenig Spuren hinterlassen, vielleicht würden die Geldbörse und das Notizbuch endlich Licht auf die verborgenen Seiten ihres Lebens werfen.

«Ich lasse sie dir bringen, aber das wird bis morgen dauern, und an deiner Stelle würde ich nicht zu viel erwarten. Außer dem Inhalt des Handschuhfachs ist kaum etwas unversehrt geblieben. Der Besitzer des Wagens ist offenbar ein großer Fan von Virve Rosti und ihrer Band. Eine CD von Hector war auch dabei, aber die ist geschmolzen.»

Der Musikgeschmack der Lummes interessierte mich nicht, ich hatte andere Gründe, mit Matti Lumme zu sprechen. Sobald ich mich von Marke Luostarinen verabschiedet hatte, rief ich ihn an. Er meldete sich nicht, doch als ich ihm gerade eine Nachricht schicken wollte, sah ich seine Nummer auf meinem Display aufflackern.

«Habt ihr ihn?», fragte er als Erstes. «Eeros Mörder?»

«Wir kommen mit unseren Ermittlungen voran. Von dir brauche ich aber noch ein paar Informationen. Habt ihr einen Hund?»

Lumme biss auf irgendetwas Hartes, vielleicht ein Halsbonbon. «Was zum Teufel hat unsere Molly damit zu tun? Ja, wir haben eine Labradorhündin, aber die dürfte kaum Eeros Mörderin sein.»

Ich erklärte Matti Lumme, worum es ging, und als wir das Gespräch beendeten, waren wir bereits in der Garage des Polizeigebäudes angekommen. Koivu kündigte an, in der Cafeteria Kuchen holen zu wollen. Ich rief Ström und Puupponen, die im Case Room saßen, einen Gruß zu und ging in mein Büro, um Mikke anzurufen.

«Maria! Bist du gut nach Hause gekommen?»

«Danke, ja. Mit dem Taxi. Steht deine Verabredung mit Kolben-Kinnunen noch?»

«Er hat jedenfalls nicht abgesagt.»

«Wie wirst du zum Treffpunkt kommen? Die Masten der *Leanda* sind doch zu hoch für die Brücke in Otsonlahti.»

«Zu Fuß. Wir treffen uns an der Minigolfbahn. Ich habe ihm gesagt, er erkennt mich an meiner Pfeife.»

Matti Lummes Molly brachte mich auf die Idee, dass ein Hund ein guter Vorwand wäre, sich im Park herumzutreiben. Allerdings konnte ich schlecht mit einem der Polizeihunde aufkreuzen.

«Ich werde irgendwo in der Nähe sein. Zeig keine Reaktion, wenn du mich siehst.»

«Traust du mir nicht zu, allein mit Kinnunen fertigzuwerden?»

«Du bist Zivilist. Wir halten uns in diesem Fall ohnehin nicht ganz an die Regeln, da darf ich dich nicht obendrein noch in Gefahr bringen.»

«Um sieben ist es noch hell, da wird er mich nicht in aller Öffentlichkeit attackieren. Außerdem plaudern wir ja nur. Gibt es irgendetwas, wonach ich ihn im Besonderen fragen soll?»

«Sprichst du sozusagen neutral mit ihm, als Eeros Freund oder als jemand, der auf Rache sinnt?»

«Ich denke, ich fange mit der ersten Alternative an. Wie gesagt, Kolben-Kinnunen ist noch nie verurteilt worden, und wahrscheinlich liegt ihm daran, dass es so bleibt. Ich kann so tun, als wäre mir mehr über Eeros Vorstrafen zu Ohren gekommen, als ich tatsächlich darüber weiß.»

Wir vereinbarten, dass Mikke mich nach dem Treffen anrufen würde. Die Idee mit dem Hund verwarf ich wieder. Falls ich schnell handeln musste, würde er mir nur im Weg sein. Vielleicht würde ich einfach Joggingsachen anziehen und meinen Lauf an einer günstigen Stelle unterbrechen, um ausgiebig

Dehnungsübungen zu machen. Eigentlich hätte ich meinen Vorgesetzten Jyrki Taskinen wohl über das ungewöhnliche Vorgehen informieren müssen, aber er war auf einer zweitägigen Konferenz über die Strukturreform im Polizeiwesen und deshalb schwer zu erreichen.

Im Case Room verteilte Koivu gerade Kopenhagener mit Himbeeren, und ich nahm auch einen halben. Jenna hatte gleich am Morgen mit einer Expertin für Driftberechnung am Meteorologischen Institut telefoniert, die genauere Berechnungen angestellt hatte und es für wahrscheinlich hielt, dass die Leichen einige Seemeilen südöstlich der Insel Haraholm aus einem Boot ins Wasser geworfen worden waren. In der Nacht nach dem Samstag, an dem Saila Lind und Eero Lumme vermutlich gestorben waren, hatte der Wind von Ost nach Südost gedreht.

Die neuen Berechnungen der Forscherin waren verblüffend exakt. Sie hatte anhand der Windrichtung und -geschwindigkeit die Höhe der Wellen und die Strömungsgeschwindigkeit analysiert. Die Kalkulationen besaßen eine seltsame Schönheit, die Antti noch mehr begeistert hätte als mich. Dank der Ziffern sah ich vor meinem inneren Auge, wie die in Plastik gewickelten Leichen dicht unter der Wasseroberfläche langsam auf ihren Fundort zutrieben. In der schmalen Wasserrinne zwischen den Träskö-Inseln war ihre Fahrt schneller geworden, und dann waren sie an den Ufersteinen von Haraholm hängengeblieben. Ganz offensichtlich waren sie ursprünglich mit irgendetwas beschwert worden; dass das Gewicht sich gelöst hatte, deutete darauf hin, dass der Mörder – sofern er selbst die Leichen ins Meer befördert hatte – in Eile gewesen war und nicht sorgfältig genug gearbeitet hatte. Was sagte das über ihn aus?

Puupponen hatte seinerseits die Morgenstunden im Internet verbracht. In den Foren, die sich mit Verbrechen befassten, war am Wochenende lebhaft debattiert worden. Puupponen referierte sowohl die verrücktesten Spekulationen als auch die beachtenswertesten Kommentare.

«Hier berichtet jemand, dass Mia Tanner im Krankenhaus liegt, und überlegt, ob das etwas mit dem Mord an der Tante ihres Mannes zu tun haben könnte. Soll ich den Moderator darauf hinweisen, dass der Beitrag die Privatsphäre verletzt?»

«Ja, mach das. Wir müssen uns wirklich um alles kümmern.» Von den Medien zerrissen zu werden, schien für Patrik Tanner die schlimmste denkbare Strafe zu sein, aber wenn er in diesen Strudel geriet, würde Mia ebenfalls dort landen. Puupponen seufzte und begann zu tippen. Wir alle erledigten unsere Routineaufgaben, bis Laura Kokko zur vereinbarten Besprechung kam. Sie hatte ihren Laptop und zwei dicke Ordner dabei, und die Augen hinter ihrer dicken Brille waren gerötet. Bisher hatte ich sie noch nie mit Brille gesehen, wahrscheinlich bevorzugte sie Kontaktlinsen.

«Ich habe euch Informationen über Sofortkreditfirmen zusammengestellt, über die legalen und die illegalen. Das gängige Schema ist eine Art doppelter Buchführung mit einer öffentlichen und einer weniger öffentlichen Version. Jarmo Kinnunen besitzt eine Firma namens Fix-Kredit, an deren Angaben an sich nichts auszusetzen ist. Sie sind auf normale, legale Kreditvergabe spezialisiert. Aber wenn man tiefer gräbt und Leute befragt, die an der Arbeit der Firma beteiligt waren, wird das Bild immer hässlicher. Wucherzinsen sind in Finnland neuerdings verboten, aber wer überwacht den inoffiziellen Kreditmarkt? Vereinzelte Kreditnehmer haben Anzeige erstattet, weil man mit Hilfe von Drohungen bis zu fünfzig Prozent Zinsen von ihnen erpressen wollte. Die angezeigten Kreditgeber haben dann behauptet, es handle sich um ein Missverständnis. In diesen Fällen stand ein Wort gegen das andere, handfeste Beweise gab es nicht. Zur Schuldeintreibung werden Verbrecherorganisationen eingesetzt. Dazu passt es ja, dass eurem männlichen Opfer

Gesicht und Finger verstümmelt wurden und die Frau durch Nacktheit entehrt wurde. Aber Kinnunen kennt sich mit den Paragraphen aus, bisher hat sich noch nichts gefunden, was eine Anklage gegen ihn rechtfertigen würde. Ich höre gern zu, wenn ihr ihn vernehmt.»

Laura blätterte ihn ihren Ordnern und blinzelte. «Haben sie hier im Haus das Putzmittel oder das Bohnerwachs gewechselt? Auf irgendetwas reagiere ich jedenfalls allergisch. Also, wie gesagt, bisher habe ich nur diese eine Verbindung zwischen Lumme und Kinnunen gefunden. Aber da Lumme in finanziellen Schwierigkeiten steckte, besteht natürlich Grund zu der Annahme, dass Kinnunen ihn entweder als Laufburschen eingesetzt oder ihm Geld geliehen hat. Das Gleiche gilt für Saila Lind.»

«Jarmo Kinnunen führt also ein unbescholtenes Leben? Dann hat er sicher keinen Grund, nicht zu einem Gespräch mit der Polizei zu erscheinen, oder?», vergewisserte ich mich. Natürlich konnte das Treffen mit Mikke Kinnunen warnen, aber in seinem Beruf musste man wohl ohnehin immer auf der Hut sein.

Ich machte schon kurz nach vier Uhr Feierabend, nachdem ich eine geschlagene Stunde damit verbracht hatte, die Zeitaufwandtabellen für meine Abteilung auszufüllen, die ich schon vor Monatsende hätte abliefern müssen. In die Rubrik «Zusätzliche Angaben» schrieb ich, wenn man Mordermittlungen leite, habe man keine Zeit, sich mit solchen Tabellen herumzuschlagen. Ich überlegte, ob ich einen Smiley dahinter setzen solle, verzichtete dann aber darauf. Die Angestellten in der Zentralverwaltung speicherten die Berichte nur ab, es war nicht ihre Schuld, dass das Kontrollsystem eingeführt worden war. Wie Antti mir erzählt hatte, war die Situation an der Universität noch dreimal schlimmer, und man musste die Protokolle sorgfältiger ausfüllen als dereinst Visumsanträge für die Sowjetunion, andernfalls wurden einem die Mittel gekürzt.

Zu Hause briet ich mir ein Omelett mit Blauschimmelkäse und getrockneten Trompetenpfifferlingen. Es gelang fast perfekt, nur ein Zwiebelring brannte an. Venjamin wollte unbedingt auf dem Tisch sitzen, während ich aß, und ließ sich sogar das Stück Blauschimmelkäse schmecken, das ich ihm gab. Ich bezahlte am Computer ein paar Rechnungen und bestätigte den Empfang des Rundschreibens zum Schulbeginn, das Tanelis Klassenlehrerin gemailt hatte. Kurz vor sechs zog ich die Joggingsachen an. Inzwischen hatte der Himmel sich bewölkt, möglicherweise würde es sogar regnen. Dehnungsübungen im Regen waren nicht besonders glaubwürdig. Andererseits gab mir der Regen einen Grund, die locker sitzende Trainingsjacke überzuziehen.

Ich fuhr noch einmal zum Präsidium, um meine Dienstwaffe zu holen. Ich hatte sie seit Jahren nicht mehr getragen, weil es nicht nötig gewesen war. Bei der Schießprüfung, die ich im Frühsommer absolvieren musste, war ich so außer Übung gewesen, dass ich beschlossen hatte, regelmäßig zu trainieren, doch schon nach der zweiten Trainingsstunde war mein Eifer wieder abgeflaut. Vor zwei Jahren hatte Iida wissen wollen, ob ich einmal auf einen Menschen geschossen hatte, und ich hatte die Frage bejahen müssen. Ich befestigte das Schulterhalfter unter meiner Jacke und stellte vor dem Spiegel sicher, dass es nicht zu sehen war. Es würde wohl niemand damit rechnen, dass eine Joggerin mittleren Alters eine Pistole bei sich trug.

Ich stellte den Wagen an der Sateentie ab und joggte am Ufer entlang. Wind kam auf, er war kühl wie im Herbst. Als ich an der Minigolfanlage vorbeilief, fielen mir ein paar schwere Tropfen ins Gesicht. Mikke war noch nicht zu sehen. Ich beschleunigte mein Tempo und lief zur Otsonlahdentie, wo ich kehrtmachte und zum Treffpunkt zurückjoggte. Das Halfter unter der Jacke schwang im Takt meiner Schritte, und das Gewicht der Waffe ließ mich leicht gekrümmt laufen.

Mikke war pünktlich. Von weitem wirkte er noch größer und magerer, die scharfe Nase gab ihm ein Adlerprofil. Plötzlich fiel mir auf, dass Antti und er sich äußerlich in vielem glichen, auch wenn Antti dunkelhaarig war wie ein Indianer, Mikke dagegen so blond und blauäugig, wie es nur ein Skandinavier sein konnte. Mikke lehnte an einem Baum und rauchte seine Pfeife, und als ich näher kam, sah ich, dass er sich zwei Tage nicht rasiert hatte; mit den Bartstoppeln sah er wie ein echter Seebär aus. Die verblichene Jeans hatte er bei allen unseren Begegnungen getragen, während ich die hellbraune Wildlederjacke bisher noch nicht an ihm gesehen hatte. Ich wusste, dass er mich bemerkt hatte, auch wenn er es durch nichts zu erkennen gab. Langsam entfernte ich mich ein Stück und begann mit dem Stretching. Ein paar Minuten nach sieben sah ich, wie Jarmo Kinnunen Mikke ansprach.

Ich war verblüfft über Kolben-Kinnunens Ähnlichkeit mit seinem Vater, dem verstorbenen Kommissar Kalevi Kinnunen. Die gleiche, leicht gekrümmte Haltung, schmale, von Tränensäcken fast verdeckte Augen. Doch während Vater Kinnunen graue, über den Ohren leicht zottelige Haare gehabt hatte, war sein dreißigjähriger Sohn kahl geschoren. Hinter dem rechten Ohr hatte er eine Tätowierung, ein Muster aus Dreiecken. Die Jeans und die graue Kapuzenjacke waren eine Art Schutzkleidung, die Springerstiefel hatten Eisenkappen, mit denen man jemanden bewusstlos treten konnte. Die Jacke war weit genug, um ein Messer oder sogar eine Schusswaffe darunter zu verbergen. Kolben-Kinnunen besaß keinen Waffenschein, doch das hatte nicht viel zu bedeuten. Nach einem studierten Wirtschaftswissenschaftler sah er wirklich nicht aus. Ich überlegte, ob er wohl auch so penetrant nach Zigaretten roch wie sein Vater damals. Der ältere Kinnunen war nur einige Monate mein Vorgesetzter gewesen, in denen war er allerdings wegen seines Alkoholproblems überwiegend arbeitsunfähig gewesen. Die

Wahrscheinlichkeit, dass der Sohn mich als ehemalige Kollegin seines Vaters erkannte, war verschwindend gering, auch wenn ich gelegentlich vor Fernsehkameras über laufende Ermittlungen berichtet hatte.

Die Männer gaben sich nicht die Hand. Kinnunen steckte sich eine Zigarette an. Er war etwa zehn Zentimeter kleiner als Mikke, und seine Körpersprache verriet, dass es ihn fuchste, zu seinem Gegenüber aufblicken zu müssen. Mikkes Miene wirkte friedlich, er schien derjenige zu sein, der die Fragen stellte. Kinnunen hatte dem Treffen natürlich zugestimmt, um zu erfahren, was Eero Lumme seinem Bewährungshelfer erzählt hatte. Redseligkeit war traditionell ein guter Grund, einen Komplizen zum Schweigen zu bringen.

Als ich den Oberkörper nach unten beugte, um die Oberschenkel zu dehnen, schlug mir die Waffe gegen die Rippen. Ich spähte zwischen den Beinen hindurch und sah, dass Kinnunen näher an Mikke herangetreten war und dicht an seinem Ohr sprach. Mikke stieß ihn zurück, und ich musste mich beherrschen, um mich nicht aufzurichten. Ich spürte, wie mir das Blut in den Kopf stieg. Kinnunen breitete die Arme aus, als wolle er sagen, immer mit der Ruhe, Mikkes Gesichtsausdruck konnte ich nicht erkennen. Kinnunen trat seine Zigarette aus. Ich versuchte, mir die Stelle einzuprägen, denn die Kippe würde uns eine DNA-Probe liefern, die wir mit den Spuren aus dem Hyundai der Lummes vergleichen konnten.

Ein Spaziergänger mit Hund kam an den Männern vorbei. Der Spaniel wollte an Kinnunens Hosenbein schnuppern, doch der scheuchte das Tier fort, und das Herrchen zog verlegen an der Leine. Ich wechselte die Position, um die Wadenmuskeln zu dehnen, und merkte, dass sie es wirklich nötig hatten. Mein linker Knöchel knackste. Mikke putzte seine Pfeife und schien Kinnunen zuzuhören, dann schüttelte er den Kopf. Wieder wurden vom Meer einzelne Regentropfen an Land getrieben, und als ich nach Süden blickte, sah ich eine Wolkenmasse, die keinen Schauer, sondern langen, heftigen Regen bringen würde.

Auch Mikke und Kinnunen bemerkten den Wetterumschwung, und Kinnunen ging zu einem mit einer Plane bedeckten Boot, das ein gutes Stück von meinem Standort entfernt lag. Mikke folgte ihm. Ich spurtete zum nächsten Unterstand, dem Vordach des Hafengebäudes, war aber bereits durchnässt, als ich ihn erreichte. Die Männer waren nicht mehr zu sehen, und alle anderen, die noch draußen unterwegs waren, hielten sich Hände oder Taschen über den Kopf und eilten davon. Von der Dachrinne tropfte mir das Wasser direkt in den Nacken, daher entschied ich, den Standort zu wechseln. Als Polizistin im Einsatz durfte ich mich vom Regen nicht abschrecken lassen.

Ich ging zu den aufgebockten Booten, schließlich hatte auch ich das Recht, unter den Planen Schutz zu suchen. Ich hörte die Stimmen der Männer nicht, doch als ein Windstoß die Planen hochwehte, sah ich, dass sie weiterhin unter demselben Boot standen. Kinnunens Kapuzenjacke hatte sich dunkelgrau verfärbt, Mikke war besser geschützt. Die Männer starrten sich so gespannt an, dass sie mich nicht bemerkten.

«Was versuchst du eigentlich anzudeuten, du Scheißkerl? Mit Gewalt habe ich nichts am Hut, und mit Lumme habe ich seit dem Frühjahr nichts mehr zu tun gehabt. Ich mache keine Geschäfte mit Knackis, dabei verliert man nur seinen guten Ruf. In den Knast wandern nämlich bloß die Dummen.»

Als ich sah, wie Mikke die Faust hob, schien die Zeit stillzustehen. Mikke hatte schon einmal im Jähzorn getötet. Warum hatte ich das nicht bedacht?

20

Sollten wir nicht eingreifen?», fragte eine vertraute Stimme.
«Wo kommst du denn her?»

Koivu strich sich die Regentropfen von der Stirn.

«Ich hatte mein Handy bei der Arbeit vergessen, und als ich es holen wollte, sah ich, wie du die Waffe quittiert hast. Das kam mir so seltsam vor, dass ich dir gefolgt bin. Was habt ihr euch da bloß ausgedacht, du und Sjöberg?»

Mikke hatte die Hand sinken lassen und schien zurückzuweichen. Als er sich von Kinnunen entfernte, sah ich in dessen Hand etwas aufblitzen.

«Ein Messer, verdammt noch mal!» Mit seiner Brille sah Koivu besser als ich, und bei dem Wort Messer rannte ich bereits auf Mikke zu.

«Halt, Polizei!»

Ich hätte nicht sagen können, wer mich ungläubiger anstarrte, Mikke oder Jarmo Kinnunen. Mikke tat wie geheißen und blieb im Regen stehen, während Kinnunen versuchte, das Klappmesser in der Tasche verschwinden zu lassen. Koivu war sofort neben mir und befahl Kinnunen, sich mit ausgebreiteten Armen an das Boot zu lehnen. Kinnunen ließ sich nicht aus der Fassung bringen.

«Könnt ihr euch identifizieren, ich meine, habt ihr einen Dienstausweis?» Aus der Nähe betrachtet war sein Gesicht dem seines verstorbenen Vaters noch ähnlicher, sein Blick war ebenso misstrauisch. Koivu zeigte seinen Ausweis und wiederholte den Befehl. Kinnunen blieb nichts anderes übrig, als ihm zu gehorchen. Koivu tastete ihn routinemäßig ab und fand die Waffe in der Jackentasche.

«Ach, du trägst ein Stilett mit dir herum. Dürfte ich dann mal deine Papiere sehen?»

Kinnunen holte die Brieftasche aus der mit einem Reißverschluss gesicherten Brusttasche. «Bitte.»

«Jarmo Kalevi Kinnunen», las Koivu langsam. «Warum trägt Herr Kinnunen im öffentlichen Raum eine Stichwaffe bei sich, deren Einfuhr übrigens verboten ist?»

«Ich bin Sportfischer, und mit so einem Messer ist es viel leichter, Fische auszunehmen. Ich habe es in einem Jagdgeschäft in Tallinn gekauft, und beim Zoll hat niemand was gesagt.» Kinnunen zwang sich zu einem Lächeln. Wahrscheinlich dachte er fieberhaft darüber nach, wieso mitten in seiner Verhandlung mit einem Ex-Sträfling Polizisten in Zivil auftauchten. Wenn er sich bisher noch nicht eingehend über Mikke informiert hatte, würde er es jetzt tun. Dass Kinnunen mit der Stichwaffe gedroht hatte, bot uns einen hinreichenden Grund, ihn festzunehmen, doch das würde ihn umso misstrauischer machen. Ich wollte zuerst hören, was Mikke zu sagen hatte.

«Wir beschlagnahmen das Messer», sagte ich zu Koivu. «Ich bin Kommissarin Kallio», stellte ich mich Kinnunen vorschriftsmäßig vor. Ich hätte ihm meinen Namen lieber verschwiegen, doch der Instinkt sagte mir, dass ich mich bei ihm peinlich genau an die Regeln halten musste. Dann drehte ich mich zu Mikke um, sodass Kinnunen mein Gesicht nicht sehen konnte. «Hat der Mann Sie mit dem Messer bedroht?», fragte ich, verdrehte die Augen und hob die Brauen, um Mikke zu signalisieren, dass er verneinen sollte.

«Keineswegs, er hat es mir nur gezeigt. Wir sind Angelfreunde», log Mikke, ohne mit der Wimper zu zucken.

«Ihre Papiere würden wir uns gerne auch mal ansehen», sagte ich und notierte der Form halber Mikkes Personalien. Wenn Kinnunen seine Hausaufgaben ordentlich erledigte, würde er begreifen, dass ich Mikke von früher kennen musste. «Ach richtig, Sjöberg. Jetzt erinnere ich mich. Wäre es nicht angebracht, das Angler-Gespräch ein andermal zu führen? Das Wetter ist ja nicht gerade einladend. Kann Hauptmeister Koivu Herrn Kinnunen irgendwo absetzen?»

«Danke, ich bin mit dem Wagen da», sagte Kinnunen freundlich. «Teilen Sie mir bitte mit, wann ich wegen des Messers vorbeikommen kann.»

«Dann begleitet Koivu Sie zu Ihrem Wagen.»

Koivu folgte meiner Anordnung, seine Kritik würde ich später zu hören bekommen.

Als die beiden außer Hörweite waren, fragte ich Mikke: «Was ist denn passiert? Es sah ganz so aus, als hättest du als Erster die Beherrschung verloren.»

Mikke schüttelte sich den Regen aus den Haaren. Ein Windstoß wehte mir den Pferdeschwanz ins Gesicht, die Feuchtigkeit brachte mich zum Zittern, denn beim Laufen war ich ins Schwitzen geraten. Ich sehnte mich nach einem warmen Zimmer und einem Kakao mit Rum.

«Ja, leider war es wohl so.» Mikke kickte einen Stein über die Erde. «Da will man Bewährungshelfer und ein guter Ratgeber sein und hebt selbst die Hand, wenn jemand verächtlich über seinen Kumpel spricht. Vielleicht sollte ich mich tatsächlich lieber von solchen Kerlen fernhalten. Oder überhaupt von allen.»

Koivu kehrte im Laufschritt zu uns zurück. «War's das jetzt? Kann ich Sjöberg vielleicht irgendwo hinbringen? Was ist das nächste Ziel?», fragte er und ließ den Blick zwischen uns hin und her wandern.

«Ich bin auch mit dem Wagen da», erklärte Mikke. «Wenn nötig, kann ich euch natürlich zum Polizeipräsidium folgen.»

«Hast du irgend etwas Wesentliches erfahren?»

«Hauptsächlich, dass Eero ein leicht zu bescheißender Loser war und dass Kolben keine Ahnung hat, wie er im Leichenschauhaus gelandet ist. Allerdings wundert er sich darüber, das ihn jemand für wichtig genug gehalten hat, ihn umzubringen. Ich kann gern zum Polizeipräsidium kommen, um meine Aussage zu machen.»

«Erstaunlich, wie gern du da hinwillst.» Koivus Stimme war inmitten des Regens das einzige Trockene. «Also schön, fahren wir hin. Kommissarin Kallio hat es offenbar nicht eilig, nach Hause zu kommen.»

Wir machten uns auf den Weg zu unseren Autos. Im Vorbeigehen sammelte ich die Kippe auf, die Kolben-Kinnunen auf die Erde geworfen hatte, und wickelte sie in ein Papiertaschentuch. Ich war stinksauer, und meine Stimmung besserte sich nicht, als Koivu anrief, sobald wir unterwegs waren.

«Was läuft da eigentlich? Setzt du Sjöberg als Köder oder Informant ein? Begreifst du nicht, was für ein Risiko du eingehst? Okay, seinen Papieren nach ist er heute blitzsauber, aber er ist trotzdem ein Ex-Sträfling. Hast du überhaupt eine Vollmacht für so was, hast du mit Taskinen gesprochen?»

Ich wählte die Unterführung unter dem Kaufhaus Stockmann, denn die Merituulentie war eine einzige Baustelle, dort durften nur Busse und Einsatzfahrzeuge fahren, und ich saß in einem Zivilfahrzeug. Ich hatte keine Kraft mehr für lange Erklärungen.

«Pekka, ich bin immer noch deine Chefin und trage die Verantwortung für meine Entscheidungen. Mir scheint, du bringst Beruf und Privatleben durcheinander.»

«Wer von uns kann denn die beiden nicht auseinanderhalten?», fragte Koivu und legte auf. Ich schlug einen Haken, um nicht durch eine riesige Pfütze zu fahren und den am Stock gehenden alten Mann auf dem Bürgersteig nass zu spritzen. Der Fahrer hinter mir hupte und machte mein höfliches Verhalten sinnlos, indem er geradewegs durch die Pfütze preschte. Ich wollte mir nicht eingestehen, dass Koivu recht hatte.

Ich hielt vor dem Polizeigebäude an, Koivu und Mikke parkten zu beiden Seiten meines Wagens. Koivu fuhr immer noch seinen dunkelblauen Toyota Corolla mit den hässlichsten, grellbuntesten Plüschwürfeln der Welt und den mehrfach mit Rostschutzfarbe behandelten Trittbrettern. Mikkes metallisch glänzender Opel wirkte daneben geradezu protzig. Als wir das Gebäude betraten, kamen mir Jon Bergs Worte in den Sinn: Mikke hatte Geld geerbt, besaß also Kapital, das er verleihen und für das er Zinsen verlangen konnte. Für den Opel hatte er sicher keine kleine Summe hingeblättert, es war ein neues Modell, höchstens ein Jahr alt.

«Kaffee oder Tee?», zitierte ich aus einem von Anttis Lieblingsgedichten und marschierte zum Automaten. Er spuckte heißere Getränke aus als unser Kocher. Koivu war der Einzige, der seinen Kaffee mit Milch und Zucker wollte. Wir gingen in unseren Case Room, wo ich als Erstes meine Waffe ablegte. Ich war froh, dass ich sie unbenutzt zurückgeben konnte.

«Also, dann schieß mal los», forderte ich Mikke auf, der seine Wildlederjacke auszog und zum Trocknen über die Stuhllehne hängte.

«Ist das eine offizielle Vernehmung?»

«Nein. Wir müssen uns zuerst überlegen, wie wir mit der Messergeschichte umgehen.» Ich hätte Mikke gern wissen lassen, dass ich Koivu keineswegs als Verstärkung hinzugebeten hatte, doch das musste warten. Vielleicht war es sogar besser, es ihm nicht zu verraten. «Kinnunen und du, ihr habt also außer Eero Lumme weitere gemeinsame Bekannte. Du hast gesagt, Kinnunen habe sich bereit erklärt, mit dir über Lumme zu reden, wolle dafür aber eine Gegenleistung. Welche?»

«Ich habe ihm am Telefon gesagt, dass ich nicht nur Eeros Bewährungshelfer war, sondern auch sein Freund, und dass ich durchaus bereit sei, etwas zu zahlen, um zu erfahren, wer ihn umgebracht hat. Kinnunen hat schon bei der Gelegenheit gefragt, für wen ich arbeite. Für mich selbst, habe ich geantwortet. Insofern war euer Eingreifen gar nicht gut. Es macht Kinnunen misstrauisch.»

«Wir haben dich nur beschattet», mischte sich Koivu ein. «Du hast schon einmal wegen Totschlags gesessen, und wenn sich so einer in Lummes Freundeskreis findet, ist es wohl vollkommen logisch, dass sich die Polizei für seine Aktivitäten interessiert. So mancher leitende Ermittler hätte dich längst eingesperrt. Kommissarin Kallio hat ihre eigenen Methoden.»

Ich holte ein paarmal tief Luft, ging aber nicht auf Koivus Wortbeitrag ein, sondern bat Mikke, fortzufahren. Seinem Bericht zufolge hatte er das Spiel eröffnet, indem er Kinnunen auf den Kopf zusagte, er wisse, dass dieser Lumme betrogen und an seiner Stelle in den Knast geschickt hatte. Kinnunen hatte sich die Behauptung gelassen angehört und erwidert, Lumme sei für die kleine Unannehmlichkeit angemessen entschädigt worden. Es sei nicht seine Schuld, dass Lumme in finanziellen Dingen ein Volltrottel war. Kinnunen hatte versichert, er habe nach Lummes letzter Haftstrafe nichts mehr mit dem Mann zu tun gehabt, denn auf derartige Loser sei kein Verlass. Die Schlauen kämen nicht hinter Gitter, nur Dummköpfe ließen sich erwischen.

«Und daraufhin hast du versucht, ihn zu schlagen? Hast du es persönlich genommen?»

Mikke sah Koivu an. Seine Miene verriet, dass ihm völlig klar war, woher Koivus Boshaftigkeit rührte.

«Ich habe Kinnunen darauf hingewiesen, dass er sich selbst widersprach. Erst hatte er behauptet, Lumme sei so gut wie freiwillig in den Knast gewandert. Dann schmähte er ihn als Loser, der sich erwischen ließ. In dem Moment begann es zu regnen, und wir haben uns unter die Plane gestellt. Viel Schutz hat die allerdings nicht geboten. Kinnunen sagte, er habe gehört, dass ich vermögend sei, und er wisse zwar wirklich nicht, wer Lumme abgemurkst hat, aber eine angemessene Summe werde so manchen zum Reden bringen.»

Mikke schüttelte seine immer noch nassen Haare wie ein Hund nach dem Bad und trank seinen Kaffee aus. Dann berichtete er weiter. Er hatte Kinnunen erklärt, er gehöre zu denen, die erst dann zahlten, wenn tatsächlich etwas zum Verkauf stand. Daraufhin hatte Kinnunen erneut über Eero Lumme hergezogen. Wer mache sich schon etwas aus so einem kleinen Licht, der Mann sei ja nicht einmal fähig gewesen, seine Frau zu halten. Das hatte Mikke dazu veranlasst, die Fäuste zu heben.

«Zugeschlagen hätte ich aber nicht. Kinnunen sollte herumerzählen, dass Mikke Sjöberg nicht mit sich spaßen lässt, nur darum ging es mir. Ich habe wirklich die Absicht, ein freier Mann zu bleiben, ich werde ganz bestimmt niemanden verletzen, aber ihr wisst doch Bescheid über Hackordnungen und Ehrbegriffe. Ich habe den Ganovenkodex dreieinhalb Jahre lang intensiv studieren können. Jetzt bin ich mir ganz sicher, dass Kinnunen sich wieder meldet. Aber so viel habe ich im Knast auch gelernt, dass ich weiß, was man in seinem Umfeld von Spitzeln hält. Auf der *Leanda* habe ich eine Alarmanlage, und ich kann auf mich aufpassen. Soll ich euch informieren, wenn Kinnunen Kontakt aufnimmt?»

«Natürlich», antwortete ich, bevor Koivu etwas sagen konnte. «Allerdings war schon diese erste Kontaktaufnahme eine massive Fehleinschätzung, und zwar von meiner Seite. Es geht nicht an, dass die Polizei Zivilisten in Gefahr bringt. Wenn Kinnunen sich meldet, weigerst du dich, ihn zu treffen. Sag ihm, du glaubst nicht, dass er etwas weiß. Und auch alle anderen Versuche, als Privatdetektiv den Mord an Eero Lumme zu klären, stellst du sofort ein. Vergiss es. Verdammt noch mal, ich habe dir damals ausgeredet, dich zu ertränken, Mann! Glaubst du, das hätte ich getan, damit du dich jetzt wieder in Gefahr bringst?»

Ich hatte mich in Rage geredet. Meine Wut richtete sich vor

allem gegen mich selbst. Ich hätte Mikke wirklich nicht erlauben dürfen, sich einzumischen, weder in die Polizeiarbeit noch in mein Privatleben.

«Pekka, den Rest erledigen wir morgen. Ich fahre jetzt nach Hause und ziehe mir trockene Sachen an.» Ich nahm Kinnunens Kippe aus der Tasche und legte sie in einen Indizienbeutel. Am nächsten Morgen würde ich sie ins Labor schicken. «Ich kann dich nach unten bringen», sagte ich zu Mikke. Das Halfter mit der Dienstwaffe nahm ich mit. «Die gebe ich noch ab, bevor ich nach Hause fahre. Bis morgen dann, und vergiss dein Handy nicht wieder», verabschiedete ich mich von Koivu, der ein seltsames Gesicht zog und mir nur müde zuwinkte.

«Hast du Koivu gebeten, auch zu dem Treffpunkt zu kommen?», fragte Mikke im Treppenhaus.

«Nein.» Ich erzählte ihm, warum Koivu mir gefolgt war, behielt allerdings einige seiner Schlussfolgerungen für mich. Das Misstrauen meines Kollegen hätte Mikke womöglich auf die Idee gebracht, ich wäre ihm restlos verfallen, und das hätte ihn mehr ermutigt, als mir lieb sein konnte. In dem Blick, mit dem er sich vor dem Polizeigebäude von mir verabschiedete, lag ohnehin ein viel zu heftiges Gefühl, das ich nicht erwidern durfte.

Als ich die Waffe abgeliefert hatte und zum Wagen ging, achtete ich darauf, dass mir niemand folgte. Allerdings konnte Mikke auch auf anderen Wegen herausfinden, wo ich wohnte, wenn er sich die Mühe machte. Zu Hause duschte ich heiß und kochte Kakao, verzichtete aber auf den Rum. Nachdem ich in meinen wärmsten Schlafanzug geschlüpft war, rief ich Antti an.

«Hier hat es auch stark geregnet. Das ist einer der Gründe, weshalb wir heute eine kürzere Strecke gefahren sind als geplant. Das Großsegel hat einen kleinen Riss, es wird gerade geflickt. Womöglich kommen wir sogar erst am Samstag an. Iida macht sich schon Sorgen, ob sie genug Zeit hat, alles zu kaufen, was sie für das neue Schuljahr braucht. Taneli lernt Schach spielen. Wann fängt sein Eislauftraining an? Wir müssen wieder einen neuen Wochenplan für uns alle aufstellen, wobei man bei dir ja nie weiß, wann du arbeiten musst. Wie läuft es bei der Arbeit?»

«Du weißt ja, dass ich darüber nicht viel sagen darf. Der Doppelmord, von dem du bestimmt im Internet gelesen hast, ist immer noch nicht aufgeklärt. Aber genug davon. Melde dich, wenn du weißt, wann ihr anlegt. Wenn ich es irgendwie einrichten kann, erwarte ich euch am Hafen und schwenke ein weißes Taschentuch. Oder sollte ich lieber Tanelis alte Seeräuberflagge nehmen?»

Antti erkundigte sich noch nach den Katzen, und wie auf Stichwort fing Jahnukainen in der Küche zu maunzen an. Der Kater war wütend, weil beide Fressnäpfe immer noch leer waren, obwohl ich schon seit einer halben Stunde zu Hause war. Ich drohte ihm, den Staubsauger zu holen, wenn er nicht still war. Vor dem Staubsauger hatte Jahnukainen eine Heidenangst, er flüchtete sich in die hinterste Ecke der Sauna, sobald er hörte, dass das Gerät aus der Besenkammer geholt wurde. Meiner Drohung zum Trotz gab ich den Katzen nicht nur Fisch-Cracker, sondern auch ökologisches Dosenfutter, das Antti irgendwo entdeckt hatte. Im Fernsehen lief ungefähr die hundertdreißigste Wiederholung von *Notting Hill*. Gestärkt durch eine zweite Tasse Kakao sah ich mir den Film an und schaffte es beinahe, die Tränen zurückzuhalten, als die unmögliche Romanze Wirklichkeit wurde. Zum Glück war ich allein und brauchte meine alberne Sentimentalität niemandem zu erklären.

Ich war die Letzte aus unserem Team, die den Case Room betrat. Koivu hing bereits am Telefon, Puupponen arbeitete am Computer, blass und mit geröteten Augen, als hätte er wieder nicht genug Schlaf bekommen. Jenna dagegen sah aus, als hätte sie etwas Wichtiges zu verkünden. Offenbar hatte sie am Vorabend oder in der Nacht eine entscheidende Information erhalten. War einer von Saila Linds Freundinnen etwas eingefallen, das uns weiterhalf?

Aber nein, Jenna hatte etwas ganz anderes zu sagen. Sie wartete, bis Koivu sein Gespräch mit einem Informanten beendet hatte, das offenbar unergiebig geblieben war, und plapperte dann aufgeregt los: «Unser Ville hier ist eine Art privater Krankenpfleger. Ich habe ihn gestern gesehen, als er einen Mann im Rollstuhl schob, und ihn gefragt, ob das sein Bruder oder ein anderer Verwandter sei. Aber es war ein … ein Freund, hast du gesagt, oder? Der Mann im Rollstuhl war allerdings anderer Meinung.»

Puupponen war knallrot geworden, sein Adamsapfel hüpfte heftig auf und ab. «War das nötig?», brüllte er Jenna an. «Mein Privatleben geht keinen was an!» Er stürmte zur Tür hinaus wie ein Pubertierender, dem die Eltern verboten haben, am Abend auszugehen. Jenna verdrehte die Augen.

«Was versuchst du uns eigentlich zu sagen?», fragte ich sie.

«Dass ich gestern zufällig Ville und seinen Freund im Rollstuhl getroffen habe. Ich bin vom Kino nach Hause geradelt, möglichst schnell, weil es nach Regen aussah, und Ville hatte es aus demselben Grund eilig, diesen Aki ins Trockene zu bringen. Trotzdem habe ich natürlich angehalten, ich hatte eine Frage wegen der DNA-Proben. Da fragte ich dann auch, wer der Mann ist und was für eine Krankheit er hat. Ville hat geantwortet, Aki wäre ein Freund, und da hat dieser Aki gefragt, ob Ville ihre Beziehung immer noch geheim hält, obwohl er praktisch bei ihm in Espoonlahti wohnt und ihm hilft, solange er im Rollstuhl sitzen muss. Seiner Meinung nach wäre zwischen ihnen mehr als bloße Freundschaft.»

«Warum hast du die beiden denn überhaupt ins Verhör genommen?» Koivu schlug sich gegen die Stirn, als wolle er Jenna zeigen, wie unüberlegt sie gehandelt hatte.

«Er ist mein Kollege. Was habe ich denn Schlimmes getan? Sind Schwule und andere Minderheiten bei der Polizei nicht hochwillkommen? Das haben sie uns bei der Ausbildung jedenfalls andauernd erzählt. Ich wollte Ville und diesem Aki nur vermitteln, dass ich es ganz natürlich und in Ordnung finde. Ich habe sie eingeladen, mich mal zu besuchen, zum Tee und zu irgendeinem Brettspiel oder so. Allerdings haben wir wohl keine freie Zeit, solange die Morde an Lumme und Lind ungeklärt sind.»

Jenna holte eine Tüte Nektarinen aus der Tasche und fragte, ob wir auch welche wollten. Als sie keine Antwort bekam, schnitt sie zwei der Früchte mit einem Schweizer Armeemesser sorgfältig durch und entfernte die Steine.

Ich überlegte, was ich sagen sollte. Ich hatte Puupponen schon gekannt, bevor ich zur Espooer Polizei kam. Er hatte bei Ermittlungen in einem Mordfall mitgewirkt, bei dem ich die juristische Beraterin eines der Verdächtigen gewesen war. Damals hatte Puupponen die Vorschriften ein wenig großzügig ausgelegt, weil Pertti Ström seiner Meinung nach falsch gehandelt hatte. Als ich später die Stelle bei der Espooer Polizei antrat, hatte Ville mich herzlich willkommen geheißen. Er hatte sich dafür starkgemacht, dass ich und nicht Pertti Ström zur Leiterin des damaligen Gewaltdezernats ernannt wurde. Wir hatten immer auf derselben Seite gestanden, und das hatte mir genügt.

«Hör mal, Jenna, Puupponen hat sich dafür entschieden, bei der Arbeit nicht über sein Privatleben zu sprechen. Diese Entscheidung müssen wir respektieren. Sprich mit niemand anderem über die Sache. Nicht deshalb, weil Ville irgendeinen Grund hätte, sich zu schämen, sondern weil es schlicht und einfach keinen etwas angeht.» Ich suchte Koivus Blick, und als ich ihn auffing, sah ich, dass wir uns zumindest in dieser Angelegenheit vollkommen einig waren. «Macht mit eurer Arbeit weiter. Ich hole Ville zurück. Und das Thema wird nicht mehr angesprochen, klar?» Ich stand auf und verließ den Raum. Im Hinausgehen hörte ich, dass Koivu bereits wieder telefonierte.

Ich wusste nicht, wohin Puupponen gegangen war. Auf der Toilette konnte ich nicht nach ihm suchen. Also fuhr ich mit dem Aufzug in den fünften Stock, wo sich die meist leer stehenden Konferenzzimmer der Chefs befanden. Dort stand Puupponen und starrte zum Fenster hinaus.

«Komm, Ville, arbeiten wir weiter.»

«Scheiße, Scheiße, Scheiße», murmelte Puupponen und drehte sich zu mir um. Sein Gesicht war blass, in seinen Augen lag ein Ausdruck, den ich noch nie an ihm gesehen hatte. Ich ging zu ihm und setzte mich.

«Warum hast du es nicht einmal Koivu und mir erzählt?»

Puupponen blickte mir in die Augen. «Warum sollte ich? Für meine Arbeit spielt das doch keine Rolle.»

«Aber wir sprechen doch auch ab und zu über unsere Familien, und manchmal beeinflussen sie unsere Arbeit eben doch. Das hast du doch schon miterlebt.»

«Ich habe nie eine Familie gehabt, nur wechselnde Beziehungen. Zum Teil mit Frauen, aber meistens mit Männern. Und das geht wirklich keinen was an. Auf meiner Lohnsteuerkarte steht ledig, und das muss euch genügen. Die Geschichte mit Aki hat ein bisschen länger gehalten, zum Teil wegen seiner Verletzung. Er ist vom Pferd gefallen und hat sich die Hüfte und das linke Wadenbein gebrochen. Deswegen muss er mehrmals operiert werden, und es war leichter, bei ihm einzuziehen, bis er wieder fit ist.»

«Glaubst du, Pekka und ich hätten dich irgendwie anders behandelt, wenn wir es gewusst hätten? Es spielt doch wirklich keine Rolle. So gut solltest du uns eigentlich kennen.»

«Jedenfalls werdet ihr euch jetzt die größte Mühe geben zu zeigen, dass sich nichts verändert hat», sagte Puupponen wütend. «Jenna wird es überall herumerzählen, auch wenn du ihr von deinem Chefinnensockel aus noch so entschieden den Mund verbietest. Das ist die allerbeschissenste Haltung, weißt du: Ihr seid ganz passabel, wir haben nichts gegen euch, es ist doch niedlich, wenn Männer sich küssen, wir sind ja so liberal ... Ich will keine Toleranz, ich will einfach nur meine Ruhe!»

«Von mir aus kannst du die haben. Du brauchst uns diesen Aki nicht vorzustellen, und nach diesem Gespräch vergisst unser Team, dass wir je von ihm gehört haben, wenn du das willst. Wir dürfen uns doch nicht entzweien, nur weil Jenna sich idiotisch benommen hat. Was bei den genetischen Voraussetzungen ja zu erwarten war», versuchte ich, im Puupponen-Stil zu witzeln, erntete aber nur ein müdes Grinsen.

«Und Schweine haben Flügel, und Kühe können fliegen. Aber du hast recht. Machen wir uns wieder an die Arbeit. Koivu hat schon angedeutet, dass es gestern Abend noch ein kleines Intermezzo zu unserem Fall gegeben hat.» Puupponen bemühte sich um seinen üblichen lockeren Ton, doch sein Blick hatte sich nicht verändert. Ich hätte ihn gern berührt, ihm auf die Schulter geklopft, wie wir es oft taten, fürchtete jedoch, er würde auch diese Geste als aufdringlich empfinden. Auf dem Weg zum Lift begegnete uns eine Mitarbeiterin der Kantine, die einen Servierwagen schob und mich scherzend fragte, ob ich etwa jetzt schon zum Mittagessen der leitenden Angestellten käme. Ohne sie hätte ich diese Besprechung wahrscheinlich vergessen.

Vor dem Aufzug brachte ich das Gespräch wieder auf die Arbeit: «Koivu und ich sind gestern auf diesen Kolben-Kinnunen gestoßen. Er behauptet, nichts über Lumme zu wissen, außer vielleicht, wenn man ihm dafür Geld zahlt. Er macht seinem Namen alle Ehre, hat sich sogar den Kopf kahl geschoren.» Ich verstummte plötzlich und überlegte, ob Puupponen Peniswitze wohl für geschmacklos hielt, doch dann begriff ich, dass ich mich genau so benahm, wie ich es nicht durfte. «Koivu hat offenbar gerade einen Hinweis bekommen. Wir müssen das alles überprüfen. Hast du im Internet was gefunden?»

«Ein paar Gerüchte über Harri Tanners Geldanlagen. Die können wir uns gleich zusammen ansehen.» Puupponen ließ mir den Vortritt in die Kabine. Im dritten Stock stieg auch Laura Kokko vom Wirtschaftsdezernat zu. Sie sagte, sie müsse zum Amtsgericht, wolle aber im Lauf des Tages vorbeikommen, es gebe neue Anhaltspunkte. Sie lächelte Puupponen an, der ihr Lächeln so anzüglich erwiderte wie immer.

Im Case Room herrschte Schweigen, Jenna Ström tippte auf dem Computer. Koivu löffelte mit größter Sorgfalt Kaffeepulver in den Filter. Als Puupponen an ihm vorbeiging, unterbrach er seine Beschäftigung.

«Mit dir macht man was mit, Mann», sagte er und umarmte Puupponen, wie sich Männer umarmen, sich gegenseitig ein-, zweimal auf den Rücken klopfend. Nach kurzem Zögern erwiderte Puupponen die Geste.

21

Hört mal her! Vielleicht hat Saila Lind begriffen, dass ihr eigener Schwager hinter dem Ganzen steckt? Und wenn dieser Schwager obendrein Sailas Schwester einen tödlichen Arznei-Cocktail verabreicht hat, dann hätte Saila doch gleich mehrere Gründe gehabt, ihn zu erpressen, was wiederum Killer-Tanner ein Motiv liefert, seine Schwägerin umzubringen.» Jenna Ströms Augen funkelten. Sie blickte in die Runde wie ein Hund, der bei einer Missetat erwischt worden ist und nun versucht, den Fehler wieder auszubügeln, indem er eine ersehnte Beute anschleppt.

«Willst du allen Ernstes behaupten, Harri Tanner wäre in illegale Kreditgeschäfte verwickelt? Warum sollte er sich denn auf so etwas einlassen?», schnaubte Puupponen.

«So absurd ist das gar nicht, das ist doch auch eine Methode, Geld für sich arbeiten zu lassen und Macht auszuüben. Bei der Börsenspekulation geht es nicht nur um finanziellen Gewinn. Es ist ein Spiel, das Spannung erzeugt. Der eine hat am Ende den Schwarzen Peter, der andere Millionen. Natürlich habe ich auf dem Gebiet keine persönliche Erfahrung, meine größte Spekulation ist der Lottoschein, aber der Thrill scheint mir nachvollziehbar.» Koivu redete geradezu übereifrig drauflos, als sei er froh, dass es nicht um Puupponens Privatleben ging. «Ist nicht ganz unvorstellbar. Tanner war beim Eishockey zwar ein Gentleman, aber er konnte auch skrupellos und hart sein, wenn es nötig war.»

«Aber es ist doch etwas anderes, ob man jemanden an die Bande rempelt oder kaltblütig ermordet», protestierte Puupponen.

«Dass Harri Tanner das Idol deiner Jugend war, darf unsere Ermittlungen nicht beeinflussen», brachte Koivu ihn zum Schweigen. «Hören wir uns erst einmal an, was die vom Wirtschaftsdezernat zu sagen haben. Es wird wohl ziemlich aufwendig, Einblick in Tanners Konten zu bekommen.»

«Der würde uns wahrscheinlich ohnehin nicht viel verraten», dämpfte ich Koivus Eifer. «Tanner hat seine Spuren sicher sorgsam verwischt, sofern er etwas zu verwischen hatte. Außerdem hat er schon bei seiner ersten Befragung auf Enholmen erklärt, er habe versucht, seine Schwägerin zu schützen, aber sie habe gesagt, gegen die Leute, mit denen sie es zu tun habe, sei selbst Tanner machtlos.»

«Wenn er der Täter ist, hat er das natürlich gesagt, um den Verdacht von sich abzulenken», widersprach Jenna.

Von dem heftigen Regen am vorigen Abend war nichts mehr zu spüren, die Welt wirkte frisch gewaschen, und die Sonne strahlte sommerlich hell. Koivu zog das langärmelige karierte Hemd aus, das er über dem T-Shirt trug, und wischte sich den Schweiß von der Stirn.

«Gibt es Neuigkeiten vom Labor und von der Bank?», fragte ich Puupponen, der immer noch blass war, sich aber um professionelles Verhalten bemühte. Ich schluckte meine Enttäuschung hinunter, für die es keinen vernünftigen Grund gab. Chefs hatten kein Recht, sich nach der sexuellen Orientierung ihrer Mitarbeiter zu erkundigen. Punkt. Chefs und Mitarbeiter brauchten keine Freunde zu sein. Zweiter Punkt.

«Von den Fingerabdrücken in dem verbrannten Hyundai stimmen einige mit Eero Lummes Abdrücken überein, die anderen sind bei uns nicht registriert. Keine Übereinstimmung mit Saila Lind. Es kann ja sein, dass Lind nicht selbst im Auto gewesen ist, sondern nur ihr Kleid. Und Lummes Geld wurde tatsächlich zur Tilgung seiner alten Schulden gepfändet, wie wir ja schon wussten. In diesem System hätte es sich für ihn eigentlich nicht rentiert, arbeiten zu gehen, ihm wäre kein Cent geblieben. Die Kinder haben immerhin vom Sozialamt Unterhalt bekommen, den Lumme natürlich irgendwann auch hätte zurückzahlen müssen. Wie geht es übrigens mit Mia Tanner weiter? Die Geschichte gehört doch auch irgendwie zum Fall dazu.»

Ich hatte die ersten Ermittlungsprotokolle an den Staatsanwalt geschickt. Da Patrik die Tat gestanden hatte, konnte dieser nun Anklage erheben. Ich würde mit Kommissar Timo Ranto, dem neuen Chef der Abteilung für Gewaltkriminalität bei der Polizei von West-Uusimaa, besprechen müssen, ob seine oder meine Leute den Fall abschließen sollten. Ranto war aus Lohja auf diesen Posten versetzt worden, Markku Ruuskanen, der ihn stellvertretend innegehabt hatte, war inzwischen zur Zentralkripo gegangen und wartete vermutlich auf die Gelegenheit, mir von dort aus ein Bein stellen zu können. Wir waren nicht die besten Freunde. Eigentlich war es völlig absurd, Energie auf Streitigkeiten unter Kollegen zu verschwenden, statt mit vereinter Kraft gegen Kürzungen und Sparmaßnahmen zu protestieren. Einige Heißsporne hatten bereits einen Polizeistreik vorgeschlagen, von dem nur die akutesten Einsätze ausgeschlossen bleiben sollten.

Laura Kokko klopfte an und trat auch gleich ein. Ihre Haare waren mit glitzerndem Gel noch enger an den Kopf frisiert als sonst, sie sah aus, als sei sie auf dem Weg zu einer Party. Sie lächelte strahlend, als sie Laptop und Ordner auf den Tisch stellte und eine Flasche aromatisiertes Mineralwasser aus der Tasche holte. Den Kaffee, den Koivu ihr anbot, lehnte sie ab.

«Laura weiß schon, was für eine Brühe du kochst», frotzelte Puupponen und wurde von Laura mit einem noch strahlenderen Lächeln belohnt, das er mühelos erwiderte.

«Pihko von der Einheit für Wirtschaftskriminalität bei der Helsinkier Polizei lässt euch grüßen. Kallio und Puupponen haben wohl schon einmal mit ihm zusammengearbeitet. Wir hatten gerade eine interessante Besprechung, bei der es um andere Fälle ging, aber es kam auch einiges zur Sprache, was für euch interessant sein könnte. Die Helsinkier untersuchen schon seit einer ganzen Weile Kreditfirmen, die Geldwäsche betreiben. Es gibt also auch Firmen, die nicht so hohe Zinsen verlangen, wie ihre Buchführung ausweist. Die Kreditnehmer sind eine Art Strohmänner. Sie bekommen ihren Kredit zu minimalem Zins, aber in den Büchern werden erheblich höhere Zinseinnahmen vermerkt, Gelder aus dem Drogen- oder Menschenhandel oder auch nur aus Schwarzarbeit im Baugewerbe. Unter den beobachteten Firmen ist wieder mal eine, bei der der Name Jarmo Kolben-Kinnunen auftaucht. Es handelt sich um die Eisendreieck AG, bei der Kinnunen im Aufsichtsrat sitzt. Außer ihm hat die Firma zwei weitere Anteilseigner, von denen einer schon zweimal mit Geschäftsverbot belegt war. Der Haupteigentümer ist ein in Jersey registriertes Unternehmen, woraus jeder seine eigenen Schlüsse ziehen kann. Wenn Eero Lumme Schulden hatte und sein gesamtes Einkommen gepfändet wurde, könnte es ihn durchaus gelockt haben, dort einen billigen Kredit aufzunehmen. Im Prinzip können die Schuldner ja behaupten, von der Buchführung der Firma nichts zu wissen.»

Laura schob die Brille hoch und wischte sich ebenfalls den Schweiß aus dem Gesicht. Ihr locker sitzendes weißes Leinenkleid war zugeknöpft bis zu den Schlüsselbeinen, zwischen denen ein Kreuz an einer goldenen Kette blinkte. Ihr Vorgesetzter hatte also noch keine Einwände gegen die Verwendung religiöser Symbole im Dienst erhoben. Waren alle, die sie bisher als Verdächtige oder als Zeugen vernommen hatte, Christen?

«Eisendreieck ...» Koivu kaute auf dem Namen herum, und ich erinnerte mich an das, was Jere Lumme mir erzählt hatte. «Eero Lumme hat seinem Sohn gegenüber irgendein Eisen erwähnt. Ich dachte, er hätte eine Waffe gemeint, aber vielleicht ging es ja um diese Typen. Sie haben Lummes Kinder bedroht. Ich rufe Jere nachher an und frage ihn.»

Puupponen googelte bereits. «Helsinki hat sich wahrscheinlich schon im Internet umgeschaut?»

«Meinst du Chats und dergleichen? Wahrscheinlich haben sie das angesehen, was leicht zu finden ist, aber nicht unbedingt Seiten abgegrast, auf denen man sich einloggen muss. Genau weiß ich es nicht. Wir hatten bloß unseren monatlichen Informationsaustausch.»

«Fiel bei der Besprechung der Name Harri Tanner?», fragte ich.

«Nein. Aber wie gesagt, an die größten Player kommt man nicht so leicht heran. Sie operieren nicht von Finnland aus. Demzufolge, was das Finanzamt über Tanner weiß, ist seine Tätigkeit zwar transparent, aber genau den Eindruck muss man erwecken, wenn man betrügen will. Unsere Ermittlungen nehmen oft Jahre in Anspruch, und wenn ihr wollt, dass wir Harri Tanner genauer unter die Lupe nehmen, müsst ihr ein schwerwiegendes Verdachtsmoment vorweisen. Das Problem in unserem Bereich liegt ja gerade darin, dass die Ermittlungen so langwierig sind und den Gaunern daher reichlich Zeit bleibt, Beweise zu vernichten und sich abzusichern. Kleine Fische wie Kolben-Kinnunen sind eigentlich ein Trost. Bei denen wächst mit jedem erfolgreichen Betrug der Appetit auf mehr, und früher oder später stolpern sie über ihre eigene Findigkeit. Bei der Wirtschaftskriminalität wären verdeckte Ermittlungen echt nützlich.»

«Was habe ich gesagt», murmelte Puupponen. Ich berichtete Laura Kokko, dass Koivu und ich am vorigen Abend wegen einer illegalen Stichwaffe mit Kolben-Kinnunen zu tun gehabt hatten, wobei ich den Zwischenfall natürlich auch den anderen Mitgliedern meines Teams erläutern musste. Puupponen schüttelte den Kopf, Jenna dagegen schien sich darüber zu freuen, dass endlich etwas Aufregendes passierte. Sie hatte noch nicht gelernt, dass ein langweiliger Tag ein guter Tag war, wenn es um die Ermittlung von Gewaltdelikten ging. Als ich die Ereignisse des Abends schilderte, wurde mir immer deutlicher, wie idiotisch ich mit Mikke umgegangen war.

Koivu und Kokko versuchten, Kolben-Kinnunen zu kontaktieren, doch unter der Nummer, die er uns gegeben hatte, meldete er sich nicht. Es war natürlich ein Prepaid-Anschluss ohne Anrufbeantworter. Wir vereinbarten, Kolben zur Fahndung auszuschreiben, wenn wir ihn bis morgen nicht erreicht hätten. Kokko sagte, sie habe auch ohne die Episode mit dem Messer Grund genug, Kinnunen zu vernehmen. Mit klappernden Absätzen eilte sie zu ihrer nächsten Besprechung und schenkte Puupponen zum Abschied wieder ein strahlendes Lächeln. Er erwiderte es bereitwillig, doch sobald sie die Tür hinter sich geschlossen hatte, senkte er den Blick und vertiefte sich in seine Mails.

«Eine Nachricht von der Tatorttechnik. In Lummes Schusswunde und auf Saila Linds Kopfhaut wurde Betonstaub von der gleichen Art gefunden, was darauf hindeuten kann, dass sie beide mit dem Rücken auf derselben Unterlage gelegen haben. Und ... wartet mal, das hatte ich ganz übersehen ... Die Lungenbefunde.» Puupponen machte eine dramatische Pause. «Okay, beide waren schon tot, als sie im Meer landeten. Lumme ist an der Schusswunde gestorben, und Lind ist zwar ertrunken, aber nicht im Meer, sondern in Süßwasser.»

«Ein See? Ein Teich?», schlug Jenna vor.

«Aufgrund der Befunde könnte es sich zum Beispiel um ein Hot Tub handeln. Das Wasser war unbehandelt und enthält einige Unreinheiten, dürfte sich also unter freiem Himmel befunden haben.»

«Kommt ein Swimmingpool in Frage?», erkundigte ich mich.

«Verwendet man bei denen nicht Chemikalien, die das Wasser sauber halten? Natürlich könnte es ein Planschbecken gewesen sein, das man mit dem Gartenschlauch füllt. Oder irgendein Gartenfass zum Blumengießen – ach nein, da ist ja meistens Regenwasser drin. Müssen wir jetzt nach Brunnen suchen und Wasserproben entnehmen?», schnaubte Puupponen.

«Hat irgendwer von euch auf der Insel der Tanners ein Hot Tub gesehen?» Ich durchsuchte mein Gedächtnis, konnte mich aber nicht erinnern. Hatte im Badezimmer im Hauptgebäude eine Wanne gestanden?

Meine Mitarbeiter schüttelten die Köpfe, ein Hot Tub war ihnen nicht aufgefallen. Puupponen wusste zu berichten, dass die Dinger in den letzten Jahren an viele Sommerhausbesitzer geliefert worden waren, einer seiner Bekannten verkaufe sie. Ich bat Jenna Ström, Tanner anzurufen und die Sache zu überprüfen.

«Enthält der Beton irgendwelche besonderen Bestandteile?»

Puupponen antwortete, die Techniker hätten nichts dergleichen erwähnt.

«Was können wir daraus schließen, dass Lind und Lumme offenbar nach ihrem Tod an derselben Stelle gelegen haben? Dass Lind in Lummes Auto war, aber auf andere Art getötet wurde?» Koivu stand auf und schenkte sich zum x-ten Mal Kaffee nach, während Jenna Ström ihr Telefongespräch beendete.

«Sie haben kein Hot Tub und keine Badewanne. Das Meer reicht ihnen zum Schwimmen, das Wasser zum Waschen und für den Haushalt kommt aus dem Brunnen.»

«Jedenfalls ist Lind zuerst gestorben, etwa vier bis fünf Stunden vor Lumme, wenn wir von den Mittelwerten ausgehen. Der geringstmögliche Zeitabstand liegt bei anderthalb Stunden. Das ist vielleicht die Erklärung für die unterschiedlichen Todesarten. Womöglich ist Lumme nur deshalb umgekommen, weil er rein zufällig am Tatort auftauchte. Er selbst und das windige Kreditgeschäft haben mit dem Fall gar nicht unbedingt etwas zu tun, sondern der Kerl hat einfach nur verdammtes Pech gehabt.» Koivu ließ sich auf seinen Stuhl fallen, der unter seinem Gewicht knarrte. Dann fiel eine der Schrauben, die den Sitz mit der Rückenlehne verbanden, zu Boden.

«Koivu hat eine Schraube locker», stellte Puupponen müde fest, offenbar war ihm nicht nach Witzeln zumute. «Also zurück zum Ausgangspunkt, zu den Fennomanen, die Saila Lind den Tod angedroht haben. Oder zurück zu den Tanners? Hat von denen irgendwer einen Waffenschein für eine Handfeuerwaffe?»

«Nein. Harri hat einen für ein Elchgewehr. Natürlich gibt es in diesem Land mehr als genug illegale Waffen. Aber was für ein Typ läuft mit einer Waffe herum, ertränkt einen Menschen, erschießt einen anderen, der ihn dabei überrascht, und verstümmelt anschließend eine der Leichen?»

«Ein Verrückter», antwortete Koivu auf Puupponens Frage. «Haben wir dafür nicht einen ganz guten Kandidaten?»

«Julian können wir jedenfalls ausklammern. Der würde doch wohl keinen erschießen, er will schließlich Zivildienst machen», erklärte Jenna. «Du meinst sicher Patrik. Vielleicht hat er Mia nur verprügelt, um uns in die Irre zu führen, damit wir nicht kapieren, dass er zu viel Schlimmerem fähig ist. Sollten wir ihn von seiner Insel holen?»

Seufzend sagte ich, das sei nur ein Schuss ins Blaue. In dem Moment teilte die Zentrale mit, für uns sei ein Paket vom kriminaltechnischen Labor angekommen. Ich bat Jenna, es zu holen. Koivu goss sich Kaffee nach, Puupponen bastelte aus Büroklammern etwas, das Ähnlichkeit mit einem Hund hatte.

Der Rauchgeruch breitete sich im Zimmer aus, sobald Jenna mit dem Paket durch die Tür kam, obwohl die Indizien sachgemäß in geschlossene, durchsichtige Plastikbeutel verpackt waren. Ein Bericht über die Analyse der einzelnen Fundstücke war beigefügt. Ich streifte Schutzhandschuhe über und legte die Pinzette bereit, bevor ich mich den Indizien zuwandte.

Die Handtasche war ursprünglich aus fuchsienrotem Leder gewesen, die Farbe war jedoch nur noch am Boden zu erkennen. In den kleineren Beuteln lagen Plastikklumpen, die im Labor als Lippenstift, Mascara und Puderdose identifiziert worden waren. Vom Lipliner war nur noch die metallene Schutzkappe übrig. Das dicke dunkelblaue Plastik der Puderdose war besser erhalten, aber ich schob die Schminkutensilien vorläufig beiseite.

Die Mitarbeiter des Labors hatten alles aus der Tasche geholt, was nicht festgeschmolzen war. Die Geldbörse gab nicht viel her, denn sie war aus Kunstleder gewesen, das schnell verbrannte. Sie hatte zwei bis zur Unkenntlichkeit verbrannte Banknoten und Münzen im Gesamtwert von fünf Euro enthalten, die sich jetzt in separaten Beuteln befanden. In der Geldbörse waren außerdem Überreste von geschmolzenen Plastikkarten zu sehen, bei denen die kriminaltechnischen Ermittler gar nicht erst versucht hatten, sie herauszuholen. Meiner Schätzung nach handelte es sich bei der einen um den Ausweis der Sozialversicherungsanstalt und bei der anderen um einen Führerschein.

«Keine Kreditkarten», stellte Koivu fest. «Aber nicht einmal eine Karte für den Bankautomaten? Ohne die kommt doch heute keiner mehr aus. Linds Konto ist aber nicht leer geräumt worden, oder?»

«Da gab es nicht viel zu holen. Das heißt, ein Hunderter wäre für mich ja schon ein ziemlicher Batzen», entgegnete Puupponen. «Vielleicht hat irgendwer sein Glück mit der Karte versucht, es aber aufgegeben. Von der Bank ist jedenfalls keine Mitteilung gekommen, dass ein Automat die Karte geschluckt hätte, und nach den Informationen, die ich habe, wurde sie am Donnerstag vor Linds Tod zuletzt benutzt.»

«Auch keine Kundenkarten», fuhr Koivu fort, «dabei kommen ganz schnell an die zwanzig zusammen, wenn man nicht aufpasst. Saila wollte offenbar so wenig Spuren hinterlassen wie möglich.»

«Damit hat sie ihrem Mörder in die Hände gespielt. Wenn die Leichen nicht gefunden worden wären, hätten wir keine Ahnung gehabt, wo wir nach Saila hätten suchen sollen oder was ihr zugestoßen ist. Dass der Mörder es nicht geschafft hat, die Leichen zu versenken, war ein ziemlicher Patzer von ihm», seufzte ich und zog den Kalender hervor, der von allen Gegenständen aus der Handtasche am besten erhalten war. Es handelte sich um einen ganz normalen Taschenkalender der Firma Ajasto, mit abnehmbarem Einband und einem Kalenderteil aus Papier in Ringbindung. Der Einband war angekokelt, aber nicht verbrannt, und die Papierseiten waren zwar an den Ecken schwarz verkohlt, doch der mittlere Teil der Seiten war desto unversehrter geblieben, je weiter in der Mitte des Büchleins sie lagen. Allerdings gab es nicht allzu viele Eintragungen. Am Dienstag der zweiten Juniwoche fand sich der hastig hingekritzelte Vermerk «Pernilla 15:00 *Café Strindberg*», in der darauffolgenden Woche gar nichts. Ende Juni tauchte zweimal J. M. auf, beim zweiten Mal stand dahinter *Olo*, der Name eines Trendrestaurants in Helsinki. Offenbar handelte es sich um Saila Linds Verabredungen mit Jouko Marttinen. Am dritten Juli um 15 Uhr war ein Dreieck eingezeichnet, das zwei Wochen später erneut erschien. Auf der Linie für zwölf Uhr am 23. Juli stand «POLIZEI!!!». Die letzte erkennbare Eintragung war J. M. für zwanzig Uhr am kommenden Samstag.

«Saila Lind hat in Großbuchstaben und mit drei Ausrufezeichen ‹Polizei› in ihren Kalender geschrieben, an einem Datum einige Tage vor ihrem Tod», berichtete ich meinen Kollegen.

«Hatte sie vor, sich an die Polizei zu wenden und die Schuldeintreiber anzuzeigen? Wurde sie deshalb ermordet?»

«Lind hat keine Anzeige erstattet und wurde auch selbst nicht angezeigt», sagte Puupponen. «Sie wäre wohl nach Pasila gegangen, von ihrer Wohnung aus ist das die nächste Dienststelle.»

«Aber wenn sie keine offizielle Anzeige erstattet, sondern nur mit einem Polizisten darüber geredet hat?», schlug Jenna vor.

«Und der hätte sich nicht bei uns gemeldet, als er von Sailas Tod erfuhr?», wandte Puupponen ein.

«Er könnte ja zum Beispiel im Urlaub sein und keine Lust haben, die hiesigen Nachrichten zu verfolgen. Vielleicht ist er auf einer Wanderung am Südpol», beharrte Jenna. Puupponen schnitt ihr eine Grimasse.

«Es lohnt sich, auch Kleinigkeiten abzuklären. Zumindest können wir überprüfen, ob Linds Name an dem fraglichen Tag auf der Besucherliste irgendeiner Polizeidienststelle im Hauptstadtgebiet auftaucht. Ville, kümmere dich darum. Was sagt ihr zu diesen Dreiecksmustern?» Mit der Pinzette schob ich den Kalender zu meinen Kollegen hinüber, die zunächst einmal gar nichts sagten.

«Woher kenne ich das Dreieck?», überlegte Koivu laut, doch Jenna war schneller: «Die Firma von Kolben-Kinnunen heißt Eisendreieck! Saila Lind hatte natürlich bei denen Schulden! Leiten wir gleich die Fahndung nach diesem Kinnunen ein?» Sie griff bereits zum Handy.

«Die Dreiecke können vieles bedeuten, wir wollen nichts überstürzen», bremste ich sie und sah die Enttäuschung in ihren Augen. Ich bat sie, alle lesbaren Eintragungen im Kalender abzuschreiben. Für das Kopiergerät waren die Seiten zu brüchig.

Als Nächstes rief ich Susanna Lumme an und fragte, ob ich mit Jere sprechen könne. Susanna bemühte sich verzweifelt,

Mias Laden allein zu führen, und sagte, der Junge sei «hoffentlich zu Hause». Sie gab mir die Erlaubnis, ihren minderjährigen Sohn anzurufen. Jere meldete sich nach dem fünften Klingeln, seine Stimme klang verschlafen.

«Was für ein Eisendreieck? Ach, damals beim Fischen mit Papa? Ja, richtig, das hat er gesagt, und nicht Stahlviereck. Es klang irgendwie komisch, wie eine Angriffskette beim Eishockey. Bei Espoo Blues gibt es aber keine, die so heißt.»

Ich bedankte mich bei Jere und sagte, seine Aussage sei wichtig, obwohl ich in Wahrheit nicht wusste, ob sie uns weiterhelfen würde. Das Arbeitsessen mit den anderen Abteilungsleitern rückte näher, mir knurrte auch schon der Magen. Ich gab meinen Mitarbeitern Anweisungen und machte mich auf den Weg nach oben, um herauszufinden, worüber diesmal konferiert werden sollte. Der leitende Kommissar der Ordnungspolizei war noch im Urlaub, und sein Vertreter interessierte sich mehr für sein Smartphone als für das, was der Polizeichef zu sagen hatte. Man erwartete von uns wieder einmal eine Stellungnahme zur Strukturreform und Vorschläge zur optimalen Ausnutzung der Kapazitäten jeder Abteilung. Der Polizeichef kritisierte in jedem zweiten Satz den Leiter der Polizeiabteilung im Innenministerium und machte ein paar derart unverschämte Bemerkungen über die religiöse Überzeugung der Innenministerin, dass man ihn hätte anzeigen und einen Skandal auslösen können, aber dazu hatte wohl keiner von uns Lust. Wir kauten auf dem trockenen Lachsauflauf und dem Kohlsalat herum, und ich rechnete in Gedanken aus, wie viele Arbeitsstunden ich dafür brauchen würde, die vom Ministerium geforderten Gutachten zu verfassen. Diejenigen meiner Kollegen, die mehrere Dutzend Untergebene hatten, taten mir aufrichtig leid.

Da der Polizeichef noch zu einer Sitzung des Sicherheitsausschusses der Stadt Espoo musste, dauerte die Besprechung diesmal tatsächlich nur die eine Stunde, die dafür angesetzt war.

Taskinen bat mich, noch einen Moment zu bleiben, und sein Gesichtsausdruck verriet, dass er keine guten Nachrichten für mich hatte. Ich zog die Schuhe aus und legte die Beine auf einen Stuhl.

Taskinen stellte sein leeres Milchglas auf den Servierwagen und setzte sich neben mich. Er fragte mich nach dem Segeltörn meiner Familie und erzählte von seinen Enkeln, bevor er zur Sache kam: «Man will mich zwingen, in Rente zu gehen. Seit der letzten Umstrukturierung gibt es auf meiner Hierarchieebene nicht mehr genug Posten, und ich werde nächstes Jahr dreiundsechzig. Ich habe zwar darauf hingewiesen, dass das Pensionsalter für Führungskräfte um fünf Jahre erhöht wird, aber angeblich gilt diese Regelung für mich noch nicht. Ich werde mich wohl fügen müssen.»

«Die Antwort lautet nein. Ich bewerbe mich nicht», warf ich ein, als Taskinen eine Atempause machte.

«Worum? Um meine Stelle? Das wollte ich dir auch gar nicht vorschlagen. Mit deinem Temperament sitzt man nicht am Schreibtisch und trifft Entscheidungen. Was ich dir sagen will, betrifft eure Einheit. Wenn ich nicht mehr hier bin, wird sie aufgelöst werden. An deiner Stelle würde ich schon mal anfangen, über einen Plan B nachzudenken, und das Gleiche solltest du Koivu und Puupponen raten. Es wird euch nicht mal helfen, dass ihr eine Aufklärungsrate von hundert Prozent vorweisen könnt. Bei Gewaltverbrechen ist die Aufklärungsrate in Espoo ja ohnehin hoch, wir haben kaum ungelöste Fälle. Es wäre also sinnvoll, sich umzuhören, was die Zentralkripo oder die staatliche Sicherheitspolizei zu bieten hat. Hast du dich nicht irgendwann auch für diese Seite interessiert?»

«Was schätzt du, wann wir einen neuen Job brauchen?»

«Im nächsten Jahr werdet ihr wohl nicht mehr in der jetzigen Zusammensetzung an der Adventsfeier teilnehmen. In diesem Jahr seid ihr noch dabei, dafür sorge ich. Ihr findet bestimmt alle drei einen Job. Allerdings denkt Ville ja offenbar über einen Berufswechsel nach. Das hat er im Frühjahr in der Sauna erwähnt. Er meinte, ein Pflegeberuf würde ihn interessieren. Ich habe ihn darauf hingewiesen, dass die Bezahlung da noch schlechter ist als bei der Polizei.»

Ich überlegte, ob ich Taskinen von einem der Motive für Puupponens Interesse an einem Pflegeberuf erzählen sollte, beschloss aber zu schweigen. Wie konnte ich selbst anfangen zu tratschen, nachdem ich es Jenna gerade erst verboten hatte? Ich dankte Taskinen für seine Warnung. Er fragte, wie es um die Ermittlungen in unserem neuesten Fall stand. Danach erkundige man sich von allen Seiten, Harri Tanner sei immerhin ein hohes Tier.

«Du bekommst es immer wieder mit einflussreichen Männern zu tun. Tanner macht auf mich allerdings den Eindruck, ein anständiger Kerl zu sein. Wir sind ein paarmal im selben Team gelaufen, und meiner Meinung nach ist er auf dem Boden geblieben.»

«Der Meinung bin ich auch, aber er steht trotzdem vorläufig auf der Liste der Verdächtigen. Im Moment gehen die Ermittlungen ein bisschen zäh voran, aber so ist es ja oft. Du kennst das ja, Jyrki.»

Taskinen sagte, wenn meine Familie wieder zu Hause sei, sollten wir ihn einmal besuchen, und kommentierte anschließend die Kritik des Polizeichefs am Leiter der Polizeiabteilung. Als die Mitarbeiterin der Kantine hereinkam, um das Geschirr einzusammeln und die Tische abzuwischen, räumten wir das Feld. Taskinen nahm aus Prinzip immer die Treppe, also ging auch ich zu Fuß. Ich ging auf die Toilette, um mir das Gesicht zu waschen. Offenbar würde es bald wieder ein Gewitter geben, denn trotz der Klimaanlage war es schwül. Es fiel mir schwer, meine Gedanken zu ordnen, in den letzten Tagen war einfach zu viel passiert. Ich hätte gern Taneli angerufen, denn seine

Stimme hatte fast immer eine beruhigende Wirkung auf mich, beschloss aber, erst am Abend mit ihm zu sprechen, wenn die *Long Wang* wieder im Hafen lag.

Ich warf einen Blick in den Case Room. Dort traf ich nur Jenna an, die sagte, die beiden Männer seien zu einem späten Mittagessen gegangen. Sie wollte über Puupponen reden, doch ich wehrte ab und flüchtete mich in mein Dienstzimmer. Dort beantwortete ich ein paar Mails zu den nächsten skandinavisch-baltischen Polizistinnentagen. Das Seminar sollte in Stavanger stattfinden, und auf dem Programm stand auch eine Fjordkreuzfahrt. Ich musste unbedingt die Genehmigung beantragen, daran teilzunehmen.

Als ich gerade in den Case Room zurückkehren wollte, rief der Kriminalreporter einer Abendzeitung an, den ich flüchtig kannte. Er erkundigte sich nach den Ermittlungen im Doppelmord und behauptete, die Pressereferentin habe sich nicht gemeldet. Ich wich seinen scharfsinnigen Fragen aus, so gut ich konnte. Er war über Saila Linds sprachpolitischen Fanatismus im Bilde und fragte, ob es sich um einen politischen Mord handeln könnte. Angesichts der aufgeheizten Atmosphäre in unserer Gesellschaft habe man dergleichen ja schon länger prophezeit. Ich versagte mir einen Kommentar. Ein Klopfzeichen, das einen zweiten Anruf ankündigte, lieferte mir den Grund, die Spekulationen des Reporters zu unterbrechen. Als ich einen Blick auf das Display warf, sah ich, dass der Anrufer Harri Tanner war.

«Kommissarin Kallio, um Himmels willen! Hier ist die Hölle losgebrochen. Patrik und Julian ...» Tanners Stimme versagte, er räusperte sich. «Schickt uns Hilfe! Am besten kommt ihr auch auf die Insel. Patrik hat Julian aufs Dach gejagt, und Julian droht, herunterzuspringen. Und Patrik hat eine Waffe ... Mein Elchgewehr. Ich hätte es verkaufen sollen, ich gehe ja gar nicht mehr auf die Jagd. O mein Gott!»

«Wer ist alles auf der Insel?»

«Alle meine Kinder, Lotta ist allerdings zum Fischen auf dem Meer. Ich sehe sie durchs Fernglas, aber sie hat ihr Handy nicht dabei, das klingelt im Erdgeschoss.»

«Bedroht Patrik Julian mit der Waffe?»

«Er hat in die Luft geschossen. Ich weiß nicht, wie er an die Waffe gekommen ist, und an die Munition … Ich habe beides getrennt aufbewahrt …»

Ich wies Tanner an, das Handy bereitzuhalten, ich würde ihn gleich zurückrufen, dann lief ich in den Case Room. Jetzt brauchten wir mehrere Telefone und Anrufer.

«Jenna, besorg uns ein Boot! Jetzt sofort, zum nächsten Anleger. Fahrtziel Enholmen, die Insel der Tanners. Wenn du das Boot hast, treibst du Koivu und Puupponen auf und teilst im Waffendepot mit, dass wir alle unsere Dienstwaffe und eine kugelsichere Weste brauchen.»

Jenna sah mich nur zwei Sekunden lang verdutzt an, dann machte sie sich an die Arbeit. Ich alarmierte die Streifenpolizei von West-Uusimaa. Eine Einheit aus Kirkkonummi war ohnehin bereits im Boot unterwegs und übernahm den Einsatz. Es überraschte mich kein bisschen, als Jon Berg mitteilte, auch er und Lindholm würden sich auf den Weg nach Enholmen machen. Ich überlegte, ob ich auch die Karhu-Gruppe alarmieren sollte, die auf Geiselnahmen spezialisiert war. Allerdings würde ihr Auftauchen Patrik vielleicht erst recht provozieren. Daher beschloss ich, vorläufig auf die Hilfe der Spezialeinheit zu verzichten.

«Tanners älterer Sohn fuchtelt mit dem Elchgewehr herum und droht, seinen kleinen Bruder zu erschießen», hörte ich Jon Berg seinem Kollegen auf Schwedisch erklären. Jenna hatte ihr erstes Telefonat erledigt und trieb nun Koivu zur Eile an. Im Norden waren tiefblaue Wolken zu sehen, dort zog ein Gewitter auf. Vielleicht brauchten wir auch Regenschutz.

«Das Boot wartet im Touristenhafen in Matinkylä auf uns. Raitio übernimmt die Fahrt. Die Männer sind gleich hier. Was nehmen wir mit?» Jenna war blass, aber ihre Augen glänzten, und ich überlegte, ob es wohl ihr erster großer Notfalleinsatz war. Im Voraus wusste man nie, wie jemand reagierte, wenn es hart auf hart kam.

Als ich Harri Tanner zurückrief, meldete er sich sofort. Ich kam ohne Umschweife zur Sache: «Weißt du, warum deine Söhne in Streit geraten sind und Julian vom Dach springen will?»

«Ich weiß nicht mehr, was ich glauben soll! Julian behauptet, er hätte Saila umgebracht. Und zwar deshalb, weil sie Eija ermordet hätte.»

22

Das Polizeiboot fuhr mit Höchstgeschwindigkeit um die Landspitze von Porkkala herum. Der Wind blies mir Haarsträhnen ins Gesicht und drang durch die Regenjacke und den Pullover. Das Gewitter blieb vorläufig über dem Festland, der Donner übertönte kaum das Dröhnen der Bootsmotoren, und die Blitze zuckten nur in Abständen auf. Wenn wir Glück hatten, würden wir von dem Unwetter verschont bleiben.

Koivu hielt Kontakt zu den Streifenpolizisten aus Kirkkonummi, während ich mit Harri Tanner in Verbindung blieb. Die Streifenboote befanden sich bereits vor Enholmen, doch Patrik hatte ihnen verboten, anzulegen, andernfalls werde es krachen. Lotta hatte er immerhin erlaubt, an Land zu kommen.

In meinen Gesprächen mit Harri Tanner hatte ich nach und nach erfahren, was sich im Lauf des Tages auf der Insel zugetragen hatte. Patrik hatte am Sonntag versucht, Mia in der Klinik zu besuchen, aber sie hatte sich geweigert, ihn zu empfangen. Am Sonntagabend war er weinend und voller Reue nach Enholmen gekommen, hatte geschworen, keinen Alkohol mehr anzurühren und sich auch sonst zu bessern. Er hatte im Internet nach Entzugskliniken gesucht und sich mit einem auf die Behandlung von Alkoholabhängigen spezialisierten Privatarzt in Verbindung gesetzt, der ihm für Freitag einen Termin gegeben hatte.

Als Harri Tanner am Montag nach Helsinki gefahren war, hatte Patrik noch geschlafen und Julian war mit seiner Jolle zum Segeln hinausgefahren. Harri und Lotta Tanner hatten eigentlich am Montagabend auf die Insel zurückkehren wollen, waren wegen des starken Regens aber in Espoo geblieben.

«Am Montagabend bekam ich eine SMS von Julian, Patrik hätte wieder angefangen zu trinken. Um sich zu schützen, hatte Julian Proviant eingepackt und war in Sailas Hütte gezogen. Ich habe ihm versprochen, am Dienstag früh zu kommen, denn wenn Patrik genug getrunken hat, schläft er meist vor einem Pornofilm ein und wacht erst spät wieder auf. So war es auch heute. Er stand kurz vor elf auf und bat Lotta, ihm Eier und Speck zu braten. Lotta hat sich geweigert und gesagt, sie sei nicht sein Dienstmädchen, und daraufhin bekam Patrik einen neuerlichen Wutanfall. Lotta ging fischen, weil sie nichts mit ihrem Bruder zu tun haben wollte, und bestand darauf, dass ich Patrik von der Insel schicke, bevor sie zurückkäme.»

Tanner hatte mit Patrik gesprochen, der sich bereiterklärte, die Insel zu verlassen, sofern ihn jemand im Boot an Land brachte. Tanner hatte ihn gebeten, sich eine Weile zu gedulden, denn er hatte noch einen wichtigen Skype-Termin mit einem Geschäftspartner in Jersey, den er nicht absagen konnte. Daraufhin hatte Patrik gemeint, er werde Julian bitten, der immer noch in Sailas Hütte hockte. Harri Tanner hatte sich in sein Arbeitszimmer zurückgezogen, um sein Gespräch zu führen. Was sich danach zugetragen hatte, war auch ihm unklar.

«Ich habe ein Elchgewehr, Modell Sako 308, das ich allerdings in den letzten Jahren kaum benutzt habe. Ich bewahre es in einem verschlossenen Waffenschrank in meinem Arbeitszimmer auf, und die Patronen befinden sich im Schlafzimmer in einem separaten Fach, das ebenfalls abgeschlossen ist. Die Schlüssel zu beiden liegen im Safe in meinem Arbeitszimmer. Nach Eijas Tod war die Versuchung, mir das Leben zu nehmen, zeitweise so groß, dass ich Vorsichtsmaßnahmen ergreifen musste, um mich vor mir selbst zu schützen. Die Kombination des Safes ist allerdings schon seit Jahren dieselbe, Eijas Geburtsdatum. Vielleicht hat Patrik sie irgendwann herausbekommen. Jedenfalls muss er die Waffe und die Patronen schon am Montag an sich genommen haben, vielleicht in der Absicht, sich zu erschießen. Ich weiß nicht genau, was die Jungen untereinander geredet haben, aber plötzlich merkte ich, dass jemand aufs Dach kletterte und Patrik hinter dem Haus herumbrüllte und lärmte.»

Tanner hatte dem Gebrüll seiner Söhne nur entnommen, dass Julian behauptete, er habe Saila getötet, weil diese seine Mutter ermordet habe. Daraufhin war Patrik in Wut geraten, weil Julian seine Tat nicht früher gestanden hatte. Wäre die Wahrheit bekannt gewesen, dann hätte Mia keinen Anlass gehabt, ihn, Patrik, zu verdächtigen, und er hätte seine Frau nicht verprügelt und dadurch für immer verloren.

«Klingt nach einem ziemlichen Tohuwabohu», seufzte Koivu, als wir endlich ein ungefähres Bild von den Ereignissen gewonnen hatten. Er hatte im Wagen eine Tablette gegen Seekrankheit genommen, die seine Abneigung gegen Bootsfahrten jedoch nicht vertrieben hatte. Raitio hatte ihm geraten, an Deck zu bleiben und in Fahrtrichtung zum Horizont zu blicken. Uns allen hatte er als Erstes befohlen, Schwimmwesten anzulegen.

«Haben die Deutschen noch keine kugelsicheren Schwimmwesten erfunden? Die Kombination wäre doch genial», überlegte Puupponen. «Oder wird die modernste Technologie heute von den Koreanern entwickelt? Wie kann Julian Tanner behaupten, er hätte Saila Lind getötet, wenn sie in Süßwasser ertrunken ist? Oder hat er seine Tante tatsächlich im Wasserkübel der Sauna ertränkt?»

«Julian weiß ja nicht, dass sie in Süßwasser ertrunken ist. Offenbar bildet er sich in seiner Verwirrung ein, sein Schubs vom Badesteg hätte zu Sailas Tod geführt. Verdammt noch mal, was für ein Durcheinander!»

Obwohl Raitio mit voller Kraft fuhr, schien die Fahrt kein Ende zu nehmen. Mit dem Hubschrauber wären wir schnell am Ziel gewesen, doch die Kosten waren so hoch, dass wir strengste

Anweisung hatten, die Hubschrauber nur im äußersten Notfall anzufordern. Ein Betrunkener, der mit einem Elchgewehr herumfuchtelte, war zwar alles andere als ungefährlich, doch in einer solchen Situation musste man in der Regel Worte und Verzögerungstaktik einsetzen. Zudem waren die Boote aus Kirkkonummi bereits vor Enholmen. Von dort berichteten die Kollegen, Julian Tanner halte sich auf dem Dach auf und suche jedes Mal, wenn Patrik in Sicht kam, hinter dem Schornstein Schutz. Patrik halte weiterhin das Gewehr in der Hand, ziele im Moment aber auf niemanden. Lotta sei in der Sauna, und Harri Tanner habe auf halber Strecke zwischen den Polizeibooten und seinen Söhnen Stellung bezogen.

Als wir nur noch eine halbe Seemeile von Enholmen entfernt waren, rief ich Harri Tanner wieder an.

«Kallio hier. Wir legen bald an. Steht fest, dass Patriks Waffe geladen ist? Hat er sie nach seinem Schuss in die Luft noch einmal abgefeuert? Hast du überprüft, wie viele Patronen fehlen?»

«Dazu bin ich nicht gekommen. Als ich das letzte Mal nachgesehen habe, waren zehn in der Schachtel. Meinst du, Patrik hat vielleicht nur eine genommen, weil er dachte, sie würde reichen, um sich zu erschießen? Dann wäre das Gewehr jetzt also gar nicht mehr geladen?» Tanner sprach leise, natürlich wollte er nicht, dass seine Söhne ihn hörten.

«Solche Überlegungen können wir uns nicht leisten. Wir wollen die Situation so klären, dass keiner der Anwesenden verletzt wird.» Ich verschwieg, dass ich vorsichtshalber auch ein Ambulanzboot angefordert hatte. Hoffentlich würden wir es nicht brauchen.

Die Sonne brach durch die Wolken, als Enholmen in Sicht kam. Das Licht ließ die säulenartigen Wacholder am Ufer dunkel und scharf hervortreten. Ich setzte die Sonnenbrille auf und überlegte, wann der richtige Zeitpunkt wäre, die Schwimmweste gegen die kugelsichere Weste zu tauschen, die allerdings gegen einen Schuss aus einem Elchgewehr, wenn er aus kurzer Distanz abgegeben wurde, nichts ausrichten würde. Der Waffentyp, den Tanner erwähnt hatte, hatte eine Reichweite von mindestens zwei Kilometern, Patrik konnte uns also ohne weiteres daran hindern anzulegen. Ich wusste nicht, ob er gut schießen konnte und ob der Alkohol seine Treffsicherheit beeinträchtigte, doch es war ratsam, davon auszugehen, dass er ein olympiareifer Schütze war.

«Ich sehe euch», sagte Harri Tanner, und über sein Handy hörte ich auch Patriks Ausruf: «Scheiße, da kommen noch mehr Bullen!»

Ich legte auf und ging unter Deck, um die Schutzausrüstung anzulegen. Seit der Rückkehr aus Afghanistan hatte ich keinen Helm mehr getragen, und nun rief mir sein Gewicht die Explosion auf der Straße nach Dschalalabad ins Gedächtnis. Ich zwang mich, die Erinnerung beiseitezuschieben. Unsere Vermummung kam mir geradezu verrückt vor, als ich Harri Tanner in einer Fleecejacke und bis knapp unter die Knie reichenden Bermudas auf dem Rasen stehen sah. Als Erstes mussten wir ihn und Lotta von der Insel holen. Ich fragte mich, warum die Männer aus Kirkkonummi das nicht längst getan hatten. Die Antwort erhielt ich, als ich wieder an Deck stieg.

Patrik brüllte: «Die Polizisten bleiben in ihren Booten, und Vater kommt jetzt her! Ja, zu mir! Nun mach schon!» Patrik ergriff das Gewehr, das am Tragriemen über seiner Schulter gehangen hatte, und richtete den Lauf auf seinen Vater. Der tat, wie ihm befohlen, und näherte sich langsam seinem Sohn.

«Nein, verdammt», hörte ich Puupponen neben mir seufzen. Ich bat Jenna, mir das Megaphon zu reichen. Als ich mich bewegte, um es entgegenzunehmen, fiel ein einzelner Sonnenstrahl auf das Dach und auf Julian Tanners Haar. So, wie er zitterte, war es ein Wunder, dass er nicht herunterfiel.

«Kallio», rief Berg vom Deck des Bootes neben uns, doch

ich brachte ihn mit einer Handbewegung zum Schweigen. Auch Berg trug eine kugelsichere Weste über dem Polizeioverall, aber keinen Schutzhelm. Seine Hand lag auf der Dienstwaffe an seiner Hüfte, er war bereit zu schießen, wenn es sich als nötig erwies.

Ich hob das Megaphon an den Mund.

«Patrik Tanner, hier spricht die Polizei! Leg die Waffe nieder und entferne dich langsam rückwärts von deinem Vater! Ich wiederhole: Leg deine Waffe auf die Erde!»

Harri Tanner ging weiter auf Patrik und den Gewehrlauf zu. Julian hatte sich auf dem Dach aufgerichtet und rief: «Sei nicht verrückt, Patrik! Wenn du jemanden umbringen willst, dann erschieß mich!» Er breitete die Arme aus, doch Patrik schien ihn gar nicht zu hören.

«Wir müssen den Jungen vom Dach holen», sagte Berg heiser. «Wulff ist ein guter Schwimmer, er könnte zur anderen Seite der Insel schwimmen und Patrik überrumpeln.» Er deutete auf einen jungen Polizisten im zweiten Boot aus Kirkkonummi, der bestätigend nickte.

«Nein. Versuchen wir es zuerst mit Reden.»

Ich hörte nicht, was Patrik zu seinem Vater sagte, sah aber, wie Harri Tanner das Handy aus der Tasche nahm und auf die Erde fallen ließ. Aus den Augenwinkeln nahm ich wahr, dass Julian sich langsam nach vorne zur Dachkante schob. Was in aller Welt hatte er vor? Mir blieb keine Zeit, mich darüber zu wundern, denn nun hatte Harri Tanner Patrik erreicht.

«Dreh dich mit dem Rücken zu mir!», befahl Patrik. Sein Vater gehorchte. Julian schwankte an der Dachkante wie ein Katzenjunges, das sich zum Angriff bereitmacht. Würde er versuchen, Patrik in den Nacken zu springen und ihm bei der überraschenden Attacke die Waffe zu entwinden? Ich musste eingreifen.

«Julian, geh zurück zum Dachfirst!»

Der Junge gehorchte nicht, sondern breitete die Arme noch weiter aus. Patrik blickte kurz zu seinem Bruder hoch, presste den Gewehrlauf aber unbeirrt in den Rücken seines Vaters. Wenn Patrik vorhatte zu schießen, konnte ihn niemand daran hindern, und Harri Tanner hatte nicht die geringste Chance, den Schuss zu überleben. Warum zum Teufel hatte ich Patrik gehen lassen? Ich hätte sehen müssen, dass er nicht bei Sinnen war.

«Behalte du Julian im Auge», sagte ich zu Koivu. «Ich habe nur zwei Augen.» Mit diesen sah ich, wie Patrik seinen Vater zwang, auf das Wasser zuzugehen. Als sie etwa fünfzig Meter vom Ufer entfernt waren, wandte sich Patrik an uns.

«Vater und ich verschwinden jetzt in unserem Motorboot. Vater lässt den Motor an, und dann fahren wir los. Wenn ihr versucht, uns zu stoppen, stirbt Vater. Verstanden?»

«Was glaubst du denn, wie weit du kommst?», fragte Berg. «Jeder im Land kennt dich. Und die Grenzen werden geschlossen, sobald du außer Sichtweite bist.»

Ich hätte ihm am liebsten die Faust in die Rippen gerammt, um ihn zum Schweigen zu bringen. Natürlich hatte er recht, aber jetzt war wirklich nicht der richtige Moment, Patrik weiter aufzustacheln. Bei Bergs Worten erstarrte Patrik. Dunkle Wolken schoben sich vor die Sonne, und das Kreischen einer Möwe hallte über das Meer wie ein Warnruf.

«Schieß nur», sagte Harri Tanner plötzlich und drehte den Kopf so weit nach hinten, dass er Patrik ansehen konnte. «Damit tust du mir einen Gefallen, ich komme endlich zu deiner Mutter. Eine gute Art, zu gehen.» Seine Stimme war leise und entschlossen. Er wandte sich um und bot Patrik die Brust, der nicht zu wissen schien, was er tun sollte.

«Zu Mutter, ha! Glaubst du wirklich an den Quatsch? Wenn ich dich jetzt erschieße, ist alles vorbei. Einfach vorbei. Und das ist gut so.» Patrik hob den Gewehrlauf und hielt ihn unter sein eigenes Kinn. «Du hast recht!», rief er Berg zu. «Mir bleibt wirklich kein Ausweg!»

Harri Tanner war zu seiner Zeit als flinker Verteidiger bekannt gewesen. Ich bekam nicht einmal genau mit, was er tat, so schnell geschah es. Offenbar bückte er sich und trat Patrik gegen den Knöchel, brachte ihn damit ins Straucheln und entriss ihm das Gewehr, um es in weitem Bogen wegzuwerfen. Puupponen und Berg sprangen gleichzeitig an Land und stürzten sich auf Patrik. Ich folgte ihnen, und Lindholm lief los, um die Waffe aufzuheben. Harri Tanner stand daneben und sah zu, wie Puupponen Patrik in den Polizeigriff nahm und auf die Erde zwang. Berg hielt die Handschellen schon bereit.

«Dir muss man ständig Fesseln anlegen», schnaufte er. Patrik spuckte ihm wortlos vor die Füße.

«Jetzt müssen wir nur noch den anderen vom Dach holen», sagte Berg. Puupponen und Koivu brachten Patrik in sitzende Position, und Koivu fragte mich, was sie mit ihm machen sollten.

«Wir buchten ihn ein, aber vorher klären wir, was sich hier im Einzelnen abgespielt hat», seufzte ich. Im Westen zuckten Blitze über den Himmel, und die Regenwand näherte sich schnell. Da das Megaphon im Boot geblieben war, rannte ich Berg hinterher, der zum Haus eilte, und rief Julian zu, er solle vom Dach herunterkommen.

Julian stand mit verwunderter Miene neben dem Schornstein, doch als Berg, ohne auf Anweisungen zu warten, die Leiter hochkletterte, schrie er: «Ihr habt sicher noch ein Paar Handschellen!» Er war den Tränen nahe. «Ich habe Saila umgebracht. Ich habe sie ins Wasser gestoßen, und sie hat sich den Kopf angeschlagen. Dass jemand anders sie später in Plastik gepackt hat, ändert nichts daran. Ich bin schuld.»

«Saila ist in Süßwasser ertrunken. Sie hat die Insel im Boot verlassen, voll bekleidet. Du hast sie nicht getötet!», beruhigte ich ihn. Die ganze Wahrheit war das nicht unbedingt, denn wenn Saila sich den Kopf gestoßen hatte, als Julian sie vom Bootssteg schubste, konnte sich ein Blutgerinnsel gebildet und ihre Zurechnungsfähigkeit entscheidend beeinträchtigt haben. Aber die Blutergüsse an Hals und Nacken bewiesen, dass sie nicht von allein in eine Pfütze gefallen und darin ertrunken war. «Komm runter, Julian, und erzähl uns, was Saila deiner Mutter angetan haben soll!»

«Sie hat ihr eine Überdosis Beruhigungsmittel gegeben, und deshalb ist Mutter ertrunken. Es war kein Selbstmord.»

Berg spähte über die Dachkante und streckte Julian die Hand hin, als locke er ein entlaufenes Haustier. Auch Lotta und Harri Tanner näherten sich dem Haus. Lotta sagte leise: «Er ist schon als Kind immer aufs Dach oder auf einen Baum geklettert, wenn es schwierig wurde. Irgendwie fühlt er sich da in Sich…»

Der Donner überraschte uns alle, er hallte so laut vom Felsen der Nachbarinsel wider, dass Lotta sich instinktiv die Hände auf die Ohren presste. Der Regen kam übers Meer und stürzte sich auf uns; ich sah noch, wie Lindholm und ein mir unbekannter Kollege aus Kirkkonummi Patrik in die Mitte nahmen und zum Haus führten. Raitio und der vierte Mann aus Kirkkonummi begannen, die Luken zu schließen. Julian stand stocksteif da und starrte Berg an, als trüge dieser die Schuld an dem Donner. Einen Moment lang sah er aus, als habe er das Denken ganz und gar eingestellt. Dann schüttelte er sich wütend wie eine nasse Katze und machte sich daran, die Leiter herunterzuklettern, so schnell, dass er den zurückweichenden Berg beinahe getreten hätte. Berg sprang von der Leiter und nahm Julian in die Arme wie ein kleines Kind, doch der junge Mann riss sich von ihm los.

«Ich komme schon von alleine!», knurrte er. Nun war es zur Abwechslung einmal Berg, der verlegen wirkte. Wir rannten ins Haus, doch bevor wir es erreichten, hatte der heftige Hagelschauer zumindest mich bis auf die Haut durchnässt. Harri Tanner ging voran ins Wohnzimmer, und wir folgten ihm.

«Solltest du vielleicht Tee kochen?», wandte er sich an Lotta. Für einen Mann, der noch vor einigen Minuten einen Gewehrlauf im Rücken gespürt hatte, wirkte er erstaunlich ruhig. War er etwa die ganze Zeit überzeugt gewesen, dass Patrik nicht schießen würde?

Obwohl es noch nicht einmal sechs Uhr war, hatte das Gewitter die Welt vollkommen verdunkelt, es war finster wie an einem Novemberabend. Lotta knipste auf dem Weg in die Küche das Licht an. Harri Tanner setzte sich aufs Sofa, und die Polizisten aus Kirkkonummi stießen Patrik in einen der vier Sessel. Auf dem Overall des mir unbekannten Mannes stand der Name Saarinen. Die beiden Polizisten blieben links und rechts von Patrik stehen, der wegen der Handschellen im Rücken unbequem saß. Ein Blitz erhellte den Raum, unmittelbar darauf donnerte es. Tanner stand auf.

«Ich ziehe das Modem heraus», sagte er. Er war jedoch erst an der Tür angelangt, als im ganzen Haus der Strom ausfiel.

«So viel zum Thema Tee», rief Lotta aus der Küche. «Wo hat er wohl eingeschlagen?»

Julian kauerte mit untergeschlagenen Beinen auf einem der Sessel und schüttelte sich das Wasser aus den Haaren. Ich setzte mich ans Ende des Sofas neben ihn und bat Koivu, Protokoll zu führen. Koivu holte den feuchten Notizblock aus seiner Brusttasche und rückte sich die Brille zurecht. Im Zimmer war es so dunkel, dass er nur dann richtig schreiben konnte, wenn ein Blitz aufzuckte.

«Wie hat das alles eigentlich angefangen?», fragte ich Julian. «Warum hat Patrik mit dem Gewehr herumgefuchtelt, und warum bist du aufs Dach geklettert?»

Julian gab keine Antwort, er schlug die Augen nieder. Stattdessen meldete sich Patrik zu Wort.

«Kneift er jetzt etwa? Er hat zugegeben, dass er Saila getötet hat. Und deshalb wollte er sich umbringen, aufs Dach klettern und sich erhängen. Ich habe ihm erklärt, das sei eine unsichere Methode, das Seil könne reißen oder der Schornstein einstürzen, aber ich hätte eine anständige Waffe für ihn. Als ich mit Vaters Elchgewehr aus dem Haus kam, war er schon auf dem Dach.»

«Woher hattest du die Kombination für den Safe?» Harri Tanner baute sich vor Patrik auf, als wolle er ihn ins Gesicht schlagen.

«Mutters Geburtsdatum, natürlich habe ich das nicht vergessen. Ich habe es irgendwann herausgefunden, als Mutter uns von ihrer Krankheit erzählt hat. Habt ihr den Film *Nur Pferden gibt man den Gnadenschuss* gesehen? Ich hatte beschlossen, dass ich, wenn Mutter nicht genug Schmerzmittel bekommt … dass ich ihr dann helfe. Aber mein Brüderlein behauptet, das hätte schon Saila erledigt, und deshalb hätte er sie ins Meer gestoßen. Saila ist mir egal, aber wegen Julle hat Mia mich für einen Mörder gehalten, und jetzt ist alles aus! Du hättest mich einfach in Ruhe lassen sollen, damit ich mich erschießen kann, zum Teufel! Was ist von meinem Leben denn noch übrig? Ich habe ausgespielt.»

«Hör endlich auf», fuhr Harri Tanner seinen Sohn an. «Kommissarin Kallio hat Julian gefragt, nicht dich. Also lass ihn reden.» Im Licht der Blitze sah Harri Tanners Gesicht alt aus. Das Sofa erbebte, als er sich am anderen Ende in die Polster fallen ließ. Julian sprach immer noch nicht.

«Bei deiner ersten Befragung hast du uns erzählt, du hättest Saila ins Meer gestoßen, weil dich ihr Vorschlag, für Nacktfotos zu posieren, wütend gemacht hat. Heute hast du zu deinem Bruder gesagt, der Grund dafür sei Sailas Geständnis gewesen, sie habe deine Mutter vergiftet. Welche der beiden Geschichten stimmt denn nun? Oder stimmen beide nicht?» Ich versuchte, Julian den Anfang zu erleichtern.

In dem Moment ging das Licht wieder an, und Julian blinzelte geblendet. «Die zweite», sagte er schließlich. «Die Sache mit den Pornofotos war schon eine Woche vor Sailas ... Verschwinden passiert. Sie hat zwar auch danach noch davon gesprochen. Aber jetzt ... Ich weiß nicht, was mit ihr los war am ... am Donnerstagabend. Sie hat mich gebeten, ihr Geld zu leihen, sie brauchte dringend fünf Tausender. Ich habe ihr gesagt, so viel hätte ich nicht. Was ist denn mit dem Erbe deiner Mutter, hat sie gefragt. Das ist für mein Studium, habe ich geantwortet. Saila hat gedroht, ich würde noch bereuen, dass ich ihr nicht geholfen habe, und dann hat sie mich mit den gleichen Ausdrücken beschimpft wie immer. Ich habe überlegt, ob ich Vater erzählen soll, dass Saila in der Klemme steckt, aber dann habe ich es doch nicht getan.»

«Hat sie gesagt, warum du es bereuen würdest? War sie bedroht worden?»

«Den Eindruck hatte ich. Sie sagte, es hätte keinen Sinn, mich als Beschützer zu ihrem nächsten Treffen mitzunehmen. Ich sei ja bloß ein Feigling, der sich nicht mal zur Armee traut. Da bin ich abgehauen. Sie war so voller Gift, die Frau ...» Julian strich sich die Haare aus dem Gesicht. Ich hörte, wie Jenna Ström hinter mir tief Luft holte.

«Am nächsten Morgen wollte ich am Ufer das Kanu holen, und Saila kam dazu. Diesmal schlug sie einen ganz anderen Ton an. Sie sagte, für den Fall, dass ihr etwas zustieße, müsse sie mir die Wahrheit über Mutters Tod erzählen. Wir sollten uns nicht länger den Kopf zerbrechen, ob es vielleicht doch Selbstmord war. Sie behauptete, sie hätte Mutter Beruhigungsmittel und fast die zehnfache Dosis Fentanyl in den Kakao gemischt, und Mutter hätte ihn getrunken, ohne zu merken, womit er versetzt war. Saila hatte geglaubt, Mutter würde in aller Ruhe neben Vater einschlafen und nicht mehr aufwachen, aber sie stand doch noch einmal auf und ging schwimmen. Ich habe Saila gefragt, warum sie mir das jetzt erzählt, gerade an diesem Morgen, nach so vielen Jahren. Saila sagte, wir sollten die Wahrheit wissen. Sie hätte nur gewollt, dass Eija nicht leiden muss. Inzwischen habe ich mir das durch den Kopf gehen lassen. Vielleicht hat Saila es wirklich gut gemeint. Aber in dem Moment, als sie davon sprach, dachte ich nur, dass sie Mutter viele Monate ihres Lebens geraubt und uns die Chance genommen hat, noch ein bisschen mehr Zeit mit ihr zu verbringen. Ich habe sie weggestoßen und gerufen, du bist eine Mörderin, verdammt noch mal. Daraufhin hat sie noch mal wiederholt, sie hätte Eija nur helfen wollen. Patrik, du hast vorhin gesagt, nur Pferden gibt man den Gnadenschuss. Saila hat es so ähnlich ausgedrückt, sie meinte, auch Menschen verdienen den Gnadentod. Da habe ich sie ins Meer gestoßen. Sie hat mir irgendwelchen idiotischen Scheiß zugerufen, aber ich habe gar nicht hingehört. Ich konnte sehen, dass sie am Kopf blutete, aber ich habe nicht abgewartet, sondern bin weggelaufen. Letzte Nacht in Sailas Schuppen konnte ich nicht schlafen. Ich dachte, ich muss ein Geständnis ablegen, und dann komme ich natürlich ins Gefängnis. Ich habe niemanden in Plastik gewickelt, und von diesem Lumme weiß ich nichts, aber ich habe Saila ins Wasser gestoßen, und wenn sie nicht mehr rausgekommen ist, dann ist das meine Schuld. Ihr könnt mich gleich zusammen mit Patrik wegbringen. Genügend Handschellen habt ihr ja wohl.» Julian streckte Jon Berg die Hände hin.

Berg funkelte ihn wütend an. «Lass den Quatsch, Junge. Hast du nicht gehört, was Kommissarin Kallio gesagt hat? Saila Lind ist in Süßwasser ertrunken. Sie hatte zwar eine Wunde am Kopf, aber daran ist sie nicht gestorben. Irgendwer hat ihren Kopf unter Wasser gedrückt und sie ertränkt.»

«Warum hast du mir nicht sofort davon erzählt? Dass Saila Mutter die Medikamente gegeben hat?» Harri Tanner sah noch erschöpfter aus als zuvor, seine Hände zitterten.

«Ich weiß nicht, ob sie die Wahrheit gesagt hat. In der letzten Nacht habe ich in ihrer Bude nach einem Beweis gesucht, nach ihrem Tagebuch oder so. Hat die Polizei so was gefunden?»

«Hat Saila Tagebuch geführt?», fragte ich die anderen Familienmitglieder. Lotta, die ins Wohnzimmer gekommen war, als das Licht wieder anging, verneinte. «Saila hat immer gesagt, Tagebücher sind ein Sicherheitsrisiko. Sie musste es ja wissen, immerhin hat sie früher mal meine Tagebücher gelesen und allen den Inhalt erzählt. Aber ... War das, was Saila getan hat, nicht auf jeden Fall Mord, auch wenn Mutter schon im Sterben lag? Hätte sie dafür nicht verurteilt werden müssen?»

«Saila hat es sicher nur gut gemeint.» Harri Tanner schluckte die Tränen hinunter. «Wenn sie mir nur die Wahrheit gesagt hätte, statt uns in dem Glauben zu lassen, Eija hätte sich das Leben genommen! Ich hätte der Polizei nie verraten, dass Saila die Schuld an Eijas Tod trug, denn es war ja Sterbehilfe, nicht wahr? Begreifst du nicht, Julian, welche Erleichterung es ist, das zu wissen? Du hättest dich bei Saila bedanken sollen, statt sie ins Meer zu stoßen!»

«Hast du die ganze Zeit geglaubt, Mutter hätte Selbstmord begangen?» Lotta schlug die Hände vor den Mund.

«Ja. Du etwa nicht? Du weißt doch, wie penibel sie war. Sie hätte nie aus Versehen eine Überdosis genommen! Ich dachte, sie hätte nicht genug Vertrauen zu mir gehabt, um mir zu sagen, wie sehr sie sich vor ihren letzten Monaten fürchtete.» Harri Tanner schluchzte auf, und auch Julian standen Tränen in den Augen. Patrik schwieg. Das Gewitter war abgezogen, das Donnergrollen verstummt. Es fielen nur noch vereinzelte Regentropfen, und die Sonne spähte wieder hinter den Wolken hervor, sie würde erst in einigen Stunden untergehen. Julian hatte irgendwo ein Stück Papier gefunden, auf dem er hektisch herumkritzelte. Zuerst dachte ich, er schreibe auf, was Saila zu ihm gesagt hatte, doch dann merkte ich, dass er nicht schrieb, sondern zeichnete.

Mein Handy klingelte. Ich warf einen Blick auf das Display: Mikke. Bevor ich den Anruf entgegennahm, stand ich auf und ging in die Diele.

«Hallo, Maria, ich bin mit Kolben-Kinnunen auf einem kleinen Segeltörn. Wir werden uns allmählich einig, nach ein paar finanziellen Maßnahmen.» Mikkes Stimme klang heiser, im Hintergrund hörte ich den Motor der *Leanda* stampfen.

«Hast du ihm gesagt, dass du ein Polizeispitzel bist?»

«Das mache ich gleich. Kolben schwört, dass er nichts mit dem Tod von Lumme oder Lind zu tun hat, obwohl er im Vorstand des Eisendreiecks sitzt. Aber die Firma lässt die Schulden von Profis eintreiben. Vorwiegend Männer aus Motorradgangs, und der Schlimmste von allen ist in einschlägigen Kreisen unter dem Namen Polyp bekannt. Kolben behauptet, seinen richtigen Namen nicht zu kennen, sagt aber, er hätte lange rotbraune Haare und wohne in Kirkkonummi. Er hat ein großes Motorboot, in dem man unbeobachtet Verhandlungen führen kann.»

«Warte mal.» Ich ging hinaus auf die regennasse Vortreppe. «Frag Kinnunen, ob er eine Ahnung hat, woher der Spitzname kommt.»

Es rauschte eine Weile, dann sprach Mikke wieder. «Der Mann ist Polizist oder war es zumindest. Wie heißt der Typ, der die Leichen gefunden hat? Der tätowierte Langhaarige? Den habe ich einmal mit Eero gesehen.»

Ein Tropfen fiel von der Dachrinne auf meine Lippen, die plötzlich trocken geworden waren.

«Berg. Der Polizist aus Kirkkonummi heißt Jon Berg.»

23

Der feuchte Wacholder duftete, im Süden war bereits blauer Himmel zu sehen. Die Möwen waren zurückgekehrt und kreisten am Ufer, die Fische, die Lotta gefangen hatte, würden bald in ihren Schnäbeln landen. Ich hörte Mikke leise mit Kinnunen reden, dann sprach er wieder ins Handy.

«Dieser Berg erteilt Leuten, die ihre Schulden nicht zahlen können, gern eine Lektion. Bisher hat es dabei noch keine Toten gegeben, und mit Mord will Kolben auch nichts zu tun haben, deshalb singt er. Aber er ist nicht bereit, vor Gericht gegen Berg auszusagen.»

«Ihr seid auf dem Meer, hast du gesagt. Wo?»

«Wir haben am Anleger in Upinniemi das Gewitter abgewartet. Kinnunen hatte Angst, der Blitz würde in den Mast einschlagen, obwohl ich ihm versichert habe, dass der Mast einen Blitzableiter hat. Vor fünf Minuten sind wir mit Motorkraft in Richtung Westen gestartet.»

«Du weißt natürlich, wo Vormö liegt. Wir sind nordöstlich davon auf Enholmen, wo Saila Linds Angehörige ein Sommerhaus haben. Hier gab es einen kleinen Zwischenfall, deshalb ist viel Polizei angerückt, unter anderem meine Einheit und Jon Berg. Wie schnell fährt dein Boot mit Motor?»

«Wir könnten in circa einer halben Stunde bei euch sein. Du möchtest also, dass ich Kolben hinbringe, damit er Berg identifiziert?»

«Ja. Ruf mich an, wenn ihr in Ufernähe seid. Ich versuche, in der nächsten halben Stunde einen Plan auszuhecken.»

Mein Gehirn galoppierte wie ein Trabrenner, über den der Jockey die Kontrolle verloren hatte. Jon Berg hatte Sailas

Handy in dem Quasthaufen hinter der Sauna gefunden. Oder hatte er es selbst dort hingelegt? Bergs Streife war als Erste zur Stelle gewesen, als Patrik Mia misshandelt hatte. Nun sah ich die Eintragung POLIZEI!!! in Saila Linds Kalender in einem ganz neuen Licht. Verwies sie etwa auf Berg? Er hatte die ganze Zeit von «unserem» Fall gesprochen, und ich hatte geglaubt, dahinter stecke nur der Wunsch eines alltagsmüden Streifenbeamten, an Mordermittlungen teilzunehmen. Selbst die aufdringlichen Flirtversuche, mit denen Berg mir zugesetzt hatte, erschienen nun in neuem Licht. Dennoch schien mir unfassbar, dass ein Kollege ein Mörder sein könnte. Bei meiner Arbeit war ich im Lauf der Jahre zwar Polizisten begegnet, die vom Weg des Gesetzes abgewichen waren, doch ein so schweres Verbrechen hatte noch keiner von ihnen begangen.

Obendrein hatte Berg seine Dienstwaffe bei sich. Ich tastete nach meinem Holster. Es gab viel zu viele Schusswaffen auf der Insel. Lindholm hatte Tanners Gewehr zu Raitio ins Polizeiboot gebracht und die Patronen entnommen. Trotzdem blieben immer noch neun Dienstwaffen und vier Zivilisten. Das Gewicht der kugelsicheren Weste erschien mir plötzlich beruhigend.

Sollte ich einfach zu Berg gehen und ihn um ein Gespräch unter vier Augen bitten? Ich konnte ja einen kleinen Flirt vortäuschen. Als Einsatzleiterin hatte ich das Recht, mir seine Waffe aushändigen zu lassen. Dass Kolben-Kinnunen Jon Berg als den Mann identifizierte, der für das Eisendreieck als Schuldeneintreiber tätig war, würde Berg möglicherweise zu unbedachten Äußerungen provozieren. Würde er in die Grube fallen, die ich ihm grub? Bisher gab es ja noch keinen Beweis dafür, dass Berg die Morde begangen hatte. Doch er passte einfach zu gut ins Bild.

Ich schickte Laura Kokko eine SMS mit der Frage, ob sie bei ihren Ermittlungen jemals auf den Namen Jon Berg gestoßen sei. Dann kehrte ich ins Haus zurück.

«Brechen wir auf?», fragte Koivu. «Der Wind scheint sich allmählich zu legen.»

«Da wir schon hier sind, können wir gleich noch ein paar Kleinigkeiten überprüfen. Koivu und Puupponen, kommt noch mal mit in Sailas Hütte. Hast du die Tür abgeschlossen?», fragte ich Julian.

«Nein.»

«Könnt ihr mir die Handschellen nicht abnehmen? Ich lauf nicht weg», beteuerte Patrik. «Die anderen haben gesagt, das muss die Kommissarin entscheiden.» In Patriks Stimme lag wieder die gleiche entsetzte Reue wie nach der Nacht, in der er Mia zusammengeschlagen hatte. Statt in eine Zelle sollte man ihn in eine Entzugsklinik einliefern. Er hatte Geld genug für eine Privatklinik und die langwierigste Therapie, doch eins konnte man mit Geld nicht kaufen – den Wunsch, von der Sucht geheilt zu werden. Er schien Patrik nach kurzer Reue immer wieder abhandenzukommen.

«In Ordnung. Polizeimeister Berg sorgt dafür, dass du uns nicht verlorengehst.» Ich lächelte Berg zu, der die Anweisung mit einem Grinsen quittierte. Er wirkte ruhig und sorglos.

Puupponen und Koivu folgten mir in Sailas Hütte, ohne Fragen zu stellen. Julian hatte zwei leere Cola-Dosen, eine Bananenschale und einen Topf hinterlassen, in dem er, nach dem Geruch zu schließen, Instantnudeln zubereitet hatte.

«Was suchen wir hier?», erkundigte sich Koivu, nachdem er die Tür hinter sich geschlossen hatte.

«Nichts. Ich wollte euch nur auf Stand bringen. Kolben-Kinnunen hat sich zur Kooperation entschlossen, weil er mit Morden nichts zu tun haben will. Er sagt, die Kreditfirma Eisendreieck setzt zur Eintreibung von Schulden gelegentlich einen Polizisten aus Kirkkonummi ein. Einen mit rötlichen Haaren.»

«Na verdammt», ächzte Puupponen und fuhr sich durch

die kurzen rötlichen Haare. «Zum Glück bin ich aus Espoo. Aber der meint doch wohl nicht den Kerl, der da drin im Haus sitzt?»

«Und woher hast du die Information? Hat Kinnunen dich angerufen?», fragte Koivu verdutzt.

«Sjöberg hat angerufen. Sie sind in seinem Boot auf dem Weg hierher.»

Ich berichtete meinen Kollegen, was ich mir überlegt hatte. Koivu schüttelte eine Weile den Kopf, gab dann aber zu, dass tatsächlich alles schlüssig klang. Laura Kokkos SMS dämpfte unseren Eifer ein wenig: Sie habe nie von einem Polizisten als Schuldeneintreiber gehört. Hätte sie jemals einen derartigen Hinweis bekommen, hätte sie den Kollegen natürlich sofort zur Befragung vorgeladen. Laura brachte es fertig, zwischen den Zeilen ihrer kurzen SMS eine Menge Empörung unterzubringen.

«Die Sache ist ziemlich riskant. Berg hat eine Waffe. Wenn er tatsächlich schon zwei Menschen auf dem Gewissen hat, wird er keine Hemmungen haben, sie zu benutzen.» Koivu tigerte in der kleinen Stube auf und ab und warf im Vorbeigehen die Bananenschale in den Papierkorb.

«Wir gehen vorläufig nicht davon aus, dass Berg der Mörder ist, nur davon, dass er eine Verbindung zum Eisendreieck hat.»

«Was soll das, diesen Kinnunen herzubringen? Wäre das Polizeigebäude in Espoo nicht besser für eine Gegenüberstellung geeignet? Hier sind schließlich jede Menge Außenstehende. Und traust du Sjöberg wirklich über den Weg, Maria? Er hat selbst keine ganz reine Weste.» Koivu hatte die Stirn in Falten gelegt. Über den Ohren schimmerten bereits die ersten grauen Strähnen in seinen blonden Haaren.

«Ich habe nicht die Absicht, Außenstehende in Gefahr zu bringen. Wenn die *Leanda* anlegt, gehen wir ins Haus und holen Berg ans Ufer, wo er Kolben begegnet. Puupponen bleibt im

Haus und erklärt allen Anwesenden die Lage. Vorher warnen wir noch die Kollegen auf den Booten vor einer möglichen brenzligen Situation.»

«Wir müssen Berg auffordern, die Waffe abzulegen», sagte Koivu mit Nachdruck.

«Wenn er ein Verbrechen begangen hat, errät er doch sofort, warum wir das machen. Ville, geh du schon mal ins Haus, wir laufen schnell zu den Booten. Und dann warten wir einfach ab, ob Kinnunen Jon Berg identifiziert und wie der darauf reagiert. Wenn der geringste Anlass entsteht, verhafte ich Berg. Und Patrik schaffen wir auch in die Zelle, hauptsächlich, damit er wenigstens eine Nacht die Finger vom Schnaps lässt.»

Koivu meckerte leise, folgte mir aber. Er sprach mit Raitio und Wulff, während ich nach der *Leanda* Ausschau hielt. Ich war mir meiner Sache durchaus nicht sicher. Bisher hatte ich kriminelle Polizisten nur in amerikanischen Filmen gesehen und hätte mir nie träumen lassen, dass mir inmitten meiner geschützten finnischen Welt ein solches Exemplar begegnen würde.

Instinktiv hielt ich in südlicher Richtung Ausschau nach Segeln, doch die *Leanda* kam mit gerafften Segeln nordwestlich hinter Vormö hervor. Mikke stand am Ruder und winkte mir zu.

«Gehen wir», forderte ich Koivu auf. Wir liefen ins Haus, wo gerade Tee serviert wurde.

«Berg, kommst du kurz mit? Könntest du uns hinter der Sauna noch einmal zeigen, wie du Linds Handy gefunden hast? Ich finde es seltsam, dass sie es nicht mitgenommen hat, als sie die Insel verließ. Die Teledaten und der Todeszeitpunkt passen auch nicht ganz zusammen.»

Ohne eine Miene zu verziehen, kam Berg meiner Bitte nach. Es war ein schwerer Fehler von ihm gewesen, das Handy zurück auf die Insel zu bringen. Es war noch am Samstag benutzt worden, als Saila bereits tot war. Natürlich musste es sich bei dem Anrufer nicht um den Mörder handeln, aber warum hätte derjenige sich sonst die Mühe machen sollen, es unter den alten Saunaquasten zu verstecken?

Mikke war bereits auf den Steg gesprungen, um sein Boot zu vertäuen.

«Was macht Sjöberg hier?», fragte Berg verwundert. Da kletterte Kolben-Kinnunen mit wackeligen Schritten von der Sitzbank der *Leanda* auf das Deck. Auch er schien sich auf dem Wasser nicht besonders wohl zu fühlen.

«Grüß dich», sagte Kinnunen zu mir. «Ist die Sache mit dem Messer erledigt, wenn ich euch helfe?»

Koivu hatte sich zu Bergs Rechten positioniert, neben der Waffe.

«Was für ein Messer?», fragte ich zurück. «Davon weiß ich gar nichts. Siehst du hier Bekannte?»

«Ich kenne den richtigen Namen von dem da nicht, aber er soll ein widerlicher Scheißkerl sein, der seinen Beruf nicht ernst nimmt. In unseren Kreisen ist er nur als Polyp bekannt, und er scheint ja tatsächlich einer zu sein.»

«Was für einen Scheiß erzählt der Kerl da? Wer bist du überhaupt, ein Knastbruder von Sjöberg oder was?» Bergs Körper spannte sich, und er konnte nicht verhindern, dass sein Gesicht rot anlief.

«Man erzählt sich, dass du deine Befugnisse überschritten hast. Dein Chef dürfte dein Verhandlungsgeschick und deine Methoden, Schulden einzutreiben, nicht allzu sehr schätzen.» Kinnunen sprach ruhig, nur ein winziger Hauch von Spott lag in seiner Stimme. Ich bemühte mich, mir jedes Wort einzuprägen, obwohl es mir nicht in erster Linie darum ging zu erfahren, wer beim Eisendreieck Bergs Boss war. Doch eine in Jersey registrierte Firma würde es den Kollegen vom Wirtschaftsdezernat nicht leichtmachen, darüber Informationen zu bekommen.

«Ich habe keine Ahnung, wovon du sprichst.»

«Ich glaube, du weißt es, Jon Berg. Ich verhafte dich unter dem Verdacht des Mordes an Saila Lind und Eero Lumme. Gib Hauptmeister Koivu deinen Waffengürtel.»

Bei meinen Worten vertiefte sich die Röte auf Bergs Gesicht. Er blickte von mir zu Koivu.

Meine Hand fuhr instinktiv zum Holster, und es war mir ganz recht, dass Berg die Geste sah. Er fauchte: «Das ist doch völlig absurd! Du bist total auf dem Holzweg, Kallio, wenn du den Täter unter den eigenen Leuten suchst. Am besten bringen wir diese Farce so schnell wie möglich hinter uns.» Berg schnallte seinen Waffengürtel ab und ließ ihn auf die Erde fallen. Dann hob er die Hände und sagte: «Ich möchte allerdings hören, mit welcher Begründung man mir den Mord an einem Menschen vorwirft, den ich gar nicht gekannt habe.»

«Du hast Eero gekannt. Ich habe euch beide in *Robert's Coffee* im Big Apple gesehen. Du hast damals ein bisschen anders ausgesehen, eher wie ein Motorradgangster als wie ein Polyp. Deshalb habe ich die Verbindung nicht sofort hergestellt.» Mikke starrte Berg in die Augen. Er hatte die Hände in den Taschen seiner Jeans zu Fäusten geballt. Ich spürte eine Hemmungslosigkeit in ihm, die zerstörerisches Potenzial hatte. «Eero hatte mir zwar gesagt, er müsse sich mit einem Polizisten treffen. Der würde ihm helfen, eine alte Sache zu klären. Aber ich wusste nicht, dass er dich meinte, und ich bin auch nicht auf die Idee gekommen nachzufragen. Erinnerst du dich nicht? Ich habe Eero ja noch zugewinkt.»

«Du hast geträumt», erwiderte Berg und wandte sich dann an mich. «Verschon mich mit dem Blödsinn. Lass uns nach Espoo fahren und die Sache so schnell wie möglich aufklären, damit ihr wieder richtige Verbrecher jagen könnt. Alles in Ordnung, Pepe», rief er seinem Kollegen im Boot zu, «nur ein kleines Missverständnis.»

Julian Tanner kam aus dem Haus auf uns zugerannt. Seine

Wangen glühten, und seine Stimme überschlug sich, als er Berg völlig außer sich anbrüllte: «Das Bild auf Sailas Handy, das zeigt die Tätowierung an deinem rechten Handgelenk! Warum hat Saila es gespeichert? Sie hat doch sogar alle SMS und Anrufe gelöscht!»

«Von welchem Foto sprichst du, Julian?» Ich trat ein paar Schritte auf den Jungen zu.

«Von dem auf Sailas Handy. Hier ist eine Kopie.» Julian reichte mir ein Blatt Papier. «Ich hätte mir ihr Handy natürlich nicht ansehen dürfen, sie hat es ja immer gehütet wie einen Schatz, aber ein paar Tage vor ihrem Tod habe ich es trotzdem getan. Saila hatte es auf dem Gartentisch vergessen, sie war in der Sauna, und keiner hat etwas gemerkt. Da war nur dieses eine Foto drauf. Ihr habt es doch sicher gesehen?»

Ich schüttelte den Kopf. Auf Saila Linds Handy waren keine Fotos gespeichert gewesen.

«Warum hatte Saila ein Foto von deinem Tattoo auf ihrem Handy? Und wieso kamst du mir so bekannt vor, von Anfang an? Habe ich dich mal mit Saila gesehen, oder hast du öfter hier in der Gegend geangelt? Wer bist du eigentlich?»

Es schien, als würde irgendetwas in Berg zerreißen, als er Julian betrachtete, doch es dauerte eine Weile, ehe er antwortete. Seine Stimme klang auf einmal ganz anders.

«Wer ich bin? Ich bin höchstwahrscheinlich dein Vater.»

Julian schwankte und wich zurück. Inzwischen war auch Harri Tanner aus dem Haus getreten, gefolgt von Puupponen.

«Wir sehen uns doch ähnlich», sagte Berg leise. «Ich habe deine Mutter Karoliina kennengelernt, als ich sechzehn war. Sie war fünfzehn Jahre älter und eine bereitwillige Lehrerin. Ich war für sie nur ein Abenteuer unter vielen, und es hat nicht lange gehalten. Es war in dem Moment vorbei, als ein italienischer Musiker auftauchte, der viel interessanter und erfahrener war als ich. Ich habe es ja kapiert, aber mein Herz war gebrochen.

Von Freunden habe ich dann gehört, dass sie fixte und sich das Geld für den Stoff so beschaffte, wie es die meisten weiblichen Junkies tun, indem sie ihren Körper verkaufte. Einmal bin ich Karoliina noch begegnet, in Helsinki auf der Aleksanterinkatu. Sie hatte einen dreijährigen Jungen bei sich. Er sah ihr ähnlicher als mir, trotzdem habe ich meine eigenen Züge in seinem Gesicht entdeckt. Aber Karoliina hat behauptet, das Kind wäre von dem Italiener.»

Berg drehte den Kopf, sodass er Julian besser sehen konnte. Julian schaute ihn nicht an, sondern starrte auf seine Schuhspitzen und sah aus, als würde er am liebsten weglaufen. Harri Tanner trat zu ihm und legte ihm den Arm um die Schultern. Berg schluckte.

«Nach der Ausbildung an der Polizeischule habe ich mich nach Karoliina erkundigt und erfuhr, dass sie gestorben war. Es dauerte einige Zeit, dich ausfindig zu machen. Du warst hier, bei der Familie von Killer-Tanner, in meinen Fischgründen! Ich habe dich beobachtet, sooft ich konnte. Mir ist natürlich klar, dass du mich nicht brauchst, du gehörst zur Familie Tanner. Wenn dieser Doppelmord nicht alles durcheinandergebracht hätte, wäre ich vielleicht eines Tages zu dir gekommen und hätte dir erzählt, wer ich bin. Rate mal, was es für ein Gefühl war, zu einem Einsatz in euer Haus gerufen zu werden und zu sehen, dass dein sogenannter Bruder dort mit einem Baseballschläger zugange ist und dich bedroht? Wir waren eigentlich gar nicht die nächste Streife, die wäre in Tapiola gewesen. Wir waren in Kivenlahti, aber ich habe den Einsatz angenommen, weil ich meinen Sohn beschützen wollte. In diesem Fall habe ich immer nur versucht, dich zu schützen. Du hast Saila Linds Tod herbeigeführt, denn das Blutgerinnsel in ihrem Kopf ist ihr zum Schicksal geworden. Ich wollte nicht, dass mein Sohn eine solche Last mit sich herumträgt. Julian, ich habe die ganze Zeit nur das Beste für dich gewollt!»

Wenn man genau hinsah, konnte man eine gewisse Ähnlichkeit zwischen Julian und Jon Berg erkennen, auch wenn Julian weitaus zierlicher war und viel dunklere Augen hatte.

«Aber Kallio hat doch gesagt, dass Saila in Süßwasser ertrunken ist. Hast du das nur behauptet, damit ich vom Dach komme?» Julian starrte mich an, in seinen Augen lag Panik.

«Nein. Saila ist wirklich in Süßwasser ertrunken, und jemand hat ihren Kopf unter Wasser gehalten», versicherte ich. Ich betrachtete Bergs riesige Pranken und fragte mich, warum Saila umgebracht werden musste. Damit hatte der Gläubiger doch jede Chance verloren, sein Geld zurückzubekommen.

«Lumme hat Lind umgebracht, stimmt's?», mischte sich Kolben-Kinnunen ein. «Das war sicher nicht seine Absicht, aber er konnte ja nicht wissen, dass die Frau ein Blutgerinnsel im Kopf hatte. So ein bisschen Untertauchen hätte einem gesunden Menschen nur Angst eingejagt. Es läuft nämlich so, wisst ihr: Wenn einer kein Geld hat, seine Schulden zu bezahlen, dann setzt man ihn dazu ein, einen anderen Schuldner einzuschüchtern. Lumme hatte keine Erfahrung, er wusste nicht, wie man es anstellen muss, und so ist er aus Versehen zum Mörder geworden.»

«Eero? Der wäre nicht fähig gewesen, jemanden umzubringen!», protestierte Mikke.

«Dazu ist jeder fähig, wenn die Alternative schlimm genug ist. Wenn man ihn zum Beispiel vor die Wahl stellt, das zu tun, oder seinem Kind stößt etwas zu.»

«Kommen die neuen Gäste auch zum Tee?» Lotta Tanners Ruf drang wie aus einer anderen Welt an unsere Ohren. Berg nutzte die kurze Ablenkung. Er bückte sich, fasste in seinen Stiefelschaft, und als er sich wieder aufrichtete, hielt er eine Kleinkaliberpistole in der Hand. Er setzte sich den Lauf an die Schläfe und sah Julian an.

«Soll ich abdrücken? Oder willst du die Wahrheit über den

Mann wissen, der dein leiblicher Vater ist? Dann komm mit mir in die Hütte deiner Tante. Ich tu dir nichts, ich erzähle dir nur, was passiert ist. Wie eine harmlose kleine Einschüchterung verdammt gründlich danebenging.»

«Julian geht nirgendwohin», antwortete Harri Tanner für seinen Sohn. «Jedenfalls nicht ohne mich.»

Koivu und ich hatten ebenfalls die Waffen gezogen, das Eisen lag kühl in meiner Hand. Ich konnte die Reaktion der Polizisten in den Booten nicht sehen, aber wenn Raitio nicht dumm war, hatte auch er seine Pistole aus dem Holster genommen. Ich war nicht auf die Idee gekommen, dass Berg eine zweite Waffe bei sich haben könnte. Wir hatten es versäumt, ihn abzutasten.

«Das muss ein erwachsener Mann wohl selbst entscheiden», sagte Berg. «Julian?»

«Gib die Waffe her.» Ich trat einen Schritt auf Berg zu und streckte meine freie Hand aus. Koivu ächzte. «Für heute haben alle auf dieser Insel schon genügend Waffen gesehen. Die Zivilisten treten bitte zurück.»

Berg lächelte müde. «Es ist noch nicht zu Ende. Aber vielleicht erzähle ich es euch allen. Woher wusstest du, dass Lumme bei dieser Lind Mist gebaut hat? Hast du so gute Kontakte?», fragte er Kinnunen.

«Nur eine Vermutung, ich kenne doch eure Methoden.» Kinnunens Stimme klang gelassen, obwohl auch sein Leben in Gefahr war. Er war kein Stück zurückgewichen, und Mikke stand neben ihm, die Stirn in tiefe Falten gelegt.

«Ich glaube, wir haben gemeinsame Bekannte. Welche, deren Namen man nicht herumposaunt. Aber du hast recht. Ich habe Eero angewiesen, Lind einzuschüchtern. Er sagte, das könne er nicht, solche Jobs wolle er nicht machen. Da habe ich ihn gefragt, ob er lieber Lind einen Schrecken einjagt, indem er ihren Kopf in einen Wassereimer hält, oder zugucken möchte, wenn sein eigener Sohn den kleinen Finger verliert. Er wollte auf mich losgehen, zum Glück hatte ich meine Waffe, damit habe ich ihn zur Raison gebracht. Ich habe ihm versprochen, seine Schulden würden sich jedes Mal um zwei Riesen verringern, wenn er tut, was ihm befohlen wird. Und dann habe ich ihm noch aufgetragen, Lind auszurichten, wenn sie ihre fünf Riesen nicht am nächsten Tag berappen würde, könne sie ihrem hübschen Gesicht adieu sagen. Mir war es ganz egal, wie sie das Geld beschaffte, von mir aus sollte sie dafür die Beine breitmachen. Mir hatte sie sich schließlich auch angeboten, wenn ich ihr dafür die Schulden erlasse. Aber es ging ja nicht um mein Geld, und mein Boss interessiert sich natürlich nur für Bares oder Besitztümer, die man leicht verscherbeln kann. Wer seine Befehle nicht ausführt, verliert als Mann unter Umständen einen viel wichtigeren Körperteil als den kleinen Finger.»

Bergs Hand zitterte ganz leicht, und ich überlegte, ob wir uns das zunutze machen konnten. Zunächst ließ ich Berg in seinem Monolog fortfahren, denn er würde sich bestimmt nicht das Leben nehmen, bevor er seine Geschichte zu Ende erzählt hatte.

«Eero sollte die Frau bloß ein bisschen unter Wasser halten, um ihr begreiflich zu machen, dass wir es ernst meinten. Wir hatten vereinbart, uns in Degerö am Ufer zu treffen, bei der Sommerhütte meines Onkels. Da kommt heutzutage keiner mehr hin, und der Betonanleger ist auch mit meiner *Justina* gut zu erreichen. Lind war blass und klagte über Kopfschmerzen, aber ich dachte, sie will nur unser Mitleid erregen und einen Aufschub erreichen. Dass sie eine Hirnverletzung hatte, war ihr ja selbst nicht klar. Und Eero dachte nur an die Finger seines Sohnes und an die Abtragung seiner Schulden und tat, was ich ihm befohlen hatte. Er weinte, aber er tat es. Dabei hat er allerdings nicht gemerkt, dass Lind bewusstlos wurde und Wasser eingeatmet hat. Und dann standen wir mit einer Leiche da.»

Berg suchte Julians Blick, doch der Junge hatte das Gesicht an Harri Tanners Schulter gepresst.

«Eero wäre selbst fast in Ohnmacht gefallen. Er sagte, wir müssten die Polizei rufen, das hätte er nicht gewollt, er hätte nur getan, was ihm aufgetragen wurde. Er redete allen möglichen hysterischen Scheiß. Ich sagte, er solle den Mund halten und aus meinem Boot eine Plastikfolie holen. Dann ließ ich ihn die Leiche ausziehen, ich dachte, sie wird vermutlich nicht so schnell identifiziert, wenn sie keine Kleider und andere Sachen bei sich hat. Als Eero immer noch winselte, er wäre ein Mörder und würde sich der Polizei stellen, habe ich ihn darauf aufmerksam gemacht, dass ich selbst Polizist bin und weiß, wie man eine Leiche loswird.»

«Ein schöner Polizist, pfui Teufel!», mischte sich Mikke ein.

«Halt bloß die Klappe, Sjöberg! Du hast es gerade nötig. Warum hast du dich überhaupt eingemischt? Kümmer dich lieber um deine eigenen Angelegenheiten.»

«Ich …», begann Mikke, doch ich schnauzte ihn an: «Halt den Mund und tritt zurück! Kinnunen ebenfalls.»

Die beiden Männer trotzten meinem Befehl und blieben, wo sie waren. Berg betrachtete sie wie jemand, der die Situation unter Kontrolle hat.

«Ich dachte, wir kommen schon klar. Am Anfang bildete ich mir ein, wir könnten Lind mit einem Gewicht an den Beinen im offenen Meer versenken. Bis sie vermisst würde, hätte ich Eero so weit beruhigt, dass er nicht quatscht. Aber so wie der rumjammerte, musste ich die Situation neu einschätzen. In den Augen meines Auftraggebers hatte ich schon versagt. Auf eine zweite Leiche kam es da auch nicht mehr an. Als Eero Lind einwickelte, habe ich ihm einen Genickschuss verpasst. Ihn habe ich also wirklich getötet.»

Ich spürte Mikkes Bewegung hinter mir und packte ihn am Arm, bevor er sich auf Berg stürzen konnte.

«Sjöberg, wer von uns beiden ist bewaffnet?», fragte Berg, und einen Moment lang zielte die Pistole auf Mikke, der abrupt erstarrte. Ich betete darum, dass meine Kollegen sich nicht zu etwas Unbedachtem hinreißen ließen, weil ein Zivilist bedroht wurde. Meine Beine wollten mir den Dienst versagen, doch ich zwang sie, mich zwischen Mikke und Berg zu tragen, obwohl Koivu versuchte, mich an der Schulter zu packen und zurückzuhalten. Einen Moment lang sah Berg mir direkt in die Augen, dann lachte er auf, hielt sich den Lauf der Pistole wieder an die eigene Schläfe und setzte seinen Bericht fort. Er hatte Lummes Gesicht und die Finger nur verstümmelt, um Verwirrung zu stiften.

«Ich weiß, wie Ermittlungen in die Irre laufen können, wenn man sich auf Unwesentliches einschießt. Für mich war es völlig egal, ob Eero sofort oder erst nach einigen Tagen identifiziert wurde. Aber ich dachte mir, dass die Kollegen sich an so einem Detail festbeißen würden.»

«Du hast Eeros Leiche geschändet!», rief Mikke aufgebracht.

«Halt die Schnauze, Sjöberg. Hast du nicht selbst einen Mann verrecken lassen, weil du zu feige warst, die Verantwortung für deine Tat zu übernehmen? Ich habe die Sache immerhin zu Ende gebracht. Vielmehr nicht ganz, aber das war Pech. Ich habe das Gewicht nicht fest genug an die Leichen gebunden, denn ich hatte es verdammt eilig, sie loszuwerden. Ein Patrouillenboot des Küstenschutzes kam näher, und ich fürchtete, sie würden mich anhalten und ins Röhrchen pusten lassen. Dann hätten sie die Leichen gesehen. Den Hyundai konnte ich auch nur halb verbrennen, weil da am Waldrand irgendwer seinen Hund ausführte. Ich wollte natürlich abhauen. Für das Boot habe ich schon einen Käufer gefunden, er will mir das Geld auf ein Konto in der Schweiz überweisen. Davon hätte ich in Thailand oder sonst wo ein paar Jahre angenehm leben können. Und danach hätte ich mir irgendwas einfallen lassen. Wenn Julian nicht zu Protokoll gegeben hätte, dass er Saila am Tag vor ihrem

Tod geschlagen hatte, wäre ich jetzt schon weit weg. Aber bei seiner Aussage wurde mir klar, dass Saila vermutlich bereits verletzt war und deshalb so schnell bewusstlos wurde. Aber Julian war nicht schuld an Sailas Tod, Eero hat sie ertränkt. Ich bildete mir ein, ich könnte und müsste Julian irgendwie schützen.»

«Schützen?», fragte Harri Tanner ungläubig.

«Julian schien sich selbst die Schuld zu geben. Ich hatte Angst, er würde sich etwas antun. Offenbar habe ich manches falsch eingeschätzt. So hatte ich das alles wirklich nicht geplant.»

Als der Mechanismus der Pistole knackte, stieß Mikke mich beiseite und warf sich auf Jon Berg. Die Waffe rutschte von Bergs Schläfe ab, und die Kugel streifte nur seinen Schädel und landete im Gras. Berg blutete zwar stark aus seiner Kopfwunde, doch er hatte erneut Pech gehabt: Die Verletzung war nicht tödlich.

24

Morgen Abend im Südhafen? Weißt du schon ungefähr, wann? Ja, hier ging es ziemlich rund. Ich freue mich so darauf, euch wiederzusehen.»

«Halt die Ohren steif.» Anttis Stimme klang besorgt. «Ich hätte nicht gedacht, dass ich jetzt auch noch deine Kollegen fürchten muss.»

«Das wird so schnell nicht wieder vorkommen», tröstete ich ihn, obwohl ich selbst nicht mehr wusste, woran ich glauben sollte. Bergs doppeltes Spiel hatte alle Polizeikräfte in West-Uusimaa aus der Fassung gebracht. Zum Glück würde ich auf andere Gedanken kommen, wenn die *Long Wang* in den Hafen einlief und die Vorbereitungen für das neue Schuljahr meiner Kinder mich zumindest eine Weile beschäftigten. Ohne das Polster des Alltags würde ich viel zu tief in meiner Arbeit versinken, in diesen Strudel aus menschlichen Abgründen hinabtauchen, aus dem aufzusteigen von Mal zu Mal schwieriger wurde. Am Dienstagabend hatten meine Einheit und die Kollegen aus Kirkkonummi in unserem Case Room zusammengesessen und die Ereignisse durchgesprochen. Im Anschluss hatte ich zu Hause dennoch ein Schlafmittel und ein großes Glas Rotwein gebraucht, um Schlaf zu finden. An diesem Abend hatte ich mich danach gesehnt, Antti neben mir zu haben und für Iida und Taneli sorgen zu müssen.

Seit dem Dienstagabend waren erst drei Tage vergangen, doch sie kamen mir vor wie drei Monate. Die Ermittlungen in dem Doppelmord von Haraholm und den Ereignissen auf Enholmen würden sich noch lange hinziehen; der Fall Enholmen war an die Zentralkripo weitergeleitet worden. Ich würde einen

Großteil des Spätsommers und des Frühherbstes in diversen Vernehmungsräumen verbringen, indem ich sowohl andere befragte als auch selbst befragt wurde.

Berg hatte sich bei seinem Selbstmordversuch eine Schädelverletzung zugefügt und würde noch eine Weile vernehmungsunfähig sein. Die kriminaltechnischen Untersuchungen in Degerö und in Bergs Boot waren bereits angelaufen, doch bisher stützten sich fast alle Erkenntnisse über die Tode von Saila Lind und Eero Lumme allein auf Bergs Aussage. Noch am Dienstagabend hatte Julian Tanner darauf beharrt, sich selbst die Schuld an Sailas Tod zu geben. Ich wusste nicht, ob er mit einer Anklage rechnen musste, zweifelte aber daran. Saila war nach dem Sturz ins Meer fähig gewesen, sich völlig normal zu verhalten, sie war am nächsten Morgen aufgewacht wie immer und hatte die Insel verlassen. Wer letzten Endes ihren Kopf unter Wasser gedrückt hatte, Lumme oder Berg, konnte vielleicht anhand der Blutergüsse an ihrem Hals festgestellt werden. Irgendwie neigte ich dazu, Bergs Darstellung Glauben zu schenken. Die Analyse der Indizien würde Monate in Anspruch nehmen, vielleicht würde die Kriminaltechnik bei der Sommerhütte von Bergs verstorbenem Onkel etwas finden, das Bergs Aussage stützte. Bis das endgültige Urteil verkündet wurde, konnten Jahre vergehen.

Am Mittwochmorgen war ich zu Susanna Lumme gefahren, um sie ins Bild zu setzen. Sie war erschüttert, als sie hörte, dass der Vater ihrer Kinder wahrscheinlich einen Totschlag begangen hatte. Als ich ihr erzählte, dass man Eero Lumme mit der Drohung, seinen Kindern etwas anzutun, zu der Tat gezwungen hatte, wurde sie wütend.

«Der verflixte Eero! Warum hat er sich mit solchen Typen eingelassen? Bist du sicher, dass die Jere und Essi jetzt in Ruhe lassen?»

«Sie hätten nichts davon, sie zu bedrohen, jetzt, wo Eero tot ist. Wenn er kaltblütiger gewesen wäre und es geschafft hätte, seine Tat zu vertuschen, wäre er jetzt vielleicht noch am Leben.»

Das war ein magerer Trost, aber vielleicht würde er Jere und Essi Lumme in verzweifelten Momenten helfen. Ihr Vater war ein Opfer seiner Verhältnisse gewesen, manipulierbar, und sogar eine Art Held, der seine Kinder beschützt hatte. Den jungen Lummes standen schwere Zeiten bevor, wenn der Fall vor Gericht verhandelt und folglich in den Medien breitgetreten wurde. Im Internet kursierten bereits die ersten Gerüchte.

«Vielleicht müssen wir wieder umziehen und meinen Mädchennamen annehmen. Allerdings ist Lumme ja zum Glück nicht der seltenste Nachname der Welt. Mia hat mir übrigens gemailt. Sie hat mir doppeltes Gehalt für die Zeit versprochen, in der ich den Laden allein führe, und außerdem angedeutet, danach könnte ich mit einer Gehaltserhöhung rechnen. Sie schreibt, sie würde Patrik bei der Scheidung jeden Cent abnehmen, den sie kriegen kann, sie ist unglaublich wütend. Es war eine lange Mail, mir scheint, Mia leidet darunter, dass sie immer noch nicht richtig sprechen kann.»

«Mia will sich also von Patrik scheiden lassen?»

«Das hat sie jedenfalls geschrieben. Meine Unterstützung hat sie.»

Wenn Patrik sich effektiv behandeln ließe und lernte, sein Trinkverhalten und seine Aggressionen unter Kontrolle zu halten, würde Mia ihren Entschluss dann überdenken? Das taten viele Frauen. Ich wusste sogar von Fällen, in denen die Ehe letzten Endes eine glückliche geworden war. Weitaus häufiger endete die Versöhnung allerdings mit einer Katastrophe. Aber meine Aufgabe beschränkte sich darauf, den Hergang der Misshandlungen zu klären, für Eheberatung war ich nicht zuständig. Ich setzte mich mit Mias Anwältin in Verbindung, die versicherte, Mia werde mir eine Mail schicken, sobald sie dazu imstande war. Die nächste Befragung musste warten, bis Mia wieder sprechen konnte.

Die Besatzung, die am letzten Freitag im Juli auf dem Patrouillenboot des Küstenschutzes Dienst getan hatte, erinnerte sich, Jon Bergs Boot gesehen zu haben. Ironischerweise hatten die Männer tatsächlich vorgehabt, den Kapitän ins Röhrchen pusten zu lassen, doch der Steuermann hatte die *Justina* als das Boot eines Polizisten aus Kirkkonummi erkannt und beschlossen, auf den Alkoholtest zu verzichten. Die Stelle, an der die Besatzung die *Justina* gesehen hatte, stimmte mit den Berechnungen der Wellenforscherin überein. Dennoch würden wir noch lange nach weiteren Beweisen gegen Jon Berg suchen.

Als ich am Donnerstag zur Arbeit kam, erwartete mich Julian Tanner in der Eingangshalle. Er fragte, ob er kurz mit mir sprechen könne. Es stellte sich heraus, dass er wissen wollte, ob es auf der Grundlage von Sailas Geständnis möglich sei, die Untersuchung über den Tod seiner Mutter wieder aufzurollen.

«Warum möchtest du das? Saila kann für ihre Tat ja nicht mehr zur Verantwortung gezogen werden. Und wir haben nur ihr Wort, oder eigentlich deins. Ich fürchte, das reicht nicht.» Wir saßen in meinem Dienstzimmer. Die Morgensonne schien durch das Fenster und ließ Julians Haare aufleuchten wie die eines Engels von Tizian.

«Wegen Vater. Damit er endlich von dem Schmerz befreit wird, Mutter hätte ihm nicht vertraut. Manchmal denke ich nämlich, Saila könnte doch gelogen haben. Sie war vielleicht nicht der freundlichste Mensch der Welt, aber Vater tat ihr leid, auch wenn er auf ihr Mitleid und ihren Trost keinen Wert legte.»

«Mir scheint, es geht nur darum, was dein Vater glaubt oder glauben will. Alles kann man nicht nachweisen. Aber ob du tatsächlich Bergs Sohn bist, lässt sich feststellen. Wenn wir deine DNA mit Bergs vergleichen, wissen wir, ob ihr verwandt seid.»

Julian überlegte lange, strich sich immer wieder die Locken aus der Stirn. Seine langen Wimpern warfen Schatten auf seine geröteten Wangen.

«Nein», sagte er schließlich. «Wir sehen uns ähnlich, stimmt, aber es ist mir egal, wer mich gezeugt hat. Ich habe schon einen Vater, Harri Tanner. Das genügt mir. Man kann mich doch nicht zu dem Test zwingen?»

«Nein, wenn du keine Ansprüche gegen ihn geltend machst.»

«Ich will ihn nie mehr sehen! Er ist ein völlig Fremder für mich, und ich will nicht so sein wie er. Müssen wir ihm vor Gericht gegenübertreten?»

«Darüber habe ich nicht zu entscheiden, sprecht am besten mit euren Anwälten.» Ich blickte auf die Tischuhr und sah, dass in einigen Minuten eine Besprechung mit den Ermittlern der Zentralkripo beginnen würde, wollte Julian aber nicht drängen. Ich betrachtete sein schönes Gesicht mit dem gleichen Behagen, das ich auch beim Anblick eines prächtigen Pferdes oder einer gerade aufgeblühten Orchidee empfand. Es war eine immaterielle Schönheit, die keinerlei Begierde weckte.

«Dann versuche ich eben, Vater zu unterstützen, so gut ich kann», sagte Julian gerade, als es klopfte und die Sekretärin hereinkam, um mich an die Besprechung in der obersten Etage zu erinnern. Ich schnappte mir die Salmiakschachtel aus der Schublade, hielt sie dem abwehrenden Julian hin, und nahm mir dann eine rekordverdächtige Menge Pastillen heraus. Vor der ermüdenden Sitzung brauchte ich eine ordentliche Stärkung.

Da Jenna Ström nur zeitweilig als Hilfskraft in unserer Einheit eingesetzt worden war, sollte sie nun ins Gewaltdezernat zurückkehren. Wir würden die Ermittlungen ohne sie zum Abschluss führen. Eine vierte Kraft hätten wir durchaus brauchen können, denn die Vernehmungen würden Wochen in Anspruch nehmen. Im schlimmsten Fall würde Berg widerrufen, was er auf Enholmen gesagt hatte, zumindest dann, wenn er einen Anwalt bekam, dem es nicht um den Sieg der Gerechtigkeit ging, sondern nur darum, seinen Mandanten mit allen Mitteln vor einer Anklage zu bewahren.

Koivu hatte den Abschiedskaffee gekocht und einen Blaubeerkuchen mitgebracht, den Anu und Sennu gebacken hatten. Jenna langte begeistert zu und hatte bald blaue Zähne. Puupponen meckerte wieder über den Geschmack des Kaffees, ich mischte meinen zur Hälfte mit Milch, obwohl das Getränk dadurch sowohl das Aussehen als auch die Temperatur von Schlammwasser bekam. Jenna hatte den nächsten Tag frei und war auf dem Sprung zum Bahnhof, denn sie wollte nach Tampere fahren, wo am Wochenende eine ehemalige Kommilitonin von ihr heiratete.

«Kommt mich demnächst mal besuchen, du und dein Freund. Ich bin nicht homophob wie mein Vater», rief sie Puupponen noch von der Tür aus zu. Koivu und ich wagten eine Weile nicht, uns anzusehen, und Koivu erinnerte sich plötzlich daran, dass er Jouko Marttinen noch einmal anrufen musste.

Doch als wir Feierabend machten und unsere Sachen zusammenpackten, rief Koivu Puupponen, der gerade gehen wollte, nach: «Zu uns könntet ihr übrigens auch mal kommen, wir haben auch Brettspiele.»

«Und zu uns. Iida ist ein Ass im Monopoly. Es würde ihr guttun, mal mit Pauken und Trompeten zu verlieren», schloss ich mich an. «Sie kommen morgen nach Hause. Ich muss heute noch putzen und einkaufen, morgen fahre ich direkt von der Arbeit zum Hafen.»

«Mit euch macht man was mit», seufzte Puupponen. «Ich kann Aki ja mal fragen. Immerhin war ich mit ihm zusammen auch auf der Hochzeit seines Kollegen. Das war in Suvisaaristo, und wir sind über Nacht geblieben, um zu putzen und auf die Geschenke aufzupassen. Staubsaugen können nämlich auch Rollstuhlfahrer», schnaubte Puupponen und wirkte auf einmal selbst überrascht von seiner Redseligkeit.

«War das die Veranstaltung, von der du in Frack und Gummistiefeln gekommen bist?», fragte Koivu.

«Ja. Wir hatten da am Ufer eine Reuse mit Krebsen, und ich war gerade dabei, sie zu leeren, als der Anruf kam. Ich hatte nur den Schlafanzug mitgenommen, aber keine Kleidung zum Wechseln, und Aki ist so viel kleiner als ich, dass ich nicht in seine Sachen passe.» Puupponen sah zuerst Koivu, dann mich an und schüttelte den Kopf. «Es ist aber nichts Ernstes. Fangt bloß nicht an, für mich die Hochzeitsglocken zu läuten!» Er knallte die Tür so heftig zu, dass die leere Kaffeekanne, die Koivu zu nah an den Tischrand gestellt hatte, herunterfiel und in Scherben ging.

«Das hat er mit Absicht getan! Eine neue Maschine ist billiger als eine Ersatzkanne», maulte Koivu, doch seine Stimme verriet, dass er Puupponen genauso gern mochte wie ich.

An diesem Abend schrubbte ich unsere ganze Wohnung. Ich putzte sogar ein paar Fenster und saugte die Bücherregale. Eigentlich war ich alles andere als ein Putzfreak, aber jetzt lag mir daran, dass unser Zuhause tipptopp aussah. Ich vergewisserte mich, dass in der Sauna genug Holz bereitlag, und backte obendrein noch Brötchen, die natürlich nicht so luftig wurden wie bei Antti und ein bisschen zu viel Salz abbekamen. Trotzdem machte es mich zufrieden, dass ich ein paar Stunden lang die nach frischen Brötchen duftende Mama spielen konnte. Dann simste ich noch mit Taneli, der berichtete, die *Long Wang* sei bereits im Archipel, und hinter den Fenstern seien gerade die Lichter der Hanko-Halbinsel zu sehen. Ich erzählte den Katzen, morgen komme der Rest der Familie nach Hause, und Venjamin miaute, als hätte er verstanden, was ich sagte.

Den Morgen des nächsten Tages verbrachte ich in einer Steuerungsbesprechung der Leitungsebene. Ich dachte ernsthaft darüber nach, zur nächsten Sitzung Strickzeug mitzunehmen, um wenigstens irgendetwas Konkretes zustande zu bringen. In meiner Abteilung verteilten wir die Aufgaben für die nächste Woche, und kurz vor drei Uhr verabschiedete ich mich. Ich hatte so viele Überstunden angehäuft, dass ich sie sowieso nicht abfeiern konnte, bevor uns der nächste Fall übertragen wurde. Allerdings war mir nicht so klar, ob das Treffen, das mir noch bevorstand, in die Kategorie Freizeit oder Dienst gehörte. Ich rief Mikke Sjöberg an.

«Hallo, Mikke, wo bist du? Ich müsste kurz mit dir über die laufenden Ermittlungen reden.»

«Auf See, aber in ungefähr einer halben Stunde werde ich in Helsinki im Südhafen sein. Ich habe ein paar Segelschüler bei mir.»

«Im Südhafen? Kannst du da circa eine Stunde auf mich warten? Ich muss sowieso nach Helsinki.»

Mikke war einverstanden. Also fuhr ich zuerst nach Hause und zog den knielangen bestickten Jeansrock an, den Antti so gern an mir sah, tuschte mir die Wimpern und steckte mir eine Blumenspange ins Haar, die ich von Iida bekommen hatte. Ich stellte den Wagen bei Stockmann in der Tiefgarage ab und ging über die dichtbevölkerte Esplanade zum Marktplatz am Hafen. Dort gab es alles Mögliche zu kaufen, von Sonnenblumen bis zu Pelzmützen, und ich wurde von mindestens drei japanischen Touristen fotografiert, während ich nach der *Leanda* Ausschau hielt. Schließlich entdeckte ich Mikke, der am Ende des äußersten Anlegers stand und mir zuwinkte. Auf die Reaktion, die sein Anblick auslöste, war ich nicht vorbereitet. Ich wollte einerseits weglaufen, andererseits hätte ich mich am liebsten in seine Arme geworfen. Trotzdem schaffte ich es, in normalem Tempo zum Anleger zu gehen. Mikke hatte das Großsegel der *Leanda* nachlässig zusammengefaltet, die Fock lag auf dem Deck. Er machte hier nur einen Zwischenstopp.

«Hallo.» Mikke streckte mir die Hand hin, und ich sprang ins Boot. Er blieb zu nah vor mir stehen, ich musste einen Schritt zurücktreten. Nachdem ich mich vergewissert hatte, dass niemand in Hörweite war, begann ich zu reden.

«Ich bin gekommen, um dir zu sagen, dass ich dich im Zusammenhang mit diesem Fall nicht mehr vernehmen werde. Wir haben gemeinsam bei dir zu Abend gegessen wie Freunde, ich bin also befangen. Bei diesen Mordermittlungen sind die Regeln der Polizeiarbeit ohnehin schon sehr großzügig ausgelegt worden. Koivu und Puupponen werden dich über Eero Lumme befragen, und für die Ermittlung über den Zwischenfall auf Enholmen ist die Zentralkripo zuständig. Wir beide werden uns also nicht mehr sehen – zumindest nicht, soweit es um diesen Fall geht.» Die Einschränkung musste ich einfach anfügen, ich konnte nicht anders.

Mikke sagte nichts, er wandte nur das Gesicht ab. Ich betrachtete seinen mageren, leicht gebeugten Rücken in dem grauen Pullover und stemmte meine Hände in die Hüften, um sie nicht zu heben und Mikke zu berühren. Eine Möwe flog so dicht an meinem Kopf vorbei, dass ich zusammenzuckte. Am Ufer spielte jemand auf dem Akkordeon den Sommernachtswalzer.

«Alles klar. Ich verstehe. Hast du wenigstens Zeit für einen Kaffee? Ich habe eine ganze Thermoskanne voll in der Kajüte stehen, die Segelschüler mochten keinen.»

«Ja.» Antti hatte versprochen, etwa eine Viertelstunde vor der Ankunft der *Long Wang* eine SMS zu schicken. In Mikkes Kajüte wären wir außerdem vor neugierigen Ohren sicher. Mikke hatte seinen alten Gaskocher durch einen Elektroherd ersetzt, auch der Kühlschrank und das Spülbecken der Pantry sahen neu aus. Auf dem Boot herrschte eine so penible Ordnung wie früher, und Mikkes Kaffee schmeckte dunkel und weich, er schlug Koivus Gebräu sechs zu null.

Ich setzte mich an den Tisch in der Achterkajüte und stellte die Frage, die mir in den letzten Tagen nicht aus dem Kopf gegangen war: «Warum hast du versucht, Berg die Waffe abzunehmen?»

«Ich hatte Angst, er würde dich erschießen», sagte Mikke leise. «Außerdem habe ich wohl auch verhindern wollen, dass Eeros Mörder sich das Leben nimmt. So leicht sollte er nicht davonkommen.»

«Nennst du Selbstmord leicht davonkommen?»

Mikke schluckte. «Maria, ich habe dreieinhalb Jahre im Gefängnis gesessen. Das war kein Zuckerschlecken. Aber immerhin kann ich mit meiner Vergangenheit leben, wenigstens zeitweise. Dass ich dir wieder begegnet bin, hat mir die Situation allerdings nicht erleichtert.»

«Gerade deshalb ist es besser, wenn wir uns voneinander fernhalten. Du bist einfach gefährlich. Du bringst mich dazu, die blödsinnigsten Dinge zu tun, und daran haben all die Jahre nichts geändert.» Ich blickte Mikke in die Augen, seine hellen Wimpern flatterten. Als er die Hand ausstreckte und meine Wange berührte, zuckte ich zusammen.

«Ich bin ein schwacher Mensch», sagte er. «In Extremsituationen komme ich zurecht, wenn ich alleine segle oder im Gefängnis sitze. Aber das normale Leben ist schwieriger. Und wir sind beide zu alt, um daran zu glauben, dass die Liebe einer guten Frau einen Mann ändern kann.»

«Und ich bin nicht diese gute Frau. Meine Familie kommt innerhalb der nächsten Stunde zurück, das ist die Wirklichkeit, in die ich gehöre», sagte ich ebenso sehr zu mir selbst wie zu Mikke. Dabei war mir klar, dass ein kleiner Teil von mir schon vor Zeiten auf der *Leanda* geblieben war und sie nie verlassen würde.

«Ich muss dir etwas gestehen: Ich wusste, dass die *Long Wang* heute anlegt. Es steht auf der Webseite des Seglervereins. Ich habe allerdings nicht vor, euer freudiges Wiedersehen zu stören, sondern mache mich rechtzeitig auf den Weg nach Kivenlahti. Du weißt ja, dass ich nur das Beste für dich will.»

«Ja.» Ich blickte in meine Kaffeetasse, in der nur noch ein paar Tropfen waren. Zeit zu gehen. Beim Aufstehen fasste ich Mikke an der Schulter und küsste ihn auf den Scheitel. Dann kletterte ich an Deck. Mikke folgte mir.

«Warte einen Moment, ich lasse den Motor an und fahre gleich los. Kannst du die Leinen aufs Deck werfen?»

Ich sprang auf den Anleger und löste backbords die Bugleine. Steuerbords hielt ich so lange fest, bis die *Leanda* startklar war, dann warf ich die Leinen aufs Deck. Mikke hob grüßend die rechte Hand, seine Linke hielt das Ruder. Geschmeidig glitt die *Leanda* vom Anleger in die Freiheit.

Erst als ich die Stelle erreichte, an der die *Long Wang* vermutlich festmachen würde, drehte ich mich um und blickte aufs Meer hinaus. Ich sah, wie sich die Segel der *Leanda* entfalteten; Mikke würde günstigen Westwind haben. Sein Boot passierte die *Long Wang* in gut zehn Metern Entfernung. Die *Long Wang* schaukelte im Seitenwind, sie näherte sich unaufhaltsam dem Hafen, und ihre Besatzung raffte die Segel. Ich versuchte, unter den Menschen an Deck meine Familie ausfindig zu machen, doch es gelang mir nicht. Zu allem Überfluss tränten mir die Augen, obwohl am Ufer kaum Wind ging. Ich wusste nicht, warum ich weinte. Weil meine Familie bald wieder zu Hause sein würde? Als ich mir die Augen trocknete, stellte ich fest, dass die *Leanda* nicht mehr am Horizont zu sehen war.

An Deck der *Long Wang* winkte jemand, und ich hörte Taneli rufen: «Guck mal, Iida! Da ist Mama!»

Leena Lehtolainen bei Kindler und rororo

Maria-Kallio-Krimis

Alle singen im Chor

Auf die feine Art

Weiß wie die Unschuld

Die Todesspirale

Der Wind über den Klippen

Wie man sie zum Schweigen bringt

Im schwarzen See

Wer sich nicht fügen will

Auf der falschen Spur

Sag mir, wo die Mädchen sind

Leibwächter-Trilogie

Die Leibwächterin

Der Löwe der Gerechtigkeit

Das Nest des Teufels

Andere Romane

Zeit zu sterben

Du dachtest, du hättest vergessen

Ich war nie bei dir